O CEMITÉRIO DE PRAGA

UMBERTO ECO

O CEMITÉRIO DE PRAGA

TRADUÇÃO DE
Joana Angélica d'Avila Melo

16ª edição

EDITORA RECORD
RIO DE JANEIRO • SÃO PAULO
2024

Cip-Brasil. Catalogação-na-fonte
Sindicato Nacional dos Editores de Livros, RJ.

E22c   Eco, Umberto, 1932-
16ª ed.   Cemitério de Praga, O / Umberto Eco; tradução de Joana Angélica
d`Avila Melo. – 16ª ed. – Rio de Janeiro: Record, 2024.

Tradução de: Il cimitero di Praga
ISBN: 978-85-01-09284-7

1. Ficção italiana. I. Melo, Joana Angélica d`Avila. II. Título.

11-3542

CDD: 853
CDU: 821.131.3-3

Título original em italiano:
Il cimitero di Praga

Copyright © RCS Libri S.p.A. - Milano
Bompiani 2010

Texto revisado segundo o Acordo Ortográfico da Língua Portuguesa de 1990.

Todos os direitos reservados. Proibida a reprodução, no todo ou em parte,
através de quaisquer meios. Os direitos morais do autor foram assegurados.

Direitos exclusivos de publicação em língua portuguesa somente para o Brasil
adquiridos pela
EDITORA RECORD LTDA.
Rua Argentina, 171 – 20921-380 – Rio de Janeiro, RJ – Tel.: (21) 2585-2000,
que se reserva a propriedade literária desta tradução.

Impresso no Brasil

ISBN 978-85-01-09284-7

Seja um leitor preferencial Record.
Cadastre-se no site www.record.com.br e receba informações
sobre nossos lançamentos e nossas promoções.

Atendimento e venda direta ao leitor:
sac@record.com.br

EDITORA AFILIADA

Como os episódios são afinal necessários ou, melhor, constituem a parte principal de uma narrativa histórica, introduzimos aqui a execução de cem cidadãos enforcados em praça pública, a de dois frades queimados vivos, o aparecimento de um cometa, descrições que valem pelas de cem torneios e que têm o mérito de, mais do que nunca, desviar do fato principal a mente do leitor.

Carlo Tenca, *La ca' dei cani*

SUMÁRIO

1. O passante que naquela manhã cinzenta — 9
2. Quem sou? — 13
3. Chez Magny — 39
4. Os tempos do meu avô — 57
5. Simonino carbonário — 95
6. A serviço dos Serviços — 109
7. Com os Mil — 127
8. O *Ercole* — 155
9. Paris — 175
10. Dalla Piccola perplexo — 185
11. Joly — 187
12. Uma noite em Praga — 209
13. Dalla Piccola diz que não é Dalla Piccola — 231
14. Biarritz — 233
15. Dalla Piccola redivivo — 251
16. Boullan — 255
17. Os dias da Comuna — 259
18. Protocolos — 285
19. Osman Bey — 297
20. Russos? — 303
21. Taxil — 309
22. O diabo no século XIX — 329
23. Doze anos bem vividos — 359
24. Uma noite na missa — 409
25. Esclarecer as ideias — 431
26. A solução final — 441
27. Diário interrompido — 461

Inúteis esclarecimentos eruditos — 473
Referências iconográficas — 479

1
O PASSANTE QUE NAQUELA MANHÃ CINZENTA

O passante que naquela manhã cinzenta de março de 1897 atravessasse por sua conta e risco a place Maubert, ou a Maub, como a chamavam os malfeitores (centro da vida universitária já na Idade Média, quando acolhia a multidão de estudantes que frequentava a Faculdade das Artes no *Vicus Stramineus* ou rue du Fouarre, e mais tarde local da execução capital de apóstolos do livre-pensamento como Étienne Dolet), se encontraria em um dos poucos lugares de Paris poupado das demolições do barão Haussmann, no meio de um emaranhado de becos malcheirosos, cortados em dois setores pelo curso do Bièvre, que ali ainda se extravasava daquelas vísceras da metrópole, onde fora confinado havia tempo, para se lançar febricitante, estertorante e verminoso no Sena muito próximo. Da place Maubert, já desfigurada pelo boulevard Saint-Germain, partia ainda uma teia de vielas, como a rue Maître Albert, a rue Saint-Séverin, a rue Galande, a rue de la Bûcherie, a rue Saint-Julien-le-Pauvre, até a rue de la Huchette, todas disseminadas de hotéis sórdidos mantidos em geral por auvérnios, estalajadeiros de lendária cupidez, que pediam um franco pela primeira noite e quarenta cêntimos pelas seguintes (mais vinte soldos, se a pessoa também quisesse um lençol).

Se, em seguida, enveredasse por aquela que viria a ser a rue Sauton, mas ainda era rue d'Amboise, encontraria entre um bordel disfarçado de cervejaria e uma taberna onde se servia, com vinho péssimo, um almoço de dois soldos (já então bem barato, mas era o que os estudantes da Sorbonne podiam se permitir), um beco sem saída, que na época já se chamava impasse Maubert, mas antes era denominado *cul-de-sac* d'Amboise e anos antes ainda abrigava um *tapis-franc* (na linguagem da delinquência, uma baiuca, uma bodega de nível ínfimo, ordinariamente mantida por um ex-presidiário e frequentada por forçados recém-saídos da colônia penal) e se tornara tristemente famoso também porque no século XVIII ali ficava o laboratório de três célebres envenenadoras, um dia encontradas asfixiadas pelas exalações das substâncias mortais que elas destilavam em seus fogareiros.

No fundo desse beco, abria-se a vitrine de um belchior que uma tabuleta desbotada celebrava como Brocantage de Qualité — vitrine já opacificada pelo pó espesso que lhe sujava os vidros, que pouco revelavam das mercadorias expostas e do interior porque cada um deles era um quadrilátero de 20 centímetros de lado, reunidos por uma armação de madeira. Junto dessa vitrine, o passante veria uma porta, sempre fechada, e, ao lado do cordão de uma campainha, um cartaz que avisava quando o proprietário estava temporariamente ausente.

Se, como raramente acontecia, a porta estivesse aberta, quem entrasse iria entrever, à luz incerta que clareava aquele antro, dispostos sobre poucas estantes trôpegas e algumas mesas igualmente bambas, objetos em mixórdia e à primeira vista atraentes, mas que, a uma inspeção mais acurada, se revelariam totalmente inadequados a qualquer intercâmbio comercial honesto, mesmo que fossem oferecidos a preços igualmente esfarrapados. Por exemplo, um par de trasfogueiros que desonrariam qualquer lareira, um relógio de pêndulo em esmalte azul descascado, almofadas outrora bordadas em cores vivas, floreiras de pé com cupidos lascados, instáveis mesinhas de estilo impreciso, uma cestinha porta-notas em metal enferrujado, indefiníveis caixas pirogravadas, horrendos leques de madrepérola decorados com desenhos chineses, um colar que parecia de âmbar, dois sapatinhos de lã branca com fivelas incrustadas de pequenos diamantes da Irlanda, um busto desbeiçado de Napoleão, borboletas sob vidros rachados, frutas em mármore policromado sob uma redoma outrora transparente, frutos de coqueiro, velhos álbuns com modestas aquarelas de flores, alguns daguerreótipos emoldurados (que naqueles anos sequer tinham aparência de coisa antiga) — de tal modo que quem se empolgasse depravadamente com um daqueles vergonhosos sobejos de antigas penhoras de famílias pobres e, encontrando à sua frente o suspeitíssimo proprietário, perguntasse o preço deles, escutaria uma cifra capaz de desinteressar até o mais pervertido colecionador de teratologias antiquariais.

E se por fim, em virtude de alguma senha, transpusesse uma segunda porta que separava o interior da loja dos pisos superiores do edifício e subisse os degraus de uma daquelas vacilantes escadas em caracol que caracterizam aquelas casas parisienses com a fachada da largura da porta de entrada (ali onde elas se amontoam oblíquas, uma ao lado da outra), o visitante penetraria em um amplo salão que parecia abrigar não o bricabraque do térreo, mas uma coletânea de objetos de bem outra feitura: uma mesinha império de três pés ornados por cabeças de águia, um console sustentado por uma esfinge alada, um armário século XVII, uma estante de mogno que ostentava uma centena de livros bem encadernados em marroquim, uma escrivaninha daquelas ditas à americana, com porta de enrolar e tantas gavetinhas quanto uma *secrétaire*. E, se passasse ao aposento contíguo, encontraria um luxuoso leito com baldaquino, uma *étagère* rústica, carregada de porcelanas de Sèvres, de um narguilé turco, de uma grande taça de alabastro, de um jarro de cristal, e, na parede do fundo, painéis pintados com cenas mitológicas, duas grandes telas que representavam as musas da história e da comédia, e, dispersamente pendurados às paredes, túnicas árabes, outras vestes orientais em caxemira, um antigo cantil de peregrino; e ainda um lavatório de tripé com uma bancada cheia de objetos de toalete em materiais preciosos — em suma, um conjunto extravagante de peças curiosas e custosas que talvez não testemunhassem um gosto coerente e refinado, mas certamente um desejo de ostentada opulência.

De volta ao salão, o visitante identificaria, diante da única janela pela qual penetrava a pouca luz que clareava o impasse, um indivíduo ancião sentado à escrivaninha, envolto em um roupão, e que, tanto quanto o visitante pudesse espiar por cima dos ombros dele, se ocupava em escrever aquilo que estamos prestes a ler, e que vez por outra o Narrador resumirá, para não entediar demais o Leitor.

Tampouco espere o Leitor que o Narrador lhe revele que ele se surpreenderia ao reconhecer no personagem alguém já nomeado precedentemente, porque (dado que essa narrativa começa justamente agora) ninguém foi nomeado antes, e o próprio Narrador ainda ignora quem é o misterioso redator, propondo-se a sabê-lo (junto com o Leitor) enquanto ambos bisbilhotam intrusivos e acompanham os sinais que a pena daquele homem está traçando sobre aqueles papéis.

2
QUEM SOU?

24 de março de 1897

Sinto um certo embaraço ao começar a escrever, como se pusesse minha alma a nu, por ordem — não, Deus do céu!, digamos por sugestão — de um judeu alemão (ou austríaco, mas dá no mesmo). Quem sou? Talvez seja mais útil me interrogar sobre minhas paixões do que sobre os fatos da minha vida. Quem amo? Não me vêm à mente rostos amados. Sei que amo a boa cozinha: ao pronunciar o nome La Tour d'Argent, experimento como que um frêmito por todo o corpo. É amor?

Quem odeio? Os judeus, me ocorreria dizer, mas o fato de eu estar cedendo tão servilmente às instigações daquele doutor austríaco (ou alemão) sugere que não tenho nada contra os malditos judeus.

Deles, sei apenas o que me ensinou meu avô: "São o povo ateu por excelência", ele me instruía. Partem do conceito de que o bem deve se realizar aqui, não além-túmulo. Por conseguinte, agem somente para a conquista deste mundo.

Os anos da minha meninice foram entristecidos pelo fantasma deles. Meu avô me descrevia aqueles olhos que nos espiam, tão falsos que nos fazem empalidecer, aqueles sorrisos víscidos, aqueles lábios de hiena arreganhados sobre os dentes, aqueles olhares pesados, infectos, embrutecidos, aquelas dobras entre nariz e lábios sempre inquietas, escavadas pelo ódio, aquele nariz que parece o grande bico de uma ave austral... E o olho, ah, o olho... Gira febril na pupila da cor de pão tostado e revela enfermidades do fígado, corrompido pelas secreções produzidas por um ódio de 18 séculos, aperta-se em mil pequenas rugas que se acentuam com a idade, e já aos 20 anos o judeu parece engelhado como um velho. Quando sorri, suas pálpebras inchadas se cerram a ponto de deixarem apenas uma linha imperceptível, sinal de astúcia, dizem alguns, de luxúria, esclarecia vovô... E quando eu crescera o suficiente para entender, ele me recordava que o judeu, além de vaidoso como um espanhol, ignorante como um croata, cúpido como um levantino, ingrato como um maltês, insolente como um cigano, sujo como um inglês, untuoso como um calmuco, autoritário como um prussiano e maldizente como um astiense, é adúltero por um cio irrefreável — resultado da circuncisão, que os torna mais eréteis, com uma desproporção monstruosa entre o nanismo da corporatura e o tamanhão cavernoso daquela sua excrescência semimutilada.

Sonhei com os judeus todas as noites, por anos e anos.

Por sorte, nunca encontrei algum, exceto a putinha do gueto de Turim, quando eu era rapaz (mas não troquei mais de duas palavras), e o doutor austríaco (ou alemão, dá no mesmo).

Os alemães eu conheci, e até trabalhei para eles: o mais baixo nível concebível de humanidade. Um alemão produz em média o dobro das fezes de um francês. Hiperatividade da função intestinal em detrimento da cerebral, o que demonstra sua inferioridade fisiológica. No tempo das invasões bárbaras, as hordas germânicas constelavam o percurso com montes desarrazoados de matéria fecal. Por outro lado, mesmo nos séculos passados, um viajante francês logo compreendia se havia transposto a fronteira alsaciana pelo volume anormal dos excrementos abandonados ao longo das estradas. E não somente: é típica do alemão a bromidrose, ou seja, o odor repugnante do suor, e está provado que a urina de um alemão contém 20 por cento de azoto, ao passo que a das outras raças, somente 15.

O alemão vive em um estado de perpétuo transtorno intestinal, resultante do excesso de cerveja e daquelas salsichas de porco com as quais se empanturra. Eu os vi certa noite, durante minha única viagem a Munique, naquelas espécies de catedrais desconsagradas, enfumaçadas como um porto inglês, fedorentas de sebo e

... Sonhei com os judeus todas as noites, por anos e anos ... (p. 14)

de toucinho, até mesmo a dois, ele e ela, mãos apertadas em torno daquelas canecas de bebida que por si sós dessedentariam uma manada de paquidermes, nariz com nariz num bestial diálogo amoroso, como dois cães que se farejam, com suas risadas fragorosas e deselegantes, sua túrbida hilaridade gutural, translúcidos de uma gordura perene que lhes unge os rostos e os membros como o óleo sobre a pele dos atletas de circo antigo.

Enchem a boca com seu *Geist*, que significa espírito, mas é o espírito da cerveja que os estupidifica desde jovens e explica por que para além do Reno jamais se produziu algo de interessante na arte, salvo alguns quadros com fuças repulsivas e poemas de um tédio mortal. Sem falar da sua música: não me refiro àquele Wagner barulhento e funerário que hoje abestalha até os franceses, mas, pelo pouco que escutei, as composições do seu Bach são totalmente desprovidas de harmonia, frias como uma noite de inverno, e as sinfonias do tal de Beethoven são uma orgia de estardalhaço.

O abuso de cerveja torna-os incapazes de ter a mínima ideia da sua vulgaridade, mas o superlativo dessa vulgaridade é que não se envergonham de ser alemães. Levaram a sério um monge glutão e luxurioso como Lutero (pode-se desposar uma monja?), só porque arruinou a Bíblia traduzindo-a para a língua deles. Alguém não disse que abusaram dos dois grandes narcóticos europeus, o álcool e o cristianismo?

Consideram-se profundos porque sua língua é vaga, não tem a clareza da francesa e nunca diz exatamente o que deveria, de modo que nenhum alemão sabe jamais o que queria dizer — e toma essa incerteza por profundidade. Com os alemães é como com as mulheres, nunca se chega ao fundo. Desgraçadamente, essa língua inexpressiva, com uns verbos que, ao ler, temos que procurar ansiosamente com os olhos, porque nunca estão onde deveriam estar, meu avô me obrigou a aprendê-la na juventude — o que não é de espantar, pró-austríaco como ele era. E assim odiei essa língua, tanto quanto odiei o jesuíta que vinha me ensinar a golpes de baqueta nos dedos.

Desde quando aquele Gobineau escreveu sobre a desigualdade das raças, parece que, se alguém fala mal de outro povo, é porque considera superior o próprio. Eu não tenho preconceitos. Desde que me tornei francês (e já o era pela metade, pelo lado materno), compreendi quanto meus novos compatriotas são preguiçosos, trapaceiros, rancorosos, ciumentos, orgulhosos além de todos os limites, a ponto de pensarem que quem não é francês é um selvagem, e incapazes de aceitar críticas. Percebi, porém, que para induzir um francês a reconhecer uma tara da sua corja basta lhe falar mal de outro povo, por exemplo "nós, poloneses, temos esse ou aquele outro defeito". E, como não querem ficar atrás de ninguém, nem sequer no mal, eles logo reagem com "oh, não, aqui na França somos piores" e passam a difamar os franceses até se darem conta de que você os apanhou na armadilha.

Não amam seus semelhantes, nem quando tiram vantagem deles. Ninguém é tão mal-educado como um taberneiro francês, que parece odiar os fregueses (e talvez seja verdade) e desejar que não estivessem ali (e é mentira, porque o francês é avidíssimo). *Ils grognent toujours*. Experimentem lhes perguntar alguma coisa: *sais pas, moi*, e protraem os lábios como se peidassem.

São maus. Matam por tédio. É o único povo que durante vários anos manteve seus cidadãos ocupados em se cortarem reciprocamente a cabeça, e a sorte foi que Napoleão desviou-lhes a raiva para os de outra raça, enfileirando-os para destruir a Europa.

Orgulham-se de ter um Estado que afirmam poderoso, mas passam o tempo tentando derrubá-lo: ninguém é tão eficiente como o francês em erguer barricadas por qualquer razão e a qualquer sussurro do vento, muitas vezes sem sequer saber o porquê, fazendo-se arrastar na rua pela pior ralé. O francês não sabe bem o que quer, exceto que sabe à perfeição que não quer aquilo que tem. E, para dizer isso, não sabe fazer mais do que cantar canções.

Acham que o mundo inteiro fala francês. Aconteceu algumas décadas atrás com aquele Lucas, homem de gênio — 30 mil documentos autógrafos falsos, em papel antigo roubado mediante o corte das folhas de guarda de velhos livros na Bibliothèque Nationale, imitando as várias caligrafias, embora não tão bem como eu saberia fazer... Vendeu não sei quantos a caríssimo preço àquele imbecil de Chasles (grande matemático, dizem, e membro da Academia das Ciências, mas grande paspalhão). E não só ele, mas muitos de seus colegas acadêmicos tomaram por certo que Calígula, Cleópatra ou Júlio César tinham escrito suas cartas em francês, e que em francês se correspondiam Pascal, Newton e Galileu, quando até as criancinhas sabem que os eruditos daqueles séculos se escreviam em latim. Os doutos franceses não faziam ideia de que outros povos falavam de modo diferente do francês. Além disso, as cartas falsas diziam que Pascal havia descoberto a gravitação universal vinte anos antes de Newton, e isso bastava para deslumbrar aqueles sorbonistas devorados pela empáfia nacional.

Talvez a ignorância seja efeito de sua avareza — o vício nacional, que eles tomam por virtude e chamam de parcimônia. Somente nesse país foi possível idealizar uma comédia inteira em torno de um avarento. Sem falar do pai Grandet.

Vê-se a avareza pelos seus apartamentos empoeirados, pela forração nunca refeita, pelas banheiras que remontam aos ancestrais, pelas escadas em caracol, de madeira instável, para aproveitar sovinamente o pouco espaço. Enxertem, como se faz com as plantas, um francês com um judeu (talvez de origem alemã) e terão aquilo que temos, a Terceira República...

Se me fiz francês, foi porque não podia suportar ser italiano. Enquanto piemontês (por nascimento), eu sentia ser apenas a caricatura de um gaulês, mas de ideias mais restritas. Os piemonteses, toda novidade os crispa, o inesperado os aterroriza; para fazê-los se moverem até as Duas Sicílias (mas entre os garibaldinos havia pouquíssimos piemonteses) foram necessários dois lígures, um exaltado como Garibaldi e um azarento como Mazzini. E não falemos do que descobri quando fui mandado a Palermo (quando foi? Devo reconstituir). Só aquele vaidoso do Dumas amava aqueles povos, talvez porque o adulavam mais do que o faziam os franceses, que afinal sempre o consideraram um mestiço. Agradava a napolitanos e sicilianos, eles mesmos mulatos não por erro de uma mãe meretriz, mas pela história de gerações, nascidos de cruzamentos entre levantinos desleais, árabes suarentos e ostrogodos degenerados, que herdaram o pior de seus antepassados híbridos: dos sarracenos a indolência, dos suevos a ferocidade, dos gregos a irresolução e o gosto por se perder em tagarelices até procurar cabelo em ovo. Quanto ao resto, basta ver os moleques que em Nápoles encantam os estrangeiros estrangulando-se com espaguetes que enfiam goela abaixo com os dedos, lambrecando-se de tomate estragado. Não os vi, creio, mas sei.

O italiano é inconfiável, mentiroso, vil, traidor, sente-se mais à vontade com o punhal que com a espada, melhor com o veneno que com o fármaco, escorregadio nas negociações, coerente apenas em trocar de bandeira a cada vento — e eu vi o que aconteceu aos generais bourbônicos assim que apareceram os aventureiros de Garibaldi e os generais piemonteses.

É que os italianos se modelaram com base nos padres, o único governo verdadeiro que já tivemos desde que aquele pervertido do último imperador romano foi sodomizado pelos bárbaros porque o cristianismo havia debilitado a altivez da raça antiga.

Os padres... Como os conheci? Na casa do vovô, creio; tenho a obscura lembrança de olhares fugidios, dentaduras estragadas, hálitos pesados, mãos suadas que tentavam me acariciar a nuca. Que nojo. Ociosos, pertencem às classes perigosas, como os ladrões e os vagabundos. O sujeito se faz padre ou frade só para viver no ócio, e o ócio é garantido pelo número deles. Se fossem, digamos, um em mil almas, os padres teriam tanto o que fazer que não poderiam ficar de papo para o ar comendo capões. E entre os padres mais indignos o governo escolhe os mais estúpidos, e os nomeia bispos.

Você começa a tê-los ao seu redor assim que nasce, quando o batizam; reencontra-os na escola, se seus pais tiverem sido suficientemente carolas para confiá-lo a eles; depois, vêm a primeira comunhão, o catecismo e a crisma; lá está o padre no dia do seu casamento, a lhe dizer o que você deve fazer no quarto; e no dia

... Levaram a sério um monge glutão e luxurioso como Lutero (pode-se desposar uma monja?), só porque arruinou a Bíblia traduzindo-a para a língua deles ... (p. 16)

seguinte, no confessionário, a lhe perguntar, para poder se excitar atrás da treliça, quantas vezes você fez aquilo. Falam-lhe do sexo com horror, mas todos os dias você os vê sair de um leito incestuoso sem sequer lavar as mãos, e vão comer e beber o seu Senhor, para depois cagá-lo e mijá-lo.

Repetem que seu reino não é desse mundo, e metem as mãos em tudo o que podem roubar. A civilização não alcançará a perfeição enquanto a última pedra da última igreja não houver caído sobre o último padre, e a Terra estiver livre dessa corja.

Os comunistas difundiram a ideia de que a religião é o ópio dos povos. É verdade, porque serve para frear as tentações dos súditos, e se não existisse a religião haveria o dobro de pessoas sobre as barricadas, ao passo que nos dias da Comuna não eram suficientes e foi possível dispersá-las sem muito trabalho. Mas, depois que escutei aquele médico austríaco falar das vantagens da droga colombiana, eu diria que a religião é também a cocaína dos povos, porque a religião impeliu e impele às guerras, aos massacres dos infiéis, e isso vale para cristãos, muçulmanos e outros idólatras, e, se os negros da África se limitavam a se massacrar entre si, os missionários os converteram e os fizeram tornar-se tropa colonial, adequadíssima a morrer na primeira linha e a estuprar as mulheres brancas quando entram em uma cidade. Os homens nunca fazem o mal tão completa e entusiasticamente como quando o fazem por convicção religiosa.

Os piores de todos são certamente os jesuítas. Tenho como que a sensação de lhes haver pregado algumas peças, ou talvez tenham sido eles que me fizeram mal, ainda não recordo bem. Ou talvez tenham sido seus irmãos carnais, os maçons. Como os jesuítas, apenas um pouco mais confusos. Aqueles ao menos têm lá uma teologia e sabem como manobrá-la, esses a têm em demasia e nisso perdem a cabeça. Dos maçons, falava-me meu avô. Com os judeus, eles cortaram a cabeça do rei. E geraram os carbonários, maçons um pouco mais estúpidos porque se deixavam fuzilar, antes, e depois se deixaram cortar a cabeça por terem errado ao fabricar uma bomba ou se tornaram socialistas, comunistas e *communards*; isto é, partidários da Comuna. Todos no paredão. Bom trabalho, Thiers.

Maçons e jesuítas. Os jesuítas são maçons vestidos de mulher.

Odeio as mulheres, pelo pouco que sei delas. Durante anos, fui obsedado por aquelas *brasseries à femmes*, onde se reúnem malfeitores de toda categoria. Piores do que as casas de tolerância. Essas ao menos têm dificuldade de se instalar, por causa da oposição dos vizinhos, ao passo que as cervejarias podem ser abertas em toda parte porque, dizem, são apenas locais onde se vai para beber. Mas se bebe no térreo e pratica-se o meretrício nos andares superiores. Toda cervejaria tem um tema, e os trajes das moças se adaptam a ele; aqui você encontra garçonetes alemãs, ali diante do Palácio de Justiça outras em toga de advogado. Por outro lado, bastam os nomes, como *Brasserie du Tire-Cul*, *Brasserie des Belles Marocaines* ou *Brasserie des Quatorze Fesses*, não longe da Sorbonne. São quase sempre mantidas por alemães; aí está um modo de minar a moralidade francesa. Entre o quinto e o sexto *arrondissements* há ao menos sessenta, mas em toda a Paris são ao menos duzentas, e todas estão abertas até aos muito jovens. Primeiro, os rapazes entram por curiosidade, depois por vício, e por fim contraem gonorreia — quando têm sorte. Se a cervejaria for perto de uma escola, na saída os estudantes vão espiar as moças através da porta. Eu vou para beber. E para espiar lá de dentro através da porta os estudantes que espiam através da porta. E não só os estudantes. Aprendem-se muitas coisas sobre usos e frequentações dos adultos, e sempre podem ser úteis.

A coisa que mais me diverte é identificar nas mesas a natureza dos vários cafetões em espera; alguns são maridos que sobrevivem à custa das graças da mulher, e esses ficam juntos, bem-vestidos, fumando e jogando baralho, e o dono ou as moças falam deles como sendo a mesa dos cornos; mas no Quartier Latin muitos são ex-estudantes falidos, sempre tensos no temor de que alguém lhes afane sua renda e com frequência puxam uma faca. Os mais tranquilos são os ladrões e os assassinos, que vão e vêm porque devem tratar dos seus golpes e sabem que as moças não irão traí-los, porque no dia seguinte estariam boiando no Bièvre.

Há também uns invertidos, que se ocupam de capturar depravados ou depravadas para os serviços mais imundos. Conseguem os clientes no Palais-Royal ou nos Champs-Élysées e os atraem com sinais convencionados. Muitas vezes fazem chegar ao quarto seus cúmplices disfarçados de policiais, que ameaçam prender o cliente de cuecas; este começa a implorar piedade e puxa um punhado de soldos.

Quando entro nesses lupanares, faço-o com prudência, pois sei o que poderia me acontecer. Se o cliente parece ter dinheiro, o proprietário acena, uma moça se aproxima e aos poucos convence esse freguês a convidar à mesa todas as outras e passa a consumir as coisas mais caras (elas, porém, para não se embriagarem, bebem *anisette superfine* ou *cassis fin*, água colorida que o cliente paga a preço alto). Depois procuram fazê-lo jogar baralho; naturalmente trocam sinais, você perde e precisa pagar o jantar de todas, o do proprietário e o da mulher dele. E, se você tenta parar, então lhe propõem jogar não por dinheiro, mas a cada mão que você vencer uma das moças tira uma peça de roupa... E a cada rendinha que cai, aparecem aquelas repelentes carnes brancas, aqueles seios túrgidos, aquelas axilas escuras de um azedume que o deixa tonto...

Nunca subi ao andar superior. Alguém já disse que as mulheres não passam de um sucedâneo do vício solitário, apenas é necessária mais fantasia. Então, volto para casa e as imagino à noite; afinal não sou de ferro, e também foram elas que me provocaram.

Li o doutor Tissot; sei que as mulheres fazem mal até de longe. Não sabemos se os espíritos animais e o líquido genital são a mesma coisa, mas é certo que esses dois fluidos têm uma certa analogia, e depois de longas poluções noturnas não somente se perdem as forças, mas também o corpo emagrece, o rosto empalidece, a memória se desfaz, a vista se enevoa, a voz se faz rouca, o sono é perturbado por sonhos irrequietos, sentem-se dores nos olhos e aparecem manchas vermelhas na face; alguns cospem matérias calcinadas, sentem palpitações, sufocações, desmaios, outros reclamam de prisão de ventre ou de emissões cada vez mais fétidas. Por fim, a cegueira.

Talvez sejam exageros; quando jovem eu tinha o rosto pustuloso, mas, ao que parece, era típico da idade, ou talvez todos os rapazes se proporcionem esses prazeres, alguns de modo excessivo, tocando-se dia e noite. Agora, porém, sei me dosar. Só tenho sonos ansiosos quando volto de uma noitada na cervejaria, e não me acontece, como a muitos, ter ereções só de ver na rua um rabo de saia. O trabalho me refreia do relaxamento dos costumes.

Mas, por que fazer filosofia em vez de reconstituir os eventos? Talvez porque eu precise saber não apenas o que fiz anteontem mas também como sou por dentro. Supondo-se que exista um dentro. Dizem que a alma é somente aquilo que se faz, mas, se eu odeio alguém e cultivo esse rancor, santo Deus, isso significa que existe um dentro! Como dizia o filósofo? *Odi ergo sum.*

Há pouco tocaram a campainha lá embaixo. Temi que fosse alguém tão estulto a ponto de querer comprar alguma coisa, mas o sujeito logo me disse ter sido mandado por Tissot — afinal, por que escolhi essa senha? Queria um testamento hológrafo, firmado por um certo Bonnefoy a favor de um certo Guillot (certamente era ele). Trazia o papel de carta que esse Bonnefoy usa ou usava e um exemplo da sua caligrafia. Introduzi Guillot ao escritório, escolhi uma pena e tinta adequadas e, sem sequer fazer um rascunho, construí o documento. Perfeito. Como se conhecesse as tarifas, Guillot me estendeu um pagamento proporcional à herança.

Então, é esse o meu ofício? É bonito construir do nada um ato notarial, forjar uma carta que parece verdadeira, elaborar uma confissão comprometedora, criar um documento que levará alguém à perdição. O poder da arte... Digno de me premiar com uma visita ao Café Anglais.

Devo ter a memória no nariz, mas tenho a impressão de que há séculos já não aspiro o perfume daquele menu: *soufflés à la reine, filets de sole à la Vénitienne, escalopes de turbot au gratin, selle de mouton purée bretonne...* E como *entrée: poulet à la portugaise* ou *pâté chaud de cailles* ou *homard à la parisienne,* ou tudo junto, e, como *plat de résistance,* que sei eu, *canetons à la rouennaise* ou *ortolans sur canapés* e, por *entremet, aubergines à l'espagnole, asperges en branches, cassolettes princesse...* Como vinho, eu não saberia, talvez Château Margaux ou Château Latour ou Château Lafite, depende da safra. E, para concluir, uma *bombe glacée.*

A culinária sempre me satisfez mais do que o sexo — talvez uma marca que os padres me deixaram.

Continuo sentindo uma espécie de nuvem, na mente, que me impede de olhar para trás. Por que subitamente voltam a me aflorar à memória minhas fugas para o Bicerin vestido com o hábito do padre Bergamaschi? Eu tinha esquecido completamente o padre Bergamaschi. Quem era? Gosto de deixar correr a pena para onde o instinto me conduz. Segundo aquele doutor austríaco, eu deveria chegar a um momento verdadeiramente doloroso para minha memória, o qual explicaria por que de repente cancelei tantas coisas.

Ontem, dia que eu supunha segunda-feira, 22 de março, acordei como se soubesse muito bem quem era: o capitão Simonini, 67 anos feitos mas bem conservados (sou gordo o bastante para ser considerado aquilo que chamam um belo homem) e havia assumido em França aquele título como lembrança do vovô, aduzindo vagos transcursos militares nas fileiras dos Mil garibaldinos, coisa que neste país, onde Garibaldi é mais estimado que na Itália, desfruta de certo prestígio. Simone Simonini, nascido em Turim, de pai turinês e mãe francesa (ou saboiana, quando ela nasceu a Saboia havia sido invadida pelos franceses).

Ainda na cama, eu fantasiava... Dados os problemas que eu tinha com os russos (os russos?), era melhor não aparecer nos meus restaurantes preferidos. Poderia cozinhar algo eu mesmo. Trabalhar algumas horas, preparando uma iguaria, me relaxa. Por exemplo, umas *côtes de veau Foyot*: carne com ao menos quatro centímetros de espessura, porção para dois, claro, duas cebolas de tamanho médio, 50 gramas de miolo de pão, 75 de *gruyère* ralado, 50 de manteiga; esfarela-se e torra-se o miolo até o transformar em farinha de rosca, que será misturada com o *gruyère*; depois se descascam e picam as cebolas, derretem-se 40 gramas de manteiga numa panelinha, enquanto em outra refogam-se suavemente as cebolas com a manteiga restante; cobre-se o fundo de um prato com metade das cebolas, tempera-se com sal e pimenta a carne, que é colocada no prato e guarnecida lateralmente com o restante das cebolas, envolve-se tudo com uma primeira camada de farinha de rosca e queijo, fazendo a carne aderir bem ao fundo do prato, deixando escorrer a manteiga derretida e esmagando levemente com a mão; coloca-se outra camada de farinha de rosca e queijo até formar uma espécie de cúpula e acrescentando manteiga derretida; borrifa-se tudo com vinho branco e caldo, sem ultrapassar a metade da altura da carne. Coloca-se o prato no forno por cerca de meia hora, continuando a molhar com o vinho e o caldo. Acompanhar com couve-flor *sautée*.

Exige um pouco de tempo, mas os prazeres da cozinha começam antes dos prazeres do palato, e preparar significa pregustar, como eu estava fazendo, ainda me espreguiçando na cama. Os tolos precisam ter sob as cobertas uma mulher, ou um rapazinho, para não se sentirem sós. Não sabem que a água na boca é melhor do que uma ereção.

Eu tinha em casa quase tudo, menos o *gruyère* e a carne. Para a carne, se fosse outro dia, haveria o açougue da place Maubert, mas, sei lá por quê, às segundas-feiras ele não abre. Eu conhecia outro, a 200 metros de distância, no boulevard Saint-Germain, e um breve passeio não me faria mal. Vesti-me e, antes de sair, diante do espelho acima da bacia, apliquei-me o costumeiro bigode preto e minha bela barba. Em seguida, coloquei a peruca e a penteei repartida ao meio, umedecendo levemente o pente com água. Agasalhei-me com o redingote e meti no bolsinho do colete o relógio de prata com a corrente bem à vista. Para parecer um capitão reformado, eu gosto, enquanto falo, de brincar com uma caixinha de tartaruga, cheia de losangos de alcaçuz e, no interior da tampa, o retrato de uma mulher feia mas bem-vestida, sem dúvida uma querida

... Os jesuítas são maçons vestidos de mulher ... (p. 22)

defunta. Volta e meia meto na boca uma pastilha e faço-a passar de um lado a outro da língua, o que me permite falar mais devagar — e o ouvinte acompanha o movimento dos seus lábios e não fica muito atento àquilo que você diz. O problema é ter o aspecto de alguém dotado de uma inteligência menos que medíocre.

Desci à rua e dobrei a esquina, tentando não me deter diante da cervejaria, de onde já de manhã cedo provinha o vozerio desgracioso de suas mulheres perdidas.

A place Maubert já não é o pátio dos milagres que ainda era quando aqui cheguei 35 anos atrás, formigante de comerciantes de tabaco reciclado — o grosso obtido dos resíduos de charutos e do fundo de cachimbos e o fino das primeiras guimbas de cigarros, o grosso a um franco e vinte cêntimos, o fino entre um franco e cinquenta e um francos e sessenta cêntimos a libra (embora aquela indústria não rendesse, e afinal não rende muito, pois nenhum daqueles industriosos recicladores, uma vez gasta uma parte consistente dos seus ganhos em alguma cantina, não sabe mais onde dormir à noite) —; de gigolôs que, depois de folgarem ao menos até às duas da tarde, passavam o resto do dia fumando, apoiados a uma parede como muitos aposentados de boa condição, entrando depois em ação como cães pastores na calada das trevas; de ladrões reduzidos a roubarem um ao outro porque nenhum burguês (exceto algum boa-vida vindo do interior) ousaria atravessar aquela praça, e eu seria uma presa fácil se não caminhasse com passo militar, girando minha bengala — e também os batedores de carteira do local me conheciam, alguns até me cumprimentavam chamando-me de capitão; pensavam que de algum modo eu pertencia ao seu submundo, e cão não come cão —; e de prostitutas de graças murchas visto que, se ainda fossem atraentes, exerceriam nas *brasseries à femmes*, e portanto se ofereciam somente aos trapeiros, aos vigaristas e aos pestilentos fumantes de segunda mão — mas, ao verem um senhor vestido com propriedade, com uma cartola bem escovada, podiam ousar tocá-lo ou até segurá-lo por um braço, aproximando-se a ponto de fazê-lo sentir aquele terrível perfume de poucos soldos que se empastava com o suor delas, e essa seria uma experiência muito desagradável (eu não queria sonhar com elas à noite) e portanto, quando via alguma se avizinhando, agitava a bengala em círculo, como que para formar ao meu redor uma zona protegida e inacessível, e elas compreendiam na hora, porque estavam habituadas a ser comandadas e respeitavam uma bengala.

E por fim circulavam naquela multidão os espiões da chefatura de polícia, que naquele lugar recrutavam seus *mouchards* ou informantes, ou então captavam no ar informações preciosíssimas sobre velhacarias que estavam sendo conspiradas e das quais alguém falava a algum outro sussurrando em voz alta demais, pensando que no rumor geral sua voz se perderia. Eram, porém, reconhecíveis à primeira vista pelo aspecto exageradamente patibular. Nenhum verdadeiro cafajeste se assemelha a um cafajeste. Só eles.

Hoje passam pela praça até os *tramways*, e você não se sente mais em casa, embora, se souber identificá-los, ainda encontre os indivíduos que podem lhe ser úteis, encostados em uma esquina, na soleira do Café Maître Albert ou em uma das ruelas adjacentes. Mas, em suma, Paris não é mais como antes, desde quando em todo canto surge a distância aquele apontador de lápis que é a torre Eiffel.

Chega, não sou um sentimental, e existem outros lugares onde sempre posso pescar aquilo de que preciso. Ontem pela manhã, eu precisava da carne e do queijo, e a place Maubert serviria.

Adquirido o queijo, passei em frente ao açougue costumeiro e vi que estava aberto.

— Como assim, abrindo numa segunda-feira? — perguntei, entrando.

— Mas hoje é terça-feira, capitão — respondeu o dono, rindo.

Confuso, pedi desculpas; disse que ao envelhecer a gente perde a memória, ele afirmou que eu continuava um jovenzinho e que todos ficam atordoados quando acordam muito cedo, eu escolhi a carne e paguei sem sequer mencionar um desconto — o que é o único modo de se fazer respeitar pelos comerciantes.

Ainda refletindo sobre, afinal, que dia era, subi à minha casa. Pensei em tirar a barba e o bigode postiços, como faço quando estou sozinho, e entrei no quarto. E só então notei algo que parecia fora do lugar: de um cabideiro, ao lado da cômoda, pendia uma veste, um hábito indubitavelmente sacerdotal. Ao me aproximar, vi que no tampo da cômoda havia uma peruca de cor castanha, quase alourada.

Já me perguntava a qual miserável eu dera hospitalidade nos dias precedentes quando me dei conta de que também estava mascarado, uma vez que o bigode e a barba que usava não eram meus. Então, eu era alguém que se disfarçava uma vez de abastado cavalheiro e outra de eclesiástico? Mas por que havia cancelado qualquer lembrança dessa minha segunda natureza? Ou, então, por qual motivo (talvez para escapar de um mandado de captura) me travestia com bigode e barba mas, ao mesmo tempo, hospedava na minha casa alguém que se disfarçava de abade? E, se esse abade de mentira (porque um abade verdadeiro não usaria uma peruca) vivia comigo, onde dormia, visto que na casa havia somente uma cama? Ou quem sabe ele não vivia comigo, e se refugiara na minha casa na véspera por alguma razão, livrando-se depois do seu disfarce para ir sabe Deus aonde, a fim de fazer sabe Deus o quê?

Senti um vazio na cabeça, como se visse algo de que deveria me lembrar mas de que não me lembrava; quero dizer, como algo que pertencesse às lembranças de outrem. Creio que falar de lembranças de outrem é a expressão certa. Naquele momento, tive a sensação de ser um outro que estava se observando, de fora. Alguém observava Simonini, que tinha repentinamente a sensação de não saber exatamente quem era.

Calma, raciocinemos, disse a mim mesmo. Para um indivíduo que, sob o pretexto de vender bricabraque, falsifica documentos e escolheu viver em um dos bairros menos recomendáveis de Paris, não era inverossímil dar asilo a alguém envolvido em maquinações pouco limpas. Mas ter esquecido a quem dava refúgio, isso não me soava normal.

Eu sentia a necessidade de olhar às minhas costas, e de repente minha própria casa parecia um lugar estranho, que talvez escondesse outros segredos. Comecei a explorá-la como se ela fosse a moradia de outra pessoa. Quando se sai da cozinha, à direita fica o quarto, à esquerda o salão com os móveis de sempre. Abri as gavetas da escrivaninha, que continham meus instrumentos de trabalho, as penas, os frasquinhos das várias tintas, folhas ainda brancas (ou amarelas) de épocas e formatos diferentes; nas prateleiras, além dos livros estavam as caixas com meus documentos e um tabernáculo antigo em nogueira. Passei a tentar recordar para que servia aquilo quando ouvi tocarem lá embaixo. Desci para escorraçar algum importuno e vi uma velha que acreditei conhecer. Através da vidraça, ela me disse "fui enviada por Tissot", e fui obrigado a fazê-la entrar; sei lá por que escolhi aquela senha.

Ela entrou e abriu um pano que trazia apertado ao peito, mostrando-me vinte hóstias.

— O abade Dalla Piccola me disse que o senhor estava interessado.

Surpreendi-me respondendo "certo", e perguntei quanto. Dez francos cada uma, foi o que disse a velha.

— A senhora está maluca — respondi, por instinto de comerciante.

— Maluco é o senhor, que celebra missas negras com elas. Acha fácil ir a vinte igrejas em três dias, receber a comunhão depois de procurar manter a boca seca, ajoelhar-se com as mãos no rosto, tentar retirar as hóstias da boca sem que se umedeçam e recolhê-las em uma bolsa que levo junto aos seios, de tal modo que nem o vigário nem os vizinhos percebam? Sem falar do sacrilégio e do inferno que me espera. Portanto, se quiser, são duzentos francos, ou então vou procurar o abade Boullan.

— O abade Boullan morreu. Vê-se que a senhora não consome hóstias faz tempo — respondi quase maquinalmente. Depois decidi que, com a confusão que sentia na cabeça, devia seguir meu instinto sem refletir demais. — Está bem, fico com elas — concluí e paguei. E compreendi que devia guardar as partículas no tabernáculo do meu escritório, à espera de algum cliente aficionado. Um trabalho como outro qualquer.

Em suma, tudo me parecia cotidiano, familiar. No entanto, eu sentia ao meu redor como que o odor de algo sinistro, que me escapava.

Tornei a subir ao escritório e notei que, coberta por um reposteiro, ao fundo havia uma porta. Abri-a já sabendo que entraria em um corredor tão escuro que seria preciso percorrê-lo com uma lamparina. O corredor se assemelhava ao depósito de acessórios de um teatro ou ao armazém de um adeleiro do Templo. Nas paredes, estavam pendurados os trajes mais díspares, de camponês, de carbonário, de carteiro, de mendigo, um gibão e umas calças de soldado, e, ao lado das roupas, os adereços de cabeça que deveriam completá-las. Uma dúzia de cabeças dispostas em boa ordem sobre um console de madeira sustentavam outras tantas perucas. Ao fundo, uma *coiffeuse* semelhante à dos camarins de atores, coberta por potinhos de alvaiade e de ruge, lápis pretos e turqui, patas de lebre, esponjas, pincéis, escovinhas.

Em certo ponto, o corredor dobrava em ângulo reto e, no final, havia outra porta que conduzia a um aposento mais luminoso do que os meus, porque recebia a luz de uma rua que não era o apertado impasse Maubert. De fato, debruçando-me em uma das janelas, vi que ele dava para a rue Maître Albert.

Desse aposento, uma escadinha levava à rua, mas isso era tudo. Tratava-se de um conjugado, algo entre um escritório e um quarto, com móveis sóbrios e escuros, uma mesa de trabalho, um genuflexório, uma cama. Junto à saída abria-se uma pequena cozinha e, sob a escada, uma *chiotte* com pia.

Era evidentemente o *pied-à-terre* de um eclesiástico, com quem eu devia ter alguma familiaridade, uma vez que nossos dois apartamentos se comunicavam. Embora o conjunto parecesse me lembrar alguma coisa, na verdade eu tinha a impressão de estar visitando aquele aposento pela primeira vez.

Aproximei-me da mesa e vi um feixe de cartas com seus envelopes, todos endereçados à mesma pessoa: Ao Reverendíssimo, ou ao Muito Reverendo, Senhor Abade Dalla Piccola. Junto às cartas, notei umas folhas escritas em uma caligrafia fina e graciosa, quase feminina, muito diferente da minha. Esboços de cartas sem nenhuma importância especial, agradecimentos por uma dádiva, confirmações de um encontro. O papel que estava sobre todos, porém, era redigido de maneira desordenada, como se quem escrevia estivesse tomando notas para fixar alguns pontos sobre os quais refletir. Com alguma dificuldade, li:

Tudo parece irreal. Como se eu fosse um outro que me observa. Registrar por escrito para ter certeza de que é verdade.
Hoje é 22 de março.
Onde estão o hábito e a peruca?
O que eu fiz ontem à noite? Tenho uma espécie de névoa na cabeça.
Não recordava sequer aonde levava a porta ao fundo do aposento.
Descobri um corredor (nunca o vi?) cheio de roupas, perucas, cremes e maquilagens daquelas que os atores usam.
Do mancebo pendia um bom hábito sacerdotal, e em uma bancada encontrei não só uma boa peruca mas também sobrancelhas postiças. Com um fundo ocre, duas maçãs do rosto levemente rosadas, voltei àquilo que creio ser, aspecto pálido e ligeiramente febril. Ascético. Sou eu. Eu quem?
Sei que sou o abade Dalla Piccola. Ou, melhor, aquele que o mundo conhece como abade Dalla Piccola. Mas evidentemente não o sou, visto que, para semelhá-lo, devo me travestir.
Aonde leva aquele corredor? Medo de ir até o fundo.
Reler as anotações acima. Se aquilo que está escrito está escrito, realmente me aconteceu. Ter fé nos documentos escritos.
Alguém me administrou um elixir? Boullan? Bem possível. Ou os jesuítas? Ou os franco-maçons? O que tenho a ver com eles?
Os judeus! Eis quem pode ter sido.
Aqui não me sinto em segurança. Alguém pode ter entrado tarde da noite, ter me subtraído as roupas e, o que é pior, espiado meus papéis.

Talvez alguém esteja circulando por Paris fazendo-se acreditar por todos o abade Dalla Piccola.
Devo me refugiar em Auteuil. Talvez Diana saiba. Quem é Diana?

As anotações do abade Dalla Piccola paravam aqui, e é curioso que ele não tivesse guardado consigo um documento tão confidencial, indício da agitação que certamente o tomava. E aqui acabava o que eu podia saber sobre ele.

Voltei ao apartamento do impasse Maubert e sentei-me à minha mesa de trabalho. De que modo a vida do abade Dalla Piccola se cruzava com a minha?

Naturalmente, eu não podia evitar a hipótese mais óbvia. O abade Dalla Piccola e eu éramos a mesma pessoa e, se assim fosse, tudo se explicaria: os dois apartamentos em comum e até mesmo que eu houvesse retornado vestido de Dalla Piccola ao apartamento de Simonini, ali tivesse deixado hábito e peruca e em seguida adormecido. Exceto por um pequeno detalhe: se Simonini era Dalla Piccola, por que eu ignorava tudo sobre Dalla Piccola e não me sentia Dalla Piccola que ignorava tudo sobre Simonini — e até para conhecer os pensamentos e os sentimentos de Dalla Piccola, precisara ler seus apontamentos? E, se eu também fosse Dalla Piccola, deveria estar em Auteuil, naquela casa sobre a qual ele parecia saber tudo e eu (Simonini), nada. E quem era Diana?

A não ser que eu fosse parte Simonini que esquecera Dalla Piccola, parte Dalla Piccola que esquecera Simonini. Não seria uma novidade. Quem é que me falou de casos de dupla personalidade? Não é o que acontece com Diana? Mas quem é Diana?

Propus-me prosseguir com método. Sabia ter um caderno com meus compromissos, e nele encontrei as seguintes anotações:

21 de março, missa
22 de março, Taxil
23 de março, Guillot para testamento Bonnefoy
24 de março, ver Drumont?

Por que eu deveria ir à missa em 21 de março, não sei, não creio ser crente. Se a pessoa é crente, crê em alguma coisa. Creio em alguma coisa? Não me parece. Portanto, sou descrente. Isso é lógica. Mas deixemos para lá. Certas vezes vai-se à missa por muitas razões, e a fé nada tem a ver.

Mais seguro era que aquele dia, que eu acreditava segunda-feira, era terça-feira 23 de março, e realmente viera o tal Guillot para me fazer redigir o testamento Bonnefoy. Era o dia 23, e eu achava que era 22. O que havia acontecido no dia 22? Quem ou o que era Taxil?

O fato de na quinta-feira eu precisar ver aquele Drumont estava agora fora de questão. Como poderia encontrar alguém, se nem sabia mais quem era eu? Devia me esconder, até esclarecer as ideias. Drumont... Imaginei que sabia muito bem quem era esse homem, mas, se tentasse pensar nele, era como se tivesse a mente ofuscada pelo vinho.

Levantemos algumas hipóteses, disse a mim mesmo. Primeiro: Dalla Piccola é um outro, que por misteriosas razões passa com frequência na minha casa, ligada à sua por um corredor mais ou menos secreto. Na noite de 21 de março, ele voltou aqui pelo impasse Maubert, despiu o hábito (por quê?) e foi dormir na sua própria casa, onde acordou desmemoriado pela manhã. E assim, igualmente desmemoriado, eu acordara duas manhãs depois. Mas, nesse caso, o que eu teria feito na segunda-feira 22, se despertara desprovido de memória na manhã do dia 23? E, afinal, por que Dalla Piccola deveria se despir em minha casa e, em seguida, entrar na sua sem vestir o hábito — e a que horas? Fui assaltado pelo terror de que ele houvesse passado a primeira parte da noite em minha cama... Meu Deus, é verdade que as mulheres me causam horror, mas com um abade seria pior. Sou casto, mas não pervertido...

Ou então, Dalla Piccola e eu somos a mesma pessoa. Visto que encontrei o hábito no meu quarto, depois do dia da missa (21) eu poderia ter voltado ao impasse Maubert, disfarçado de Dalla Piccola (se deveria ir a uma missa, era mais crível que fosse como abade), para depois me livrar do hábito e da peruca e, mais tarde, dormir no apartamento do abade (esquecendo ter deixado o hábito na casa de Simonini). Na manhã seguinte, segunda-feira 22 de março, acordando como Dalla Piccola, não só me veria desmemoriado como também sequer encontraria o hábito aos pés da cama. Na pele de Dalla Piccola, desmemoriado, teria encontrado um hábito sobressalente no corredor e teria tido todo o tempo para fugir na mesma data para Auteuil, exceto se mudasse de ideia no final do dia, criasse coragem e retornasse a Paris tarde da noite, para o apartamento do impasse Maubert, deixando o hábito no cabide do quarto e acordando, novamente desmemoriado, mas como Simonini, na terça-feira, acreditando que ainda era segunda-feira. Então, eu me dizia, Dalla Piccola esquece o 22 de março, e permanece esquecido um dia inteiro, para depois se reencontrar no dia 23 como um Simonini desmemoriado. Nada de excepcional, depois daquilo que eu soube por... Como se chama aquele doutor da clínica de Vincennes?

Salvo por um pequeno problema. Eu havia relido minhas anotações: se as coisas tivessem acontecido assim, na manhã de 23 Simonini deveria encontrar no quarto não um, mas dois hábitos, aquele que ele deixara na noite de 21 e aquele que havia deixado na noite de 22. No entanto, havia somente um.

Mas, não, que idiota. Dalla Piccola voltara de Auteuil na noite do dia 22 para a rue Maître Albert, deixara ali seu hábito, depois passara ao apartamento do impasse Maubert e fora dormir, acordando na manhã seguinte (dia 23) como Simonini e encontrando no cabide um único hábito. É verdade que, se as coisas houvessem ocorrido assim, na manhã do dia 23, quando entrara no apartamento de Dalla Piccola, eu deveria ter encontrado no quarto dele o hábito que havia deixado ali na noite de 22 de março. Mas poderia tê-lo pendurado no corredor onde o achara. Bastava conferir.

Percorri o corredor com a lamparina acesa e algum temor. Se Dalla Piccola não fosse eu, dizia-me, poderia me aparecer, pela outra extremidade daquela passagem, também ele com uma luz acesa diante de si... Por sorte, isso não aconteceu. E no fundo do corredor encontrei o hábito pendurado.

No entanto, no entanto... Se Dalla Piccola tivesse retornado de Auteuil e, tendo despido o hábito, percorrido todo o corredor até meu apartamento e se deitado sem hesitações na minha cama, era porque àquela altura se lembrara de mim, e sabia que podia dormir junto de mim como junto de si mesmo, visto que éramos a mesma pessoa. Por conseguinte, Dalla Piccola fora para a cama sabendo ser Simonini, ao passo que, na manhã seguinte, Simonini acordara sem saber ser Dalla Piccola. Ou seja, primeiro Dalla Piccola perde a memória, depois a recupera, vai dormir e transfere a Simonini seu desmemoriamento.

Desmemoriamento... Essa palavra, que significa a não lembrança, abriu-me uma espécie de brecha na névoa do tempo que esqueci. Eu falava de desmemoriados no Magny, mais de dez anos atrás. Era lá que falava deles com Bourru e Burot, com Du Maurier e com o doutor austríaco.

... No passado, era considerada fenômeno exclusivamente feminino, resultante de distúrbios da função uterina ... (p. 41)

3
CHEZ MAGNY

25 de março de 1897, ao amanhecer

Chez Magny... Sei que sou um amante da boa cozinha e, pelo que recordo, naquele restaurante da rue de la Contrescarpe-Dauphine não se pagava mais de dez francos por cabeça, e a qualidade correspondia ao preço. Mas não se pode ir todo dia ao Foyot. Muitos, nos anos passados, iam ao Magny para admirar a distância escritores já célebres como Gautier ou Flaubert, e antes ainda aquele pianistazinho polonês tísico, sustentado por uma degenerada que vestia calças. Eu tinha dado uma olhada neles certa noite, e saído logo. Os artistas, mesmo de longe, são insuportáveis, ficam observando ao redor para conferir se nós os reconhecemos.

Depois, os "grandes" abandonaram o Magny e emigraram para o Brébant-Vachette, no boulevard Poissonnière, onde se comia melhor e o preço era maior, mas vê-se que *carmina dant panem*. E quando o Magny, por assim dizer, purificou-se, algumas vezes experimentei visitá-lo, desde o início dos anos 1880.

Eu tinha reparado que o lugar era frequentado por homens de ciência, por exemplo químicos ilustres como Berthelot e muitos médicos da Salpêtrière. O hospital não fica exatamente a dois passos, mas talvez aqueles clínicos gostassem de dar um breve passeio pelo Quartier Latin em vez de comerem nas imundas *gargotes* aonde vão os parentes dos enfermos. As conversas dos médicos são interessantes porque sempre se referem às debilidades de algum outro, e no Magny, para se sobrepor ao ruído, todos falam em voz alta, de modo que um ouvido adestrado sempre pode captar algo de interessante. Estar atento não significa procurar saber algo preciso. Tudo, até o irrelevante, pode ser útil um dia. O importante é saber aquilo que os outros não sabem que você sabe.

Se os literatos e os artistas sempre se sentavam em torno de mesas comuns, os homens de ciência almoçavam sozinhos, como eu. Porém, depois de ter tido um vizinho de mesa por algumas vezes, você acaba travando conhecimento com ele. Meu primeiro conhecido foi o doutor Du Maurier, indivíduo odiosíssimo a ponto de você se perguntar como podia um psiquiatra infundir confiança aos seus pacientes exibindo uma cara tão desagradável. Um rosto invejoso e ressentido de quem se considera em eterno segundo lugar. De fato, ele dirigia uma pequena clínica para doentes dos nervos em Vincennes, mas sabia muitíssimo bem que sua instituição de tratamento jamais gozaria da fama e das rendas da clínica do doutor Blanche, mais célebre — embora Du Maurier murmurasse sarcástico que, trinta anos antes, ali se internara um certo Nerval (segundo ele, poeta de algum mérito) que os cuidados da famosíssima clínica Blanche levaram ao suicídio.

Outros dois comensais com quem instaurei boas relações eram os doutores Bourru e Burot, dois tipos singulares que pareciam irmãos gêmeos, vestidos sempre de preto, a roupa quase com o mesmo corte, os mesmos bigode negro e queixo glabro, com o colarinho sempre um tanto sujo, fatalmente, porque em Paris estavam em trânsito, dado que exerciam na École de Médecine de Rochefort e vinham à capital somente por alguns dias a cada mês, a fim de acompanhar as experiências de Charcot.

— Como, não teremos alho-poró hoje? — perguntou um dia Bourru, irritado.

E Burot, escandalizado:

— Não teremos alho-poró?

Enquanto o garçom se desculpava, eu intervim, da mesa vizinha:

— Mas eles têm excelentes barbas-de-bode. Eu até as prefiro ao poró. — Depois cantarolei, sorrindo: — *Tous les légumes/ au clair de lune/ étaient en train de s'amuser (...) Et les passants les regardaient./ Les cornichons/ dansaient en rond,/ les salsifis/ dansaient sans bruit...*

Convencidos, os dois comensais escolheram o *salsifis*. E dali começou uma convivência cordial, por dois dias ao mês.

— Veja, monsieur Simonini — explicava-me Bourru —, o doutor Charcot está estudando a fundo a histeria, uma forma de nevrose que se manifesta por várias reações psicomotoras, sensoriais e vegetativas. No passado, era considerada fenômeno exclusivamente feminino, resultante de distúrbios da função uterina, mas Charcot intuiu que as manifestações histéricas são igualmente difundidas nos dois sexos e podem incluir paralisia, epilepsia, cegueira ou surdez, dificuldade de respirar, falar, engolir.

— O colega — intervinha Burot — ainda não disse que Charcot pretende ter elaborado uma terapia que cura os sintomas dessa enfermidade.

— Eu iria chegar lá — respondia Bourru, melindrado. — Charcot escolheu o caminho do hipnotismo, que até ontem era matéria para charlatães como Mesmer. Os pacientes, submetidos à hipnose, deveriam evocar os episódios traumáticos que estão na origem da histeria e sarar ao tomarem consciência deles.

— E saram?

— Esse é o ponto, monsieur Simonini — dizia Bourru. — Para nós, o que muitas vezes ocorre na Salpêtrière mais parece teatro do que clínica psiquiátrica. Entenda bem, não estou pondo em questão as infalíveis qualidades diagnósticas do Mestre...

— Não duvidamos delas — confirmava Burot. — É a técnica do hipnotismo em si que...

Bourru e Burot me explicaram os vários sistemas de hipnose, desde aqueles ainda charlatanescos de um certo abade Faria (esse nome dumasiano me deixou de orelha em pé, mas sabe-se que Dumas saqueava crônicas verdadeiras) até os já científicos do doutor Braid, um verdadeiro pioneiro.

— Agora — dizia Burot —, os bons magnetizadores seguem métodos mais simples.

— E mais eficazes — esclarecia Bourru. — Diante do enfermo, faz-se oscilar uma medalha ou uma chave, pedindo-lhe que a olhe fixamente: no arco de um a três minutos as pupilas do indivíduo têm um movimento oscilatório, o pulso cai, os olhos se fecham, o rosto exprime uma sensação de repouso e o sono pode durar até vinte minutos.

— Convém acrescentar — corrigia Burot — que depende do indivíduo, porque a magnetização não resulta da transmissão de fluidos misteriosos (como queria aquele bufão do Mesmer), mas de fenômenos de autossugestão. E os ascetas indianos obtêm o mesmo resultado olhando atentamente a ponta do nariz; ou os monges do monte Athos, fitando o próprio umbigo.

— Nós não acreditamos muito nessas formas de autossugestão — complementava Burot —, embora não façamos outra coisa senão pôr em prática intuições que foram próprias de Charcot antes que ele começasse a ter tamanha fé no hipnotismo. Estamos nos ocupando de casos de variação da personalidade; isto é, de pacientes que um dia pensam ser uma pessoa e outro dia, outra, e as duas personalidades se ignoram reciprocamente. No ano passado, entrou para nosso hospital um certo Louis.

— Caso interessante — precisava Bourru. — Apresentava paralisia, anestesias, contraturas, espasmos musculares, hiperestesias, mutismo, irritações cutâneas, hemorragias, tosse, vômito, ataques epilépticos, catatonia, sonambulismo, dança de São Guido, malformações da linguagem...

— Às vezes se acreditava um cão — completava Burot —, ou uma locomotiva a vapor. E também tinha alucinações persecutórias, restrições do campo visual, alucinações gustativas, olfativas e visuais, congestão pulmonar pseudotuberculosa, cefaleias, dor de estômago, prisão de ventre, anorexia, bulimia e letargia, cleptomania...

— Em suma — concluía Bourru —, um quadro normal. Pois bem, nós, em vez de recorrermos à hipnose, aplicamos uma barra de aço sobre o braço direito do enfermo, e eis que nos apareceu, como por encanto, um personagem novo. Paralisia e insensibilidade desapareceram do lado direito e se transferiram para o lado esquerdo.

... Charcot escolheu o caminho do hipnotismo, que até ontem era matéria para charlatães como Mesmer ... (p. 41)

— Estávamos diante de outra pessoa — esclarecia Burot —, que não recordava nada daquilo que era um instante antes. Em um dos seus estados, Louis era abstêmio e no outro, tornava-se até inclinado à embriaguez.

— Note-se — dizia Bourru — que a força magnética de uma substância age inclusive a distância. Por exemplo, sem que o indivíduo saiba, coloca-se embaixo da sua cadeira uma garrafinha que contenha uma substância alcoólica. Nesse estado de sonambulismo, ele mostrará todos os sintomas da embriaguez.

— O senhor compreenderá que nossas práticas respeitam a integridade psíquica do paciente — concluía Burot. — O hipnotismo faz o indivíduo perder a consciência, ao passo que, com o magnetismo, não há comoção violenta sobre um órgão, mas uma carga progressiva dos plexos nervosos.

Daquela conversa, extraí a convicção de que Bourru e Burot eram dois imbecis que atormentavam pobres dementes com substâncias urticantes, e fui confortado na minha certeza ao ver o doutor Du Maurier, que da mesa vizinha acompanhava a conversa, balançar a cabeça várias vezes.

— Caro amigo — disse-me ele dois dias depois —, tanto Charcot quanto os nossos dois de Rochefort, em vez de analisarem o que seus pacientes viveram e de se perguntarem o que significa ter duas consciências, só se ocupam da possibilidade de agir sobre eles com o hipnotismo ou com barras de metal. O problema é que, em muitos indivíduos, a passagem de uma personalidade à outra ocorre espontaneamente, de modos e em momentos imprevisíveis. Poderíamos falar de auto-hipnotismo. Na minha opinião, Charcot e seus discípulos não refletiram o suficiente sobre as experiências do doutor Azam e sobre o caso Félida. Ainda sabemos pouco sobre esses fenômenos; o distúrbio de memória pode ter por causa uma diminuição do aporte de sangue a uma parte ainda desconhecida do cérebro, e o restringimento momentâneo dos vasos pode ser provocado pelo estado de histeria. Mas onde falta o afluxo de sangue nas perdas de memória?

— Onde falta?

— Esse é o ponto. O senhor sabe que nosso cérebro tem dois hemisférios. Portanto, podem existir indivíduos que ora pensam com um hemisfério completo e ora com um incompleto, no qual falta a faculdade da memória. No momento, tenho na clínica um caso muito semelhante ao de Félida. Uma jovem de pouco mais de 20 anos, chamada Diana.

Aqui Du Maurier se deteve um instante, como se temesse confessar algo reservado.

— Uma parenta me confiou a jovem para tratamento, dois anos atrás, e depois morreu, obviamente deixando de pagar a mensalidade, mas o que eu devia fazer? Jogar a paciente na rua? Sei pouco sobre seu passado. Segundo suas narrativas, parece que desde a adolescência, a intervalos de cinco ou seis dias, ela começou a sentir, depois de uma emoção, dores nas têmporas e, em seguida, caía em uma espécie de sono. Na realidade, o que ela chama de sono são ataques histéricos: quando acorda, ou quando se acalma, está muito diferente do que era antes; isto é, entrou naquilo que já o doutor Azam chamava de "condição segunda". Na condição que definiremos como normal, Diana se comporta como adepta de uma seita maçônica... Não me entenda mal, eu também pertenço ao Grande Oriente, ou seja, à maçonaria das pessoas de bem, mas talvez o senhor saiba que existem várias "obediências" de tradição templária, com estranhas propensões para as ciências ocultas, e algumas dessas (são periféricas, naturalmente, por sorte) se inclinam a ritos satânicos. Na condição que infelizmente é preciso definir como "normal", Diana se considera adepta de Lúcifer ou coisas do gênero, faz discursos licenciosos, conta episódios lúbricos, tenta seduzir os enfermeiros e até a mim; lamento dizer uma coisa tão embaraçosa, até porque Diana é aquilo que se considera uma mulher atraente. Acredito que, nessa condição, ela sente traumas que sofreu no decorrer da sua adolescência e tenta escapar a essas lembranças entrando, a intervalos, na sua condição segunda. Nessa, Diana aparece como uma criatura branda e cheia de candura, é uma boa cristã, pede sempre seu livro de orações, quer sair para ir à missa. Mas o fenômeno singular, que também acontecia com Félida, é que na condição segunda, quando é a Diana virtuosa, ela se lembra muito bem de como era na condição normal, se atormenta, se pergunta como pode ter sido tão má, se castiga com um cilício a tal ponto que chama a condição segunda "seu estado de razão", e evoca sua condição normal como um período no qual era vítima de alucinações. Na condição normal, ao contrário, Diana não se lembra de nada do que faz na condição segunda. Os dois estados se alternam a intervalos imprevisíveis, e às vezes ela permanece em uma ou na outra condição por vários dias. Eu concordaria com o doutor Azam quando fala em "sonambulismo perfeito". De fato, não apenas os sonâmbulos, mas também os que consomem drogas, haxixe, beladona, ópio ou abusam do álcool, fazem coisas das quais não se lembram ao despertar.

Não sei por que a narrativa sobre a doença de Diana me deixou tão intrigado, mas recordo ter dito a Du Maurier:

— Falarei disso com um conhecido meu, que cuida de casos lastimáveis como esse e sabe onde hospedar uma jovem órfã. Enviarei o abade Dalla Piccola, um religioso muito poderoso no âmbito das instituições pias.

Portanto, quando falava com Du Maurier, eu conhecia no mínimo o nome de Dalla Piccola. Mas por que me preocupava tanto com aquela Diana?

Estou escrevendo ininterruptamente há horas, o polegar me dói, e me limitei a comer sempre à minha mesa de trabalho, espalhando patê e manteiga no pão, com uns copos de Château Latour, para estimular a memória.

Gostaria de me premiar, não sei, quem sabe com uma visita ao Brébant-Vachette, mas, enquanto não compreender quem sou, não posso me mostrar por aí. Seja como for, mais cedo ou mais tarde deverei me aventurar ainda pela place Maubert, a fim de trazer para casa alguma comida.

Por enquanto não pensemos nisso, e voltemos a escrever.

Naqueles anos (creio ter sido em 1885 ou 1886), conheci no Magny aquele que continuo a recordar como o doutor austríaco (ou alemão). Agora volta-me à mente o nome, chamava-se Froïde (acho que se escreve assim), um médico com seus 30 anos, que certamente só ia ao Magny porque não podia se permitir algo melhor e que fazia um período de aprendizado com Charcot. Costumava se sentar à mesa vizinha e, no início, nos limitávamos a trocar um educado aceno de cabeça. Eu o tinha julgado de natureza melancólica, um pouco deslocado, timidamente desejoso de que alguém escutasse suas confidências para descarregar um pouco das suas ansiedades. Em duas ou três ocasiões, ele havia buscado pretextos para trocar umas palavras, mas eu sempre me mantivera reservado.

Embora o nome Froïde não me soasse como Steiner ou Rosenberg, eu sabia que todos os judeus que vivem e enriquecem em Paris têm nomes alemães, e, desconfiado daquele nariz adunco, um dia perguntei a Du Maurier, o qual fez um gesto vago, acrescentando: "Não sei bem, mas em todo caso me mantenho à parte; judeu e alemão é uma mistura que não me agrada."

— Ele não é austríaco? — perguntei.

— Dá no mesmo, não? Mesma língua, mesmo modo de pensar. Não esqueci os prussianos que desfilavam pelos Champs-Élysées.

— Disseram-me que a profissão médica está entre as mais praticadas pelos judeus, tanto quanto o empréstimo a juros. Sem dúvida, é melhor nunca precisar de dinheiro e jamais cair doente.

— Mas também existem os médicos cristãos — sorriu Du Maurier, gélido.

Eu tinha cometido uma gafe.

Entre os intelectuais parisienses, há quem admita, antes de exprimir a própria repugnância ante os judeus, que alguns dos seus melhores amigos o são. Hipocrisia. Não tenho amigos judeus (Deus me livre); na minha vida sempre evitei essa gente. Talvez os tenha evitado por instinto, porque o judeu (veja só, como o alemão) sente-se pelo bodum (disse-o inclusive Victor Hugo, *fetor judaica*), que os ajuda a se reconhecerem, por esses e outros sinais, como acontece aos pederastas. Meu avô me recordava que o cheiro deles resulta do uso desmedido de alho e cebola e talvez das carnes de carneiro e de ganso, sobrecarregadas por açúcares viscosos que as tornam atrabiliosas. Mas devem ser também a raça, o sangue infecto, os dorsos derreados. São todos comunistas, vejam-se Marx e Lassalle, ao menos nisso meus jesuítas tinham razão.

Sempre evitei os judeus também porque estou atento aos sobrenomes. Os judeus austríacos, quando enriqueciam, compravam sobrenomes graciosos, de flor, de pedra preciosa ou de metal nobre, daí Silbermann ou Goldstein. Os mais pobres adquiriam sobrenomes como Grünspan (azinhavre). Na França, como na Itália, mascararam-se adotando nomes de cidades ou de lugares, como Ravenna, Modena, Picard, Flamand, e por vezes se inspiraram no calendário revolucionário (Froment, Avoine, Laurier) — justamente, visto que seus pais foram os artífices ocultos do regicídio. Convém, porém, prestar atenção também aos nomes próprios que às vezes mascaram nomes judeus: Maurice vem de Moisés, Isidore de Isaac, Edouard de Aarão, Jacques de Jacó e Alphonse de Adão...

Sigmund é um nome judeu? Por instinto, eu tinha decidido não dar confiança àquele medicozinho, mas um dia, ao pegar o saleiro, Froïde o derrubou. Entre vizinhos de mesa devem-se respeitar certas normas de cortesia e eu lhe estendi o meu, observando que, em certos países, derramar o sal era de mau agouro, e ele, rindo, respondeu que não era supersticioso. Desde aquele dia, começamos a trocar umas palavras. Ele se desculpava pelo seu francês, que considerava muito arrastado, mas se fazia entender muito bem. São nômades por vício, precisam se adaptar a todas as línguas. Gentilmente, eu disse: "O senhor só precisa habituar mais o ouvido." E ele me sorriu com gratidão. Escorregadia.

Froïde era mentiroso até enquanto judeu. Eu sempre ouvira dizer que os da sua raça devem consumir apenas alimentos especiais, cozidos apropriadamente, e por isso se mantêm sempre nos guetos, ao passo que Froïde comia em grandes bocados tudo o que lhe sugeriam no Magny e não desdenhava um copo de cerveja às refeições.

Mas, em uma noite, parecia querer relaxar. Já pedira duas cervejas e, após a sobremesa, fumando nervosamente, comandara uma terceira. A certa altura, enquanto falava agitando as mãos, derramou o sal pela segunda vez.

— Não é que eu seja desastrado — desculpou-se —, mas estou agitado. Faz três dias que não recebo carta da minha noiva. Não pretendo que ela me escreva quase todos os dias, como faço, mas esse silêncio me inquieta. Ela tem a saúde delicada, e eu sofro terrivelmente por não estar perto. E também preciso da sua aprovação em tudo o que faço. Eu queria que ela me escrevesse o que pensa sobre meu jantar com Charcot. Porque, saiba, monsieur Simonini, noites atrás fui convidado para jantar na casa desse grande homem. Isso não acontece a todo jovem doutor em visita, e ainda por cima a um estrangeiro.

Pronto, pensei, aí está o pequeno *parvenu* semita, insinuando-se nas boas famílias para fazer carreira. E aquela tensão pela noiva não traía a natureza sensual e voluptuosa do judeu, sempre voltado para o sexo? Pensa nela à noite, não é? E talvez se toque, imaginando-a; você também precisaria ler Tissot. Mas deixei-o contar.

— Havia convidados de qualidade, o filho de Daudet, o doutor Strauss, o assistente de Pasteur, o professor Beck, do Instituto, e Emilio Toffano, o grande pintor italiano. Um serão que me custou 14 francos, uma bela gravata preta de Hamburgo, luvas brancas, uma camisa nova e um fraque, pela primeira vez na minha vida. E, pela primeira vez na vida, mandei encurtar minha barba, à francesa. Quanto à timidez, um pouco de cocaína para soltar a língua.

— Cocaína? Não é um veneno?

— Tudo é veneno, se tomado em doses exageradas, até o vinho. Mas estou estudando há dois anos essa prodigiosa substância. Veja, a cocaína é um alcaloide isolado de uma planta que os indígenas da América mascam para suportar as altitudes andinas. À diferença do ópio e do álcool, provoca estados mentais exaltantes sem com isso ter efeitos negativos. É ótima como analgésico, principalmente em oftalmologia ou na cura da asma, útil no tratamento do alcoolismo e das toxicomanias, perfeita contra o enjoo marítimo, preciosa para a cura do diabetes, faz desaparecer como por encanto a fome, o sono e a fadiga, é um bom substituto do tabaco, cura dispepsias, flatulências, cólicas, gastralgias, hipocondria, irritação espinal, febre do feno, é um precioso reconstituinte na tísica, cura a hemicrania e, em caso de cárie aguda, se inserirmos na cavidade um chumaço de algodão embebido em uma solução a quatro por cento, a dor logo se acalma. E sobretudo é maravilhosa para infundir confiança nos deprimidos, levantar o espírito, tornar as pessoas ativas e otimistas.

O doutor já estava em seu quarto copo e entrara evidentemente na embriaguez melancólica. Debruçava-se para mim, como se quisesse se confessar.

— A cocaína é ótima para alguém que, como eu, sempre digo isso à minha adorável Martha, não se considera muito atraente, alguém que na juventude nunca foi jovem e agora, aos 30 anos, não consegue se tornar maduro. Houve um tempo em que eu era só ambição e ânsia de aprender, e dia após dia sentia-me desalentado pelo fato de a mãe natureza, em um de seus momentos de clemência, não ter me imprimido a marca do gênio que de vez em quando ela concede a alguém.

Deteve-se subitamente, como quem se dá conta de ter posto a própria alma a nu. Judeuzinho lamentoso, pensei. E decidi deixá-lo embaraçado.

— Não se fala da cocaína como de um afrodisíaco? — perguntei.

Froïde corou:

— Ela também possui essa virtude, ao menos creio, mas... Não tenho experiências quanto a isso. Como homem, não sou sensível a tais pruridos. E, como médico, o sexo não é um assunto que me atraia muito. Embora comecem a falar muito de sexo até na Salpêtrière. Charcot descobriu que uma paciente dele, uma certa Augustine, em uma fase avançada das suas manifestações histéricas revelou que o trauma inicial tinha sido uma violência sexual sofrida na infância. Naturalmente, não nego que entre os traumas que desencadeiam a histeria possam se incluir também fenômenos ligados

... em caso de cárie aguda, se inserirmos na cavidade um chumaço de algodão embebido em uma solução a quatro por cento, a dor logo se acalma ... (p. 50)

ao sexo, era só o que faltava. Simplesmente me parece exagerado reduzir tudo ao sexo, mas talvez seja minha *pruderie* de pequeno-burguês que me mantém longe desses problemas.

Não, eu me dizia, não é sua *pruderie*, é que, como todos os circuncisos da sua raça, você é obsedado pelo sexo, mas tenta esquecê-lo. Quero ver se quando botar essas mãos sujas naquela sua Martha você não lhe fará uma enfiada de judeuzinhos e não a deixará tísica pela canseira...

Enquanto isso, Froïde continuava:

— Na verdade, meu problema é que esgotei minha reserva de cocaína e estou caindo novamente na melancolia, os doutores antigos diriam que tenho um transvasamento de bile negra. Antes eu encontrava os preparados de Merck e Gehe, mas eles tiveram que suspender sua produção porque passaram a receber somente matéria-prima ordinária. As folhas frescas só podem ser trabalhadas na América, e a melhor produção é a de Parke-Davis em Detroit, uma variedade mais solúvel, de cor branca pura e odor aromático. Eu tinha algum estoque, mas aqui em Paris não saberia a quem recorrer.

Uma sopa no mel, para quem está a par de todos os segredos da place Maubert e arredores. Eu conhecia indivíduos a quem bastava mencionar não apenas a cocaína, mas também um diamante, um leão empalhado ou um garrafão de vitríolo, e, no dia seguinte, eles os traziam para você, sem que fosse preciso lhes perguntar onde os tinham encontrado. Para mim, a cocaína é um veneno, pensei, e contribuir para envenenar um judeu não me desagrada. Assim, disse ao doutor Froïde que em alguns dias lhe faria chegar uma boa reserva do seu alcaloide. Naturalmente, Froïde não duvidou de que meus procedimentos fossem menos que irrepreensíveis.

— O senhor sabe — falei —, nós, antiquários, conhecemos as pessoas mais variadas.

Nada disso tem a ver com meu problema, mas é para mostrar como, por fim, acabamos criando confiança e falando de uma coisa e outra. Froïde era eloquente e espirituoso, talvez eu estivesse enganado e ele não fosse judeu. É que nossas conversas eram melhores do que aquelas que eu mantinha com Bourru e Burot, e foi dos experimentos desses dois que viemos a falar e daí aludi à paciente de Du Maurier.

— O senhor acha — perguntei — que uma doente desse tipo pode ser curada com as calamitas de Bourru e Burot?

— Caro amigo — respondeu Froïde —, em muitos casos que examinamos se dá excessivo relevo ao aspecto físico, esquecendo que o mal, quando irrompe, muito provavelmente tem origens psíquicas. E, se tem origens psíquicas, é a psique que devemos tratar, não o corpo. Em uma nevrose traumática, a verdadeira causa da doença não é a lesão, geralmente modesta em si, mas o trauma psíquico original. Não ocorre que, ao ter uma emoção forte, a pessoa desmaie? Então, para quem se ocupa de doenças nervosas, o problema não é como se perdem os sentidos, mas qual a emoção que levou a perdê-los.

— Mas como se faz para saber qual foi essa emoção?

— Veja bem, caro amigo, quando os sintomas são claramente histéricos, como no caso dessa paciente de Du Maurier, a hipnose pode produzir artificialmente esses mesmos sintomas e de fato se poderia remontar ao trauma inicial. Outros pacientes, contudo, tiveram uma experiência tão insuportável que desejaram cancelá-la, como se a houvessem guardado em uma zona inalcançável da sua mente, uma zona tão profunda que não se chega a ela sequer sob hipnose. Por outro lado, por que, sob hipnose, deveríamos ter capacidades mentais mais vivazes do que quando estamos despertos?

— Então, nunca se saberá...

— Não me peça uma resposta clara e definitiva, porque estou lhe confiando pensamentos que ainda não assumiram uma forma consumada. Às vezes sou tentado a crer que só se chega àquela zona profunda quando se sonha. Até os antigos sabiam que os sonhos podem ser reveladores. Desconfio que, se um enfermo pudesse falar, e falar longamente, por dias e dias, talvez até contando o que sonhou, com uma pessoa que soubesse escutá-lo, o trauma original poderia aflorar repentinamente, e ficar claro. Em inglês, fala-se de *talking cure*. O senhor deve ter constatado que, se contar eventos longínquos a alguém, recupera, enquanto conta, detalhes que esquecera ou então que pensava haver esquecido, mas que seu cérebro conservou em alguma dobra secreta. Creio que quanto mais detalhada fosse essa reconstituição tanto mais poderia aflorar um episódio, ou melhor, até mesmo um fato insignificante, uma esfumatura que, no entanto, gerou um efeito tão insuportavelmente perturbador a ponto de provocar uma... como direi, uma *Abtrennung*, uma *Beseitigung*, não encontro o termo certo; em inglês, eu diria *removal*; em francês, como se diz quando se corta um órgão... *une ablation*? Bem, talvez em alemão o termo certo seja *Entfernung*.

Eis o judeu que aflora, eu me dizia. Acho que na época já me ocupava dos vários complôs judaicos e do projeto dessa raça no sentido de tornar seus filhos médicos e farmacêuticos para controlar tanto o corpo quanto a mente dos cristãos. Se eu estivesse doente, você ia querer que eu me entregasse nas suas mãos contando tudo sobre mim, até o que não sei, e assim você se tornaria dono da minha alma? Pior que com o confessor jesuíta, ao menos porque com ele eu falaria protegido por uma treliça e não diria o que penso, mas coisas que todos fazem; tanto que são denominadas por termos quase técnicos, iguais para todos: roubei, forniquei, não honrei pai e mãe. Sua própria linguagem o trai, você fala de ablação como se quisesse circuncidar meu cérebro...

Enquanto isso, porém, Froïde começou a rir e pediu mais uma cerveja.

— Mas não tome como certo o que estou lhe dizendo. São as fantasias de um pretensioso. Quando voltar à Áustria, vou me casar e, para manter a família, terei de abrir um consultório. Então usarei sensatamente a hipnose, como Charcot me ensinou, e não bisbilhotarei os sonhos dos meus doentes. Não sou uma pitonisa. Aliás, pergunto-me se à paciente de Du Maurier não faria bem consumir um pouco de cocaína.

Assim terminou aquela conversa, que deixou poucos vestígios na minha lembrança. Agora, porém, tudo me volta à mente porque eu poderia me encontrar, se não na situação de Diana, ao menos como uma pessoa quase normal que perdeu parte da sua memória. À parte o fato de que sabe Deus onde Froïde está hoje, por nada no mundo eu contaria minha vida, não digo a um judeu, mas nem mesmo a um bom cristão. Com o ofício que tenho (qual?), devo contar fatos alheios, sob pagamento, mas me abster a todo custo de contar os meus. Contudo, posso narrar meus fatos a mim mesmo. Recordei que Bourru (ou Burot) me disse que havia ascetas que se hipnotizavam sozinhos, fitando o próprio umbigo.

Então, decidi manter este diário, embora da frente para trás, contando-me meu passado à medida que consigo fazê-lo me voltar à mente, mesmo as coisas mais insignificantes, até que o elemento (como se dizia?) traumatizante apareça. Sozinho. E sozinho quero sarar, sem me colocar nas mãos dos médicos das loucas.

Antes de iniciar (mas já iniciei, justamente ontem), e para entrar no estado de espírito necessário a essa forma de auto-hipnose, eu gostaria de ir à rue Montorgueil, *chez Philippe.* Me sentaria com calma, examinaria longamente o cardápio, aquele que é servido das seis à meia-noite, e pediria *potage à la Crécy,* linguado ao molho de alcaparras, filé de boi e *langue de veau au jus,* e terminaria com um sorvete ao marasquino e confeitaria variada, regando o conjunto com duas garrafas de um velho Borgonha.

Enquanto isso, já seria meia-noite e eu levaria em consideração o cardápio noturno: poderia me conceder uma sopinha de tartaruga (lembrei-me de uma, deliciosa, de Dumas — então, conheci Dumas?), um salmão com cebolinhas e alcachofras à pimenta javanesa, para terminar com um sorvete ao rum e confeitaria inglesa com especiarias. Noite alta, eu me presentearia com alguma delicadeza do cardápio matinal, por exemplo uma *soupe aux oignons,* como naquele momento estavam degustando os descarregadores nas Halles, feliz por me acanalhar com eles. Depois, para me dispor a uma manhã ativa, um café muito forte e um *pousse-café* misto de conhaque e quirche.

Para falar a verdade, me sentiria um tanto pesado, mas o ânimo ficaria distendido.

Ai de mim, não podia me conceder essa doce licença. Estando sem memória, disse a mim mesmo, é possível que, se encontrar no restaurante alguém que o reconheça, você mesmo não o reconheça. Então, como se comportaria?

Também me perguntei como reagir diante de alguém que me procurasse na loja. Com o sujeito do testamento Bonnefoy e com a velha das hóstias, as coisas foram bem, mas poderiam ter sido piores. Coloquei lá fora um cartaz que diz "O proprietário ficará ausente por um mês", sem deixar claro quando começa ou termina o mês. Enquanto eu não compreender algo mais, devo me entocar em casa e só sair de vez em quando, para comprar comida. Talvez o jejum me faça bem, quem sabe se o que está me acontecendo não resulta de algum festim excessivo que me concedi... Quando? Na famigerada noite do dia 21?

Além disso, se eu devia iniciar o reexame do meu passado, precisaria fitar meu umbigo, como dizia Burot (ou Bourru?), e, com o barrigão que tenho, pois me constato tão obeso quanto minha idade já demanda, deveria começar a recordar olhando-me no espelho.

No entanto, comecei, ontem, sentado a essa mesa de trabalho, escrevendo sem parar, sem me distrair, limitando-me a beliscar alguma coisa de vez em quando e bebendo, isso sim, sem moderação. A maior qualidade desta casa é uma boa adega.

4
OS TEMPOS DO MEU AVÔ

26 de março de 1897

Minha infância. Turim... Uma colina para além do Pó, eu na sacada com mamãe. Depois minha mãe não existia mais, meu pai chorava sentado na sacada diante da colina, ao pôr do sol; vovô dizia que havia sido a vontade de Deus.

Com minha mãe eu falava francês, como todo piemontês de boa extração (aqui, em Paris, quando o falo parece que o aprendi em Grenoble, onde se fala o francês mais puro, não como o *babil* dos parisienses). Desde a infância me senti mais francês do que italiano, como acontece a todo piemontês. Por isso, considero os franceses insuportáveis.

* * *

Minha infância foi meu avô, mais do que meu pai e minha mãe. Odiei minha mãe, que se fora sem me avisar, meu pai, que não tinha sido capaz de fazer nada para impedir isso, Deus, porque quisera aquilo, e o vovô, porque lhe parecia normal que Deus quisesse coisas assim. Meu pai sempre esteve em algum outro lugar — fazendo a Itália, dizia ele. Depois a Itália o desfez.

O vovô. Giovan Battista Simonini, ex-oficial do exército saboiano. Parece-me recordar que ele o abandonara na época da invasão napoleônica, alistando-se sob os Bourbon de Florença e, mais tarde, quando também a Toscana passou ao controle de uma Bonaparte, voltara a Turim, capitão reformado, cultivando as próprias amarguras.

Nariz verruguento, quando ele me mantinha ao seu lado, eu via somente o nariz. E sentia no rosto seus perdigotos. Ele era o que os franceses chamavam um *ci-devant*, um nostálgico do Ancien Régime, que não se resignara aos crimes da Revolução. Não abandonara as *culottes* — ainda tinha belas panturrilhas —, fechadas abaixo do joelho por uma fivela de ouro; e de ouro eram as fivelas de seus sapatos de verniz. Colete, paletó e gravata pretos lhe davam uma aparência algo padresca. Embora as regras de elegância dos tempos idos sugerissem usar também uma peruca empoada, renunciara a ela, porque com perucas empoadas, dizia, até facínoras como Robespierre tinham se adornado.

Nunca entendi se ele era rico, mas não se negava a boa cozinha. Do meu avô e da minha infância, recordo sobretudo a *bagna caöda*: em um recipiente de terracota mantido fervente sobre um fogareiro alimentado por brasas, onde crepitava o azeite nutrido de anchovas, alho e manteiga, imergiam-se as alcachofras-bravas (previamente deixadas de molho em água fria e suco de limão — para alguns, mas não para vovô, no leite), pimentões crus ou assados, folhas brancas de couve-de-saboia, girassol-batateiro e couve-flor muito tenra — ou (mas, como dizia o vovô, eram coisas para os pobres) verduras cozidas, cebolas, beterraba, batatas ou cenouras. Eu gostava de comer, e vovô se comprazia ao me ver engordar (dizia com ternura) como um porquinho.

Aspergindo-me de saliva, o vovô me expunha suas máximas:

— A Revolução, meu jovem, nos fez escravos de um Estado ateu, mais desiguais do que antes e irmãos inimigos, cada um Caim do outro. Não é bom ser livre demais, tampouco ter todo o necessário. Nossos pais eram mais pobres e mais felizes porque permaneciam em contato com a natureza. O mundo moderno nos deu o vapor, que contamina os campos, e os teares mecânicos, que tiraram o trabalho de tantos pobrezinhos e já não produzem os tecidos de antigamente. O homem, abandonado a si mesmo, é mau demais para ser livre. O pouco de liberdade de que necessita deve ser garantido por um soberano.

Mas seu tema preferido era o abade Barruel. Penso em mim, jovem, e quase vejo o abade Barruel, que parecia morar na nossa casa, embora devesse estar morto havia tempo.

— Veja, meu rapaz — escuto vovô dizer —, depois que a loucura da Revolução subverteu todas as nações da Europa, fez-se ouvir uma voz que revelou como a Revolução não tinha sido senão o último ou o mais recente capítulo de uma conspiração universal dirigida pelos templários contra o trono e o altar, ou seja, contra os reis, particularmente o rei da França, e nossa Santíssima Madre Igreja... Foi a voz do abade Barruel, que no final do século passado escreveu suas *Mémoires pour servir à l'histoire du jacobinisme...*

— Mas, senhor meu avô, o que os templários tinham a ver com isso? — perguntava então, eu que já sabia de cor aquela história, mas queria dar a ele a oportunidade de repetir seu assunto preferido.

— Rapaz, os templários foram uma ordem poderosíssima de cavaleiros, que o rei da França destruiu para se apoderar dos seus bens, mandando grande parte deles à fogueira. Os sobreviventes, contudo, se constituíram em uma ordem secreta, a fim de se vingar do rei da França. E, de fato, quando a guilhotina decepou a cabeça do rei Luís, um desconhecido subiu ao cadafalso e levantou aquele pobre crânio, gritando: "Jacques de Molay, estás vingado!" E Molay era o grão-mestre dos templários que o rei mandara queimar na ponta extrema da Île de la Cité, em Paris.

— E quando foi queimado esse Molay?

— Em 1314.

— Então, fazendo as contas, senhor meu avô, são quase quinhentos anos antes da Revolução. O que fizeram os templários, nesses quinhentos anos, para se manter escondidos?

— Infiltraram-se nas corporações dos antigos pedreiros das catedrais e, dessas corporações, nasceu a maçonaria inglesa, que assim se chama porque seus sócios se consideravam *free masons*, ou seja, pedreiros livres.

— E por que os pedreiros deviam fazer a Revolução?

— Barruel compreendeu que os templários das origens e os pedreiros livres haviam sido conquistados e corrompidos pelos Iluminados da Baviera! E essa era uma seita terrível, imaginada por um tal de Weishaupt, em que cada membro só conhecia seu superior imediato e ignorava tudo sobre os chefes que estavam mais acima e sobre os propósitos deles, e cujo objetivo era não somente destruir o trono e o altar, mas também criar uma sociedade sem leis e sem moral, na qual seriam postos em comum os bens e até as mulheres; Deus me perdoe por dizer essas coisas a um jovem, mas, afinal, é preciso reconhecer as tramas de Satanás. E ligados como unha e carne aos Iluminados da Baviera eram aqueles negadores de toda fé que haviam gerado a infame *Encyclopédie*, estou falando de Voltaire, e d'Alembert, e Diderot e toda aquela corja que, à semelhança dos Iluminados, falava do Século das Luzes na França, e de Esclarecimento ou Explicação na Alemanha, e que, por fim, reunindo-se secretamente para tramar a queda do rei, deu vida ao clube dito "dos Jacobinos", originado justamente do nome de Jacques de Molay. Eis quem tramou para fazer a Revolução explodir na França!

— Esse Barruel tinha compreendido tudo...

— Não compreendeu como, de um núcleo de cavaleiros cristãos, pudesse nascer uma seita inimiga de Cristo. Você sabe, é como o fermento na massa, se ele faltar a massa não cresce, não infla e você não faz o pão. Qual foi o fermento que alguém ou o fado ou o diabo introduziu no corpo ainda saudável dos conventículos dos templários e dos pedreiros livres para fazer levedar neles a mais diabólica das seitas de todos os tempos?

Aqui vovô fazia uma pausa, juntava as mãos, como que para se concentrar melhor, sorria astuto e revelava, com calculada e triunfal modéstia:

— Quem teve a coragem de dizer isso pela primeira vez foi seu avô, caro jovem. Quando pude ler o livro de Barruel, não hesitei em escrever a ele uma carta. Vá ali atrás, meu jovem, pegue aquele estojo que está ali.

Eu obedecia, o vovô abria o estojo com uma chave dourada que trazia pendurada ao pescoço e dali tirava um papel amarelecido, com uns quarenta anos de antiguidade.

... quase vejo o abade Barruel, que parecia morar na nossa casa, embora devesse estar morto havia tempo ... (p. 59)

— Este é o original da carta, que depois copiei lindamente para enviar a Barruel.

Revejo vovô lendo, com pausas dramáticas.

"*Recebei, Senhor, de um ignorante militar como sou, as mais sinceras felicitações por vossa obra, que a bom direito pode ser chamada a obra por excelência do último século. Oh! Como desmascarastes bem essas seitas infames que preparam os caminhos do Anticristo e são os inimigos implacáveis, não somente da religião cristã, mas de todo culto, de toda sociedade, de toda ordem. Há uma, porém, que só mencionastes levemente. Talvez o tenhais feito de propósito, porque é a mais conhecida e, consequentemente, a menos temível. Mas, na minha opinião, ela é hoje a potência mais formidável, se considerarmos suas grandes riquezas e a proteção de que goza em quase todos os Estados da Europa. Bem compreendeis, Senhor, que estou falando da seita judaica. Ela parece totalmente separada e inimiga das outras seitas; mas, na verdade, não o é. De fato, basta que uma dessas se mostre inimiga do nome cristão para que ela a favoreça, a remunere e a proteja. E, afinal, já não a vimos, e não a vemos, prodigalizar seu ouro e sua prata a fim de sustentar e guiar os modernos sofistas, os franco-maçons, os Jacobinos, os Iluminados? Portanto, os judeus, com todos os outros sectários, não formam senão uma única facção, para destruir, se for possível, o nome cristão. E não acrediteis, Senhor, que tudo isso seja exagero da minha parte. Eu não exponho coisa alguma que não me tenha sido dita pelos próprios judeus...*"

— E como o senhor soube essas coisas pelos judeus?

— Eu tinha pouco mais de 20 anos, e era um jovem oficial do exército saboiano, quando Napoleão invadiu os estados sardos, fomos derrotados em Millesimo e o Piemonte foi anexado à França. Foi o triunfo dos bonapartistas sem Deus, que vinham atrás de nós, oficiais do rei, para nos pendurar pelo pescoço. E dizia-se que não convinha circular de uniforme ou, pior, não convinha sequer circular. Meu pai era comerciante e se relacionara com um judeu que emprestava a juros e que lhe devia não sei qual favor e, assim, por seus bons ofícios, durante algumas semanas, enquanto o clima não se acalmou e eu pude sair da cidade e procurar certos parentes em

Florença, esse homem pôs à minha disposição — por preço alto, é natural — um quartinho no gueto, que na época ficava bem atrás deste nosso palacete, entre a via San Filippo e a via delle Rosine. A mim, agradava-me muito pouco misturar-me com aquela gentalha, mas era o único lugar onde ninguém pensaria em pôr os pés, os judeus não podiam sair dali e as pessoas de bem se mantinham longe.

Vovô cobria, então, os olhos com as mãos, como para expulsar uma visão insuportável:

— Assim, esperando que passasse a tempestade, vivi naqueles buracos imundos, onde às vezes moravam oito indivíduos em um só aposento, cozinha, cama e balde para excrementos, todos consumidos pela anemia, a pele de cera, imperceptivelmente azul como a porcelana de Sèvres, sempre ocupados em procurar os cantos mais escondidos, clareados somente pela luz de uma vela. Não tinham uma gota de sangue, a tez amarelada, os cabelos da cor de ictiocola, a barba de um ruivo indefinível e, quando era preta, com reflexos que lembravam um redingote desbotado... Eu não conseguia suportar o fedor da minha habitação e circulava pelos cinco pátios, recordo muito bem, o Pátio Grande, o Pátio dos Padres, o Pátio da Videira, o Pátio da Taberna e o do Terraço, que se comunicavam por uns pavorosos corredores cobertos, os Pórticos Escuros. Agora você encontra judeus até na praça Carlina, ou melhor, encontra-os em qualquer lugar porque os Savoia estão baixando as calças, mas, na época, eles se espremiam um ao lado do outro naqueles becos sem sol e, no meio daquela multidão untuosa e sórdida, meu estômago, se não fosse pelo medo dos bonapartistas, não aguentaria...

Vovô fazia uma pausa, umedecendo os lábios com um lenço, como se quisesse remover da boca um sabor insuportável:

— E eu devia a eles minha salvação, que humilhação! Mas, se nós, cristãos, os desprezávamos, eles não eram nem um pouco ternos conosco; pelo contrário, nos odiavam, como de resto nos odeiam até hoje. Então, comecei a contar que tinha nascido em Livorno, de uma família judaica, que ainda jovem tinha sido criado por parentes que lastimavelmente haviam me batizado, mas que, no meu coração, eu continuara sendo um judeu. Essas minhas confidências não pareciam impressioná-los muito, porque, diziam-me, havia tantos deles na minha situação que agora não davam mais importância a isso. Porém minhas palavras me conquistaram a confiança de um velho que morava no Pátio do Terraço, ao lado de um forno para cozer pães ázimos.

Aqui, o vovô se animava contando sobre esse encontro e, revirando os olhos e gesticulando com as mãos, imitava a fala do judeu sobre o qual narrava. Parece então que esse Mordechai era de origem síria e se envolvera, em Damasco, em um triste episódio. Um menino árabe desaparecera da cidade, e de início não se pensou nos judeus porque se considerava que esses, para seus ritos, matavam somente jovens cristãos. Mais tarde, porém, foram encontrados no fundo de um fosso os restos de um pequeno cadáver, que devia ter sido cortado em mil pedaços depois esmagados em um pilão. Os modos do crime eram tão afins àqueles habitualmente imputados aos judeus que os policiais começaram a pensar que, com a aproximação da Páscoa, precisando de sangue cristão para embeber os ázimos e não conseguindo capturar um filho de cristãos, eles haviam capturado e batizado o árabe, para depois o trucidar.

— Você sabe — comentava vovô — que um batismo é sempre válido, não importa por quem seja feito, desde que quem batiza pretenda batizar segundo a intenção da Santa Igreja Romana, coisa que os pérfidos judeus sabem muitíssimo bem e não sentem nenhuma vergonha em dizer: "Eu te batizo assim como o faria um cristão, em cuja idolatria não creio, mas na qual ele continua crendo plenamente." Assim, o coitado do pequeno mártir teve a sorte de ir para o paraíso, embora por mérito do diabo.

Não demoraram a suspeitar de Mordechai. Para fazê-lo falar, ataram seus pulsos às costas, penduraram-lhe pesos nos pés e, por 12 vezes, o suspenderam com uma polia e o deixaram precipitar-se ao solo. Depois lhe passaram enxofre sob o nariz, mergulharam-no em água gelada e, quando ele levantava a cabeça, afundavam-no novamente, até que ele confessou. Ou, melhor, dizia-se que, para acabar com aquilo, o miserável entregou os nomes de cinco correligionários seus, que não tinham nada a ver com a história, e esses foram condenados à morte, enquanto ele, com os membros deslocados, foi posto em liberdade, mas a essa altura havia perdido a razão e alguma boa alma o embarcou em um navio mercante que se dirigia a Gênova; do contrário, os outros judeus o matariam a pedradas. Também se dizia que no navio ele fora seduzido por um barnabita que o convencera a se batizar e ele, para obter ajuda após ser desembarcado nos reinos sardos, aceitara, mantendo-se porém, no seu coração, fiel à religião dos seus pais. Seria, então, aquilo que os cristãos chamam de marrano, exceto porque, ao chegar a Turim e pedir asilo no gueto, negou ter se convertido, e muitos o supunham um falso judeu que conservava no íntimo sua nova fé cristã — por conseguinte, seria marrano duas vezes, digamos assim. Mas, como ninguém podia provar todo aquele falatório vindo do ultramar, pela piedade devida aos dementes ele era mantido vivo pela caridade de todos, bastante parca, e relegado a um tugúrio onde sequer um habitante do gueto ousaria morar.

Na opinião do vovô, o velho, não importava o que houvesse feito em Damasco, não enlouquecera de maneira alguma. Simplesmente era animado por um ódio inextinguível aos cristãos e, naquela pocilga desprovida de janelas, segurando-lhe com a mão trêmula o pulso e fitando-o com olhos que cintilavam no escuro, dizia que desde então havia dedicado sua vida à vingança. Contava-lhe que o Talmude prescrevia o ódio pela raça cristã e que, para corromper os cristãos, eles, os judeus, haviam inventado os franco-maçons, dos quais ele mesmo se tornara um dos superiores desconhecidos, que comandava as lojas de Nápoles a Londres, mas que devia permanecer oculto, secreto e segregado para não ser apunhalado pelos jesuítas, que estavam no seu encalço por toda parte.

Ao falar, olhava ao redor, como se de todos os cantinhos escuros devessem surgir jesuítas armados com um punhal, depois fungava ruidosamente; chorava um pouco por sua triste condição, um pouco sorria astuto e vingativo, saboreando o fato de o mundo inteiro ignorar seu terrível poder. Apalpava untuosamente a mão do jovem Simonini e continuava a devanear. E dizia que, se Simonini quisesse, a seita o acolheria com alegria, e ele o faria entrar para a mais secreta das lojas maçônicas.

E lhe revelara que, tanto Manes, o profeta da seita dos Maniqueus, quanto o infame Velho da Montanha, que inebriava de droga seus Assassinos para depois os mandar matar os príncipes cristãos, eram da raça judaica. Que os franco-maçons e os Iluminados tinham sido instituídos por dois judeus, e que dos judeus se originavam todas as seitas anticristãs, as quais, naquele momento, eram tão numerosas no mundo a ponto de chegar a vários milhões de pessoas de todos os sexos, de todos os Estados, de todos os níveis e de todas as condições, aí incluídos muitíssimos eclesiásticos, e até alguns cardeais, e alimentavam a esperança de em breve ter um papa do seu partido (e, comentaria vovô anos depois, desde que subira ao trono de Pedro um ser ambíguo como Pio IX, a coisa não parecia tão inverossímil assim). Que, para melhor enganar os cristãos, eles mesmos muitas vezes se fingiam cristãos, viajando e passando de um país a outro com falsas certidões de batismo, adquiridas de padres corruptos, e que esperavam, à força de dinheiro e de trapaças, obter de todos os governos um estado civil, como já estavam obtendo em muitos países, e que, quando possuíssem direitos de cidadania como todos os outros, começariam a adquirir casas e terrenos, e que por meio da usura espoliariam os cristãos dos seus bens fundiários e dos seus tesouros, e que prometiam se tornar em menos de um século os donos do mundo, abolir todas as outras seitas para fazer reinar a deles, construir tantas sinagogas quantas eram as igrejas dos cristãos e reduzir o resto desses à escravidão.

— Foi isso — concluía o vovô — o que revelei a Barruel. Talvez tenha exagerado um pouco, dizendo ter sabido por todos aquilo que só um me havia confiado, mas eu estava convencido, e ainda estou convencido, de que o velho me dizia a verdade. E assim escrevi, se você me deixar acabar de ler.

E vovô recomeçava a ler:

"*Eis aí, Senhor, os pérfidos projetos da nação hebraica, que escutei com meus próprios ouvidos... Seria, portanto, muito desejável que uma pena enérgica e superior como a vossa fizesse os supracitados governos abrirem os olhos e os instruísse a fazer esse povo retornar para a abjeção que lhe é devida, na qual nossos pais mais políticos e mais judiciosos sempre cuidaram de mantê-los. Por tal razão, Senhor, convido-vos a isso em meu nome particular, implorando-vos perdoar a um Italiano, a um soldado, os erros de todo gênero que encontrareis nesta carta. Desejo-vos da mão de Deus a mais ampla recompensa pelos escritos luminosos com os quais enriquecestes Sua Igreja e que Ele inspire por vós, a quem os ler, a mais alta estima e o mais profundo respeito em que tenho a honra de ser, Senhor, vosso humílimo e obedientíssimo servo, Giovanni Battista Simonini."*

A essa altura, a cada vez, vovô repunha a carta no estojo e eu perguntava:

— E o que disse o abade Barruel?

— Não se dignou a me responder. Mas eu, como conhecia bons amigos na cúria romana, soube que aquele covarde temeu que, se fossem difundidas aquelas verdades, se viesse a desencadear um massacre dos judeus que ele não se animava a provocar porque considerava que entre esses existiam inocentes. Além disso, devem ter tido certo peso algumas manobras dos judeus franceses da época, quando Napoleão decidiu encontrar os representantes do Grande Sinédrio para obter o apoio deles às suas ambições, e alguém deve ter informado ao abade que não convinha turvar as águas. Todavia, ao mesmo tempo, Barruel não conseguiu silenciar e acabou enviando o original da minha carta ao sumo pontífice Pio VII e cópias dela a vários bispos. A coisa tampouco acabou aí, porque ele também comunicou a carta ao cardeal Fesch, então primado das Gálias, para que a mostrasse a Napoleão. E fez o mesmo junto ao chefe da polícia de Paris. E a polícia parisiense, disseram-me, desenvolveu uma investigação junto à cúria romana, para saber se eu era testemunha fidedigna. E, pelos demônios, eu o era; os cardeais não puderam negar! Em suma, Barruel jogava a pedra e escondia a mão; não queria suscitar um vespeiro maior do que aquele já suscitado pelo seu livro, mas, aparentando calar, comunicava minhas revelações a meio mundo. Saiba você que Barruel tinha sido educado pelos jesuítas até que Luís XV expulsou os jesuítas da França e, depois, recebera as ordens como padre secular, mas voltou a ser jesuíta quando Pio VII devolveu plena legitimidade à ordem. Pois bem, você sabe que eu sou católico fervoroso e professo o máximo respeito por quem quer que use um hábito sacerdotal, mas certamente um jesuíta é sempre um jesuíta, diz uma coisa e faz outra, faz uma coisa e diz outra, e Barruel não se comportou de maneira diferente...

E vovô casquinava, cuspindo saliva entre os poucos dentes que lhe restavam, divertido por aquela sua sulfúrea impertinência.

— Pois é, meu Simonino — concluía —, eu estou velho, não tenho vocação para bancar a voz que grita no deserto. Se não quiseram me dar ouvidos, responderão por isso diante do Pai Eterno, mas a vocês, jovens, confio a tocha do testemunho, agora que os malditíssimos judeus se tornam cada vez mais poderosos e nosso covarde soberano Carlos Alberto se mostra cada vez mais indulgente com eles. Porém, será derrubado pela conspiração que tramam...

— Conspiram também aqui em Turim? — perguntava eu.

O vovô olhava ao redor, como se alguém escutasse suas palavras, enquanto as sombras do ocaso escureciam o aposento.

— Aqui e em todo lugar — dizia. — São uma raça maldita, e seu Talmude diz, como afirma quem o sabe ler, que os judeus devem amaldiçoar os cristãos três vezes por dia e pedir a Deus que esses sejam exterminados e destruídos, e que, se um deles encontrar um cristão no alto de um precipício, deve empurrá-lo lá para baixo. Sabe por que você se chama Simonino? Eu quis que seus pais o batizassem assim em memória do Pequeno São Simão, um menino mártir que no longínquo século XV, em Trento, foi raptado pelos judeus, que o mataram e o despedaçaram, sempre para usar o sangue em seus ritos.

* * *

"Se você não for bonzinho e não dormir logo, esta noite o horrível Mordechai virá visitá-lo." Assim me ameaçava o vovô. E eu demoro a adormecer, no meu quartinho na água-furtada, apurando o ouvido a cada rangido da velha casa, quase escutando pela escadinha de madeira os passos do terrível velho que vem me buscar, me arrastar ao seu habitáculo infernal e me fazer comer pães ázimos embebidos no sangue dos mártires infantes. Confundindo essa com outras narrativas que ouvi da mãe Teresa, a velha serva que amamentou meu pai e ainda arrasta os chinelos pela casa, ouço Mordechai engrolar, salivando lúbrico: "Inhos, inhos, sinto odor de cristãozinhos."

* * *

Tenho já quase 14 anos e várias vezes fui tentado a entrar no gueto, que já se derramava além dos antigos limites, visto que estão para ser suprimidas no Piemonte muitas restrições. Enquanto circulo quase na fronteira daquele mundo proibido, talvez encontre alguns judeus, mas ouvi dizer que muitos abandonaram sua aparência secular. Eles se disfarçam, diz o vovô, disfarçam-se, passam ao nosso lado e nós nem sabemos. Sempre circulando pelas margens, encontrei uma moça de cabelos negros que todas as manhãs atravessa a praça Carlina para levar não sei que cesto coberto por um pano a uma loja próxima. Olhar ardente, olhos de veludo, pele morena... Impossível que seja uma judia, que aqueles pais descritos pelo vovô como tendo rostos de rapineiro grifenho e olhos venenosos possam gerar fêmeas dessa estirpe. No entanto, ela só pode vir do gueto.

É a primeira vez em que olho uma mulher que não seja a mãe Teresa. Passo e volto a passar todas as manhãs e, como a vejo de longe, meu coração dispara. Nas manhãs em que não a vejo, circulo pela praça como se buscasse um caminho de fuga e rejeitasse todos, e ainda estou ali quando em casa vovô me espera sentado à mesa, ruminando furioso umas migalhas de pão.

Certa manhã, ouso deter a moça, perguntando-lhe, de olhos baixos, se posso ajudá-la a carregar o cesto. Ela responde com altivez, em dialeto, que pode muito bem levá-lo sozinha. Mas não me chama *monssü*, meu senhor, e sim *gagnu*, fedelho. Não a procurei mais, não a vi mais. Fui humilhado por uma filha de Sião. Talvez porque sou gordo? O fato é que ali se iniciou minha guerra com as filhas de Eva.

* * *

... quase escutando pela escadinha de madeira os passos do terrível velho que vem me buscar, me arrastar ao seu habitáculo infernal e me fazer comer pães ázimos embebidos no sangue dos mártires infantes ... (p. 68)

Por toda a minha infância, vovô não quis me mandar para as escolas do Reino, pois dizia que ali só carbonários e republicanos ensinavam. Vivi todos aqueles anos em casa, sozinho, olhando com rancor, durante horas, os outros meninos que brincavam na beira do rio, como se me subtraíssem algo que era meu; e, no restante do tempo, ficava fechado em um quarto estudando com um padre jesuíta, que vovô sempre escolhia, segundo minha idade, entre os corvos negros que o rodeavam. Eu odiava o mestre da vez, não só porque me ensinava coisas a baquetadas nos dedos, mas também porque meu pai (nas raras vezes em que se entretinha distraidamente comigo) me instilava ódio contra os padres.

— Mas os meus mestres não são padres, são sacerdotes jesuítas — dizia eu.

— Pior — retrucava meu pai. — Jamais confie nos jesuítas. Sabe o que escreveu um santo padre (eu disse um padre, preste atenção, e não um maçom, um carbonário, um Iluminado de Satanás como dizem que sou, mas um padre de bondade angelical, o abade Gioberti)? É o jesuitismo que desacredita, molesta, atribula, calunia, persegue, arruína os homens dotados de espírito livre, é o jesuitismo que expulsa dos empregos públicos os bons e os valentes, substituindo-os pelos tristes e pelos vis, é o jesuitismo que atrasa, estorva, prejudica, perturba, enfraquece, corrompe de mil maneiras a instrução pública e privada, que semeia rancores, desconfianças, animosidades, ódios, litígios, discórdias notórias e ocultas entre os indivíduos, as famílias, as classes, os Estados, os governos e os povos, é o jesuitismo que debilita os intelectos, doma pela indolência os corações e as vontades, desfibra os jovens com uma disciplina frouxa, corrompe a idade madura com uma moral condescendente e hipócrita, combate, arrefece, apaga a amizade, os afetos domésticos, a piedade filial, o santo amor à pátria no maior número de cidadãos... Não existe seita no mundo tão desprovida de vísceras (disse ele), tão dura e impiedosa quando se trata dos seus interesses como a Companhia de Jesus. Por trás daquela face branda e lisonjeira, daquelas palavras doces e melosas, daquela postura amável e afabilíssima, o jesuíta que devidamente corresponde à disciplina da

Ordem e às observações dos superiores tem uma alma de ferro, impenetrável aos sentidos mais sagrados e aos mais nobres afetos. Põe rigorosamente em prática o preceito de Maquiavel segundo o qual onde se delibera sobre a saúde da pátria não se deve ter a menor consideração quanto ao que é justo ou injusto, piedoso ou cruel. E, por isso, desde pequenos eles são educados no colégio a não cultivar os afetos familiares e a não ter amigos, mantendo-se dispostos a revelar aos seus superiores qualquer falta mínima até do colega mais querido, a disciplinar qualquer impulso do coração e a dispor-se à obediência absoluta, *perinde ac cadaver*. Gioberti dizia que, enquanto os *phansigars* da Índia, ou seja, os estranguladores, imolam à sua divindade os corpos dos inimigos, executando-os com laço ou cutelo, os jesuítas da Itália matam a alma com a língua, como os répteis, ou com a pena.

"Embora sempre me tenha feito sorrir", concluía meu pai, "que algumas dessas ideias Gioberti houvesse tomado de segunda mão de um romance publicado no ano anterior, *O judeu errante*, de Eugène Sue."

* * *

Meu pai. A ovelha negra da família. A dar ouvidos ao vovô, mancomunara-se com os carbonários. Quando aludia às opiniões do vovô, limitava-se a me dizer baixinho que não desse importância aos desvarios dele, mas, não sei se por pudor, por respeito às ideias de seu pai ou por desinteresse em relação a mim, evitava me falar dos próprios ideais. Bastava-me ouvir casualmente alguma conversa do vovô com seus padres jesuítas ou atentar para os mexericos da mãe Teresa com o faxineiro para compreender que meu pai fazia parte daqueles que não apenas aprovavam a Revolução e Napoleão como também falavam até de uma Itália que se livrasse do império austríaco, dos Bourbon e do papa e se tornasse (palavra que não se devia pronunciar na presença do vovô) Nação.

* * *

Os primeiros rudimentos me foram transmitidos pelo padre Pertuso, com seu perfil de fuinha. Padre Pertuso foi o primeiro a me instruir sobre a história dos nossos dias (ao passo que meu avô me instruía sobre a história passada).

Mais tarde, corriam os primeiros boatos sobre os movimentos carbonários — dos quais eu tinha notícia pelas gazetas que chegavam endereçadas ao meu pai ausente, sequestrando-as antes que vovô mandasse destruí-las — e recordo-me que devia acompanhar as aulas de latim e de alemão dadas pelo padre Bergamaschi, tão íntimo do vovô que no palacete lhe fora reservado um quartinho não distante do meu. Padre Bergamaschi... À diferença do padre Pertuso, era um homem jovem, de bela presença, cabelos ondulados, rosto bem desenhado, linguagem fascinante e, ao menos na nossa casa, trajava com dignidade um hábito bem cuidado. Lembro-me das suas mãos brancas, de dedos afuselados e unhas um pouco mais compridas do que seria de esperar em um homem da igreja.

Quando me via debruçado, estudando, com frequência se sentava atrás de mim e, acariciando-me a cabeça, alertava-me contra os muitos perigos que ameaçavam um jovem inexperiente e explicava-me como a carbonária não era outra coisa senão o disfarce do flagelo maior, o comunismo.

— Os comunistas — dizia — até ontem não pareciam temíveis, mas agora, depois do manifesto daquele Marsh (assim ele parecia pronunciar), devemos desmascarar as tramas deles. Você não sabe nada de Babette de Interlaken. Digna bisneta de Weishaupt, aquela que foi chamada a Grande Virgem do comunismo helvético.

Não sei por quê, o padre Bergamaschi parecia ser obsedado, mais que com as insurreições milanesas ou vienenses das quais se falava naqueles dias, com os confrontos religiosos que haviam acontecido na Suíça entre católicos e protestantes.

— Babette nasceu de contrabando e cresceu em meio a farras, rapinas e sangue; só conhecia Deus por ter ouvido blasfemarem continuamente contra ele. Nas escaramuças em Lucerna, quando os radicais mataram uns católicos dos cantões primitivos, era Babette a encarregada de lhes arrancar o coração e extirpar os olhos.

Babette, agitando ao vento sua cabeleira loura de concubina da Babilônia, escondia sob o manto das suas graças o fato de ser o arauto das sociedades secretas, o demônio que sugeria todos os ardis e as astúcias daqueles conciliábulos misteriosos. Aparecia de repente e desaparecia em um piscar de olhos como um duende, sabia segredos impenetráveis, furtava despachos diplomáticos sem alterar os lacres, rastejava como uma áspide pelos mais reservados gabinetes de Viena, de Berlim e até de São Petersburgo, falsificava promissórias, alterava os números dos passaportes, ainda menina conhecia a arte dos venenos e sabia ministrá-los como lhe ordenava a seita. Parecia possuída por Satanás, tais eram seu vigor febril e o fascínio dos seus olhares.

Eu arregalava os olhos, tentava não escutar, mas à noite sonhava com Babette de Interlaken. Enquanto, cochilando, buscava cancelar a imagem daquele demônio louro de juba escorrendo pelas costas, sem dúvida, nuas, daquele duende diabólico e perfumado, com seu seio arfante de volúpia de fera descrente e pecadora, e admirava-a como modelo a imitar — ou seja, horrorizado só em pensar aflorá-la com os dedos, sentia o desejo de ser como ela, agente onipotente e secreto que alterava os números dos passaportes, levando à perdição suas vítimas do outro sexo.

* * *

Meus mestres gostavam de comer bem, e esse vício deve ter permanecido em mim até a idade adulta. Recordo mesas grandes, se não alegres ao menos contritas, nas quais os bons padres discutiam sobre a excelência de um cozido misto que meu avô mandara preparar.

Eram necessários ao menos meio quilo de músculo de boi, um rabo, alcatra, salaminho, língua e cabeça de vitela, linguiça, galinha, uma cebola, duas cenouras, dois talos de aipo e um punhado de salsa. Deixava-se cozinhar tudo por tempos diferentes, segundo o tipo de carne. Porém, como lembrava vovô, e padre Bergamaschi aprovava com enérgicos acenos de cabeça, assim que o cozido era colocado na travessa, para ser levado à mesa, era preciso espalhar um punhado de sal grosso sobre a carne e derramar nela algumas conchas de caldo fervente, para ressaltar o sabor. Poucos acompanhamentos, exceto umas batatas, mas eram fundamentais os molhos; podiam ser de mosto, de rabanete ou de frutas com mostarda, mas sobretudo (vovô não transigia) o molhinho verde: um punhado de salsa, quatro filés de anchova, miolo de um pãozinho, uma colher de alcaparras, um dente de alho, uma gema de ovo cozido. Tudo finamente triturado, com azeite de oliva e vinagre.

Esses foram, recordo, os prazeres da minha infância e adolescência. O que mais desejar?

* * *

Tarde abafada. Estou estudando. Padre Bergamaschi senta-se silencioso atrás de mim, aperta a mão sobre minha nuca e sussurra-me que a um jovem tão pio, tão bem-intencionado, que quisesse evitar as seduções do sexo inimigo, ele poderia oferecer não só uma amizade paternal como também o calor e o afeto que um homem maduro pode dar.

Desde então, não me deixo mais tocar por um padre. Será que me disfarço de abade Dalla Piccola para eu mesmo tocar os outros?

* * *

Mas, por volta dos meus 18 anos, vovô, que me queria advogado (no Piemonte chama-se de advogado quem quer que tenha feito estudos de Direito), resignou-se a me deixar sair de casa e a me mandar para a universidade. Pela primeira vez, eu experimentava a relação com meus coetâneos, mas era tarde demais e eu a vivia de maneira desconfiada. Não compreendia suas risadas sufocadas e os olhares de entendimento quando falavam sobre fêmeas e trocavam livros franceses com gravuras repugnantes. Eu preferia ficar sozinho e ler. Meu pai recebia de Paris a assinatura de *Le Constitutionnel*, em que saía em capítulos *O judeu errante*, de Sue, e naturalmente devorei aqueles fascículos. E por eles descobri como a infame Companhia de Jesus sabia tramar os mais abomináveis crimes para se apoderar de uma herança, violando os direitos dos míseros e dos bons. E, junto com a desconfiança ante os jesuítas, aquela leitura me iniciou às delícias do *feuilleton*: no sótão, achei um caixote de livros que, evidentemente, meu pai havia subtraído ao controle do vovô, e (também procurando esconder do meu avô esse meu vício solitário) passava tardes inteiras, até consumir os olhos, sobre *Os mistérios de Paris*, *Os três mosqueteiros*, *O conde de Monte Cristo...*

Tínhamos entrado naquele ano admirável que foi o de 1848. Todo estudante exultava pela subida ao sólio pontifício daquele papa Pio IX, que dois anos antes concedera anistia para os crimes políticos. O ano se iniciara com os primeiros movimentos antiaustríacos em Milão, onde os cidadãos começaram a não fumar para deixar em crise o erário do Régio Governo Imperial (e, aos meus colegas turinenses, pareciam heróis aqueles colegas milaneses que resistiam decididos aos soldados e aos funcionários de polícia que os provocavam, lançando-lhes baforadas de fumaça de charutos perfumadíssimos). No mesmo mês explodiram movimentos revolucionários no reino das Duas Sicílias, e Fernando II prometeu uma Constituição. Contudo, enquanto em fevereiro, em Paris, a insurreição popular destronava Luís Filipe e era proclamada (de novo e finalmente!) a república — e aboliam-se a pena de morte para crimes políticos e a escravidão e instaurava-se o sufrágio universal —, em março o papa concedeu não só a Constituição, como também a liberdade de imprensa e livrou os judeus do gueto de muitos rituais e sujeições humilhantes. E, no mesmo período, também o grão-duque da Toscana concedia a Constituição enquanto Carlos Alberto promulgava o Estatuto nos reinos sardos. Por fim, houve os movimentos revolucionários em Viena, na Boêmia e na Hungria, e aquelas cinco jornadas da insurreição de Milão, que levariam à expulsão dos austríacos, com o exército piemontês entrando em guerra para anexar ao Piemonte a Milão libertada. Meus colegas sussurravam também sobre o aparecimento de um manifesto dos comunistas, de modo que quem exultava não eram só os estudantes mas também os trabalhadores e os homens de baixa con-

... Eu arregalava os olhos, tentava não escutar, mas à noite sonhava com Babette de Interlaken ... (p. 74)

dição, todos convencidos de que em breve enforcariam o último padre com as tripas do último rei.

Não que todas as notícias fossem boas, porque Carlos Alberto estava sofrendo derrotas e era considerado traidor pelos milaneses e, em geral, por qualquer patriota; Pio IX, apavorado com o assassinato de um ministro seu, refugiara-se em Gaeta junto ao rei das Duas Sicílias e, depois de jogar a pedra, escondia a mão, mostrava-se menos liberal do que parecera no início e muitas das constituições concedidas eram abolidas... Mas, em Roma, enquanto isso, haviam chegado Garibaldi e os patriotas mazzinianos, e, no início do ano seguinte, seria proclamada a República Romana.

Meu pai desaparecera definitivamente de casa em março, e mãe Teresa se dizia convencida de que ele se unira aos insurretos milaneses; mas, em dezembro, um dos jesuítas locais soube que ele fora ao encontro dos mazzinianos que corriam para defender a República Romana. Abatido, vovô me bombardeava com vaticínios horríveis, que transformavam o *annus mirabilis* em *annus horribilis*. Tanto que, nos mesmos meses, o governo piemontês suprimia a ordem dos jesuítas, confiscando seus bens, e, para destruí-los, suprimia também as ordens jesuitizantes, como os oblatos de São Carlos e de Maria Santíssima e os liguoristas.

— Estamos no advento do Anticristo — lamentava vovô, e naturalmente atribuía todos os eventos às manobras dos judeus, vendo concretizarem-se as mais tristes profecias de Mordechai.

* * *

Meu avô dava refúgio aos padres jesuítas que tentavam se subtrair ao furor popular, esperando reintegrar-se de algum modo ao clero secular, e, no início de 1849, muitos deles chegavam clandestinos, fugindo de Roma, e relatavam coisas atrozes sobre o que acontecia lá.

Padre Pacchi. Depois de ler *O judeu errante*, de Sue, eu o via como uma encarnação do padre Rodin, o jesuíta perverso que agia nas sombras sacrificando todo princípio moral ao triunfo da Companhia, talvez porque, como o personagem, ele sempre escondia sua pertença à ordem vestindo-se em trajes civis; ou seja, usando um sobretudo surrado, com a gola emplastrada de suor antigo e coberta de caspa, um lenço no lugar da gravata, um colete de pano preto todo puído e pesados sapatos sempre incrustados de lama, com os quais ele pisava sem grandes cuidados os belos tapetes da nossa casa. Tinha um rosto afilado, magro e mortiço, cabelos grisalhos e untuosos grudados às têmporas, olhos de tartaruga e lábios delgados e violáceos.

Não contente com inspirar repulsa simplesmente por se sentar à mesa, tirava o apetite de todos contando histórias arrepiantes, em tom e linguagem de pregador sacro:

— Meus amigos, a voz me treme, mas ainda assim devo lhes dizer. A lepra se difundiu a partir de Paris, porque Luís Filipe certamente não era flor que se cheire, mas era um dique contra a anarquia. Vi o povo romano nesses dias! Mas era de fato o povo romano? Eram figuras andrajosas e desgrenhadas, delinquentes, que por um copo de vinho renegariam o paraíso. Não povo, mas plebe, que em Roma se fundiu com os mais vis rejeitos das cidades italianas e estrangeiras, garibaldinos e mazzinianos; instrumento cego de todo o mal. Vocês não sabem quão nefandas são as abominações cometidas pelos republicanos. Entram nas igrejas e arrombam as urnas dos mártires, espalham as cinzas ao vento, e da urna fazem penico. Arrancam as pedras sagradas dos altares e emplastram-nas de fezes, arranham com seus punhais as estátuas da Virgem, furam os olhos das imagens dos santos e, com carvão, escrevem nelas palavras de lupanar. Arrastaram para dentro de um portão um sacerdote que falava contra a República, perfuraram-no com punhaladas, extirparam-lhe da cabeça os olhos e arrancaram-lhe a língua, e, depois de desventrá-lo, enrolaram-lhe as vísceras ao pescoço e o estrangularam. E não creiam que, se ainda assim Roma for libertada (fala-se de ajudas que devem vir da França), os mazzinianos serão derrotados. São vomitados por todas as províncias da Itália, são espertos e astutos, simuladores e fingidos, expeditos e audazes, pacientes e constantes. Continuarão a se reunir nos covis mais secretos da cidade; a simulação e a hipocrisia os fazem entrar nos segredos dos gabinetes, na polícia, nos exércitos, nas frotas, nas cidadelas.

— E meu filho está com eles — chorava vovô, destruído no corpo e no espírito.

Depois, acolhia à mesa um excelente assado ao Barolo.

— Meu filho jamais compreenderá — dizia — a beleza desse boi com cebolas, cenouras, aipos, sálvia, alecrim, louro, cravo, canela, zimbro, sal, pimenta, manteiga, azeite de oliva e, naturalmente, uma garrafa de Barolo, servido com polenta ou purê de batatas. Façam, façam a revolução... Perdeu-se o gosto pela vida. Querem expulsar o papa a fim de comer a *bouillabaisse* à moda de Nice, como nos obrigará Garibaldi, aquele pescador... Não existe mais religião.

* * *

Muitas vezes o padre Bergamaschi vestia roupas civis e ia embora, dizendo que se ausentaria por alguns dias, sem informar como nem por quê. Então, eu entrava no seu quarto, apoderava-me do seu hábito e, vestido nele, ia me olhar em um espelho, esboçando movimentos de dança. Como se fosse, o céu me perdoe, uma mulher; ou se a mulher fosse ele, que eu imitava. Se vier à tona que o abade Dalla Piccola sou eu, terei identificado as origens longínquas desses meus gostos teatrais.

Nos bolsos do hábito, eu tinha encontrado dinheiro (do qual evidentemente o padre se esquecera) e decidira me conceder tanto alguns pecados de gula quanto algumas explorações de lugares da cidade sobre os quais frequentemente ouvira elogios.

Assim vestido — e sem considerar que naquela época isso já era uma provocação —, adentrava os meandros do Balôn, aquele bairro de Porta Palazzo então habitado pela escória da população turinense, em que se recrutava o exército dos piores malfeitores que infestavam a cidade. Todavia, por ocasião das festas, o mercado de Porta Palazzo oferecia uma animação extraordinária. As pessoas se apinhavam, acotovelavam-se em torno das barracas, as criadas

... Arrastaram para dentro de um portão um sacerdote que falava contra a República, perfuraram-no com punhaladas, extirparam-lhe da cabeça os olhos e arrancaram-lhe a língua ... (p. 79)

entravam em bando nos açougues, as crianças se detinham extasiadas diante do fabricante de torrones, os glutões faziam suas compras de aves domésticas, caça e embutidos, não se encontrava uma mesa livre nos restaurantes, e, com meu hábito esvoaçante, eu roçava as vestes femininas e via com o canto do olho, que mantinha eclesiasticamente fixo sobre as mãos postas, cabeças de mulheres com chapeuzinho, coifa, véu ou lenço, e sentia-me atordoado pelo vaivém das diligências e dos carrinhos, pelos gritos, os berros, o estrépito.

Excitado por aquela efervescência que meu avô e meu pai, embora por razões opostas, até então tinham me ocultado, eu avançara até um dos lugares lendários da Turim de então. Vestido de jesuíta e desfrutando com malícia do estupor que suscitava, ia ao Caffè al Bicerin, vizinho à Consolata, a fim de tomar aquele copo com proteção e asa de metal, odoroso de leite, cacau, café e outros aromas. Eu ainda não sabia que, sobre o *bicerin*, até Alexandre Dumas, um dos meus heróis, escreveria alguns anos depois; porém, no decorrer de não mais que duas ou três incursões àquele local mágico, descobrira tudo sobre aquele néctar que derivava da *bavareisa*, embora, enquanto na *bavareisa* estão misturados leite, café e chocolate, no *bicerin* eles ficam separados em três camadas (mantidas quentes), de modo que se pode pedir um *bicerin pur e fiur*, feito de café e leite, *pur e barba*, café e chocolate, e *'n poc 'd tut*, ou seja, um pouco de tudo.

A bem-aventurança daquele ambiente de moldura externa em ferro, os painéis publicitários nos lados, as colunetas e os capitéis em gusa, as *boiseries* internas decoradas por espelhos e as mesinhas de mármore, o balcão atrás do qual surgiam os potes, com perfume de amêndoa, com quarenta tipos diferentes de confeitos... Eu gostava de ficar observando particularmente aos domingos, porque aquela bebida era o néctar de quem, tendo jejuado a fim de se preparar para a comunhão, buscava conforto ao sair da Consolata — e o *bicerin* era procurado em época de jejum quaresmal porque o chocolate quente não era considerado alimento. Hipócritas.

Mas, prazeres do café e do chocolate à parte, o que me dava satisfação era parecer um outro: o fato de as pessoas não saberem quem eu era me dava uma sensação de superioridade. Eu possuía um segredo.

* * *

Mais tarde tive que limitar e, por fim, interromper aquelas aventuras, porque temia topar com um dos meus colegas, que certamente não me conheciam como rato de sacristia e me consideravam inflamado pelo mesmo ardor carbonário deles.

Com esses aspirantes à pátria resgatada eu costumava me encontrar na Osteria del Gambero d'Oro. Em uma rua estreita e escura, acima de uma entrada ainda mais escura, uma tabuleta com um camarão dourado no alto dizia: *"All'Osteria del Gambero d'Oro, buon vino e buon ristoro."* Dentro, abria-se um saguão que servia de cozinha e adega. Bebia-se em meio a odores de embutidos e de cebolas, às vezes jogava-se par ou ímpar e, mais frequentemente, conjurados sem conjura, passávamos a noite imaginando insurreições iminentes. A cozinha do vovô me habituara a viver como *gourmet*, ao passo que no Gambero d'Oro você podia, no máximo (se comesse de tudo), matar a fome. Mas, afinal, eu precisava viver em sociedade e fugir aos jesuítas de casa, portanto era melhor enfrentar a gordura do Gambero, com alguns amigos joviais, do que os sombrios jantares domésticos.

Perto do amanhecer, saíamos, com a respiração saturada de alho e o coração cheio de ardores patrióticos, e nos perdíamos em um confortável manto de névoa, excelente para evitar o olhar dos espiões da polícia. Às vezes subíamos além do Pó, observando do alto os telhados e os campanários a flutuarem sobre aqueles vapores que inundavam a planície, enquanto ao longe a basílica de Superga, já iluminada pelo sol, parecia um farol no meio do mar.

Contudo, nós, estudantes, não falávamos somente da Nação vindoura. Falávamos, como acontece nessa idade, de mulheres. Com as pupilas acesas, cada um por sua vez recordava um sorriso surripiado ao olhar para uma sacada, uma mão tocada ao descer uma escadaria, uma flor murcha, caída de um missal e recolhida (dizia o gabarola) quando ainda retinha o perfume da mão que a guardara naquelas páginas sagradas. Eu me retraía, sisudo, e adquiria fama de mazziniano de costumes íntegros e severos.

Só que, certa noite, o mais licencioso dos nossos colegas revelou ter descoberto no sótão, bem escondidos em um arquibanco pelo seu desavergonhadíssimo e dissoluto pai, alguns daqueles volumes que em Turim eram então chamados (em francês) de *cochons*, e, não ousando exibi-los sobre a mesa untuosa do Gambero d'Oro, decidiu emprestá-los alternadamente a cada um de nós, de modo que, quando chegou a minha vez, não pude recusar.

Assim, noite alta, folheei aqueles tomos, que deviam ser preciosos e caros, encadernados como eram em marroquim, nervuras na lombada e rótulo vermelho, corte em ouro, *fleurons* dourados nas pranchas e — alguns — *aux armes*. Intitulavam-se *Une veillée de jeune fille* ou *Ah! monseigneur, si Thomas nous voyait!*, e eu sentia calafrios ao folhear aquelas páginas e encontrar gravuras que me faziam derramar rios de suor, dos cabelos às bochechas e ao pescoço: mulheres de pouca idade levantando as saias para mostrar traseiros de ofuscante brancura, oferecidas ao ultraje de machos lascivos — e tampouco sabia se me perturbavam mais aquelas rotundidades despudoradas ou o sorriso quase virginal da jovem, que virava impudicamente a cabeça para seu profanador, com olhos maliciosos e um sorriso casto a lhe iluminar o rosto, emoldurado por cabelos corvinos dispostos em dois coques laterais, ou, bem mais terríveis, três mulheres em um divã que abriam as pernas, mostrando aquela que deveria ser a defesa natural do seu púbis virginal, uma oferecendo-a à mão direita de um macho de cabelos desgrenhados, que, enquanto isso, penetrava e beijava a desavergonhada vizinha, e, da terceira, ignorando-lhe a virilha exposta, abria com a mão esquerda o decote levemente licencioso, puxando-lhe o corpete. Depois encontrei a curiosa caricatura de um abade de rosto verruguento que, visto de perto, mostrava-se composto de nus femininos e masculinos variadamente enroscados e penetrados por enormes membros viris, muitos dos quais pendiam enfileirados sobre a nuca, como que para formar, com seus testículos, uma espessa cabeleira que terminava em cachos graúdos.

Não recordo como acabou aquela noite de sabá, quando o sexo me foi apresentado em seus aspectos mais tremendos (no sentido sagrado do termo, como o ronco do trovão que suscita, junto ao sentimento do divino, o temor do diabólico e do sacrílego). Recordo somente que saí daquela perturbadora experiência repetindo em voz alta, como uma jaculatória, a frase de não sei qual escritor de coisas sacras que, anos antes, o padre Pertuso me fizera decorar: "A beleza do corpo está toda na pele. De fato, se os homens vissem o que está sob a pele, a simples visão das mulheres lhes resultaria nauseabunda: essa graça feminina não passa de sujeira, sangue, humor, fel. Considerem o que se esconde nas narinas, na garganta, no ventre... E nós, que não ousamos tocar sequer com a ponta dos dedos o vômito ou o estrume, como podemos então desejar estreitar nos nossos braços um saco de excrementos?"

Naquela idade, eu talvez ainda acreditasse na justiça divina, e atribuí o que aconteceu no dia seguinte à sua vingança por aquela terrível noite. Encontrei vovô caído na sua poltrona, ofegante, com um papel desdobrado nas mãos. Chamamos o médico, peguei a carta e li que meu pai tinha sido mortalmente alvejado por uma bala francesa na defesa da República Romana, justamente naquele junho de 1849 em que o general Oudinot, por conta de Luís Napoleão, correra a libertar de mazzinianos e garibaldinos o trono sagrado.

Meu avô não morreu, e pensar que ele tinha mais de 80 anos, mas durante dias se fechou em um silêncio ressentido, odiando não sei se os franceses ou os papalinos, que haviam matado seu filho, ou o filho, que irresponsavelmente ousara desafiá-los, ou todos os

... Mas, prazeres do café e do chocolate à parte, o que me dava satisfação era parecer um outro ... (p. 83)

patriotas que o tinham corrompido. Às vezes deixava escapar sibilos lamentosos, aludindo à responsabilidade dos judeus sobre os fatos que conturbavam a Itália, assim como, cinquenta anos antes, haviam conturbado a França.

* * *

Talvez para evocar meu pai, passo longas horas no sótão, debruçado sobre os romances que ele deixou, e consigo interceptar o *Joseph Balsamo*, de Dumas, vindo pelo correio quando ele já não poderia lê-lo.

Esse livro prodigioso conta, como todos sabem, as aventuras de Cagliostro, que tramou o episódio do colar da rainha, arruinando em um só golpe, moral e financeiramente, o cardeal de Rohan, comprometendo a soberana e expondo ao ridículo a corte inteira, tanto que, para muitos, seu embuste contribuíra para minar o prestígio da instituição monárquica a tal ponto que preparara o clima de descrédito que levaria à Revolução de 1789.

Dumas, porém, faz mais, e vê em Cagliostro, ou melhor, em Joseph Balsamo, aquele que conscientemente organizou não um embuste, mas um complô político à sombra da maçonaria universal.

Eu era fascinado pela *ouverture*. Cenário: o Mont-Tonnerre, monte do Trovão. Na margem esquerda do Reno, a poucas léguas de Worms, começa uma série de montanhas lúgubres, o Assento do Rei, a Rocha dos Falcões, a Crista das Serpentes e, mais elevado que todos, o monte do Trovão. Em 6 de maio de 1770 (quase vinte anos antes da irrupção da fatídica Revolução), enquanto o sol descia atrás da agulha da catedral de Estrasburgo, que quase o dividia em dois hemisférios de fogo, um Desconhecido vinha de Mogúncia e ia subindo as encostas daquele monte, a certa altura abandonando seu cavalo. De repente, era capturado por seres mascarados, que, depois de vendá-lo, conduziam-no para além da selva até uma clareira onde o esperavam trezentos fantasmas envoltos em sudários e armados com espadas, os quais começavam a submetê-lo a um rigorosíssimo interrogatório.

O que queres? Ver a luz. Estás disposto a jurar? Seguia-se uma série de provas, tais como beber o sangue de um traidor recém-morto, atirar na cabeça com uma pistola, a fim de testar o próprio senso de obediência, e caraminholas do mesmo gênero, que evocavam rituais maçônicos de ordem ínfima, bem conhecidos inclusive dos leitores populares de Dumas, até que o viajante resolvia encurtar a história e dirigir-se ao conciliábulo com altivez, deixando claro que conhecia todos os seus ritos e truques e que, por conseguinte, parassem de fazer teatro com sua pessoa, pois estava acima de todos eles e daquele conventículo maçônico universal era o chefe por direito divino.

E chamava, para submetê-los ao seu comando, os membros das lojas maçônicas de Estocolmo, de Londres, de Nova York, de Zurique, de Madri, de Varsóvia e de vários países asiáticos, todos obviamente já acorridos ao monte do Trovão.

Por que os maçons de todo o mundo tinham se congregado ali? O Desconhecido explicava: eram necessárias mão de ferro, espada de fogo e balanças de diamante para expulsar da terra o Impuro, ou seja, aviltar e destruir os dois grandes inimigos da humanidade, o trono e o altar (vovô até me dissera que o lema do infame Voltaire era *écrasez l'infame*). O Desconhecido relembrava, então, que vinha existindo, como todo bom necromante, havia mil gerações, desde antes de Moisés e talvez de Assurbanipal, e viera do Oriente para anunciar que chegara a hora. Os povos constituem uma imensa falange que marcha incessantemente rumo à luz, e a França estava na vanguarda dessa falange. Que se pusesse nas suas mãos a tocha verdadeira dessa marcha e que ela incendiasse o mundo com nova luz. Na França, governava um rei velho e corrupto, a quem restavam ainda poucos anos de vida. Embora um dos congregados — que aliás era Lavater, o excelso fisionomista — tentasse observar que os rostos dos dois jovens sucessores (o futuro Luís XVI e sua mulher, Maria Antonieta) revelavam uma índole boa e caritativa, o Desconhecido (no qual os leitores certamente reconheceriam aquele Joseph Balsamo, que no livro de Dumas ainda não fora mencionado) recordava que não se devia atentar para a piedade humana quando se tratava de fazer avançar a tocha do progresso. Dentro de vinte anos, a monarquia francesa devia ser eliminada da face da Terra.

E, a essa altura, cada representante de cada loja de cada país se adiantava, oferecendo homens ou riquezas, para o triunfo da causa republicana e maçônica sob a divisa *lilia pedibus destrue*, "pisoteie e destrua os lírios" da França.

Não me perguntei se o complô de cinco continentes não era excessivo para modificar a ordem constitucional francesa. No fundo, um piemontês da época julgava que no mundo só existiam a França, certamente a Áustria, talvez bem longe a Cochinchina, mas nenhum outro país digno de atenção, menos, obviamente, o Estado Pontifício. Diante do enredo de Dumas (e eu venerava esse grande autor), perguntei-me se o Vate não teria descoberto, ao narrar um único complô, a Forma Universal de todo complô possível.

Esqueçamos o monte do Trovão, a margem esquerda do Reno, a época — dizia a mim mesmo. Pensemos em conjurados provenientes de todas as partes do mundo para representar os tentáculos da sua seita estendidos em todos os países, reunamos esses indivíduos em uma clareira, uma gruta, um castelo, um cemitério, uma cripta, desde que o lugar seja razoavelmente escuro, façamos um deles pronunciar um discurso que revele suas tramas e a vontade de conquistar o mundo... Sempre conheci pessoas que temiam o complô de algum inimigo oculto — os judeus para vovô, os maçons para os jesuítas, os jesuítas para meu pai garibaldino, os carbonários para os reis de meia Europa, o rei fomentado pelos padres para meus colegas mazzinianos, os Iluminados da Baviera para as polícias de meio mundo — e, pronto, quem sabe quanta gente existe por aí que pensa estar ameaçada por uma conspiração... Aí está uma forma a preencher à vontade, a cada um o seu complô.

Dumas era de fato um profundo conhecedor do espírito humano. A que aspira cada um, tanto quanto mais desventurado for e pouco amado pela sorte? Ao dinheiro e, conquistado esse sem fadiga, ao poder (que volúpia em comandar um semelhante e em humilhá-lo!) e à vingança por todos os agravos sofridos (e todos sofreram na vida ao menos um agravo, por menor que tenha sido). E eis que Dumas, no *Monte Cristo*, faz ver como é possível adquirir uma imensa riqueza, capaz de lhe dar um poder sobre-humano e de fazer seus inimigos pagarem todas as dívidas. Afinal, pergunta-se cada um, por que fui desfavorecido pela sorte (ou ao menos não tão favorecido quanto gostaria), por que me foram negados benefícios concedidos a outros menos merecedores do que eu? Como ninguém pensa que suas desventuras possam ser atribuídas à sua mediocridade, eis que se deverá identificar um culpado. Dumas oferece à frustração de todos (aos indivíduos como aos povos) a explicação do seu fracasso. Foi algum outro, reunido no monte do Trovão, que projetou sua ruína...

Pensando bem, Dumas não tinha inventado nada: apenas dera forma narrativa a tudo o que, segundo vovô, o abade Barruel revelara. Isso já me sugeria que, se fosse vender de algum modo a revelação de um complô, eu não devia fornecer ao comprador nada de original, mas só e especialmente aquilo que ele já compreendia ou poderia vir a compreender mais facilmente por outras vias. As pessoas só creem naquilo que sabem, e essa era a beleza da Forma Universal do Complô.

* * *

Era 1855, eu já tinha 25 anos, havia conseguido um diploma em jurisprudência e ainda não sabia o que fazer da minha vida. Frequentava os antigos companheiros sem me entusiasmar demais pelos frêmitos revolucionários deles, e sempre antecipando em alguns meses, com ceticismo, suas decepções: eis Roma agora reconquistada pelo papa, e Pio IX, que de pontífice das reformas se torna mais retrógrado que seus predecessores, eis o desaparecimento — por desgraça ou por vileza — das esperanças de que Carlos Alberto se tornasse o arauto da unidade italiana, eis que, depois de arrebatadores movimentos socialistas que haviam inflamado todos os ânimos, o império se restabelece na França, eis que o novo governo piemontês, em vez de libertar a Itália, envia soldados para fazer uma guerra inútil na Crimeia...

E eu já nem podia ler aqueles romances que haviam me formado mais do que os meus jesuítas souberam fazer, porque na França um conselho superior da Universidade, no qual, sei lá por quê, mantinham assento três arcebispos e um bispo, promulgara a chamada emenda Riancey, que taxava em cinco cêntimos por número todos os jornais que publicassem um *feuilleton* em episódios. Para quem pouco sabia sobre negócios editoriais, a notícia tinha escasso relevo, mas meus colegas e eu logo compreendemos seu alcance: a taxa era muito punitiva e os jornais franceses deveriam desistir de publicar romances. As vozes daqueles que haviam denunciado os males da sociedade, como Sue e Dumas, tinham sido caladas para sempre.

No entanto, meu avô, às vezes muito desligado, mas em outros momentos muito lúcido em registrar o que ocorria ao seu redor, reclamava que o governo piemontês, desde que maçons como d'Azeglio e Cavour tinham tomado posse dele, se transformara em uma sinagoga de Satanás.

— Você se dá conta, rapaz? — dizia. — As leis daquele Siccardi aboliram os chamados "privilégios do clero". Por que abolir o direito de asilo nos locais sacros? Por acaso uma igreja tem menos direitos do que uma gendarmaria? Por que abolir o tribunal eclesiástico para religiosos acusados de delitos comuns? Afinal, a Igreja não tem o direito de julgar os seus? Por que abolir a censura religiosa preventiva sobre as publicações? Será que agora todos podem dizer o que lhes agrada, sem comedimento e sem respeito pela fé e pela moral? E nosso arcebispo Fransoni, quando convidou o clero de Turim a desobedecer a tais medidas, foi preso como um malfeitor e condenado a um mês de cárcere! E chegamos à supressão das ordens mendicantes e contemplativas, quase 6 mil religiosos. O Estado confisca-lhes os bens e diz que servirão para o pagamento das côngruas aos párocos, mas, se você juntar todos os bens dessas ordens, alcançará uma cifra que equivale a dez, que digo eu, a cem vezes todas as côngruas do reino, e o governo gastará esse dinheiro na escola pública, onde se ensinará aquilo de que os humildes não precisam, ou se servirá dele para pavimentar os guetos! E tudo sob a máxima "Igreja livre em um Estado livre", no qual só quem é verdadeiramente livre para prevaricar é justamente o Estado. A verdadeira liberdade é o direito do homem de seguir a lei de Deus, de merecer o paraíso ou o inferno. Agora, em vez disso, entende-se por liberdade a possibilidade de escolher as crenças e as opiniões que mais lhe agradam, em que uma vale a outra, e para o Estado tanto faz que você seja maçom, cristão, judeu ou sequaz do grão-turco. Desse jeito, a pessoa se torna indiferente à Verdade.

"E, assim, meu filho", chorou uma noite vovô, que no seu marasmo não me distinguia do meu pai e falava então ofegando e gemendo, "desaparecem canônicos lateranenses, canônicos regulares de santo Egídio, carmelitas calçados e descalços, certosinos, beneditinos cassinenses, cistercienses, olivetanos, mínimos, menores conventuais, menores da observância, menores reformados, menores capuchinhos, oblatos de santa Maria, passionistas, dominicanos, mercedários, servos de Maria, padres do Oratório e, ainda clarissas, crucifixas, celestinas ou turquinas e batistinas."

E recitando essa lista como um rosário, de maneira cada vez mais agitada e como se no final tivesse se esquecido de tomar fôlego, mandou trazer à mesa o *civet*, com toucinho, manteiga, farinha, salsa, meio litro de Barbera, uma lebre cortada em pedaços grandes como ovos, coração e fígado incluídos, cebolinha, sal, pimenta, especiarias e açúcar.

Quase se consolou, mas, a certa altura, fechou os olhos e se extinguiu, com um leve arroto.

O relógio de pêndulo bate a meia-noite e avisa-me que faz tempo demais que estou escrevendo quase ininterruptamente. Agora, por mais que me esforce, não consigo recordar mais nada dos anos que se seguiram à morte do vovô.

Minha cabeça gira.

... E nosso arcebispo Fransoni, quando convidou o clero de Turim a desobedecer a tais medidas, foi preso como um malfeitor e condenado a um mês de cárcere! ... (p. 91)

5
SIMONINO CARBONÁRIO

Noite de 27 de março de 1897

Queira desculpar, capitão Simonini, se me intrometo no seu diário, que não pude deixar de ler. Mas não foi por vontade minha que esta manhã despertei na sua cama. O senhor terá compreendido que sou (ou ao menos me considero) o abade Dalla Piccola.

Acordei em uma cama que não era minha, em um apartamento que não conheço, sem qualquer vestígio da minha veste talar ou da minha peruca. Apenas uma barba postiça ao lado da cama. Uma barba postiça?

Dias atrás, já me acontecera despertar e não saber quem era, porém, daquela vez, ocorreu na minha casa, ao passo que essa manhã ocorreu em casa alheia. Senti-me como se tivesse remela nos olhos. Minha língua doía, como se eu a houvesse mordido.

Olhando por uma janela, percebi que o apartamento dá para o impasse Maubert, do lado oposto da rue Maître Albert, onde moro.

Comecei a revistar toda a casa, que parece habitada por um laico, evidentemente portador de uma barba postiça e, portanto (queira desculpar), pessoa de moralidade dúbia. Entrei em um escritório, decorado com certa ostentação; ao fundo, atrás de um reposteiro, encontrei uma portinha e penetrei em um corredor parecido com os bastidores de um teatro, cheio de trajes e perucas, e no qual, dias antes, eu tinha encontrado um hábito sacerdotal, mas agora eu o percorria em sentido oposto, em direção à minha moradia.

Sobre minha mesa encontrei uma série de anotações que, a julgar pelas suas reconstituições, devo ter escrito em 22 de março, dia em que, como hoje de manhã, acordei desmemoriado. E, afinal, o que significa, perguntei-me, a última anotação que tomei naquele dia, sobre Auteuil e Diana? Quem é Diana?

É curioso. O senhor desconfia que nós dois somos a mesma pessoa. Todavia o senhor recorda muitas coisas sobre sua vida e eu, pouquíssimas sobre a minha. Inversamente, como prova seu diário, o senhor não sabe nada sobre mim, ao passo que eu me dou conta de recordar outras coisas, e não poucas, sobre o que lhe aconteceu, e — veja só — exatamente aquelas das quais o senhor parece não conseguir se lembrar. Devo dizer que, se posso recordar tantas coisas a seu respeito, então eu sou o senhor?

Talvez não, somos duas pessoas diferentes, envolvidas por alguma razão misteriosa em uma espécie de vida em comum; no fundo eu sou um eclesiástico e talvez saiba a seu respeito aquilo que o senhor me contou sob o sigilo da confissão. Ou sou aquele que assumiu o lugar do doutor Froïde e, sem que o senhor se lembre, extraiu das profundezas do seu ventre aquilo que o senhor tentava manter sepultado?

Seja como for, é meu dever sacerdotal lembrar-lhe aquilo que lhe aconteceu após a morte do seu avô; que Deus tenha acolhido a alma dele na paz dos justos. Sem dúvida, se o senhor morresse neste instante, o Pai Eterno não o acolheria nessa mesma paz, pois me parece que seu comportamento com seus semelhantes não foi correto, e talvez seja por isso que sua memória se recusa a recuperar lembranças que não o honram.

* * *

Na realidade, Dalla Piccola relatava a Simonini somente uma sequência bastante enxuta de fatos, anotados em uma grafia minúscula bem diferente da dele, mas eram justamente esses acenos avaros que serviam para Simonini como suportes para pendurar jorros de imagens e de palavras que repentinamente lhe voltavam à mente. Deles, o Narrador tenta o resumo ou, melhor, a devida amplificação, para tornar mais coerente esse jogo de estímulos e respostas e não impor ao leitor o tom hipocritamente virtuoso com que, sugerindo-os, o abade censura com unção excessiva as culpas do seu alter ego.

Ao que parece, não só o fato de os carmelitas descalços haverem sido abolidos, mas também o fato de seu avô ter morrido não transtornaram Simone particularmente. Talvez ele fosse afeiçoado ao avô, mas, depois de uma infância e uma adolescência passadas em uma casa que parecia ter sido concebida para oprimi-lo, onde tanto o avô quanto os educadores de hábito preto sempre lhe haviam inspirado desconfiança, rancor e ressentimento perante o mundo, Simonino se tornou cada vez mais incapaz de alimentar sentimentos diferentes de um sombrio amor a si mesmo, que, aos poucos, assumiu a calma serenidade de uma opinião filosófica.

Após se ocupar das exéquias, das quais participaram eclesiásticos ilustres e a nata da nobreza piemontesa ligada ao Ancien Régime, ele se encontrou com o velhíssimo tabelião da família, um certo Rebaudengo, que lhe leu o testamento no qual o avô lhe deixava todas as suas posses. Só que, informava o tabelião (e parecia gostar disso), dadas as muitas hipotecas que o ancião havia feito e seus vários investimentos ruins, daquelas posses não restava mais nada, nem mesmo a casa com todos os móveis que havia dentro, e ela deveria ser entregue quanto antes aos credores — os quais até então tinham se contido por causa do respeito devido àquele estimado cavalheiro, mas com o neto não fariam cerimônia.

— Veja bem, prezado advogado — disse o tabelião —, talvez seja pelas tendências dos novos tempos, que não são como antes, mas até os filhos de boas famílias devem, às vezes, sujeitar-se a trabalhar. Se Vossa Senhoria se inclinar a essa escolha, na verdade humilhante, eu poderia lhe oferecer um emprego no meu cartório, onde me seria útil um jovem com algumas noções de Direito, mas deixo claro que não poderei compensar Vossa Senhoria na medida do seu talento, mas o que pagarei deverá lhe bastar para encontrar outra moradia e viver com modesto decoro.

Simone logo suspeitou de que o tabelião embolsara muitos dos valores que o avô acreditava ter perdido por subscrições incautas, mas não tinha provas, e, afinal, precisava sobreviver. Disse a si mesmo que, trabalhando em contato com o tabelião, poderia um dia dar o troco, subtraindo-lhe aquilo que ele certamente havia sonegado. E, assim, submeteu-se a morar em dois quartinhos da via Barbaroux e a pechinchar as contas nas várias espeluncas onde seus colegas se reuniam, começando a trabalhar com o pão-duro, autoritário e desconfiado Rebaudengo — que deixou de chamá-lo Advogado e Vossa Senhoria, dirigindo-se a ele como Simonini e pronto, para demonstrar quem era o patrão. Porém, em poucos anos daquele trabalho de notário (como se costumava dizer), adquiriu o reconhecimento legal e, à medida que ganhava a cautelosa confiança do seu empregador, percebeu que a atividade principal deste não consistia tanto em fazer aquilo que um tabelião costuma fazer, ou seja, autenticar testamentos, doações, contratos de compra e venda e outros acordos, quanto sobretudo em legitimar doações, contratos de compra e venda, testamentos e acordos que jamais existiram. Em outras palavras, o tabelião Rebaudengo, por somas razoáveis, construía documentos falsos, imitando, quando necessário, a caligrafia alheia e fornecendo as testemunhas, que ele mesmo arrolava nas tabernas próximas.

— Que fique claro, caro Simone — explicava Rebaudengo, passando ao você —, que não produzo falsificações, mas sim novas cópias de um documento autêntico que se perdeu ou que, por um acidente banal, nunca foi produzido, mas que poderia e deveria sê-lo. Seria falsificação se eu redigisse uma certidão de batismo em que aparecesse, desculpe o exemplo, que você nasceu de uma prostituta lá pelas bandas de Odalengo Piccolo (e casquinava feliz com essa hipótese humilhante). Eu jamais ousaria cometer um crime dessa natureza, porque sou um homem honrado. Mas, se um inimigo seu, digamos assim, aspirasse à sua herança e você soubesse que ele certamente não nasceu nem do seu pai nem da sua mãe, mas de uma cortesã de Odalengo Piccolo, e que deu sumiço à sua certidão de batismo para reivindicar sua riqueza, e você me pedisse para produzir essa certidão desaparecida a fim de confundir aquele marginal, eu, por assim dizer, ajudaria a verdade, confirmaria aquilo que sabemos ser verdadeiro e não teria remorsos.

— Sim, mas como o senhor faria para saber de quem realmente nasceu o tal sujeito?

— Você mesmo me diria! Você que o conheceria bem.

— E o senhor confiaria em mim?

— Eu sempre confio nos meus clientes, porque só presto serviço a pessoas honradas.

— Mas, se, por acaso, o cliente tiver lhe mentido?

— Então foi ele quem cometeu o pecado, não eu. Se eu começar a pensar que o cliente pode me mentir, então não exerço mais esse ofício, que se baseia na confiança.

Simone não se convenceu totalmente de que aquele ofício de Rebaudengo fosse algo que outros definiriam como honesto, mas, desde que fora introduzido nos segredos do cartório, começou a participar das falsificações, superando em pouco tempo o mestre e descobrindo em si prodigiosas habilidades caligráficas.

Além disso, o tabelião, quase para se fazer perdoar pelo que dizia ou por haver identificado o lado débil do seu colaborador, às vezes convidava Simonino para restaurantes luxuosos como o Cambio (frequentado até por Cavour) e o iniciava nos mistérios da *finanziera*, uma sinfonia de cristas de galo, molejas, miolos e testículos de vitelo, filé de boi, *funghi porcini*, meio copo de Marsala, farinha, sal, azeite e manteiga, tudo tornado ligeiramente azedo por uma dose alquímica de vinagre — e, para degustá-la adequadamente, convinha apresentar-se, como sugeria o nome, trajando redingote ou *stiffelius*, segundo se preferisse chamá-lo.

Talvez porque, apesar das exortações paternas, não tivesse recebido uma educação heroica e sacrifical, por aquelas noitadas Simonino se dispunha a servir a Rebaudengo até a morte — ao menos a dele, de Rebaudengo, como se veria, se não a própria.

Enquanto isso, seu salário, embora pouco, havia aumentado — até porque o tabelião envelhecia vertiginosamente, a vista lhe faltava, a mão lhe tremia, e em breve Simone se tornara indis-

... Que fique claro, caro Simone — explicava Rebaudengo, passando ao você —, que não produzo falsificações, mas sim novas cópias de um documento autêntico que se perdeu ou que, por um acidente banal, nunca foi produzido, mas que poderia e deveria sê-lo ... (p. 98)

pensável para ele. Porém, justamente porque agora podia se conceder algum conforto a mais e não conseguia evitar os mais renomados restaurantes de Turim (ah, a delícia dos *agnolotti* à piemontesa, com recheio de carne branca assada, carne vermelha assada, carne de boi cozida, galinha desossada cozida, couve verça cozida com os assados, quatro ovos inteiros, parmesão *reggiano*, noz-moscada, sal, pimenta e molho feito com o caldo dos assados, manteiga, um dente de alho e um raminho de alecrim), o jovem Simonini, para satisfazer aquela que estava se tornando sua paixão mais profunda e carnal, não devia ir àqueles lugares com roupas surradas; portanto, havendo aumentado suas possibilidades, cresciam proporcionalmente suas exigências.

Trabalhando com o tabelião, Simone percebeu que este não executava apenas tarefas confidenciais para clientes privados, mas também — talvez para cobrir a própria retaguarda, se certos aspectos da sua não muito lícita atividade viessem ao conhecimento das autoridades — fornecia serviços até a quem se ocupava da segurança pública, porque, às vezes, como se explicava ele, para fazer condenar justamente um suspeito era necessário apresentar aos juízes alguma prova documental capaz de convencê-los de que as deduções da polícia tinham fundamento. E assim Simone entrou em contato com personagens de identidade incerta, que volta e meia apareciam no cartório e que, no léxico do tabelião, eram "os senhores do Departamento". O que era e o que representava esse Departamento, não lhe foi difícil adivinhar: tratava-se de assuntos reservados de competência do governo.

Um desses senhores era o *cavalier* Bianco, que um dia se declarou muito satisfeito com o modo pelo qual Simone produzira um certo documento incontestável. Devia ser um indivíduo que, antes de estabelecer contatos com alguém, coletava informações seguras sobre essa pessoa, porque um dia, puxando Simone para um lado, perguntou se ele ainda frequentava o Caffè al Bicerin e o convocou a esse local para aquilo que definiu como um colóquio privado. E disse, então:

— Caríssimo advogado, bem sabemos que é neto de um súdito fidelíssimo de Sua Majestade e que, portanto, foi educado de maneira sã. Sabemos também que o senhor seu pai pagou com a vida pelas coisas que nós também consideramos justas, embora o tenha feito, digamos assim, com excessiva antecedência. Por conseguinte, confiamos na sua lealdade e vontade de colaboração, mesmo considerando que fomos muito indulgentes com sua pessoa, dado que há tempos poderíamos incriminar o senhor e o tabelião Rebaudengo por empreendimentos não totalmente louváveis. Sabemos que frequenta amigos, companheiros, camaradas de princípios, como direi, mazzinianos, garibaldinos, carbonários. É natural, parece ser a tendência das gerações jovens. Mas, eis o nosso problema: não queremos que esses jovens cometam atos irrefletidos, ao menos não antes que seja útil e razoável cometê-los. Muito perturbou nosso governo a iniciativa desvairada daquele Pisacane que, meses atrás, embarcou com outros 24 subversivos, desembarcou em Ponza, desfraldando a bandeira tricolor, fez evadirem-se trezentos detentos e depois partiu rumo a Sapri, achando que as populações locais o esperavam em armas. Os mais indulgentes dizem que Pisacane era um generoso e os mais céticos, que era um insensato, mas, na verdade, era um iludido. Aqueles rústicos que ele queria libertar o massacraram com todos os seus e, portanto, veja aonde as boas intenções podem conduzir quando não levam em conta o estado das coisas.

— Compreendo — disse Simone —, mas o que o senhor quer de mim?

— O seguinte, pois é. Se devemos impedir aqueles jovens de cometerem erros, a melhor maneira é encarcerá-los por algum tempo, sob a acusação de atentado contra as instituições, para depois soltá-los quando houver necessidade real de corações generosos. Convém, portanto, surpreendê-los em evidente crime de conspiração. O senhor certamente sabe a quais chefes eles são fiéis. Bastaria que lhes chegasse uma mensagem de um desses chefes, convocando-os a um lugar preciso, armados até os dentes, com rosetas e bandeiras e outros berloques que os qualifiquem como carbonários em armas. A polícia chegaria, prenderia o grupo e tudo estaria concluído.

— Mas se nesse momento eu estivesse com eles, também seria preso, e, se não estivesse, eles compreenderiam que o traidor tinha sido eu.

— Ah, não, caro senhor, não somos tão imprevidentes a ponto de não pensar nisso.

Como veremos, Bianco havia pensado bem. Porém, excelentes dotes de pensador tinha também nosso Simone, o qual, depois de escutar atentamente o plano que lhe era proposto, concebeu uma forma extraordinária de compensação e disse a Bianco o que esperava da munificência régia.

— Veja bem, *cavaliere*, o tabelião Rebaudengo cometeu muitos ilícitos antes que eu começasse a colaborar com ele. Bastaria que eu identificasse dois ou três desses casos, para os quais existe uma documentação suficiente, que não envolvessem nenhuma pessoa verdadeiramente importante, mas quem sabe alguém que enquanto isso já morreu, e fizesse chegar à magistratura pública de maneira anônima, através da sua gentil mediação, todo o material acusatório. O senhor teria o bastante para imputar ao tabelião um repetido crime de falsificação de registros públicos e para deixá-lo na cadeia por um razoável número de anos, suficientes para que a natureza seguisse seu curso, certamente não muito longo, considerando-se o estado em que se encontra o velho.

— E depois?

— Depois, estando o tabelião encarcerado, eu exibiria um contrato, justamente datado de poucos dias antes da prisão dele, do qual emergiria que, tendo acabado de lhe pagar uma série de prestações, comprei definitivamente o cartório, do qual me torno o titular. Quanto ao dinheiro que eu aparentaria ter pagado, todos acham que devo ter herdado bastante do meu avô, e o único que sabe a verdade é Rebaudengo.

— Interessante — disse Bianco. — Mas o juiz vai querer saber onde foi parar o dinheiro que o senhor pagou.

— Rebaudengo desconfia dos bancos e mantém tudo em uma caixa-forte do cartório, que naturalmente sei abrir porque a ele basta virar as costas e, como não me vê, acha que não vejo o que ele faz. Pois bem, os homens da lei certamente conseguirão abrir a caixa-forte e a encontrarão vazia. Eu poderia testemunhar que a oferta de Rebaudengo me chegou quase de repente, eu mesmo teria me espantado com a exiguidade da soma pretendida, a ponto de desconfiar que ele tinha alguma razão para abandonar seus negócios. E, de fato, além da caixa-forte vazia, serão encontradas na lareira as cinzas de sabe Deus quais documentos e, na gaveta da sua escrivaninha, uma carta na qual um hotel de Nápoles confirma a reserva de um quarto. A essa altura, ficará claro que Rebaudengo já se sentia observado pela lei e queria escapulir, indo usufruir suas posses junto aos Bourbon e para lá talvez já houvesse enviado seu dinheiro.

— Mas, diante do juiz, se fosse informado desse contrato entre os senhores, ele negaria...

— Quem sabe quantas outras coisas estaria negando? O magistrado certamente não acreditará nele.

— É um plano arguto. O senhor me agrada, advogado. É mais esperto, mais motivado, mais decidido do que Rebaudengo e, como direi, mais eclético. Pois bem, entregue-nos aquele grupo de carbonários e, depois, cuidaremos de Rebaudengo.

A detenção dos carbonários parece ter sido uma brincadeira de garotos, inclusive considerando que justamente eram garotos aqueles entusiastas, que só eram carbonários em seus sonhos ardentíssimos. Fazia tempo que Simone, inicialmente por pura vaidade, sabendo que toda revelação sua seria atribuída a notícias que ele recebera do seu heroico pai, transmitia sobre a carbonária algumas patranhas que o padre Bergamaschi lhe cochichara. O jesuíta o alertava constantemente contra as tramas dos carbonários, maçons, mazzinianos, republicanos e judeus travestidos de patriotas que, para se esconderem aos olhos das polícias do mundo todo, fingiam-se de mercadores de carvão e reuniam-se em locais secretos sob o pretexto de levar a cabo suas transações comerciais.

— Todos os carbonários estão subordinados à Alta Venda, que se compõe de quarenta membros, na sua maioria (coisa terrível de se dizer) a nata do patriciado romano, mais, naturalmente, alguns judeus. Seu chefe era Nubius, um grão-senhor tão corrupto quanto um ergástulo inteiro, mas que, graças ao seu nome e à sua fortuna, obtivera em Roma uma posição livre de qualquer suspeita. De Paris, Buonarroti, o general Lafayette e Saint-Simon o consultavam como se ele fosse o oráculo de Delfos. De Munique, de Dresden, de Berlim, de Viena ou de São Petersburgo, os chefes das principais vendas, Tscharner, Heymann, Jacobi, Chodzko, Lieven, Mouravieff, Strauss, Pallavicini, Driesten, Bem, Bathyani, Oppenheim, Klauss e Carolus o interrogavam sobre o caminho a seguir. Nubius manteve o timão da Venda suprema até por volta de 1844, quando alguém lhe ministrou água-tofana. Não creia que fomos nós, os jesuítas. Desconfia-se que o autor do homicídio foi Mazzini, que aspirava, e ainda aspira, a chefiar toda a carbonária, com a ajuda dos judeus. O sucessor de Nubius é agora Piccolo Tigre, um judeu que, como Nubius, não cessa de correr por toda parte a fim de suscitar inimigos do Calvário. Mas a composição e a sede da Alta Venda são secretos. Tudo deve permanecer desconhecido das Lojas que dela recebem a direção e o impulso. Os próprios quarenta membros da Alta Venda nunca souberam de onde vinham as ordens a transmitir ou a cumprir. E depois dizem que os jesuítas são escravos dos seus superiores. Os carbonários é que são escravos de um patrão que se subtrai aos seus olhares, talvez um Grande Ancião que dirige essa Europa subterrânea.

Simone transformou Nubius no seu herói, quase uma contrapartida viril de Babette d'Interlaken. E, moldando em forma de poema épico aquilo que o padre Bergamaschi lhe contava sob forma de romance gótico, hipnotizava os companheiros. Escondendo o detalhe desprezível de que Nubius já morrera.

Até que, um dia, mostrou uma carta, que lhe custara pouquíssimo fabricar, na qual Nubius anunciava uma insurreição iminente em todo o Piemonte, cidade por cidade. O grupo ao qual Simone se dirigia teria uma missão perigosa e excitante. Caso se reunissem em uma certa manhã no pátio da Osteria del Gambero d'Oro, ali encontrariam sabres e fuzis, além de quatro carroças cheias de móveis velhos e colchões, e armados com esses equipamentos deveriam seguir para a entrada da via Barbaroux e erigir uma barricada que impedisse o acesso à praça Castello. E ali aguardariam as ordens.

Não era necessário mais nada para inflamar os ânimos daqueles vinte estudantes, que naquela fatídica manhã se congregaram no pátio da taberna e encontraram, dentro de uns tonéis abandonados, as armas prometidas. Enquanto olhavam ao redor, procurando as carroças com os móveis e sem sequer terem pensado em carregar seus fuzis, o pátio foi invadido por uns cinquenta policiais com armas apontadas. Incapazes de opor resistência, os rapazes se renderam, foram desarmados, levados para fora e colocados de frente para o muro, nos dois lados do portão. "Em frente, canalhas, mãos ao alto, silêncio!", berrava um carrancudo funcionário à paisana.

Enquanto aparentemente os conjurados eram apinhados quase a esmo, dois policiais situaram Simone bem no final da fila, justamente na esquina de um beco, e, a certa altura, foram chamados por um sargento e se afastaram em direção à entrada do pátio. Era o momento (combinado). Simone se voltou para o companheiro mais próximo e lhe cochichou alguma coisa. Uma olhadela para os policiais, suficientemente distantes, e com um salto ambos dobraram a esquina e começaram a correr.

— Às armas, eles estão fugindo! — gritou alguém. Os dois, enquanto escapavam, ouviram os passos e os gritos dos policiais que também dobravam a esquina. Simone escutou dois disparos: um atingiu seu amigo, mas Simone sequer se preocupou se mortalmente ou não. Bastava-lhe que, segundo o convencionado, o segundo tiro fosse dado para o ar.

... Todos os carbonários estão subordinados à Alta Venda, que se compõe de quarenta membros, na sua maioria (coisa terrível de se dizer) a nata do patriciado romano, mais, naturalmente, alguns judeus ... (p. 105)

E logo entrou em outra rua, depois em mais outra, enquanto ouvia ao longe os gritos dos perseguidores que, obedientes às ordens, seguiam a pista errada. Em pouco tempo, atravessava a praça Castello e voltava para casa como um cidadão qualquer. Para seus colegas, que nesse ínterim eram arrastados de lá, Simone fugira, e, como haviam sido detidos em massa e imediatamente imobilizados de modo que ficassem de costas, era óbvio que nenhum dos homens da lei poderia se lembrar do rosto dele. Natural, portanto, que não precisasse deixar Turim e pudesse retomar seu trabalho, sem deixar de confortar as famílias dos amigos presos.

Só faltava passar à liquidação do tabelião Rebaudengo, ocorrida segundo a maneira prevista. O coração do velho estourou um ano depois, no cárcere, mas Simonini não se sentiu responsável. Estavam empatados: o tabelião lhe dera uma profissão e ele fora seu escravo por alguns anos; o tabelião havia arruinado seu avô e Simone o arruinara.

Era isso, então, o que o abade Dalla Piccola revelava a Simonini. E a prova de que também ele se sentia abatido, depois de todas essas evocações, é o fato da sua contribuição ao diário se interromper em uma frase não concluída, como se, enquanto escrevia, tivesse caído em um estado de deliquescência.

6
A SERVIÇO DOS SERVIÇOS

28 de março de 1897

Senhor abade,
É curioso que aquilo que deveria ser um diário (destinado a ser lido apenas por quem o escreve) esteja se transformando em uma troca de mensagens. Porém, se lhe escrevo uma carta, é quase certo que um dia, passando por aqui, o senhor a leia.

O senhor sabe demais sobre mim. O senhor é uma testemunha muito desagradável. E excessivamente severa.

Sim, admito, com meus camaradas aspirantes a carbonários e com Rebaudengo não agi segundo os costumes que o senhor é obrigado a pregar. Mas, falemos a verdade: Rebaudengo era um patife e, quando penso em tudo o que fiz depois, creio só ter feito patifarias a patifes. Quanto àqueles rapazes, eram uns exaltados, e os exaltados são a escória do mundo porque é por obra deles e dos vagos princípios com que se exaltam que acontecem as guerras e as revoluções. E, como já compreendi que, neste mundo, nunca se poderá reduzir o número dos exaltados, mais vale tirar proveito da sua exaltação.

Retomo as *minhas* lembranças, se me permite. Revejo-me à frente do cartório do finado Rebaudengo e não me espanta que, com Rebaudengo, eu já forjasse atos notariais apócrifos, porque é exatamente o que ainda faço aqui em Paris.

Agora recordo bem até o *cavalier* Bianco. Um dia, ele me disse:
— Veja, advogado, os jesuítas foram banidos dos reinos sardos, mas todos sabem que eles continuam agindo e ganhando adeptos sob aparências falsas. Isso acontece em todos os países de onde fo-

ram expulsos, e me foi mostrada uma divertida caricatura em um jornal estrangeiro: nela se veem alguns jesuítas que todos os anos fingem querer retornar ao país de origem (obviamente, são barrados na fronteira), a fim de que ninguém perceba que seus confrades já se encontram naquele país, com as mãos livres e sob as vestes de uma outra ordem. Portanto, ainda estão em toda parte, e precisamos saber onde estão. Pois bem, sabemos que, desde os tempos da República Romana, alguns frequentavam a casa do seu avô. Então, parece-nos difícil que o senhor não tenha mantido relações com eles, e, por esse motivo, pedimos que lhes sonde os humores e os propósitos, porque temos a impressão de que a ordem se tornou novamente poderosa na França, e o que acontece na França é como se também acontecesse em Turim.

Não era verdade que eu ainda mantivesse relações com os bons padres, mas estava aprendendo muitas coisas sobre os jesuítas, e de uma fonte segura. Naqueles anos, Eugène Sue publicara sua última obra-prima, *Os mistérios do povo*, que concluíra justamente antes de morrer, no exílio em Annecy, na Savoia, porque havia tempo se ligara aos socialistas e se opusera ferozmente à tomada do poder e à proclamação do império por parte de Luís Napoleão. Visto que já não se publicavam *feuilletons* por causa da lei Riancey, esta última obra de Sue saíra em tomos, e cada um desses caíra sob os rigores de muitas censuras, inclusive a piemontesa, de modo que foi difícil conseguir tê-los todos. Recordo ter me sentido mortalmente entediado ao acompanhar essa lodosa história de duas famílias, uma de gauleses e outra de francos, desde a pré-história até Napoleão III, em que os maus dominadores são os francos, e os gauleses parecem todos socialistas desde os tempos de Vercingetórix, mas, àquela altura, Sue estava invadido por uma única obsessão, como todos os idealistas.

Era evidente que ele escrevera as últimas partes da sua obra no exílio, à medida que Luís Napoleão tomava o poder e se fazia imperador. Para tornar odiosos os projetos deles, Sue tivera uma ideia genial: como, desde a época da Revolução, o outro grande inimigo da França republicana eram os jesuítas, bastava mostrar como a conquista do poder por Luís Napoleão fora inspirada e dirigida por eles. É verdade que os jesuítas foram expulsos também da França desde a revolução de julho de 1830, mas, na realidade, haviam permanecido no país, sobrevivendo sorrateiramente e mais ainda desde que Luís Napoleão iniciara sua escalada rumo ao poder, tolerando-os para manter boas relações com o papa.

Assim, havia no livro uma longuíssima carta do padre Rodin (que já aparecera em *O judeu errante*) ao geral dos jesuítas, padre Roothaan, em que o complô era exposto tim-tim por tim-tim. No romance, os episódios mais recentes acontecem durante a última resistência socialista e republicana contra o golpe de Estado, e a carta está escrita de tal modo que aquilo que Luís Napoleão depois realmente faria ainda aparecesse sob forma de projeto. O fato de que mais tarde, quando os leitores liam, tudo já tivesse acontecido tornava o vaticínio ainda mais perturbador.

Naturalmente, veio-me à mente o início de *Joseph Balsamo*, de Dumas: bastaria substituir o monte do Trovão por algum ambiente de sabor mais padresco, talvez a cripta de um velho mosteiro, reunir ali não os maçons, mas os filhos de Loyola acorridos de todo o mundo, sendo suficiente que, em vez de Balsamo, falasse Rodin, e eis que o antigo esquema de complô universal se adequaria ao presente.

Daí veio-me a ideia de que poderia vender a Bianco não só algum mexerico escutado aqui e ali, mas um documento inteiro subtraído aos jesuítas. Certamente eu devia mudar alguma coisa, eliminar aquele padre Rodin que talvez alguém recordasse como personagem romanesco e colocar em cena o padre Bergamaschi, que sabe-se lá por onde andava, mas do qual alguém em Turim certamente ouvira falar. Além disso, enquanto Sue escrevia, o geral da ordem ainda era o padre Roothaan, ao passo que àquela altura se dizia que ele fora substituído por um certo padre Beckx.

O documento deveria parecer a transcrição quase literal de tudo o que fosse relatado por um informante confiável, e esse não deveria aparecer como um delator (porque se sabe que os jesuítas nunca traem a Companhia), mas antes como um velho amigo do vovô, que havia confidenciado aquelas coisas a este último como prova da grandeza e da invencibilidade da sua ordem.

Eu gostaria de incluir na história também os judeus, como homenagem à memória do vovô, mas Sue não falava deles, e eu não conseguia juntá-los aos jesuítas — e também, naquela época, no Piemonte, ninguém se importava muito com os judeus. Não convém sobrecarregar a cabeça dos agentes do governo com demasiadas informações, eles apenas querem ideias claras e simples, branco e preto, bons e maus, e o mau deve ser um só.

Todavia, eu não queria renunciar aos judeus, e os usei para a ambientação. Afinal, era sempre um modo de sugerir a Bianco alguma suspeita em relação a eles.

Disse a mim mesmo que um evento ambientado em Paris e, pior ainda, em Turim, poderia ser controlado. Eu deveria reunir meus jesuítas em um lugar menos acessível até mesmo para os serviços secretos piemonteses, do qual até mesmo estes só tivessem notícias lendárias. Ao passo que os jesuítas, eles sim, estavam por toda parte, polvos do Senhor, com suas mãos aduncas estendidas inclusive sobre os países protestantes.

Quem falsifica documentos deve sempre se documentar e, por isso, eu frequentava as bibliotecas. As bibliotecas são fascinantes: às vezes parece-nos estar sob a marquise de uma estação ferroviária e, consultando livros sobre terras exóticas, tem-se a impressão de viajar a paragens longínquas. Assim, aconteceu-me encontrar em um livro algumas belas gravuras do cemitério hebraico de Praga. Já abandonado, havia ali quase 12 mil lápides em um espaço bem pequeno, mas as sepulturas deviam ser muitas mais, porque, no decorrer de alguns séculos, várias camadas de terra tinham sido superpostas. Depois que o cemitério fora abandonado, alguém reergueu algumas tumbas sepultadas, com as respectivas lápides, de modo que se criara uma espécie de acúmulo irregular de pedras mortuárias inclinadas em todas as direções (ou talvez houvessem sido os judeus a fincá-las assim, sem grandes cuidados, estranhos como eram a qualquer sentimento de beleza e de ordem).

Aquele lugar agora abandonado me convinha, até por sua incongruência: por qual astúcia os jesuítas haviam decidido se reunir em um local que fora sagrado para os judeus? E que controle tinham eles sobre aquele lugar esquecido por todos e talvez inacessível? Perguntas todas sem resposta, as quais confeririam credibilidade à narrativa, pois eu considerava que Bianco acreditava firmemente que, quando todos os fatos parecem totalmente explicáveis e verossímeis, então a narrativa é falsa.

Como bom leitor de Dumas, não me desagradava reconstituir aquela noite e aquele convívio como sombrios e assustadores, com aquele campo sepulcral, mal iluminado por uma foice de lua tísica, e os jesuítas dispostos em semicírculo, de tal modo que, por causa dos seus chapelões negros de abas largas, o solo, visto do alto, parecesse fervilhar de baratas — ou ainda descrever a risota diabólica do padre Beckx enquanto enunciava os propósitos sombrios daqueles inimigos da humanidade (e isso alegraria o fantasma do meu pai no alto dos céus ou, melhor, nas profundezas daquele inferno em que provavelmente Deus submerge mazzinianos e republicanos) e depois mostrar os mensageiros infames debandando em massa, a fim de anunciar a todas as suas casas, dispersas por toda parte, o novo e diabólico plano para a conquista do mundo, como enormes pássaros escuros que alçassem voo no palor da alvorada, concluindo aquela noite de sabá.

Mas eu devia ser conciso e essencial, como convém a um relatório secreto, pois sabe-se que os agentes de polícia não são literatos nem conseguem ir além de duas ou três páginas.

Portanto, meu suposto informante contava que naquela noite os representantes da Companhia, vindos de vários países, reuniram-se em Praga a fim de escutar o padre Beckx, que apresentara aos assistentes o padre Bergamaschi, que por uma série de eventos providenciais se tornara conselheiro de Luís Napoleão.

O padre Bergamaschi relatava, então, que Luís Napoleão Bonaparte vinha dando provas da sua submissão às ordens da Companhia.

— Devemos louvar — dizia — a astúcia com que Bonaparte enganou os revolucionários, fingindo abraçar a doutrina deles, a habilidade com que conspirou contra Luís Filipe, favorecendo a queda daquele governo de ateus, e sua fidelidade aos nossos conselhos, quando em 1848 se apresentou aos eleitores como republicano sincero, para ser eleito presidente da República. Também não convém esquecer o modo como ele contribuiu para destruir a República Romana de Mazzini e restabelecer o Santo Padre no trono.

Napoleão se propusera (continuava Bergamaschi) — a fim de destruir definitivamente os socialistas, os revolucionários, os filósofos, os ateus e todos os racionalistas infames que proclamam a soberania da nação, o livre-exame e a liberdade religiosa, política e social — a dissolver a assembleia legislativa, a prender sob pretexto de conspiração os representantes do povo, a decretar o estado de sítio em Paris, a mandar fuzilar sem processo os homens detidos nas barricadas com armas nas mãos, a transportar os indivíduos mais perigosos para Caiena, a suprimir a liberdade de imprensa e de associação, a mandar o exército se concentrar nos fortes e dali bombardear a capital, incendiá-la, não deixar pedra sobre pedra, e a fazer triunfar, assim, a Igreja Católica Apostólica Romana sobre as ruínas da moderna Babilônia. Depois, convocaria o povo ao sufrágio universal a fim de prorrogar por dez anos seu poder presidencial e, em seguida, para transformar a república em um império renovado — sendo o sufrágio universal o único remédio contra a democracia, porque envolve o povo do campo, ainda fiel à voz dos seus párocos.

As coisas mais interessantes eram as que Bergamaschi dizia no final, sobre a política em relação ao Piemonte. Aqui, eu fazia o padre Bergamaschi enunciar os propósitos futuros da Companhia, os quais, no momento da redação do seu relatório, já se haviam realizado plenamente.

— Aquele rei pusilânime que é Vítor Emanuel sonha com o Reino da Itália, seu ministro Cavour excita suas veleidades, e ambos

... ou ainda descrever a risota diabólica do padre Beckx enquanto enunciava os propósitos sombrios daqueles inimigos da humanidade (e isso alegraria o fantasma do meu pai no alto dos céus ou, melhor, nas profundezas daquele inferno em que provavelmente Deus submerge mazzinianos e republicanos) ... (p. 113)

pretendem não só escorraçar a Áustria da península, mas também destruir o poder temporal do Santo Padre. Eles buscarão apoio na França e, portanto, será fácil arrastá-los primeiro a uma guerra contra a Rússia, prometendo ajudá-los contra a Áustria, mas pedindo em troca Savoia e Nice. Depois, o imperador fingirá se comprometer com os piemonteses, mas, em seguida, após algumas vitórias locais insignificantes, e sem consultá-los, tratará a paz com os austríacos e favorecerá a formação de uma confederação italiana presidida pelo papa, na qual a Áustria entrará, conservando o restante das suas posses na Itália. Assim, o Piemonte, único governo liberal da península, ficará subordinado tanto à França quanto a Roma e será mantido sob controle pelas tropas francesas que ocupam Roma e pelas estacionadas na Savoia.

O documento estava pronto. Eu não sabia quanto o governo piemontês poderia gostar daquela denúncia contra Napoleão III como inimigo dos reinos sardos, mas intuíra aquilo que mais tarde a experiência me confirmaria, ou seja, que aos homens dos serviços reservados é sempre útil, mesmo que não o exibam logo, algum documento com o qual seja possível chantagear os homens do governo, semear perplexidade ou reverter as situações.

De fato, Bianco leu atentamente o relatório, ergueu os olhos daqueles papéis, encarou-me e disse que se tratava de material da máxima importância. Mais uma vez, ele me confirmava que um espião, quando vende algo inédito, deve se limitar a contar alguma coisa que poderia ser encontrada em qualquer lojinha de livros usados.

Porém, embora pouco informado sobre literatura, Bianco era bem informado sobre minha pessoa, de modo que acrescentou, com expressão songamonga:

— Naturalmente, é tudo coisa inventada pelo senhor.

— Por favor! — reagi, escandalizado. Mas ele me deteve, levantando a mão:

— Não importa, advogado. Ainda que esse documento fosse criação sua, a mim e aos meus superiores convém apresentá-lo ao governo como autêntico. O senhor deve saber, porque é coisa conhecida *urbi et orbi*, que nosso ministro Cavour estava convencido de ter Napoleão III nas mãos, porque enviou para grudar nele a condessa Castiglione, bela mulher, não se pode negar, e o francês não se fez de rogado para desfrutar dos seus dotes. Mas, depois, percebeu-se que Napoleão III não faz tudo o que Cavour quer, e a condessa Castiglione desperdiçou tantas graças de Deus a troco de nada, talvez até tenha gostado, só que nós não podemos fazer negócios de Estado que dependam das comichões de uma senhora de costumes não rigorosos. É muito importante que a Majestade do nosso soberano desconfie de Bonaparte. Em breve, e isso já é previsível, Garibaldi ou Mazzini ou os dois juntos organizarão uma expedição ao reino de Nápoles. Se, por acaso, esse empreendimento obtiver sucesso, o Piemonte deverá intervir, a fim de não deixar aquelas terras nas mãos de republicanos enlouquecidos, e para fazer isso terá de passar ao longo da Bota através dos Estados pontifícios. Por conseguinte, induzir nosso soberano a nutrir sentimentos de desconfiança e de rancor em relação ao papa, e a não levar em grande conta as recomendações de Napoleão III, será condição necessária para atingir esse objetivo. Como o senhor deve ter compreendido, caro advogado, frequentemente a política é decidida por nós, humílimos servidores do Estado, mais do que por aqueles que, aos olhos do povo, governam...

Aquele relatório foi meu primeiro trabalho verdadeiramente sério, em que eu não me limitava a garatujar um testamento para o uso de um particular qualquer, mas sim construía um texto politicamente complexo, com o qual talvez contribuísse para a política do reino da Sardenha. Recordo haver ficado realmente orgulhoso dele.

Nesse meio-tempo, chegara-se ao fatídico 1860. Fatídico para o país, não ainda para mim, pois eu me limitava a acompanhar com distanciamento os eventos, escutando os discursos dos ociosos nos cafés. Intuindo que deveria me ocupar cada vez mais de assuntos políticos, considerava que as notícias mais apetecíveis a fabricar seriam aquelas que os ociosos esperavam, desconfiando daquilo que os jornalistas relatavam como fundamentado.

Assim, eu soube que as populações do grão-ducado da Toscana e os ducados de Módena e de Parma expulsavam seus soberanos; as chamadas legações pontifícias da Emilia e Romagna se subtraíam ao controle do papa; todos pediam a anexação ao reino da Sardenha; em abril de 1860, movimentos insurrecionais explodiam em Palermo; Mazzini escrevia aos chefes da revolta que Garibaldi acorreria para ajudá-los; murmurava-se que Garibaldi buscava homens, dinheiro e armas para sua expedição, e que a marinha bourbônica já estava cruzando as águas sicilianas para bloquear qualquer expedição inimiga.

— Sabia que Cavour usa um homem da sua confiança, La Farina, para manter Garibaldi sob controle?

— Mas o que me diz? O ministro aprovou uma subscrição para a compra de 12 mil fuzis, justamente para os garibaldinos.

— Seja como for, a distribuição foi bloqueada, e por quem? Pelos *carabinieri* régios!

— Ora, faça-me o favor, faça-me o favor. Cavour facilitou a distribuição, nada de bloqueio.

— Pois é, só que não são os belos fuzis Enfield que Garibaldi esperava, são umas sucatas com as quais o herói pode no máximo caçar cotovias!

— Eu soube, por gente do palácio real, não me faça dizer nomes, que La Farina deu a Garibaldi 8 mil liras e mil fuzis.

— Sim, só que deviam ser 3 mil, mas 2 mil ficaram com o governador de Gênova.

— Por que Gênova?

— Porque o senhor não vai querer que Garibaldi siga para a Sicília no lombo de uma mula. Ele assinou um contrato para a aquisição de dois navios, que deverão partir de Gênova ou dos arredores. E sabe quem foi o fiador da dívida? A maçonaria, precisamente uma loja genovesa.

— Mas que loja, que nada, a maçonaria é uma invenção dos jesuítas!

— Cale a boca, que o senhor é maçom e todo mundo sabe!

— *Glissons*. Sei, por fonte segura, que na assinatura do contrato estavam presentes (e aqui a voz de quem falava se tornava um sopro) o advogado Riccardi e o general Negri di Saint Front...

— E quem são esses bonifrates?

— Não sabe? — A voz ficava baixíssima. — São os chefes do Departamento de Assuntos Reservados, ou, melhor, Departamento de Alta Vigilância Política, que afinal é o serviço de informações do presidente do conselho... São uma potência, mais importantes do que o primeiro-ministro; é isso o que eles são, maçons coisa nenhuma.

— Acha mesmo? Pode-se pertencer aos Assuntos Reservados e ser maçom, até ajuda.

Em 5 de maio, tornou-se público que Garibaldi, com mil voluntários, partira por mar e se dirigia à Sicília. Os piemonteses eram não mais que dez e havia também estrangeiros e grande profusão de advogados, médicos, farmacêuticos, engenheiros e grandes proprietários. Pouca gente do povo.

Em 11 de maio, o grupo de Garibaldi desembarcou em Marsala. E a marinha bourbônica, por onde andava? Parecia ter sido atemorizada por dois navios britânicos que estavam no porto, oficialmente para proteger os bens dos seus compatriotas, que em Marsala possuíam comércios florescentes de vinhos nobres. Ou estariam os ingleses ajudando Garibaldi?

Em suma, no decorrer de poucos dias, os Mil de Garibaldi (a voz pública já os chamava assim) desbaratavam os bourbônicos em Calatafimi, aumentavam de número graças à adesão de voluntários locais, Garibaldi se proclamava ditador da Sicília em nome de Vítor Emanuel II, e, no fim do mês, Palermo estava conquistada.

E a França, a França, o que dizia? A França parecia observar com cautela, mas um francês, àquela altura mais famoso do que

— Mas que loja, que nada, a maçonaria
é uma invenção dos jesuítas!
— Cale a boca, que o senhor é maçom
e todo mundo sabe! ... (p. 119)

Garibaldi, Alexandre Dumas, o grande romancista, com seu navio particular, o *Emma*, corria a se unir aos libertadores, também levando dinheiro e armas.

Em Nápoles, o pobre rei das Duas Sicílias, Francisco II, já temeroso de que os garibaldinos houvessem vencido em vários lugares porque seus generais o tinham traído, apressava-se a conceder anistia aos presos políticos e a repropor o estatuto de 1848, que ele suprimira; porém, era tarde demais e tumultos populares brotavam até na sua capital.

E justamente no início de junho recebi um bilhete do *cavalier* Bianco, que me mandava esperar, à meia-noite daquele dia, uma carruagem que me apanharia na porta do meu trabalho. Encontro singular, mas farejei um negócio interessante, e, à meia-noite, suando pelo calor canicular que naqueles dias atormentava até Turim, esperei diante do cartório. Ali chegou uma carruagem, fechada e com os vidros cobertos por cortininhas, trazendo um senhor desconhecido que me levou a algum lugar — não muito distante do centro, pareceu-me, e tive até a impressão de que o veículo havia percorrido duas ou três vezes as mesmas ruas.

A carruagem se deteve no pátio decadente de uma velha moradia popular, que era uma verdadeira armadilha de parapeitos desconjuntados. Ali, fizeram-me passar por uma portinha e percorrer um longo corredor. No final, outra portinha levava ao saguão de um palacete de bem outra qualidade, onde se abria uma ampla escadaria. Mas tampouco subimos por essa, e sim por uma escadinha no fundo do saguão e, em seguida, entramos em um gabinete com paredes recobertas de damasco, um grande retrato do rei na parede ao fundo e uma mesa coberta por um pano verde, e tendo ao redor quatro indivíduos, um dos quais era o *cavalier* Bianco, que me apresentou aos outros. Nenhum deles me estendeu a mão, limitando-se a um aceno de cabeça.

— Fique à vontade, advogado. O cavalheiro à sua direita é o general Negri di Saint Front; esse, à sua esquerda, o advogado

Riccardi; e o cavalheiro à sua frente é o professor Boggio, deputado pelo colégio de Valenza Po.

Pelos cochichos que eu escutara nos bares, reconheci nos dois primeiros personagens aqueles chefes da Alta Vigilância Política que (*vox populi*) ajudariam os garibaldinos a comprar os dois famosos navios. Quanto ao terceiro, eu conhecia seu nome: era jornalista, professor de Direito aos 30 anos, deputado, sempre muito próximo de Cavour. Tinha um rosto rubicundo adornado por um bigodinho, um monóculo do tamanho de um fundo de copo e o ar do homem mais inócuo do mundo. Contudo a atenção com que o gratificavam os outros três presentes testemunhava seu poder junto ao governo.

Negri di Saint Front tomou a palavra:

— Caro advogado, conhecendo suas capacidades na coleta de informações, além de sua prudência e reserva em fornecê-las, pretendemos confiar-lhe uma missão de grande delicadeza nas terras recém-conquistadas pelo general Garibaldi. Não faça essa expressão preocupada, não tencionamos encarregá-lo de conduzir os camisas vermelhas ao assalto. Trata-se de nos obter notícias. Porém, para que saiba quais informações interessam ao governo, é forçoso confiar-lhe aquilo que não hesito em definir como segredos de Estado, e, portanto, o senhor compreenderá de quanta circunspecção deverá dar provas desta noite em diante, até o fim da sua missão e mesmo depois. Inclusive, digamos, para salvaguarda da sua incolumidade pessoal, que naturalmente prezamos muitíssimo.

Impossível ser mais diplomático. Saint Front prezava muitíssimo a minha saúde e por isso me avisava que eu, se saísse falando por aí sobre aquilo que estava prestes a ouvir, colocaria em sério risco essa saúde. Todavia o preâmbulo deixava prever, junto com a importância da missão, a magnitude do que eu poderia cobrar. Por conseguinte, com um respeitoso aceno de confirmação, encorajei Saint Front a prosseguir.

— Ninguém melhor do que o deputado Boggio poderá lhe explicar a situação, até porque ele deriva suas informações e solicitações da fonte mais alta, da qual é muito próximo. Peço-lhe, professor...

— Veja, advogado — começou Boggio —, não há no Piemonte alguém que admire mais do que eu aquele homem íntegro e generoso que é o general Garibaldi. O que ele fez na Sicília, com um punhado de valentes, contra um dos exércitos mais armados da Europa, é miraculoso.

Bastava esse preâmbulo para me induzir a pensar que Boggio era o pior inimigo de Garibaldi, mas eu me dispusera a escutar em silêncio.

— Contudo — prosseguiu ele —, embora seja verdade que Garibaldi assumiu a ditadura dos territórios conquistados em nome do nosso rei Vítor Emanuel II, aquele por trás dele não aprova em absoluto essa decisão. Mazzini o pressiona, buzinando-lhe aos ouvidos que a grande insurreição do Meridião deve levar à república. E conhecemos a grande força de persuasão desse Mazzini, que, mantendo-se tranquilo em países estrangeiros, já convenceu muitos insensatos a se lançarem à morte. Entre os colaboradores mais íntimos do general, encontram-se Crispi e Nicotera, que são mazzinianos consumados e influenciam negativamente um homem como o general, incapaz de perceber a malícia alheia. Bem, falemos claro: Garibaldi não tardará a alcançar o estreito de Messina e a passar à Calábria. O homem é um estrategista atilado, seus voluntários são entusiastas, muitos insulares se uniram a eles, não se sabe se por espírito patriótico ou por oportunismo, e muitos generais bourbônicos deram provas de tão escassa habilidade no comando que nos fazem suspeitar que doações ocultas enfraqueceram suas virtudes militares. Não nos cabe dizer ao senhor quem desconfiamos ser o autor dessas doações. Certamente, não o nosso governo. Agora a Sicília está nas mãos de Garibaldi e, se nas mãos dele caíssem também as Calábrias e o Napolitano, o general, apoiado pelos republicanos mazzinianos, disporia dos recursos de um reino de 9 milhões de habitantes, e, estando circundado por um prestígio popular irresistível, ficaria mais forte do que nosso soberano. Para evitar essa desgraça, nosso soberano só tem uma possibilidade: descer até o sul com nosso exército, passar, certamente de modo não indolor, através dos Estados pontifícios, e chegar a Nápoles antes de Garibaldi. Claro?

— Claro. Mas não vejo como eu...

— Espere. A expedição garibaldina foi inspirada em sentimentos de amor pátrio, mas, para intervir no sentido de discipliná-la, eu diria melhor, neutralizá-la, precisamos demonstrar, mediante boatos bem difundidos e artigos de gazetas, que ela foi contaminada por personagens ambíguos e corruptos, a tal ponto que se tornou necessária a intervenção piemontesa.

— Em suma — disse o advogado Riccardi, que ainda não havia falado —, não convém minar a confiança na expedição garibaldina, mas sim debilitar aquela atribuída à administração revolucionária que se seguiu. O conde de Cavour está enviando à Sicília Giuseppe La Farina, grande patriota siciliano que precisou enfrentar o exílio e, por conseguinte, deveria gozar da confiança de Garibaldi, mas, nesse ínterim, tornou-se há anos fiel colaborador do nosso governo e fundou uma Sociedade Nacional Italiana que defende a anexação do reino das Duas Sicílias a uma Itália unida. La Farina está encarregado de esclarecer alguns rumores, muito preocupantes, que já nos chegaram. Parece que, por boa-fé e incompetência, Garibaldi está instaurando por lá um governo que é a negação de qualquer governo. Obviamente, o general não pode controlar tudo; sua honestidade está fora de questão, mas em que mãos ele está deixando a coisa pública? Cavour espera de La Farina um relatório completo sobre qualquer eventual malversação, mas os mazzinianos farão de tudo para mantê-lo isolado do povo, isto é, daqueles estratos da população em que é mais fácil recolher notícias vivas sobre os escândalos.

— E, em todo caso, nosso Departamento confia em La Farina até certo ponto — interveio Boggio. — Não quero fazer críticas, por caridade, mas ele também é siciliano; devem até ser boa gente, mas são diferentes de nós, não acha? O senhor levará uma carta de apresentação para La Farina e, afinal, deve apoiar-se nele, porém se moverá com maior liberdade. Não deverá coletar apenas dados documentados, mas (como já fez outras vezes) também fabricar os que vierem a ser necessários.

— E de que forma e a que título irei até lá?

— Como sempre, pensamos em tudo — sorriu Bianco. — O cavalheiro Dumas, que o senhor deve conhecer de nome como célebre romancista, está indo ao encontro de Garibaldi em Palermo, em um navio da sua propriedade, o *Emma*. Não entendemos muito bem o que ele vai fazer lá, talvez queira simplesmente escrever alguma história romanceada sobre a expedição garibaldina, talvez seja um vaidoso que ostenta sua amizade com o herói. Seja como for, sabemos que dentro de dois dias fará escala na Sardenha, na baía de Arzachena, e, portanto, na nossa casa. O senhor partirá para Gênova depois de amanhã, ao alvorecer, e tomará uma embarcação nossa que o levará à Sardenha, onde encontrará Dumas, munido de uma carta de apresentação assinada por alguém a quem Dumas deve muito e em quem confia. O senhor aparecerá como enviado do jornal dirigido pelo professor Boggio, mandado à Sicília para celebrar o empreendimento tanto de Dumas quanto de Garibaldi. Começará, assim, a fazer parte do *entourage* desse romancista e, com ele, desembarcará em Palermo. Chegar a Palermo com Dumas lhe conferirá um prestígio e uma insuspeitabilidade dos quais o senhor não desfrutaria se chegasse sozinho. Lá, poderá misturar-se aos voluntários e ao mesmo tempo ter contato com a população local. Outra carta, de pessoa conhecida e estimada, irá acreditá-lo junto a um jovem oficial garibaldino, o capitão Nievo, que Garibaldi deve ter nomeado vice-intendente geral. Imagine que na partida do *Lombardo* e do *Piemonte*, os dois navios que levaram Garibaldi a Marsala, foram confiadas ao capitão 14 mil das 90 mil liras que constituíam o caixa da expedição. Não sabemos por que encarregaram de tarefas administrativas justamente Nievo, que é, dizem, homem de letras, mas parece gozar a fama de pessoa integérrima. Ele ficará feliz por conversar com alguém que escreve para os jornais e que se apresenta como amigo do famoso Dumas.

O restante da noite foi gasto para combinar os aspectos técnicos do empreendimento, assim como a remuneração. No dia seguinte, fechei o cartório por tempo indeterminado, recolhi tralhas de estrita necessidade e, por alguma inspiração, levei comigo o hábito que o padre Bergamaschi deixara na casa do vovô e que eu salvara antes que tudo fosse entregue aos credores.

7
COM OS MIL

29 de março de 1897

Não sei se conseguiria recordar todos os eventos, e sobretudo as sensações, da minha viagem siciliana entre junho de 1860 e março de 1861, se ontem à noite, remexendo papéis velhos no fundo de um gaveteiro, lá embaixo na loja, não houvesse encontrado uma pilha de folhas amarfanhadas, nas quais eu rascunhara aqueles episódios, provavelmente com o intuito de poder fazer mais tarde um relatório detalhado aos meus mandantes turinenses. São anotações lacunosas, evidentemente apenas registrei o que considerei importante ou *queria* que parecesse importante. Que coisas ocultei, não sei.

* * *

Desde 6 de junho estou a bordo do *Emma*. Dumas me acolheu com muita amabilidade. Vestia uma casaca de tecido leve, de cor marrom-clara, e indubitavelmente se mostrava como o mestiço que é. A pele olivácea, os lábios pronunciados, túmidos e sensuais, um capacete de cabelos crespos como os de um selvagem africano. Quanto ao resto, o olhar vívido e irônico, o sorriso cordial, a obesidade rotunda do *bon-vivant*... Lembrei-me de uma das muitas lendas sobre ele: em Paris, na sua presença, um almofadinha aludira maliciosamente àquelas teorias atualíssimas que veem uma ligação entre o homem primitivo e as espécies inferiores. E ele respondera: "Sim, cavalheiro, eu descendo do macaco. Mas o senhor, cavalheiro, o senhor está na origem dele!"

Apresentou-me o capitão Beaugrand, o imediato Brémond, o piloto Podimatas (um indivíduo coberto de pelos como um javali, com barba e cabelos que se misturam em todos os pontos do rosto, de tal modo que ele parece raspar somente o branco dos olhos) e sobretudo o cozinheiro Jean Boyer — e, a julgar por Dumas, parece que o cozinheiro é o personagem mais importante da comitiva. Dumas viaja com uma corte, qual um grão-senhor de antigamente.

Enquanto me acompanhava à cabine, Podimatas me informou que a especialidade de Boyer eram os *asperges aux petits-pois*, receita curiosa porque nesse prato não havia ervilhas.

Dobramos a ilha de Caprera, onde Garibaldi se esconde quando não está lutando.

— O senhor logo encontrará o general — disse-me Dumas, e, apenas por mencioná-lo, seu rosto se iluminou com admiração. — Com aquela barba loura e os olhos azuis, parece o Jesus de *A última ceia*, de Leonardo. Seus movimentos são cheios de elegância, sua voz tem uma doçura infinita. Ele parece um homem pacato, mas pronuncie à sua frente as palavras *Itália* e *independência* e o verá despertar como um vulcão, com erupções de fogo e torrentes de lava. Para combater, nunca está armado; no momento da ação, puxa o primeiro sabre ao seu alcance, joga fora a bainha e se lança sobre o inimigo. Tem uma única fraqueza: acredita ser um ás no jogo de bocha.

Pouco depois, grande agitação a bordo. Os marinheiros estavam prestes a pescar uma enorme tartaruga marinha, daquelas que se encontram ao sul da Córsega. Dumas ficou excitado.

— Vai dar trabalho. Primeiro, será preciso virá-la de costas; a bobalhona esticará o pescoço e aproveitaremos sua imprudência para lhe cortar a cabeça, *zac*. Depois iremos pendurá-la pela cauda e deixá-la sangrar por 12 horas. Em seguida, viramos o animal novamente de costas e introduzimos uma lâmina robusta entre as escamas do ventre e do casco, prestando atenção para não perfurar o fel, ou ela se tornará incomível. Extraem-se as vísceras e conserva-se apenas o fígado; a gosma transparente que ele contém não serve para nada mas há dois lobos de carne que parecem dois coxões moles de vitelo, tanto pela brancura quanto pelo sabor. Por fim,

... *O senhor logo encontrará o general* — disse-me Dumas, e, apenas por mencioná-lo, seu rosto se iluminou com admiração. — *Com aquela barba loura e os olhos azuis, parece o Jesus de A última ceia, de Leonardo ...* (p. 128)

arrancamos as membranas, o pescoço e as nadadeiras, cortamos e limpamos a carne em pedaços do tamanho de uma noz, colocamos essa carne em um bom caldo com pimenta, cravo, cenoura, timo e louro, e cozinhamos tudo por três ou quatro horas em fogo baixo. Enquanto isso, preparamos e cozinhamos, em um bom caldo, algumas tirinhas de frango temperadas com salsa, cebolinha e anchova, escorremos e misturamos esse frango à sopa de tartaruga, na qual teremos jogado três ou quatro copos de Madeira seco. Se não houver Madeira, pode-se usar Marsala com um copinho de aguardente ou de rum. Mas seria um *pis aller*. Vamos saborear nossa sopa amanhã à noite.

Simpatizei com um homem que gosta tanto da boa cozinha, embora ele seja de raça tão dúbia.

* * *

(13 de junho) O *Emma* chegou a Palermo anteontem. A cidade, com seu vaivém de camisas vermelhas, parece um campo de papoulas. No entanto, muitos voluntários garibaldinos estão vestidos e armados de qualquer jeito, alguns usam apenas, com os trajes civis, um chapelão com uma pluma em cima. É que já se encontra muito pouco tecido vermelho e uma camisa dessa cor custa uma fortuna, sendo talvez mais acessível aos muitos filhos da nobreza local, que só se uniram aos garibaldinos após as primeiras e mais sangrentas batalhas, do que aos voluntários vindos de Gênova. O *cavalier* Bianco tinha me dado bastante dinheiro para sobreviver na Sicília e logo providenciei um uniforme suficientemente gasto, para não parecer um almofadinha recém-chegado, com uma camisa que após tantas lavagens começava a ficar cor-de-rosa e uma calça em mau estado; mas apenas a camisa me custou 15 francos, ao passo que, em Turim, com a mesma soma, eu poderia comprar quatro.

Aqui, tudo tem um preço absurdo: um ovo custa quatro soldos, uma libra de pão, seis soldos, uma libra de carne, trinta. Não sei se é porque a ilha é pobre e os ocupantes estão devorando os poucos recursos dela, ou porque os palermitanos decidiram que os garibaldinos são um maná caído do céu e os depenam devidamente.

O encontro entre os dois grandes, no Palácio do Senado ("Como a prefeitura de Paris em 1830!", dizia Dumas, extasiado), foi muito teatral. Entre ambos, não sei quem era o melhor histrião.

— Caro Dumas, senti sua falta! — gritou o general, respondendo em seguida, quando o escritor lhe deu os parabéns: — Não a mim, não a mim, mas a esses homens. Foram uns gigantes. — Em seguida, aos seus: — Deem imediatamente ao senhor Dumas o apartamento mais bonito do palácio. Nada será o bastante para um homem que me trouxe cartas que anunciam a chegada de 2.500 homens, 10 mil fuzis e dois navios a vapor!

Eu olhava o herói com a desconfiança que, após a morte do meu pai, sentia pelos heróis. Dumas me descrevera Garibaldi como um Apolo e, no entanto, ele me pareceu de estatura modesta, não louro, mas alourado, pernas curtas e arqueadas e, a julgar pelo modo de andar, vítima de reumatismo. Vi quando montou em um cavalo com certa dificuldade, ajudado por dois dos seus.

Lá pelo final da tarde, uma multidão se reuniu junto ao palácio real aos gritos de "Viva Dumas, viva a Itália!". O escritor ficou visivelmente satisfeito, mas tenho a impressão de que a coisa foi organizada por ordem de Garibaldi, que conhece a vaidade do amigo e precisa dos fuzis prometidos. Misturei-me à multidão e tentei compreender o que eles diziam naquele seu dialeto incompreensível como o linguajar dos africanos, mas um breve diálogo não me escapou: um perguntava ao outro quem era aquele Dumas ao qual gritava vivas, e o outro respondia que era um príncipe circassiano que nadava em ouro e vinha colocar seu dinheiro à disposição de Garibaldi.

Dumas me apresentou a alguns homens do general. Fui fulminado pelo olhar rapace do lugar-tenente de Garibaldi, o terrível

Nino Bixio, e senti-me tão intimidado que me afastei. Precisava procurar uma estalagem à qual pudesse ir e vir sem me fazer notar por ninguém.

Agora, aos olhos dos sicilianos, sou um garibaldino, e, aos olhos do corpo de expedição, um livre cronista.

* * *

Revi Nino Bixio quando ele passava pela cidade a cavalo. Pelo que se diz, é ele o verdadeiro chefe militar da expedição. Garibaldi se distrai, pensa sempre no que fará amanhã, é corajoso nos assaltos e arrasta quem estiver atrás dele, mas Bixio pensa no presente e enfileira as tropas. Enquanto ele passava, escutei um garibaldino vizinho a mim que dizia ao seu camarada:

— Veja que olhar, fulmina tudo. O perfil dele é cortante como um golpe de sabre. Bixio! O próprio nome dá a ideia de um jorro de fulgor.

Está claro que Garibaldi e seus lugares-tenentes hipnotizaram esses voluntários. Isso é mau. Os chefes com demasiado fascínio devem ser decapitados logo, para o bem e a tranquilidade dos reinos. Meus patrões de Turim têm razão: é preciso que esse mito de Garibaldi não se difunda também no Norte, ou todos os reinícolas lá de cima vão usar camisas vermelhas, e será a república.

* * *

(15 de junho) Difícil falar com a população local. A única coisa clara é que tentam explorar quem quer que pareça um piemontês, como dizem, embora entre os voluntários haja bem poucos piemonteses. Encontrei uma taberna onde posso jantar a baixo preço e degustar comidas de nomes impronunciáveis. Engasguei com os pãezinhos recheados de baço, mas, com o bom vinho do lugar, pode-se engolir mais de um. No jantar, fiz amizade com dois voluntários, um certo Abba, um lígure de pouco mais de 20 anos, e um tal de Bandi, jornalista livornês mais ou menos da minha idade.

Pelas suas narrativas, reconstituí a chegada dos garibaldinos e suas primeiras batalhas.

— Ah, caro Simonini, se você soubesse — dizia-me Abba. — O desembarque em Marsala foi um circo! Temos à nossa frente o *Stromboli* e o *Capri*, os navios bourbônicos. Nosso *Lombardo* bate em um recife e Nino Bixio diz que é melhor que o capturem com um buraco no casco do que são e salvo; nesse caso, deveríamos até afundar o *Piemonte*. Belo desperdício, digo eu, mas Bixio tinha razão, não convinha presentear com dois navios os bourbônicos, e os grandes *condottieri* também fazem isso, depois do desembarque você incendeia as embarcações e vai em frente, não pode mais se retirar. O *Piemonte* inicia o desembarque, e o *Stromboli* começa a canhonear, mas o tiro falha. O comandante de um navio inglês, no porto, vai a bordo do *Stromboli* e diz ao capitão que há súditos ingleses em terra e que o considerará responsável por qualquer incidente internacional. Você sabe que os ingleses têm grandes interesses econômicos em Marsala por causa do vinho. O comandante bourbônico diz que não dá a mínima para os incidentes internacionais e manda atirar outra vez, mas o canhão nega fogo novamente. Quando finalmente conseguem atirar, os navios bourbônicos não machucam ninguém, a não ser um cachorro, que é cortado em dois.

— Então, os ingleses ajudaram vocês?

— Digamos que interferiram tranquilamente, para atrapalhar os bourbônicos.

— Mas quais relações o general tem com os ingleses?

Abba gesticulou como se quisesse dizer que os peões como ele obedecem e não se fazem muitas perguntas.

— É melhor escutar essa, que é boa. Chegando à cidade, o general ordenara que nos apoderássemos do telégrafo e cortássemos os fios. Mandam um tenente com alguns homens e, ao vê-lo chegar, o encarregado do telégrafo foge. O tenente entra no local e encontra a cópia de um despacho recém-enviado ao comandante militar de Trapani: "Dois vapores combatentes bandeira sarda acabaram de entrar no porto e desembarcam homens." Justamente naquele momento chega a resposta. Um dos voluntários, que era funcionário do telégrafo em Gênova, traduz: "Quantos homens e por que desembarcam?" O oficial manda transmitir: "Queira desculpar, engano meu: são dois navios mercantes provenientes de Girgenti com carga de enxofre." Reação de Trapani: "O senhor é um estúpido." O oficial lê aquilo, todo contente, manda cortar os fios e vai embora.

— Digamos a verdade — interveio Bandi —, o desembarque não foi todo um circo, como diz Abba. Quando chegamos à margem, finalmente vinham dos navios bourbônicos as primeiras granadas e a chuva de metralha. Mas nos divertimos, isso sim. No meio dos estampidos, apareceu um frade velho e gorducho, que com o chapéu na mão nos dava as boas-vindas. Alguém gritou: "O que veio fazer aqui, nos encher o saco, ô frade?", mas Garibaldi levantou a mão e disse: "Irmãozinho, o que procura? Não está ouvindo o assovio das balas?" E o frade: "As balas não me amedrontam; sou servo de são Francisco pobrezinho e sou filho da Itália." "Então, o senhor está com o povo?", perguntou o general. "Com o povo, com o povo", respondeu o frade. Então, compreendemos que Marsala era nossa. E o general enviou Crispi ao coletor de impostos, em nome de Vítor Emanuel, rei da Itália, para requisitar toda a receita, que foi entregue ao intendente Acerbi, mediante recibo. Ainda não existe um reino da Itália, mas o recibo que Crispi assinou para o cobrador de impostos é o primeiro documento em que Vítor Emanuel é chamado rei da Itália.

Aproveitei para perguntar:

— Mas o intendente não é o capitão Nievo?

— Nievo é o vice de Acerbi — esclareceu Abba. — Tão jovem e já grande escritor. Verdadeiro poeta. O talento lhe resplandece na fronte. Anda sempre solitário, olhando para longe, como se quisesse ampliar o horizonte com suas miradas. Acho que Garibaldi está prestes a nomeá-lo coronel.

E Bandi reforçou a dose:

— Em Calatafimi, ele tinha ficado um pouco para trás, para distribuir o pão, quando Bozzeti o convocou à batalha e ele se lançou na peleja, voando para baixo em direção ao inimigo como um grande pássaro negro, abrindo as abas da capa, que logo foi trespassada por uma bala...

Foi o suficiente para me despertar antipatia por esse Nievo. Deve ser meu coetâneo e já se considera um homem famoso. O poeta guerreiro. Claro que lhe trespassarão a capa se você a abrir diante deles, um belo modo de exibir um furo que não está no seu peito...

A essa altura, Abba e Bandi começaram a falar da batalha de Calatafimi, uma vitória miraculosa, mil voluntários de um lado e 25 mil bourbônicos armados do outro.

— Garibaldi à frente — dizia Abba —, em um baio digno de grão-vizir, uma sela belíssima, com estribos trabalhados, camisa vermelha e um chapéu de aparência húngara. Em Salemi, vêm ao nosso encontro os voluntários locais. Chegam de toda parte, a cavalo ou a pé, às centenas, uma coisa rocambolesca, montanheses armados até os dentes, com aparência de esbirro e olhos que pareciam bocas de pistola. Comandados, porém, por fidalgos, proprietários por essas bandas. Salemi é suja, as ruas parecem esgotos, mas os frades tinham belos conventos e nos alojamos por lá. Naqueles dias, recebíamos sobre o inimigo notícias diferentes: são 4 mil, não, 10 mil, 20 mil, com cavalos e canhões; fortificam-se lá embaixo, não, lá em cima, estão avançando, estão se retirando... E, subitamente, eis que aparece o inimigo. Devem ser uns 5 mil homens, que nada, dizia algum dos nossos, são 10 mil. Entre eles e nós, uma planície incultivada. Os caçadores napolitanos descem das colinas. Que calma, que segurança, vê-se que são bem treinados, não uns desastrados como nós. E as trompas deles, que sons lúgubres! O primeiro tiro de espingarda é disparado às 13h30. É dado pelos caçadores napolitanos, que desceram pelas fileiras de figueiras-da-índia. "Não respondam, não respondam ao fogo!", gritam nossos capitães, mas as balas dos caçadores passam sobre nós com tal assovio que é impossível ficar parado. Ouve-se um tiro, depois outro, e, em seguida, o trombeteiro do general toca a alvorada e o passo acelerado. As balas chovem como granizo, o monte torna-se uma nuvem de fumaça dos canhões que atiram em nós. Atravessamos a planície, a primeira linha de inimigos se rompe, eu me volto e vejo no morro Garibaldi a pé, com a espada embainhada sobre o ombro direito, avançando devagar, observando toda a ação. Bixio vem a galope para protegê-lo com seu cavalo, e grita: "General, quer morrer assim?" E ele responde: "Como eu poderia morrer melhor do que pelo meu país?", e avança sem dar importância à chuva de balas. Naquele momento, temi que o general achasse impossível vencer e estivesse buscando a morte. Porém, de repente, um dos nossos canhões troveja lá da estrada. Temos a impressão de receber a ajuda de mil braços. Avante, avante, avante! Não se escuta mais do que aquela trombeta, que não parava de soar a marcha acelerada. Atravessamos o primeiro terraço a baioneta, o segundo, o terceiro, subimos a colina; os batalhões bourbônicos recuam mais para o alto, se recolhem e parecem aumentar em força. Parece impossível enfrentá-los ainda, estão todos no cume, e nós ao redor, na base, cansados, enfraquecidos. Há um instante de parada, eles lá em cima, nós todos embaixo. Aqui e ali, algum tiro; os bourbônicos rolam pedras, lançam seixos e alguém diz que um atingiu o general. Vejo, entre as figueiras-da-índia, um jovem bonito, mortalmente ferido, sustentado por dois companheiros. Pede a eles que sejam piedosos com os napolitanos, porque também são italianos. Toda a ladeira está lotada de caídos, mas não se escuta um gemido. Do cume, os napolitanos gritam de vez em quando: "Viva o rei!" Nesse ínterim, chegam-nos reforços. Recordo que àquela altura chegou você, Bandi, coberto por ferimentos, mas, em particular, com uma bala que lhe entrou pelo mamilo esquerdo, e achei que em meia hora você estaria morto. No entanto, quando fizemos o último assalto, lá estava na frente de todos; quantas almas você tem?

— Bobagem — dizia Bandi —, eram apenas uns arranhões.

— E os franciscanos que combatiam por nós? Havia um, magro e sujo, que carregava um bacamarte com balas e pedras, depois se arrastava para cima e descarregava a metralha. Vi outro, ferido em uma coxa, arrancar a bala das suas carnes e voltar a fazer fogo.

Em seguida, Abba passou a evocar a batalha da ponte do Almirante:

— Deus do céu, Simonini, um dia digno de um poema de Homero! Estamos às portas de Palermo e surge, para nos ajudar, uma tropa de insurretos locais. Um grita: "Meu Deus", gira sobre si mesmo, dá três ou quatro passos para os lados como um bêbado e cai em um fosso, ao pé de dois choupos, junto a um caçador napolitano morto; talvez o primeiro sentinela surpreendido por nós. E ainda escuto aquele genovês, que, lá onde caía uma saraivada de chumbo, gritou em dialeto: "Caralho, como se passa por aqui?" E uma bala o atinge na testa e o derruba, com o crânio despedaçado. Na ponte do Almirante, na pista, sobre os arcos, sob a ponte e nas hortas, carnificina à baioneta. Ao amanhecer, somos donos da ponte, mas nos detém um fogo terrível, que vem de uma fileira de infantaria atrás de um muro enquanto parte da cavalaria nos alveja pela esquerda, mas é repelida para o campo. Atravessamos a ponte, concentramo-nos no cruzamento de Porta Termini, mas estamos na mira do canhoneio de um navio, que nos bombardeava do porto, e do fogo de uma barricada à nossa frente. Não importa. Um sino toca a rebate. Avançamos pelos becos e, em certo momento, meu Deus, que visão! Segurando-se em uma grade com mãos que pareciam lírios, três mocinhas vestidas de branco, lindas, olhavam-nos, mudas. Pareciam os anjos que se veem nos afrescos das igrejas. "Quem são vocês?", perguntam-nos. Respondemos que somos italianos e perguntamos quem são elas, e elas dizem ser monjas. "Oh, coitadinhas", dizemos, porque não nos desagradaria libertá-las daquela prisão e dar-lhes uma alegria, e elas gritam: "Viva santa Rosália!" Respondemos: "Viva a Itália!" E elas também gritam "Viva a Itália!", com aquelas vozes suaves, de salmo, e nos desejam a vitória. Combatemos por mais cinco dias em Palermo, antes do armistício, mas nada de freirinhas, e tivemos que nos contentar com as putas!

Até que ponto devo confiar nesses dois entusiastas? São jovens, esses foram seus primeiros combates, desde antes adoravam seu general; à sua maneira, são romancistas como Dumas, embelezam

... Na ponte do Almirante, na pista, sobre os arcos, sob a ponte e nas hortas, carnificina à baioneta ... (p. 137)

suas lembranças e uma galinha se transforma em uma águia. Sem dúvida se comportaram bravamente naquelas escaramuças, mas terá sido por acaso que Garibaldi passeava tranquilamente no meio do fogo (e os inimigos, ao longe, deviam vê-lo bem), sem nunca ser atingido? Não será que aqueles inimigos, por ordem superior, atiravam sem empenho?

Essas ideias me circulavam pela cabeça por causa de alguns rumores que captei do meu hospedeiro, que deve ter percorrido outras regiões da península e fala uma linguagem quase compreensível. E foi dele que recebi a sugestão de trocar umas palavrinhas com dom Fortunato Musumeci, um tabelião que parece saber tudo sobre todos e, em várias circunstâncias, demonstrou sua desconfiança em relação aos recém-chegados.

Eu não poderia me aproximar dele usando uma camisa vermelha, obviamente, e me lembrei do hábito do padre Bergamaschi que estava comigo. Uma passada de pente nos cabelos, uma suficiente atitude piedosa, olhos baixos, e lá vou eu saindo da hospedaria, irreconhecível a todos. Foi uma grande imprudência, porque corria o boato de que estavam para expulsar os jesuítas da ilha. Mas, afinal, deu certo. E também, como vítima de uma injustiça iminente, eu podia infundir confiança nos ambientes antigaribaldinos.

Comecei a conversar com dom Fortunato surpreendendo-o em uma tasca onde ele saboreava lentamente seu café, após a missa matutina. O lugar era central, quase elegante, e dom Fortunato estava relaxado, o rosto voltado para o sol e os olhos fechados, barba de alguns dias, um terno preto com gravata, mesmo naquele período de canícula, um charuto semiapagado entre os dedos amarelados pela nicotina. Notei que por aqui eles põem uma casca de limão no café. Espero que não a ponham no café com leite.

Sentado à mesa vizinha, bastou-me reclamar do calor e teve início nossa conversa. Apresentei-me como enviado da cúria romana para entender o que estava acontecendo por aquelas bandas, e isso permitiu que Musumeci falasse livremente.

— Reverendíssimo padre, o senhor acha que mil pessoas reunidas atabalhoadamente e armadas de qualquer jeito chegam a Marsala e desembarcam sem perder um homem sequer? Por que os navios bourbônicos, e é a segunda marinha da Europa, após a inglesa, atiraram a esmo sem acertar ninguém? E, mais tarde, em Calatafimi, como aconteceu que os mesmos mil esmolambados, mais umas centenas de rapazolas impelidos a pontapés no traseiro por alguns proprietários que queriam agradar aos ocupantes, enfrentassem um dos exércitos mais bem treinados do mundo (não sei se o senhor sabe o que é uma academia militar bourbônica), como foi que mil e tantos esmolambados, dizia eu, puseram em fuga 25 mil homens, embora apenas tenham sido vistos alguns milhares porque os outros ainda eram mantidos nas casernas? Correu dinheiro, reverendíssimo, dinheiro a rodo para pagar aos oficiais dos navios em Marsala e ao general Landi em Calatafimi, o qual, após um dia de êxito incerto, ainda teria tropas suficientemente frescas para repelir os senhores voluntários, mas, em vez disso, retirou-se para Palermo. Fala-se de uma pilha de 14 mil ducados para ele, sabia? E seus superiores? Por muito menos, os piemonteses, uns 12 anos atrás, fuzilaram o general Ramorino; não que eu simpatize com os piemonteses, mas de coisas militares eles entendem. Em vez disso, Landi foi simplesmente substituído por Lanza, que, na minha opinião, também já embolsou o dele. De fato, veja essa celebradíssima conquista de Palermo... Garibaldi reforçara seu bando com 3.500 bandidos recolhidos entre a delinquência siciliana, mas Lanza dispunha de cerca de 16 mil homens; eu disse 16 mil. E, em vez de empregá-los em massa, Lanza os manda ao encontro dos rebeldes em pequenos grupos, e é natural que fossem sempre derrotados até porque foram pagos alguns traidores palermitanos que começaram a atirar do alto dos telhados. No porto, na cara dos navios bourbônicos, navios piemonteses desembarcam fuzis para os voluntários e deixa-se que, em terra, Garibaldi chegue ao Cárcere da Vicaria e à Colônia dos Condenados, onde liberta outros mil delinquentes comuns, arrolando-os no seu bando. E nem lhe conto o que está acontecendo agora em Nápoles; nosso pobre soberano está rodeado de miseráveis que já receberam sua remuneração e estão fazendo a terra desabar sob os pés dele...

— Mas de onde vem todo esse dinheiro?

— Reverendíssimo padre! Espanta-me que em Roma os senhores saibam tão pouco! Ora, é a maçonaria inglesa! Percebe o nexo? Garibaldi maçom, Mazzini maçom, Mazzini exilado em Londres em contato com os maçons ingleses, Cavour maçom, recebendo ordens das lojas inglesas, maçons todos os homens ao redor de Garibaldi. É um plano não tanto para destruir o reino das Duas Sicílias, mas para desfechar um golpe mortal sobre Sua Santidade, pois está claro que, depois das Duas Sicílias, Vítor Emanuel também vai querer Roma. O senhor acredita nessa bela historieta dos voluntários partidos com 90 mil liras em caixa, que não bastavam nem para a comida, por toda a viagem, para essa tropa de beberrões e glutões? Basta ver como estão engolindo as últimas provisões de Palermo e espoliando os campos aqui ao redor. A verdade é que os maçons ingleses deram a Garibaldi 3 milhões de francos franceses, em piastras de ouro turco que podem ser utilizadas em todo o Mediterrâneo!

— E quem guarda esse ouro?

— O maçom de confiança do general, aquele capitão Nievo, um fedelho de menos de 30 anos que não deve fazer outra coisa além de ser o oficial pagador. Mas esses diabos pagam a generais, almirantes e quem mais o senhor quiser, e estão esfomeando os camponeses. Estes esperavam que Garibaldi dividisse as terras dos seus patrões e, em vez disso, o general obviamente precisa se aliar aos que possuem terra e dinheiro. O senhor verá que aqueles rapazolas, que foram se deixar matar em Calatafimi, quando compreenderem que aqui nada mudou, começarão a atirar nos voluntários justamente com os fuzis que roubaram dos que morreram.

Já sem as vestes talares, e circulando pela cidade com camisa vermelha, troquei umas palavrinhas com um monge, padre Carmelo, na escadaria de uma igreja. Ele diz ter 27 anos, mas demonstra 40.

Confidencia que gostaria de se unir a nós, mas algo o impede. Pergunto o quê, uma vez que em Calatafimi também havia frades.

— Eu os acompanharia — diz — se soubesse que fariam algo realmente grande. A única coisa que sabem me dizer, porém, é que desejam unir a Itália para fazer dela um único povo. Mas o povo, unido ou dividido, quando sofre, sofre; e não sei se vocês conseguirão que ele pare de sofrer.

— Mas o povo terá liberdade e escolas — retruquei.

— A liberdade não é pão, e a escola tampouco. Essas coisas talvez bastem para vocês, piemonteses, mas não para nós.

— Mas o que seria necessário a vocês?

— Não uma guerra contra os Bourbon, mas uma guerra dos pobres contra aqueles que os esfomeiam; que não estão somente na Corte, mas em toda parte.

— Então, seria também contra vocês, tonsurados, que possuem conventos e terras em todo lugar?

— Também contra nós; ou melhor, contra nós antes que contra qualquer outro! Porém com o Evangelho nas mãos e com a cruz. Então, eu participaria. Assim como está, é muito pouco.

Pelo que compreendi na universidade sobre o famoso manifesto dos comunistas, esse monge é um deles. Realmente, desta Sicília entendo pouquíssimo.

* * *

Pode ser porque carrego essa obsessão desde os tempos do meu avô, mas espontaneamente me perguntei se os judeus também não têm a ver com o complô para apoiar Garibaldi. Em geral, eles sempre têm relação. Então, procurei Musumeci novamente.

— E como não? — disse ele. — Antes de mais nada, se nem todos os maçons são judeus, todos os judeus são maçons. E entre os garibaldinos? Eu me diverti esmiuçando a lista dos voluntários de Marsala, que foi publicada "em homenagem aos valorosos". E nela encontrei nomes como Eugenio Ravà, Giuseppe Uziel, Isacco

D'Ancona, Samuele Marchesi, Abramo Isacco Alpron, Moisè Maldacea e um Colombo Donato, mas filho de um finado Abramo. Agora o senhor me diga se, com semelhantes nomes, eles são bons cristãos.

* * *

(16 de junho) Procurei o tal capitão Nievo, com a carta de apresentação. É um janota com um bigodinho bem tratado e uma mosca abaixo do lábio, e banca o sonhador. Apenas pose, porque enquanto conversávamos entrou um voluntário falando sobre não sei quais cobertores a requisitar, e ele, como um contador detalhista, lembrou ao rapaz que sua companhia já requisitara dez na semana anterior. "O senhor come os cobertores?", perguntou. "Se quiser comer outros, eu o mando digeri-los em uma cela." O voluntário se despediu e desapareceu.

— O senhor está vendo o trabalho que devo fazer? Certamente lhe disseram que sou homem de letras. No entanto, tenho que fornecer soldo e vestuário aos soldados e encomendar 20 mil novos uniformes, porque todos os dias chegam novos voluntários de Gênova, La Spezia e Livorno. E também existem os pedidos; condes e duquesas que querem duzentos ducados por mês como salário e acham que Garibaldi é o arcanjo do Senhor. Aqui, todos esperam que as coisas venham do alto, não é como no norte, onde, se alguém quer alguma coisa, faz por onde obtê-la. Confiaram o caixa a mim, talvez porque em Pádua me doutorei em leis ou porque sabem que não roubo, e não roubar é uma grande virtude nesta ilha, onde príncipe e trapaceiro são a mesma coisa.

Evidentemente, ele gosta de bancar o poeta distraído. Quando lhe perguntei se já era coronel ou não, respondeu que não sabia:

— O senhor sabe — disse —, aqui a situação é um pouco confusa. Bixio tenta impor uma disciplina militar do tipo piemontês, como se estivéssemos em Pinerolo, mas somos um bando de irregulares. Porém, se o senhor publicará artigos em Turim, deixe na sombra essas misérias. Tente comunicar a verdadeira excitação, o entusiasmo que invade a todos. Aqui há pessoas que apostam a vida por alguma coisa em que acreditam. O restante, entenda como uma aventura em terras coloniais. Palermo é divertida para se viver; com seus mexericos, é como Veneza. Somos admirados como heróis; dois palmos de camisa vermelha e setenta centímetros de cimitarra nos tornam desejáveis aos olhos de muitas belas senhoras, cuja virtude é apenas aparente. Não há noite em que não tenhamos um camarote no teatro, e os sorvetes são excelentes.

— O senhor diz que deve prover a muitas despesas. Mas como consegue, com o pouco dinheiro com o qual partiram de Gênova? Usa o dinheiro que confiscaram em Marsala?

— Aquilo eram apenas uns trocados. Por isso, assim que chegou a Palermo, o general mandou Crispi retirar o dinheiro do Banco das Duas Sicílias.

— De fato, ouvi dizer; fala-se de 5 milhões de ducados...

A essa altura, o poeta voltou a ser o homem de confiança do general. Fixou o olhar no céu:

— Ah, sabe como é, dizem muitas coisas. E também o senhor deve levar em conta as doações de patriotas de toda a Itália, eu gostaria de dizer até de toda a Europa. Escreva isso no seu jornal em Turim, para sugerir a ideia aos distraídos. Em suma, o mais difícil é manter os registros em ordem, porque, quando isso aqui for oficialmente o reino da Itália, deverei entregar tudo em regra ao governo de Sua Majestade, sem esquecer um centavo, tanto receita quanto despesas.

"E como se arranjará com os milhões dos maçons ingleses?", eu me perguntava. Ou, então, estão todos de acordo, você, Garibaldi e Cavour: o dinheiro chegou, mas desse não convém falar. Ou, ainda, o dinheiro existe, mas você não sabia, nem sabe, de nada, é o testa de ferro, o pequeno virtuoso que eles (mas quem?) usam como cobertura, e pensa que as batalhas foram vencidas somente pela graça de Deus? Aquele homem ainda não me era transparente. A única coisa sincera que eu captava nas suas palavras era o pesar candente pelo fato de que, naquelas semanas, os voluntários avançavam rumo à costa oriental, preparavam-se, de vitória em vitória, para atravessar o estreito e entrar na Calábria e depois em Nápoles, e ele havia sido mantido em Palermo, para cuidar das contas na retaguarda, o que o deixava impaciente. Existe gente assim: em vez de comemorar a sorte que lhe oferecia bons sorvetes e belas senhoras, Nievo desejava que outras balas lhe atravessassem a capa.

Ouvi dizer que na Terra vive mais de um bilhão de pessoas. Não sei como fizeram para contá-las, mas basta circular por Palermo para compreender que somos demais e estamos nos atropelando uns aos outros. E a maior parte fede. A comida já é pouca agora, imagine se aumentarmos mais. Portanto, é preciso expurgar a população. Claro, existem as pestilências, os suicídios, as penas capitais, existem aqueles que vivem se desafiando em duelo ou que gostam de cavalgar por bosques e pradarias até quebrar o pescoço; ouvi falar de fidalgos ingleses que nadam no mar e naturalmente morrem afogados... Mas não basta. As guerras constituem a saída mais eficaz e natural para frear o crescimento do número de seres humanos. Não se dizia antigamente, ao partir para a guerra, que "Deus o quer"? É preciso, todavia, encontrar gente que tenha vontade de fazer a guerra. Se todos se emboscassem, na guerra ninguém morreria. Então, por que fazê-las? Por conseguinte, são indispensáveis os indivíduos como Nievo, Abba ou Bandi, desejosos de se lançar sob a metralha, a fim de que aqueles como eu possam viver menos obcecados pela humanidade que nos resfolega no cangote.

Em suma, ainda que elas não me agradem, precisamos de belas almas.

* * *

Apresentei-me a La Farina com minha carta de apresentação.

— Se o senhor espera de mim alguma boa notícia para comunicar a Turim — disse ele —, pode tirar isso da cabeça. Aqui não há um governo. Garibaldi e Bixio acreditam comandar genoveses como eles, e não sicilianos como eu. Em uma terra onde é ignorada a conscrição obrigatória, pensou-se a sério em fazer um recrutamento de 30 mil homens. Em muitas comunas, ocorreram verdadeiras sublevações. Decreta-se que sejam excluídos dos conselhos cívicos os antigos funcionários régios, que são os únicos a saber ler e escrever. Um dia desses, alguns anticlericais propuseram incendiar a biblioteca pública, porque foi fundada pelos jesuítas. Faz-se governador de Palermo um rapazote de Marcilepre, que ninguém conhece. No interior da ilha, multiplicam-se delitos de todos os tipos, e muitas vezes os assassinos são os mesmos que deveriam garantir a ordem, porque até verdadeiros bandidos foram alistados. Garibaldi é um homem honesto, mas incapaz de perceber o que acontece bem diante dele: de uma única partida de cavalos requisitada na província de Palermo, desapareceram duzentos! Encarrega-se de organizar um batalhão quem quer que se candidate a isso, de modo que existem batalhões, com banda de música e todos os postos de oficiais preenchidos, com quarenta ou cinquenta soldados no máximo! Dá-se o mesmo emprego a três ou quatro pessoas! Deixa-se a Sicília inteira sem tribunais, civis, penais ou comerciais, porque demitiram em massa toda a magistratura, e criam-se comissões militares para julgar tudo e todos, como no tempo dos hunos! Crispi e seu bando dizem que Garibaldi não quer tribunais civis porque os juízes e os advogados são embusteiros; que não quer uma assembleia porque os deputados são gente de pena, não de espada; que não quer nenhuma força de segurança pública porque os cidadãos devem se armar e se defender por conta própria. Não sei se é verdade, mas agora já não consigo sequer conferenciar com o general.

Em 7 de julho, eu soube que La Farina foi preso e expedido de volta a Turim. Por ordem de Garibaldi, evidentemente instigado por Crispi. Cavour já não tem um informante. Tudo dependerá do meu relatório.

É desnecessário que eu ainda me disfarce de padre para recolher mexericos: mexerica-se nas tabernas, e, às vezes, são justamente os voluntários a reclamar do andamento geral. Ouço dizer que,

*... Tem um não sei quê no olhar/
que lhe cintila da mente,/ e até a se ajoelhar/
parece induzir as gentes ... (p. 149)*

dos sicilianos que se alistaram com os garibaldinos após a entrada em Palermo, uns cinquenta já foram embora, alguns levando consigo até as armas. "São camponeses que se incendeiam como palha e logo se cansam", justifica-os Abba. O conselho de guerra os condena à morte, mas depois os deixa seguir para onde quiserem, desde que seja longe. Tento compreender quais são os verdadeiros sentimentos dessa gente. Toda a excitação que reina pela Sicília inteira resulta do fato de que esta era uma terra abandonada por Deus, queimada pelo sol, sem água que não seja a do mar e com poucos frutos espinhentos. Nesta terra onde há séculos não acontecia nada, chegou Garibaldi com os seus. Não que a população daqui participe por causa dele, nem que ainda se apegue ao rei que Garibaldi está destronando. Simplesmente estão como que embriagados pelo fato de ter acontecido algo diferente. E cada um interpreta a diversidade ao seu modo. Talvez esse grande vento de novidade seja apenas um siroco que adormecerá todos eles novamente.

* * *

(30 de julho) Nievo, com quem já tenho uma certa familiaridade, confidencia-me que Garibaldi recebeu uma carta formal de Vítor Emanuel, que o intima a não atravessar o estreito. A ordem, contudo, veio acompanhada de um bilhete reservado do mesmo rei, que diz mais ou menos o seguinte: primeiro, eu lhe escrevi como rei; agora, sugiro-lhe responder que o senhor gostaria de seguir meus conselhos, mas que seus deveres perante a Itália não lhe permitem se comprometer a não socorrer os napolitanos se eles lhe pedirem para libertá-los. Jogo duplo do rei, mas contra quem? Contra Cavour? Contra o próprio Garibaldi, a quem primeiro ele ordena não ir ao continente e, depois, o encoraja a fazer isso para, quando Garibaldi o fizer, punir sua desobediência, intervindo no Napolitano com as tropas piemontesas?

— O general é ingênuo demais e cairá em alguma armadilha — diz Nievo. — Eu queria estar perto dele, mas o dever me impõe permanecer aqui.

Descobri que esse homem, indubitavelmente culto, vive também na adoração de Garibaldi. Em um momento de debilidade, mostrou-me um pequeno volume que lhe chegara havia pouco, *Amori garibaldini*, impresso no norte sem que ele pudesse rever as provas.

— Espero que quem me ler pense que, na minha qualidade de herói, tenho o direito de ser um pouco atoleimado, e fizeram o possível para demonstrar isso deixando uma série vergonhosa de erros de impressão.

Li uma das suas composições, dedicada justamente a Garibaldi, e convenci-me de que um pouco atoleimado esse Nievo deve ser, sim:

> Tem um não sei quê no olhar
> que lhe cintila da mente,
> e até a se ajoelhar
> parece induzir as gentes.
> Mesmo nas lotadas praças,
> circular cortês, humano,
> e estender afável mão
> eu o vi às jovens graças.*

Aqui, enlouquecem todos por aquele baixinho de pernas tortas.

* * *

(12 de agosto) Vou ver Nievo para pedir uma confirmação do boato que circula: os garibaldinos já desembarcaram no litoral calabrês. Mas o encontro de péssimo humor, quase chorando. Recebeu a notícia de que, em Turim, falam mal da sua administração.

— Eu tenho tudo anotado aqui. — E dá um tapa nos seus registros, todos encadernados em tecido vermelho. — Tanto rece-

---

* No original: *Ha un non so che nell'occhio / che splende dalla mente / e a mettersi in ginocchio / sembra inchinar la gente. / Pur nelle folte piazze / girar cortese, umano / e porgere la mano / lo vidi alle ragazze.* (N. da T.)

bido, tanto gasto. E, se alguém roubou, ficará claro pelas minhas contas. Quando eu entregar isso nas mãos do responsável, algumas cabeças cairão. Mas não será a minha.

* * *

(26 de agosto) Mesmo sem ser um estrategista, creio compreender, pelas notícias que recebo, o que está acontecendo. Ouro maçom ou conversão à causa saboiana, alguns ministros napolitanos estão tramando contra o rei Francisco. Deverá explodir uma revolta em Nápoles, e os revoltosos certamente pedirão ajuda ao governo piemontês. Vítor Emanuel seguirá para o sul. Garibaldi parece não se dar conta de nada, ou então se dá conta de tudo e acelera seus movimentos. Quer chegar a Nápoles antes de Vítor Emanuel.

* * *

Encontro Nievo furioso, agitando uma carta:
— Seu amigo Dumas — diz-me — banca o Creso e, depois, pensa que Creso sou eu! Veja só o que me escreve, e tem a desfaçatez de afirmar que o faz em nome do general! Ao redor de Nápoles, os mercenários suíços e bávaros a soldo dos Bourbon farejam a derrota e se oferecem para desertar a quatro ducados por cabeça. Como são 5 mil, trata-se de um total de 20 mil ducados, ou seja, 90 mil francos. Dumas, que parecia o seu conde de Monte Cristo, não os tem, e, como grão-senhor, põe à disposição a miséria de mil francos. Três mil, ele diz que os patriotas napolitanos coletarão. Quanto ao resto, pergunta se, por acaso, posso completar. Ora, de onde ele pensa que eu tiro o dinheiro?

Nievo me convida a beber alguma coisa.
— Veja bem, Simonini, estão todos excitados pelo desembarque no continente e ninguém percebeu uma tragédia que pesará vergonhosamente sobre a história da nossa expedição. Aconteceu em

Bronte, perto de Catânia. Dez mil habitantes, a maioria de camponeses e pastores, ainda condenados a um regime que lembrava o feudalismo medieval. Todo o território fora doado a Lord Nelson, sob o título de duque de Bronte, e sempre permaneceu nas mãos de poucos fidalgos ou *galantuomini*, como os chamam por lá. As pessoas eram exploradas e tratadas como bichos, proibidas de ir aos bosques patronais para colher ervas comestíveis e deviam pagar pedágio para entrar nos campos. Quando aparece Garibaldi, essa gente pensa que chegou o momento da justiça e que as terras lhe serão devolvidas; formam-se comitês ditos liberais, e o homem mais eminente é um certo advogado Lombardo. Todavia Bronte é propriedade inglesa, e os ingleses ajudaram Garibaldi em Marsala; então, de qual lado ele deve ficar? A essa altura, aquelas pessoas deixam de dar ouvidos ao advogado Lombardo e a outros liberais, não entendem mais nada, desencadeiam uma gritaria popular e uma matança, e massacram os *galantuomini*. Fizeram mal, é óbvio, e entre os revoltosos se insinuaram até uns ex-presidiários; sabe como é, com o pandemônio que aconteceu nesta ilha, voltou à liberdade uma gentalha que deveria continuar presa... E tudo aconteceu porque nós havíamos chegado. Pressionado pelos ingleses, Garibaldi envia Bixio a Bronte, e esse não é homem de grandes sutilezas: ordenou o estado de sítio, iniciou uma represália severa sobre a população, deu ouvidos à denúncia dos *galantuomini* e identificou o advogado Lombardo como o cabeça da revolta, o que era falso; mas, tanto faz, era preciso dar um exemplo e Lombardo foi fuzilado com outros quatro, entre os quais um pobre demente que antes da carnificina andava pelas estradas gritando insultos contra os *galantuomini*, sem causar medo a ninguém. À parte a tristeza por essas crueldades, a coisa me atinge pessoalmente. Compreende, Simonini? De um lado chegam a Turim notícias dessas ações, nas quais atuamos como quem está mancomunado com os antigos proprietários, de outro as maledicências de que lhe falei sobre o dinheiro mal gasto. Não é preciso muito para somar dois mais dois: os proprietários nos pagam para fuzilar os pobrezinhos, e nós, com esse dinheiro, nos entregamos à boa-vida. E, no entanto, o senhor vê que aqui se morre, e gratuitamente. É de deixar uma pessoa encolerizada.

* * *

(8 de setembro) Garibaldi entrou em Nápoles, sem encontrar nenhuma resistência. Evidentemente, sente-se invencível, porque Nievo me diz que ele pediu a Vítor Emanuel a expulsão de Cavour. Agora, em Turim, devem precisar do meu relatório, e compreendo que este deve ser antigaribaldino ao máximo possível. Deverei carregar as tintas sobre o ouro maçônico, pintar Garibaldi como um irrefletido, insistir muito no massacre de Bronte e falar dos outros delitos, dos roubos, das concussões, da corrupção e do esbanjamento geral. Insistirei no comportamento dos voluntários segundo as narrativas de Musumeci: farreando nos conventos e desvirginando as donzelas (talvez até as monjas, pois exagerar não prejudica).

Produzir também algumas ordens de requisição de bens privados. Fazer uma carta, de um informante anônimo, que me conta sobre os contatos permanentes entre Garibaldi e Mazzini, através de Crispi, e sobre seus planos para instaurar a república, inclusive no Piemonte. Em suma, um relatório bom e enérgico que permita deixar Garibaldi em uma enrascada. Até porque Musumeci me forneceu outro argumento excelente: os garibaldinos são, mais do que qualquer outra coisa, um bando de mercenários estrangeiros. Desses mil homens, fazem parte aventureiros franceses, americanos, ingleses, húngaros e até africanos; a escória reunida de todas as nações, muitos corsários com o próprio Garibaldi nas Américas. Basta escutar os nomes dos seus lugares-tenentes: Turr, Eber, Tuccorì, Telochi, Maghiarodi, Czudaffi, Frigyessi (Musumeci cospe esses nomes a esmo e, à exceção de Turr e Eber, eu nunca os ouvira). Depois há os poloneses, os turcos, os bávaros e um alemão de nome Wolff, que comanda os desertores alemães e suíços antes a serviço dos Bourbon. E o governo inglês teria colocado batalhões de argelinos e de indianos à disposição de Garibaldi. Nos Mil, os italianos são apenas a metade. Musumeci exagera, porque ao redor eu escuto apenas sotaques vênetos, lombardos, emilianos ou toscanos; indianos não vi, mas, se no relatório insistir inclusive nessa mixórdia de raças, creio que pode ser bom.

Naturalmente, incluí algumas menções aos judeus, que são unha e carne com os maçons.

Creio que o relatório deve chegar a Turim o mais depressa possível, sem cair em mãos indiscretas. Encontrei um navio militar piemontês que está retornando de imediato aos reinos sardos, e não me será difícil fabricar um documento oficial ordenando ao capitão que me embarque até Gênova. Minha temporada siciliana acaba aqui, e desagrada-me um pouco não ver o que acontecerá em Nápoles e além, mas eu não vim para me divertir ou para escrever um poema épico. No fundo, de toda essa viagem recordo com prazer apenas os *pisci d'ovu*, os *babbaluci a picchipacchi*, um modo de preparar caracóis, os *cannoli*, ah, os *cannoli*... Nievo também prometera me fazer experimentar um certo peixe-espada *a' sammurigghu*, mas não houve tempo e só me resta o perfume do nome.

... Garibaldi entrou em Nápoles, sem encontrar nenhuma resistência ... (p. 152)

8
O *ERCOLE*

Dos diários de 30 e 31 de março e 1 de abril de 1897

Para o Narrador, é meio aborrecido ter de registrar esse canto amebeu entre Simonini e seu intrusivo abade, mas parece que, em 30 de março, Simonini rememora de maneira incompleta os últimos acontecimentos na Sicília. Seu texto se complica por muitas linhas canceladas e outras eliminadas com um "X", mas ainda legíveis — e inquietantes de se ler. Em 31 de março, insere-se no diário o abade Dalla Piccola, como que para destrancar portas hermeticamente fechadas na memória de Simonini, revelando-lhe aquilo que este se recusa desesperadamente a lembrar. E, em 1 de abril, Simonini, após uma noite inquieta em que recorda ter tido ânsias de vômito, intervém de novo, irritado, como se quisesse corrigir aquilo que considera exageros e sermões moralistas do abade. Em suma, porém, o Narrador, não sabendo a quem, afinal, dar razão, se permite contar aqueles eventos tais como acredita que devam ser reconstituídos — e naturalmente assume a responsabilidade por essa reconstituição.

Recém-chegado a Turim, Simonini enviou seu relatório ao *cavalier* Bianco e, um dia depois, chegou-lhe uma mensagem que outra vez o convocava, em horário noturno, ao local aonde uma carruagem o conduzira na primeira vez, e no qual o aguardavam Bianco, Riccardi e Negri di Saint Front.

— Advogado Simonini — começou Bianco —, não sei se a confiança que a essa altura nos liga me permite expressar sem reservas os meus sentimentos, mas devo lhe dizer que o senhor é um paspalhão.

— *Cavaliere,* como se permite?

— Permite-se, permite-se — interveio Riccardi —, e fala também em nosso nome. Eu acrescentaria: um paspalhão perigoso, a ponto de nos perguntarmos se é prudente deixá-lo circular por Turim com as ideias que se lhe formaram na cabeça.

— Desculpe-me, posso ter errado em alguma coisa, mas não compreendo...

— Errou, errou; e em tudo. Por acaso o senhor se dá conta de que em poucos dias (até as comadres já sabem disso) o general Cialdini entrará com nossas tropas nos Estados da Igreja? É provável que, no decorrer de um mês, nosso exército esteja às portas de Nápoles. A essa altura, teremos provocado um plebiscito popular pelo qual o reino das Duas Sicílias e seus territórios serão oficialmente anexados ao reino da Itália. Garibaldi, se for mesmo o cavalheiro e o monarquista que é, saberá se impor também àquele cabeça quente do Mazzini e, *bon gré mal gré*, aceitará a situação, deixará as terras conquistadas nas mãos do rei e, com isso, fará uma esplêndida figura de patriota. Então, deveremos desmantelar o exército garibaldino, pois já são quase 60 mil homens que não convém deixar por aí com rédeas soltas, e aceitar os voluntários no exército saboiano, enviando os outros para casa com uma indenização. Todos bravos rapazes, todos heróis. E o senhor, expondo à avidez da imprensa e da opinião pública aquele seu relatório infeliz, espera que digamos que esses garibaldinos, prestes a se tornarem nossos soldados e oficiais, eram uma cambada de pilantras, na sua maioria estrangeiros, que depredaram a Sicília? Que Garibaldi não é o puríssimo herói a quem toda a Itália ficará agradecida, mas um aventureiro que venceu um falso inimigo, comprando-o? E que até o último minuto ele conspirou com Mazzini para fazer da Itália uma república? Que Nino Bixio andava pela ilha fuzilando os liberais e massacrando pastores e camponeses? O senhor é maluco!

— Mas vossas senhorias me encarregaram de...

— Não o encarregamos de difamar Garibaldi e os bravos italianos que lutaram ao lado dele, mas de encontrar documentos que provassem como o *entourage* republicano do herói administrava mal as terras ocupadas e que justificassem uma intervenção piemontesa.

— Mas Vossas Senhorias bem sabem que La Farina...

— La Farina escrevia cartas privadas ao conde de Cavour, que certamente não as exibiu por aí. E também La Farina é La Farina, pessoa que alimentava um rancor particular contra Crispi. E, por fim, o que são aqueles desvarios sobre o ouro dos maçons ingleses?

— Todos falam disso.

— Todos? Nós, não. E o que são esses maçons? O senhor é maçom?

— Eu, não, mas...

— Portanto, não se meta com coisas que não lhe dizem respeito. Deixe os maçons para lá.

Evidentemente, Simonini não havia compreendido que no governo saboiano todos eram maçons (exceto, talvez, Cavour). E pensar que, com os jesuítas que o tinham rodeado na infância, deveria saber disso... Mas Riccardi já estava martelando o assunto dos judeus, perguntando que distorção mental o levara a incluí-los no seu relatório.

Simonini balbuciou:

— Os judeus estão por toda parte, e o senhor certamente não acha que...

— Não importa o que achamos ou deixamos de achar — interrompeu Saint Front. — Em uma Itália unida, precisaremos também do apoio das comunidades hebraicas, por um lado, e, por outro, é inútil recordar aos bons católicos italianos que, entre os puríssimos heróis garibaldinos, havia judeus. Em suma, com todas as gafes que o senhor cometeu, teríamos o suficiente para mandá-lo tomar ares durante algumas décadas em uma das nossas confortáveis fortalezas alpinas. Infelizmente, porém, o senhor ainda nos é útil. Ao que parece, ainda continua no sul o tal capitão Nievo, coronel ou lá o que seja, com todos os seus registros; *in primis* não sabemos se ele foi, e é, correto ao redigi-los, *in secundis* se é politicamente útil que suas contas sejam divulgadas. O senhor afirma que Nievo pretende nos entregar esses registros, e faria bem, mas, antes que cheguem às nossas mãos, ele poderia mostrá-los a outros, e isso seria ruim. Portanto, o senhor volta à Sicília, sempre como enviado do deputado Boggio para relatar os novos e admiráveis eventos, gruda nesse Nievo como uma sanguessuga e dá um jeito de fazer com que esses registros desapareçam, diluam-se no ar, virem fumaça e que ninguém ouça mais falar deles. Como obter esse sucesso é problema seu, e o senhor está autorizado a lançar mão de todos os meios, claro que no âmbito da legalidade, aliás não se poderia esperar de nós outra coisa. O *cavalier* Bianco lhe dará um apoio no Banco da Sicília, para que possa dispor do dinheiro necessário.

Aqui, o que Dalla Piccola revela se torna igualmente muito lacunoso e fragmentário, como se também ele tivesse dificuldade em recordar aquilo que sua contraparte se esforçara para esquecer.

Seja como for, parece que, tendo retornado à Sicília no final de setembro, Simonini ali permaneceu até março do ano seguinte, sempre na tentativa infrutífera de apoderar-se dos registros de Nievo, recebendo a cada 15 dias um despacho do *cavalier* Bianco, o qual lhe perguntava, com alguma irritação, o que ele já teria conseguido.

É que Nievo estava agora dedicando corpo e alma àquelas benditas contas, cada vez mais pressionado pelos boatos malévolos, cada vez mais ocupado em investigar, controlar, escarafunchar milhares de recibos para ter certeza daquilo que registrava, já dotado de grande autoridade porque Garibaldi também tinha a preocupação de que não se criassem escândalos ou maledicências e colocara à disposição dele um escritório com quatro colaboradores e dois guardas, tanto no portão quanto na escada, de modo que não se podia, digamos assim, penetrar à noite nos seus recônditos e procurar os registros.

E, pior, Nievo dera a entender seu medo de que a prestação de contas não viesse a ser agradável para alguém, motivo pelo qual temia que os registros pudessem ser roubados ou mexidos, e, por conseguinte, fizera o máximo para torná-los inencontráveis. A Simonini, apenas restava fortalecer cada vez mais sua amizade com o poeta, com quem o tratamento passara a um "você" cordial, a fim de poder ao menos compreender o que ele pretendia fazer com aquela maldita documentação.

Passavam juntos muitos serões, naquela Palermo outonal ainda lânguida de calores não mitigados pelos ventos marinhos, às vezes bebericando água com anis, deixando que o licor se dissolvesse devagarinho na água como uma nuvem de fumaça. Talvez porque simpatizasse com Simonini, talvez porque, sentindo-se já prisioneiro da cidade, precisasse devanear com alguém, Nievo abandonava aos poucos sua reserva de estilo militar e se abria. Falava de um amor que deixara em Milão, um amor impossível porque se tratava não apenas da mulher do seu primo como também do seu melhor amigo. Mas não havia nada a fazer; inclusive os outros amores o tinham levado à hipocondria.

— Assim sou eu, e estou condenado a sê-lo. Serei sempre fantasioso, sombrio, tenebroso, bilioso. Já tenho 30 anos, e sempre fiz a guerra para me distrair de um mundo que não amo. O fato é que deixei em casa um grande romance ainda manuscrito. Gostaria de vê-lo publicado, mas não posso cuidar disso porque tenho essas contas sujas para administrar. Se eu fosse ambicioso, se tivesse sede de prazeres... Se ao menos fosse mau... Ao menos como Bixio. Nada. Eu me conservo jovem, vivo um dia a cada vez, amo o movimento para me mover, o ar para respirá-lo. Morrerei por morrer... E tudo estará acabado.

Simonini não tentava consolá-lo. Considerava-o incurável.

No início de outubro, houve a batalha do Volturno, na qual Garibaldi repeliu a última ofensiva do exército bourbônico. Porém, nos mesmos dias, o general Cialdini derrotou o exército pontifício em Castelfidardo e invadiu o Abruzzo e o Molise, que já eram parte do reino bourbônico. Em Palermo, Nievo rangia os dentes. Soubera que entre seus acusadores no Piemonte se incluíam os lafarinianos, sinal de que agora La Farina cuspia veneno contra tudo o que lembrasse os camisas vermelhas.

— Dá vontade de abandonar tudo — dizia Nievo, desconsolado —, mas é justamente nesses momentos que não se deve largar o timão.

Em 26 de outubro, verificou-se o grande evento. Garibaldi se encontrou com Vítor Emanuel em Teano, e praticamente lhe entregou a Itália do sul. O suficiente para nomeá-lo, no mínimo, senador do reino, dizia Nievo, e no entanto, no começo de novembro, Garibaldi enfileirou em Caserta 14 mil homens e trezentos cavalos, esperando que o rei os passasse em revista e o rei não apareceu.

Em 7 de novembro, o rei fazia sua entrada triunfal em Nápoles, e Garibaldi, moderno Cincinato, retirava-se para a ilha de Caprera.

— Que homem — dizia Nievo, e chorava como acontece aos poetas (coisa que muitíssimo irritava Simonini).

Poucos dias depois, dissolveu-se o exército garibaldino e 20 mil voluntários foram acolhidos no exército saboiano, ao qual, porém, foram integrados também 3 mil oficiais bourbônicos.

— É justo — dizia Nievo —, eles também são italianos, mas é uma conclusão triste para aquela nossa epopeia. Eu não me alisto, recebo seis meses de soldo e adeus. Seis meses para concluir meu encargo, espero conseguir.

Devia ser um trabalho de condenado, porque, no final de novembro, ele mal havia fechado as contas até o final de julho. Assim, a olho, ainda precisaria de uns três meses ou mais.

Quando, em dezembro, Vítor Emanuel chegou a Palermo, Nievo dizia a Simonini:

— Eu sou o último camisa vermelha aqui, e sou encarado como um selvagem. E devo responder às calúnias daquelas bestas dos lafarinianos. Santo Deus, se soubesse que acabaria assim, em vez de embarcar em Gênova para esta prisão, eu me afogaria. Teria sido melhor.

Até então, Simonini não achara um jeito de pôr as mãos nos malditos registros. Mas, de repente, em meados de dezembro, Nievo lhe anunciou que voltaria a Milão por um breve período. Deixando os registros em Palermo? Levando-os consigo? Impossível saber.

Nievo se ausentou por quase dois meses, e Simonini procurou passar aquele triste período (não sou um sentimental, dizia a si mesmo, mas o que é o Natal em um deserto sem neve e coberto de figueiras-da-índia?) visitando os arredores de Palermo. Comprou uma mula, voltou a usar os trajes do padre Bergamaschi e andava de vilarejo em vilarejo, por um lado recolhendo mexericos junto aos vigários e aos camponeses, mas, na maior parte do tempo, buscando explorar os segredos da culinária siciliana.

Em solitárias bodegas fora da cidade, encontrava iguarias selvagens e a preço baixo (porém de grande sabor), como a *acqua cotta*: bastava colocar umas fatias de pão numa sopeira, temperando-as com muito azeite e pimenta recém-macerada; ferviam-se em 3/4 de litro de água e sal umas cebolas fatiadas, tomate em tirinhas e calaminta; depois de vinte minutos derramava-se tudo sobre o pão, deixava-se descansar por uns minutos e pronto, servir bem quente.

Às portas de Bagheria, descobriu uma estalagem com poucas mesas em um saguão escuro, mas, naquela sombra agradável até nos meses invernais, um hospedeiro de aparência (e talvez substância) imunda preparava pratos magníficos à base de vísceras, tais como coração recheado, gelatina de porco, molejas e todos os tipos de tripa.

Ali conheceu dois personagens, bastante diferentes um do outro, e que só mais tarde seu engenho saberia reunir em um plano. Mas não nos antecipemos.

O primeiro parecia um pobre demente. O hospedeiro dizia que o nutria e o alojava por compaixão, embora, na verdade, o homem pudesse prestar muitos e utilíssimos serviços. Todos o chamavam Bronte, e realmente parecia que ele escapara dos massacres de Bronte. Vivia agitado pelas lembranças da revolta e, após alguns copos de vinho, socava a mesa e gritava: "*Cappelli guaddativi, l'ura du giudizziu s'avvicina, populu non mancari all'appelu*", ou seja: "Donos de terra, em guarda, a hora do julgamento se aproxima; povo, não falte ao apelo." E era a frase que, antes da insurreição, gritava seu amigo Nunzio Ciraldo Fraiunco, um dos cinco que depois tinham sido fuzilados por Bixio.

Sua vida intelectual não era intensa, mas ao menos uma ideia ele tinha, e era fixa. Queria matar Nino Bixio.

Simonini via em Bronte apenas um tipo esquisito, que lhe servia para passar alguns tediosos serões invernais. Mas logo considerou mais interessante outro sujeito, personagem hirsuto e, inicialmente, insociável, o qual, depois de tê-lo ouvido pedir ao hospedeiro as receitas das várias comidas, começara a puxar conversa, revelando-se um devoto da mesa tal como Simonini. Este lhe contava como se preparavam os *agnolotti* à piemontesa e ele, todos os segredos da *caponata*. Simonini lhe falava da carne crua à moda de Alba o bastante para deixá-lo com fome de lobo, e ele se delongava sobre as alquimias do marzipã.

Esse mestre Ninuzzo falava quase italiano e dava a entender que viajara inclusive a países estrangeiros. Até que, demonstrando-se assaz devoto de várias Virgens dos santuários locais e respeitoso pela dignidade eclesiástica de Simonini, confidenciou-lhe sua curiosa posição: tinha sido encarregado de explosivos no exército bourbônico, mas não como militar, e sim enquanto artesão experimentado na custódia e gestão de um paiol não muito distante. Os garibaldinos haviam expulsado dali os militares bourbônicos e confiscado a munição e a pólvora, mas, para não desmantelar completamente a casamata, conservaram Ninuzzo em serviço como guardião do local, a soldo da intendência militar. E ali ele ficava, entediando-se, à espera de ordens, rancoroso ante os ocupantes vindos do norte, nostálgico do seu rei, fantasiando revoltas e insurreições.

— Eu ainda poderia explodir metade de Palermo, se quisesse — disse um dia a Simonini, após compreender que também este último não estava do lado dos piemonteses. E, diante do seu estupor, contou que os usurpadores não tinham percebido, de modo algum, que embaixo do paiol havia uma cripta, na qual ainda restavam barriletes de pólvora, granadas e outros artefatos de guerra. A serem conservados para o dia iminente da reconquista, visto que bandos de resistentes já se organizavam nos montes para dificultar a vida dos invasores piemonteses.

À medida que ele falava sobre explosivos, seu rosto se iluminava e seu perfil canino e seus olhos baços se tornavam quase belos. Até que, um dia, levou Simonini à sua casamata e, ao emergir de uma exploração na cripta, mostrou-lhe na palma da mão uns grânulos escuros.

— Ah, reverendíssimo padre — dizia —, não existe nada mais bonito que pólvora de boa qualidade. Veja a cor, cinza-ardósia; os grânulos não se desmancham sob a pressão dos dedos. Se o senhor tivesse aí uma folha de papel, eu colocaria essa pólvora em cima, atearia fogo e ela queimaria sem tocar o papel. Antigamente, era fabricada com 75 partes de salitre, 12 de carvão e 12 de enxofre; depois passaram ao que chamam de dosagem à inglesa, que seria 15 partes de carvão e dez de enxofre, e é assim que as guerras podem ser perdidas, porque as granadas não explodem. Todos nós, desse ofício (mas, infelizmente, ou graças a Deus, somos poucos), em vez do salitre, usamos nitrato do Chile, que é outra coisa.

— É melhor?

— É o melhor. Veja bem, padre, eles inventam um explosivo por dia, mas cada um pior que o outro. Havia um oficial do rei (falo do legítimo) que bancava o grande sabichão e me aconse-

*... Todos o chamavam Bronte,
e realmente parecia que ele escapara
dos massacres de Bronte ... (p. 162)*

lhava a novíssima invenção, a piroglicerina. Ele não sabia que ela só funciona mediante golpe, portanto é difícil de detonar, porque a pessoa teria que ficar ali batendo com um martelo e seria a primeira a subir pelos ares. Ouça o que digo: se alguém quiser fazer alguém subir pelos ares, nada como a velha pólvora. Aí, sim, é um espetáculo.

Mestre Ninuzzo parecia deliciado, como se no mundo não existisse nada mais belo. Naquele momento Simonini não deu muita importância aos desvarios dele. Mais tarde, porém, em janeiro, voltaria a levá-lo em consideração.

De fato, estudando modos de se apoderar das contas da expedição, disse a si mesmo: ou as contas estão aqui em Palermo, ou estarão de novo em Palermo quando Nievo retornar do norte. Depois, Nievo deverá levá-las a Turim, por mar. Portanto, é inútil segui-lo dia e noite, até porque não vou chegar à caixa-forte secreta e, se chegar, não vou abri-la. E, se chegar e conseguir abri-la, haverá um escândalo. Nievo denunciará o desaparecimento dos registros e meus mandantes turinenses poderão ser acusados. E a coisa não passaria despercebida mesmo que eu surpreendesse Nievo com os registros na mão e lhe plantasse uma faca nas costas. Um cadáver como o de Nievo não deixaria de ser um tanto embaraçoso. Convém que os registros virem fumaça, disseram-me em Turim. Porém, com eles, também Nievo deve virar fumaça, e de tal modo que, diante do seu desaparecimento (que deverá parecer acidental e natural), o sumiço dos registros passe a segundo plano. Então, incendiar ou explodir o palácio da intendência? Não, daria muito na vista. Resta apenas uma solução: fazer desaparecerem Nievo, registros e tudo o que estiver com ele, enquanto se desloca por mar entre Palermo e Turim. Em uma tragédia marítima na qual vão ao fundo cinquenta ou sessenta pessoas, ninguém pensará que tudo se destinava à eliminação de quatro cartapácios.

Ideia certamente fantasiosa e ousada, mas, ao que parece, Simonini estava crescendo em idade e sabedoria, e o tempo dos joguinhos com colegas de universidade já passara. Havia visto a guerra, habituara-se à morte, felizmente a de outrem, e tinha vivo interesse em não acabar naquelas fortalezas sobre as quais Negri de Saint Front lhe falara.

Naturalmente, Simonini precisou refletir longamente sobre esse projeto, até porque não tinha mais nada a fazer. Enquanto isso, consultava-se com mestre Ninuzzo, a quem oferecia suculentas refeições.

— Mestre Ninuzzo, o senhor certamente se pergunta por que estou aqui, e lhe direi que vim por ordem do Santo Padre, com o objetivo de restaurar o reinado do nosso soberano das Duas Sicílias.

— Sou todo seu, padre, diga o que devo fazer.

— Pois bem. Em data que ainda não conheço, um vapor deve zarpar de Palermo para o continente. Esse vapor levará, em uma caixa-forte, ordens e planos destinados a destruir para sempre a autoridade do Santo Padre e a infamar nosso rei. Esse navio deve afundar antes que chegue a Turim, sem que se salvem homens ou bagagens.

— Nada mais fácil, padre. Usa-se uma descoberta recentíssima, que creio estar sendo preparada pelos americanos. Um "torpedo a carvão". Uma bomba produzida como se fosse uma pedra de carvão. Esconde-se a pedra entre os montes de mineral destinados ao abastecimento do navio e, uma vez nas caldeiras, o torpedo, devidamente aquecido, causa uma explosão.

— Não é ruim. Mas o pedaço de carvão teria de ser lançado na caldeira no momento certo. O navio não deve explodir nem cedo demais nem tarde demais, ou seja, pouco depois da partida ou pouco antes da chegada, pois todos perceberiam. Ele deve explodir no meio do caminho, longe de olhos indiscretos.

— Aí fica mais difícil. Já que não se pode subornar um foguista, pois ele seria a primeira vítima, precisaríamos calcular o momento exato em que aquela quantidade de carvão seria jogada na caldeira. E, isso, nem a Bruxa de Benevento pode prever...

— E então?

— Então, caro padre, a única solução, que funciona sempre, é mais uma vez um barrilete de pólvora com um belo estopim.

— Mas quem aceitaria acender um estopim a bordo, sabendo que depois será suspeito da explosão?

— Ninguém, a menos que seja um especialista, como graças a Deus, ou infelizmente, ainda somos poucos. O especialista sabe estabelecer o comprimento do estopim. Antigamente, os estopins eram canudinhos de palha cheios de pólvora negra, uma mecha sulfurada ou cordas embebidas em salitre e alcatroadas. Nunca se sabia quanto tempo levariam para chegar ao ponto. Mas, graças a Deus, de uns trinta anos para cá surgiu o estopim de combustão lenta, do qual, modestamente, tenho alguns metros na cripta.

— E com esse?

— Com esse, pode-se estabelecer o intervalo necessário entre o momento em que se ateia fogo ao estopim e aquele em que a chama alcança a pólvora, determinando o comprimento do estopim de acordo com o tempo. Por conseguinte, se o técnico em explosivos soubesse que, uma vez acendido o estopim, poderia chegar a um ponto do navio onde alguém o esperaria com uma chalupa baixada, de tal modo que o navio fosse pelos ares quando eles já estivessem a uma boa distância, tudo seria perfeito; que digo, seria uma obra-prima!

— Mestre Ninuzzo, há um porém... Suponha que nessa noite o mar esteja tempestuoso e ninguém possa baixar uma chalupa. Um técnico em explosivos como o senhor correria tal risco?

— Francamente, não, padre.

Não se podia pedir a mestre Ninuzzo que se dirigisse a uma morte quase certa. Porém, a alguém menos perspicaz que ele, sim.

No final de janeiro, Nievo retornou de Milão para Nápoles, onde permaneceu uns 15 dias, talvez a fim de recolher documentos também por lá. Depois, recebeu ordens de voltar a Palermo, juntar todos os seus registros (sinal de que estes haviam ficado ali) e levá-los a Turim.

O encontro com Simonini foi afetuoso e fraternal. Nievo se entregou a reflexões sentimentais sobre sua viagem ao norte, sobre aquele amor impossível que desgraçadamente, ou maravilhosamente, se reacendera durante aquela breve visita... Simonini o escutava com olhos que pareciam marejar-se durante as narrativas elegíacas do seu amigo, mas, na verdade, ansiava apenas por saber de que modo os registros partiriam em direção a Turim.

Finalmente, Nievo falou. No início de março, sairia de Palermo para Nápoles no *Ercole*, e de Nápoles prosseguiria viagem até Gênova. O *Ercole* era um digno navio a vapor, de fabricação inglesa, com duas rodas laterais, tripulação de uns 15 homens e capaz de transportar muitas dezenas de passageiros. Tinha uma longa história, mas ainda não era um calhambeque e cumpria bem sua função. Desde aquele momento, Simonini se ocupou em recolher todas as informações possíveis; soube em que pousada se hospedava o capitão, Michele Mancino, e, conversando com marinheiros, obteve uma noção da disposição interna do barco.

Então, novamente compungido e talar, voltou a Bagheria e chamou Bronte em particular.

— Bronte — contou-lhe —, está prestes a partir de Palermo um navio que leva Nino Bixio a Nápoles. Chegou o momento em que nós, os últimos defensores do trono, poderemos nos vingar do que esse homem fez à sua terra. Cabe a você a honra de participar da execução dele.

— O senhor me diga o que devo fazer.

— Isto aqui é um estopim, cuja duração foi estabelecida por quem entende disso mais do que você e do que eu. Envolva-o em torno da cintura. Um homem nosso, o capitão Simonini, oficial de Garibaldi mas, secretamente, fiel ao nosso rei, fará carregar a bordo um caixote coberto pelo sigilo militar, com a recomendação de que, na estiva, esse objeto seja constantemente vigiado por um homem da sua confiança, ou seja, você. Obviamente, o caixote estará cheio de pólvora. Simonini embarcará com você e, a certa altura, já com Stromboli à vista, dará um jeito de que lhe seja transmitida a ordem de desenrolar, dispor e acender o estopim. Enquanto isso, ele mandará abaixar uma chalupa. O comprimento e a consistência do estopim serão suficientes para permitir que você suba da estiva e se dirija à popa, onde Simonini estará à sua espera. Os dois terão todo o tempo para se afastar do navio antes que ele vá pelos ares, e, com ele, o maldito Bixio. Porém, até esse momento, você não deverá ver nem esse Simonini nem se aproximar se o avistar. Ao chegar ao navio, na carroça em que Ninuzzo o conduzirá, você encontrará um marinheiro chamado Almalò. Ele o levará até a estiva e ali você ficará quietinho, até que Almalò lhe diga que chegou a hora de fazer o que você já sabe.

Os olhos de Bronte cintilavam, mas totalmente idiota ele não era.

— E se o mar estiver bravo? — perguntou.

— Se, na estiva, você sentir que o navio balança um pouco, não se preocupe, a chalupa é ampla e robusta, tem um mastro e uma vela, e a terra não estará longe. E também o capitão Simonini, se julgar que as ondas estão altas demais, não vai querer arriscar a própria vida. Nesse caso, não lhe enviará a ordem e mataremos Bixio em outra oportunidade. No entanto, se a ordem vier, é porque alguém que entende do mar melhor do que você terá decidido que ambos chegarão a Stromboli sãos e salvos.

Entusiasmo e plena adesão de Bronte. Longos conciliábulos com o mestre Ninuzzo para preparar a máquina infernal. No momento oportuno, vestido de maneira quase funérea, como se imagina que circulem os espiões e os agentes secretos, Simonini se apresentou ao capitão Mancino com um salvo-conduto cheio de carimbos e selos, do qual resultava que, por ordem de Sua Majestade Vítor Emanuel II, deveria ser transportado para Nápoles um grande caixote contendo um material secretíssimo. O caixote, para se confundir com outras mercadorias e não chamar atenção, precisava ser depositado na estiva, mas, ao lado dele, deveria permanecer, dia e noite, um homem de confiança de Simonini. Esse homem seria recebido pelo marinheiro Almalò, que outras vezes cumprira missões de confiança para o exército; quanto ao restante, o capitão poderia se desinteressar do assunto. Em Nápoles, um oficial entre os atiradores de elite se encarregaria do caixote.

Portanto, o projeto era simplicíssimo e a operação não chamaria a atenção de ninguém, muito menos a de Nievo, que, no máximo, estaria interessado em vigiar seu próprio caixote com os registros.

Previa-se que o *Ercole* zarpasse por volta das 13h, e a viagem rumo a Nápoles duraria 15 ou 16 horas. Seria conveniente fazer o navio explodir depois de passar pela ilha de Stromboli, cujo vulcão, em perpétua e tranquila erupção, emitia labaredas à noite, de forma que a explosão passasse despercebida mesmo aos primeiros clarões da alvorada.

Naturalmente, fazia tempo que Simonini contactara Almalò, que lhe parecera o mais venal de toda a chusma, subornara-o lautamente e lhe fornecera as disposições essenciais: ele aguardaria Bronte no molhe e o acomodaria na estiva com seu caixote.

— No mais — havia dito —, ao anoitecer você deve ficar atento a quando aparecer no horizonte o fogo do Stromboli, não importa qual seja o estado do mar. Nesse momento, desce à estiva, vai até aquele homem e diz: "Mandaram avisar que chegou a hora." Não se preocupe com o que ele faz ou fará; mas, para que não tenha vontade de espiar, basta você saber que ele deverá procurar no caixote uma garrafa com uma mensagem e jogá-la no mar por uma vigia. Alguém estará por perto, em um barco, em condições de recuperar a garrafa e levá-la para Stromboli. Você se limita a retornar ao seu alojamento, esquecendo tudo. Agora, repita o que deve dizer a ele.

— Mandaram avisar que chegou a hora.

— Muito bem.

No momento da partida, Simonini estava no molhe para saudar Nievo. A despedida foi comovente:

— Caríssimo amigo — dizia Nievo —, você esteve próximo de mim por muito tempo, e eu lhe abri minha alma. É possível que não nos vejamos mais. Depois de entregar minhas contas em Turim, volto para Milão e lá... Veremos. Pensarei no meu livro. Adeus, abrace-me, e viva a Itália.

— Adeus, querido Ippolito, sempre me lembrarei de você — dizia Simonini, conseguindo até espremer algumas lágrimas porque se identificava com o personagem.

Nievo mandou descer da sua carruagem um caixote pesado e seguiu seus colaboradores, que embarcavam o objeto, sem perdê-los de vista. Pouco antes que ele subisse a escada do navio, dois amigos seus, que Simonini não conhecia, vieram exortá-lo a não partir no *Ercole*, que consideravam pouco seguro, ao passo que, na manhã seguinte, zarparia o *Elettrico*, que inspirava mais confiança. Simonini teve um instante de desconcerto, mas Nievo logo sacudiu os ombros e disse que quanto mais cedo seus documentos chegassem ao destino, melhor. Pouco depois, o *Ercole* abandonava as águas do porto.

Dizer que Simonini atravessou com ânimo hílare as horas seguintes seria dar excessivo crédito ao seu sangue-frio. Em vez disso, passou o dia inteiro e o serão à espera daquele evento ao qual não assistiria, nem mesmo se subisse àquela Punta Raisi que se eleva além de Palermo. Calculando o tempo, por volta das nove da noite disse a si mesmo que talvez tudo estivesse consumado. Não tinha certeza de que Bronte soubera executar as ordens à perfeição, mas imaginava o marinheiro que, ao largo de Stromboli, transmitiria a ordem a ele, e o pobrezinho inclinando-se para inserir o estopim no caixote, acendendo-o e precipitando-se rapidamente para a popa, onde não encontraria ninguém. Talvez tivesse compreendido o logro e corrido como um doido (e que outra coisa era?) até a estiva para apagar o estopim a tempo, mas seria tarde demais e a explosão o atingiria no caminho de volta.

... Calculando o tempo, por volta das nove da noite disse a si mesmo que talvez tudo estivesse consumado ... (p. 171)

Simonini se sentia tão satisfeito pela missão cumprida que, retomados os trajes eclesiásticos, concedeu-se, na taberna de Bagheria, um jantar substancioso à base de massa com sardinhas e *piscistocco alla ghiotta* (bacalhau amolecido em água fria por dois dias e cortado em tiras, uma cebola, um talo de aipo, uma cenoura, um copo de azeite, polpa de tomates, azeitonas pretas sem caroço, pinhões, uva sultana e pera, alcaparras dessalgadas, sal e pimenta).

Depois, pensou no mestre Ninuzzo... Não convinha deixar livre uma testemunha tão perigosa. Então, montou sua mula e se dirigiu ao paiol. Mestre Ninuzzo estava na porta, fumando seu velho cachimbo, e o acolheu com um belo sorriso:

— Acha que deu certo, padre?

— Creio que sim. O senhor deve estar orgulhoso, mestre Ninuzzo — respondeu Simonini e o abraçou, dizendo "Viva o rei", como se usava por aquelas bandas. Ao abraçá-lo, meteu-lhe no ventre dois palmos de punhal.

Como ninguém nunca passava por ali, sabe-se lá quando seria encontrado o cadáver. Se, mais tarde, por um acaso improbabilíssimo, a polícia ou alguém no seu nome subisse até a estalagem de Bagheria, saberia que nos últimos meses Ninuzzo havia passado muitos serões com um eclesiástico razoavelmente glutão. Todavia, também esse religioso já seria inencontrável, porque Simonini estava prestes a partir para o continente. Quanto a Bronte, ninguém se preocuparia com seu desaparecimento.

Simonini retornou a Turim em meados de março, esperando encontrar seus mandantes, porque chegara a hora de saldarem suas contas. Em uma tarde, Bianco entrou no cartório, sentou-se diante da escrivaninha dele e disse:

— Simonini, o senhor nunca acerta uma.

— Mas, como? — protestou Simonini. — O senhor queria que os registros virassem fumaça, e eu o desafio a encontrá-los!

— Sim, mas o coronel Nievo também virou fumaça, e isso vai além do que desejávamos. Já estão falando demais desse navio desaparecido, e não sei se conseguiremos abafar o assunto. Será um trabalho difícil manter os Assuntos Reservados fora dessa história. No final, conseguiremos, mas o único elo fraco da corrente é o senhor. Mais cedo ou mais tarde, pode aparecer alguma testemunha para recordar que o senhor era íntimo de Nievo em Palermo e que, veja só, trabalhava lá por encargo de Boggio. Boggio, Cavour, governo... Meu Deus, nem ouso pensar nos boatos que viriam daí. Portanto, o senhor precisa desaparecer.

— Fortaleza? — perguntou Simonini.

— Até sobre um homem enviado a uma fortaleza poderiam circular rumores. Não queremos repetir a farsa da máscara de ferro. Pensemos em uma solução menos teatral. O senhor encerra seus negócios aqui em Turim e se eclipsa para o exterior. Paris. Para as primeiras despesas, deverá lhe bastar a metade do pagamento que havíamos combinado. No fundo, o senhor quis mostrar serviço e exagerou, e isso é o mesmo que fazer um trabalho pela metade. E, como não podemos pretender que, chegando a Paris, possa sobreviver longamente sem se meter em alguma confusão, nós o colocaremos logo em contato com alguns colegas nossos de lá, que possam lhe encomendar alguns encargos reservados. Digamos que o senhor passa ao soldo de outra administração.

9
PARIS

2 de abril de 1897, noite alta

Desde que iniciei esse diário, não fui mais a um restaurante. Esta noite, já não me aguentava em pé e resolvi ir a um lugar onde, não importa quem encontrasse, eu estaria tão bêbado que, se não reconhecesse a pessoa, ela também não me reconheceria. Trata-se do cabaré do Père Lunette, aqui perto na rue des Anglais, que se chama assim por causa de uns óculos em *pince-nez*, enormes, que encimam a entrada, não se sabe há quanto tempo ou por quê.

Mais do que comer, ali se pode beliscar uns pedacinhos de queijo, que os proprietários fornecem quase a troco de nada porque dão sede. De resto, bebe-se e canta-se, ou, melhor, quem canta são os "artistas" do lugar: Fifi l'Absinthe, Armand le Gueulard, Gaston Trois-Pattes. A primeira sala é um corredor, metade do qual é ocupado no comprimento por um balcão de zinco com o dono, a dona e um menino que dorme em meio aos palavrões e às risadas dos clientes. Diante do balcão, ao longo da parede, estende-se uma bancada em que podem se apoiar os clientes que já pegaram seus copos. Em uma prateleira atrás do balcão, aparece a mais bela coleção de misturas mata-ratos que se pode encontrar em Paris. Mas, os fregueses de verdade seguem para a sala ao fundo, duas mesas em torno das quais os bêbados dormem um sobre o ombro do outro. Todas as paredes são rabiscadas pelos clientes, quase sempre com desenhos obscenos.

Esta noite sentei-me junto de uma mulher ocupada em bebericar seu enésimo absinto. Tive a impressão de reconhecê-la. Ela foi desenhista para revistas ilustradas e, depois, deixou-se levar, talvez por saber que estava tísica e não teria muito tempo de vida; agora se oferece para fazer retratos dos clientes em troca de um copo, mas sua mão já está trêmula. Talvez tenha a sorte de não ser destruída pela tuberculose; antes disso acabará caindo uma noite no Bièvre.

Trocamos algumas palavras (de dez dias para cá, vivo tão entocado que pude encontrar alívio até na conversa com uma mulher) e, para cada copinho de absinto que lhe oferecia, não pude evitar pedir um também para mim.

E agora estou escrevendo com a vista e a cabeça ofuscadas: condições ideais para recordar pouco e mal.

Sei apenas que, ao chegar a Paris, eu estava preocupado, naturalmente (afinal de contas fora exilado), mas a cidade me conquistou e resolvi que passaria aqui o resto da minha vida.

Não sabia por quanto tempo deveria fazer durar o dinheiro que trazia, e aluguei um quarto em um hotel na zona do Bièvre. Por sorte, pude me permitir um apenas para mim, porque, naqueles refúgios, com frequência um único dormitório inclui 15 enxergões, e alguns desses quartos não têm janelas. A mobília era constituída por sobras de alguma mudança, os lençóis eram verminosos, uma bacia de zinco servia para as abluções, um balde para as necessidades fisiológicas, não havia sequer uma cadeira — e sabão ou toalha, nem pensar. Em uma das paredes, um cartaz intimava a deixar a chave do lado de fora da fechadura, evidentemente para não fazer os policiais perderem tempo quando, com frequência, faziam uma batida agarrando os dorminhocos pelos cabelos, olhando-os detalhadamente à luz de uma lamparina, largando de volta aqueles que não reconheciam e puxando escada abaixo os que eles tinham vindo procurar, depois de espancá-los conscienciosamente se, por acaso, resistissem.

Quanto às refeições, descobri, à rue du Petit Pont, uma taberna onde se comia por quatro soldos: todas as carnes avariadas que os açougueiros das Halles jogavam no lixo, verdes nas partes gordas e pretas nas magras, eram recuperadas ao amanhecer, dava-se nelas uma limpeza, derramavam-se em cima punhados de sal e pimenta, macerava-se tudo em vinagre, pendurava-se aquilo por 48 horas ao ar livre, no fundo do pátio, e, por fim, elas estavam prontas para o freguês. Disenteria garantida, preço acessível.

Com os hábitos adquiridos em Turim, e os copiosos repastos palermitanos, eu teria morrido em poucas semanas se bem cedo, como direi, não houvesse embolsado as primeiras gratificações por parte daqueles a quem o *cavalier* Bianco me remetera. E, àquela altura, podia me permitir o Noblot, à rue de la Huchette. Entrava-se em um grande salão, que dava para um pátio antigo, e era preciso levar o pão. Junto à porta, havia um caixa do qual se encarregavam a dona e suas três filhas: punham na conta os pratos de luxo — o rosbife, o queijo, as geleias — ou distribuíam uma pera cozida com duas nozes. Atrás do caixa eram admitidos aqueles que pediam ao menos meio litro de vinho: artesãos, artistas arruinados, copistas.

Transpondo o caixa, chegava-se a uma cozinha onde em um fogão enorme preparavam-se ragus de carneiro, coelho ou boi e purê de ervilhas ou lentilhas. Não estava previsto nenhum serviço: era preciso pegar o prato e os talheres e entrar na fila diante do cozinheiro. Assim, acotovelando-se, os fregueses avançavam segurando seu prato até conseguirem se sentar à enorme *table d'hôte*. Dois soldos para o caldo, quatro soldos para o boi, dez cêntimos do pão que se trazia de fora, e eis que se comia por quarenta cêntimos. Tudo me parecia delicioso, e, por outro lado, eu percebi que pessoas de boa condição também frequentavam o lugar, pelo prazer de se misturar com a ralé.

Aliás, mesmo antes de poder frequentar o Noblot, nunca deplorei aquelas primeiras semanas no inferno: travei conhecimentos úteis e me familiarizei com um ambiente em que, mais tarde, deveria nadar como peixe n'água. E, escutando as conversas por aqueles becos, descobri outras vias, em outros pontos de Paris, como a antiga rue de Lappe, completamente consagrada à sucata, tanto aquela para artesãos ou famílias quanto a dedicada a operações menos confessáveis, como gazuas ou chaves falsas e até o punhal de lâmina retrátil que pode ser escondido na manga do paletó.

Eu procurava ficar no quarto o mínimo possível e me concedia os únicos prazeres reservados ao parisiense de bolsos vazios: circulava pelos boulevards. Até então, não percebera quanto Paris era maior do que Turim. Ficava extasiado pelo espetáculo de gente de todas as classes que passava ao meu lado; uns poucos indo cumprir alguma incumbência, a maioria para se observar reciprocamente. As parisienses de bem se vestiam com muito gosto e, se não elas, seus trajes me chamavam a atenção. Infelizmente, também passeavam por aquelas calçadas as parisienses, como direi, do mal, muito mais engenhosas na invenção de adereços que atraíssem nosso sexo.

Prostitutas, sim, embora não vulgares como as que eu conheceria depois nas *brasseries à femmes*, e reservadas somente a cavalheiros de boa condição econômica, o que se percebia pela ciência diabólica que empregavam para seduzir suas vítimas. Mais tarde, um informante meu explicou-me que, antigamente, nos boulevards viam-se somente as *grisettes*, que eram jovens meio bobas, não castas mas desinteressadas, que não pediam roupas ou joias ao amante até porque este era mais pobre do que elas. Depois, desapareceram, como a raça dos carlindogues. Em seguida, surgiu a *lorette*, *biche* ou *cocotte*, não mais arguta e culta do que a *grisette*, mas desejosa de caxemiras e babados. Na época em que cheguei a Paris, a *lorette* havia sido substituída pela cortesã: amantes riquíssimos, diamantes e carruagens. Era raro que uma cortesã ainda passeasse pelos boulevards. Essas *dames aux camelias* tinham escolhido como princípio moral o de que não convém ter coração, sensibilidade ou reconhecimento, mas é preciso saber explorar os impotentes que pagam somente para exibi-las no camarote da Opéra. Que sexo nojento.

Enquanto isso, fiz contato com Clément Fabre de Lagrange. Os turinenses haviam me encaminhado a certo escritório em um pequeno prédio de aparência humilde, em uma rua que a prudência

... Ficava extasiado pelo espetáculo de gente de todas as classes que passava ao meu lado ... (p. 178)

adquirida no meu ofício me impede de citar, mesmo em uma folha de papel que ninguém nunca vai ler. Creio que Lagrange se ocupava da Divisão Política da Direction Générale de Sûreté Publique, mas nunca entendi se, nessa pirâmide, ele estava no vértice ou na base. Parecia não ter que se reportar a mais ninguém e, mesmo que me torturassem, eu não poderia dizer nada sobre aquela máquina de informação política. De fato, sequer sabia se Lagrange tinha um escritório naquele prédio; eu havia escrito para aquele endereço para anunciar que trazia uma carta de apresentação do *cavalier* Bianco, e, dois dias depois, recebi um bilhete que me convocava ao adro de Notre-Dame. Eu o reconheceria por um cravo vermelho na lapela. E, desde então, Lagrange sempre me encontrou nos lugares mais impensáveis, um cabaré, uma igreja, um jardim, e nunca duas vezes no mesmo ponto.

Lagrange precisava, justamente naqueles dias, de certo documento, eu o produzi à perfeição. Ele logo me avaliou favoravelmente e, desde então, comecei a lhe prestar serviços como *indicateur*, como se diz informalmente por aqui; a cada mês recebia 300 francos, mais 130 francos para as despesas (com algumas regalias em casos excepcionais e a produção de documentos à parte). O império gasta muito com seus informantes, certamente mais do que o reino da Sardenha, e ouvi dizer que, em um orçamento policial de 7 milhões de francos por ano, 2 milhões são dedicados às informações políticas. Contudo, outro rumor assegura que o orçamento é de 14 milhões, com os quais, porém, devem-se pagar as ovações organizadas à passagem do imperador e as brigadas corsas para vigiar os mazzinianos, os provocadores e os espiões propriamente ditos.

Com Lagrange, eu ganhava ao menos 5 mil francos por ano, mas através dele fui também apresentado a uma clientela privada, de modo que bem cedo pude montar meu escritório atual (ou seja, o *brocantage* de cobertura). Entre falsos testamentos e comércio de hóstias consagradas, a atividade do escritório me rendia outros 5 mil francos; e com 10 mil francos por ano, eu era aquilo que em Paris se chama um burguês abastado. Naturalmente, nunca eram entradas seguras. Meu sonho era conquistar não 10 mil francos de renda, mas de rendimentos, e com os três por cento dos títulos de Estado (os mais seguros) eu deveria acumular um capital de 300 mil francos. Soma ao alcance de uma cortesã, na época, mas não de um tabelião ainda amplamente desconhecido.

Enquanto esperava um golpe de sorte, àquela altura eu podia me transformar, de espectador, em ator dos prazeres parisienses. Nunca me interessei por teatro, por aquelas tragédias horríveis nas quais eles declamam em alexandrinos, e os salões dos museus me entristecem. Havia, porém, algo melhor, que Paris me oferecia: os restaurantes.

O primeiro que desejei me permitir, embora caríssimo, era um que eu ouvira elogiarem até em Turim. Era o Grand Véfour, sob os pórticos do Palais Royal; ao que parece, tinha sido frequentado até por Victor Hugo, atraído pelo peito de cordeiro com feijão-branco. Outro que logo me seduziu foi o Café Anglais, na esquina da rue Gramont com o boulevard des Italiens, restaurante que antigamente se destinava a cocheiros e domésticas, e agora recebia *tout Paris* nas suas mesas. Ali descobri as *pommes Anna*, as *écrevisses bordelaises*, as *mousses de volaille*, as *mauviettes en cerises*, as *petites timbales à la Pompadour*, o *cimier de chevreuil*, os *fonds d'artichauts à la jardinière*, os sorvetes ao vinho de Champagne. Só de evocar esses nomes, sinto que a vida vale a pena de ser vivida.

Além dos restaurantes, fascinavam-me as *passages*. Eu adorava a passage Jouffroy, talvez porque ali ficavam três dos melhores restaurantes de Paris: o Dîner de Paris, o Dîner du Rocher e o Dîner Jouffroy. Até hoje, e especialmente aos sábados, Paris inteira parece marcar encontro naquela galeria de vidro, onde continuamente se acotovelam cavalheiros entediados e senhoras talvez demasiadamente perfumadas para meu gosto.

A passage des Panoramas, porém, me intrigava mais. Ali, vê-se uma fauna mais popular; burgueses e provincianos comem com os olhos os objetos de antiquariato que jamais poderão se permitir, mas também desfilam no local as operárias jovens, recém-saídas das fábricas. Se é para espiar rabos de saia, são preferíveis as mulheres

... Naquela passage, *eu não espio as operárias, mas os suiveurs ... (p. 183)*

bem vestidas da passage Jouffroy, para quem gosta; mas, para ver as operárias, os *suiveurs*, senhores de meia-idade com óculos fumê verdes, andam para cima e para baixo naquela galeria. É duvidoso que todas aquelas operárias realmente o sejam: o fato de usarem uma veste simples, uma coifinha de tule e um aventalzinho, não significa nada. É preciso observar-lhes as pontas dos dedos e, se forem desprovidas de picadas, arranhões ou pequenos ferimentos, significa que as moças levam uma vida mais fácil, justamente graças aos *suiveurs* a quem enfeitiçam.

Naquela *passage*, eu não espio as operárias, mas os *suiveurs* (aliás, alguém já não disse que o filósofo é aquele que, no *café chantant*, não olha o palco, mas sim a plateia?). Esses podem, um dia, se tornar meus clientes ou meus instrumentos. Alguns, eu sigo até quando voltam para casa, talvez para abraçar uma mulher gorda e meia dúzia de pirralhos. Anoto o endereço. Nunca se sabe. Eu poderia arruiná-los com uma carta anônima. Um dia, quero dizer, se for necessário.

Dos vários encargos que Lagrange me confiou no início, não consigo recordar quase nada. Só me vem à mente um nome, o do abade Boullan, mas deve tratar-se de algo posterior, até mesmo pouco antes ou depois da guerra (consigo reconstituir que, no meio, houve uma guerra, com Paris de pernas para o ar).

O absinto está fazendo seu trabalho, e, se eu soprasse uma vela, uma enorme chama brotaria do pavio.

10
DALLA PICCOLA PERPLEXO

3 de abril de 1897

Caro capitão Simonini,
Esta manhã acordei com a cabeça pesada e um sabor estranho na boca. Deus me perdoe, era o sabor de absinto! Asseguro-lhe que ainda não havia lido suas observações de ontem à noite. Como poderia saber o que o senhor havia bebido, se eu mesmo não o houvesse bebido? E como poderia um eclesiástico reconhecer o sabor de uma bebida proibida e, portanto, desconhecida? Ou, então, não, tenho a cabeça confusa, estou escrevendo sobre o sabor que senti na boca ao acordar, mas escrevo após ler suas anotações, e o que o senhor escreveu me sugestionou. Realmente, se nunca bebi absinto, como eu poderia saber que isso que sinto na boca é absinto? É sabor de alguma outra coisa, que seu diário me induziu a considerar absinto.

Oh, bom Jesus, o fato é que acordei na minha cama e tudo me parecia normal, como se eu não tivesse feito outra coisa por todo o mês passado. Porém eu sabia precisar vir ao seu apartamento. Ali, ou melhor, aqui, li suas páginas de diário que ainda ignorava. Vi sua menção a Boullan e algo me reaflorou à mente, mas de maneira vaga e confusa.

Repeti em voz alta esse nome, o qual, pronunciado várias vezes, produziu-me um abalo cerebral, como se seus doutores Bourru e Burot houvessem colocado um metal magnético sobre uma parte do meu corpo, ou um doutor Charcot houvesse balançado, que sei eu, um dedo, uma chave, uma mão aberta diante dos meus olhos, e me fizesse entrar em um estado de sonambulismo lúcido.

Vi como que a imagem de um padre que cuspia na boca de uma endemoniada.

11
JOLY

Do diário de 3 de abril de 1897, noite alta

A página do diário de Dalla Piccola se conclui de modo abrupto. Talvez ele tenha escutado um ruído, uma porta que se abria lá embaixo, e então se desvaneceu. O Leitor concederá que o Narrador também esteja perplexo. É que o abade Dalla Piccola parece despertar somente quando Simonini precisa de uma voz da consciência que acuse suas divagações e o chame à realidade dos fatos, e, em seguida, mostra-se sobretudo imêmore de si. Para falar francamente, se estas páginas não relatassem coisas absolutamente verdadeiras, pareceria ter sido a arte do Narrador que dispôs essas alternâncias entre euforia amnésica e rememoração disfórica.

Na primavera de 1865, Lagrange convocou Simonini para comparecer, certa manhã, a um banco do Jardin du Luxembourg e lhe mostrou um livro amarrotado, de capa amarelada, que fora publicado em outubro de 1864 em Bruxelas, sem o nome do autor, sob o título *Dialogue aux enfers entre Machiavel et Montesquieu ou la politique de Machiavel au XIXe siècle, par un contemporain.*

— Este é o livro de um certo Maurice Joly — disse. — Agora sabemos quem é ele, mas nos custou certo trabalho descobri-lo enquanto introduzia na França exemplares dessa obra, impressa no exterior, e distribuía-os clandestinamente. Ou, melhor, foi laborioso, mas não difícil, porque muitos dos contrabandistas de material político são agentes nossos. Saiba o senhor que o único modo de controlar uma seita subversiva é assumir seu comando ou, ao menos, ter na nossa folha de pagamento os chefes principais. Não é por iluminação divina que se descobrem os planos dos inimigos do Estado. Alguém já disse, talvez exagerando, que, em dez adeptos de uma associação secreta, três são nossos *mouchards* — desculpe a expressão, mas o vulgo assim os chama — seis são imbecis cheios de fé, e um é um homem perigoso. Bem, não divaguemos. Joly está preso em Sainte-Pélagie, e ali o deixaremos o máximo possível. Só que nos interessa saber onde ele tirou suas informações.

— Sobre o que fala o livro?

— Confesso-lhe que não o li, são mais de quinhentas páginas; uma escolha equivocada, porque um libelo difamatório deve poder ser lido em meia hora. Um agente nosso, especializado nessas coisas, um certo Lacroix, forneceu-nos um resumo. Porém, darei ao senhor o único exemplar restante. O senhor verá como nessas páginas se supõe que Maquiavel e Montesquieu conversam no reino dos mortos e que Maquiavel é o teórico de uma visão cínica do poder, pregando a legitimidade de uma série de ações dedicadas a reprimir a liberdade de imprensa e de expressão, a assembleia legislativa e todas aquelas coisas sempre proclamadas pelos republicanos. E o faz de maneira tão detalhada, tão relacionável aos nossos dias, que até o leitor mais despreparado percebe que o libelo se destina a difamar nosso imperador, atribuindo-lhe a intenção de neutralizar o poder da Câmara, de pedir ao povo que faça prorrogar por dez anos o mandato do presidente, de transformar a república em império...

— Desculpe, senhor Lagrange, mas estamos conversando em confiança e o senhor conhece minha devoção ao governo... Não posso deixar de ressaltar que, pelo que me diz, esse Joly alude a coisas que o imperador realmente fez, e não vejo por que se perguntar de onde o autor extraiu seus dados...

— Só que no livro de Joly não se ironiza apenas aquilo que o governo fez, mas fazem-se insinuações sobre o que ele poderia pretender fazer, como se Joly visse certas coisas não de fora, mas de dentro. Veja, em cada ministério, em cada prédio do governo, há sempre um olheiro, um *sous-marin*, que divulga notícias. Em geral, ele é deixado em paz a fim de, por seu intermédio, fazer vazarem notícias falsas que o ministério tem interesse em difundir, mas, às vezes, ele se torna perigoso. É preciso identificar quem informou ou, pior, instruiu Joly.

Simonini refletia que todos os governos despóticos seguem a mesma lógica e que bastava ler o verdadeiro Maquiavel para compreender o que Napoleão III faria, mas essa reflexão o levou a definir uma sensação que o acompanhara durante o resumo de Lagrange: aquele Joly fazia seu Maquiavel-Napoleão dizer quase as mesmas palavras que ele pusera na boca dos jesuítas no documento construído para os serviços piemonteses. Portanto, era evidente que Joly se inspirara na mesma fonte em que ele se inspirara, ou seja, na carta do padre Rodin ao padre Roothaan em *Os mistérios do povo*, de Sue.

— Por isso — continuou Lagrange —, faremos transportar o senhor para Sainte-Pélagie como exilado mazziniano, suspeito de ter tido relações com ambientes republicanos franceses. Lá, está detido um italiano, um certo Gaviali, envolvido no atentado de Orsini. É natural que o senhor tente contactá-lo, já que é garibaldino, carbonário e sei lá mais o quê. Através de Gaviali, conhecerá Joly. Entre presos políticos, isolados em meio a bandidos de toda laia, todo mundo se entende. Faça-o falar; as pessoas se entediam na prisão.

— E por quanto tempo vou ficar nessa prisão? — perguntou Simonini, preocupado com a comida.

— Dependerá do senhor. Quanto mais cedo conseguir as informações, mais cedo sairá. Divulgaremos que o juiz instrutor o desobrigou de qualquer acusação, graças à habilidade do seu advogado.

Ainda faltava a Simonini a experiência do cárcere. Não era agradável, considerando-se os eflúvios de suor e de urina, e as sopas impossíveis de engolir. Graças a Deus, porém, Simonini, assim como outros detentos de boa condição econômica, tinha a possibilidade de receber diariamente uma cestinha com vitualhas aceitáveis.

Do pátio entrava-se em uma grande sala dominada por uma estufa central, com bancos ao longo das paredes. Em geral, ali consumiam suas refeições aqueles que recebiam alimentos de fora. Havia os que comiam debruçados sobre sua cesta, estendendo as mãos para proteger o alimento da visão dos outros, e aqueles que se mostravam generosos tanto com amigos quanto com vizinhos casuais. Simonini compreendeu que os mais generosos eram, de um lado, os delinquentes comuns, educados na solidariedade com seus semelhantes, e, de outro, os presos políticos.

Entre seus anos turinenses, a experiência na Sicília e os primeiros anos nas mais sórdidas bocas do lixo parisienses, Simonini havia acumulado suficiente experiência para reconhecer um delinquente nato. Não compartilhava as ideias, que começavam a circular naquela época, segundo as quais os criminosos deveriam ser todos raquíticos, ou corcundas, ou com lábio leporino ou escrófula ou ainda, como dissera o célebre Vidocq, que entendia de criminosos (até porque havia sido um deles), todos com as pernas arqueadas; mas certamente apresentavam muitas das características típicas das raças de cor, como a escassez de pelos, a pequena capacidade craniana, a testa recuada, os seios frontais muito desenvolvidos, o tamanho enorme das mandíbulas e dos zigomas, o prognatismo, a obliquidade das órbitas, a pele mais escura, os cabelos bastos e crespos, as orelhas volumosas, os dentes desiguais e, ainda, a obtusidade dos afetos, a paixão exagerada pelos prazeres venéreos e pelo vinho, a pouca sensibilidade à dor, a falta de senso moral, a preguiça, a impulsividade, a imprevidência, a grande vaidade, a paixão pelo jogo, a superstição.

Para não falar de personagens como aquele que todos os dias se plantava atrás dele, como se quisesse pedinchar um bocado da cestinha de víveres, tendo a face sulcada em todas as direções por cicatrizes lívidas e profundas, os lábios tumefactos pela ação corrosiva do vitríolo, as cartilagens do nariz cortadas, as narinas substituídas por dois buracos informes, os braços compridos, as mãos curtas, grossas e peludas até nos dedos... Até o momento em que Simonini precisou rever suas ideias sobre os estigmas dos delinquentes, porque aquele indivíduo, que se chamava Oreste, acabou por se demonstrar um homem mansíssimo e, depois que Simonini finalmente lhe ofereceu parte da sua comida, afeiçoou-se a ele e lhe manifestava uma devoção canina.

Não tinha uma história complexa: simplesmente havia estrangulado uma moça que não gostara das suas propostas amorosas, e aguardava julgamento.

— Não sei por que ela foi tão má — dizia —; afinal, eu a pedi em casamento. E ela riu. Como se eu fosse um monstro. Lamento muito que ela já não exista, mas, àquela altura, o que devia fazer um homem que se respeita? E também, se eu conseguir evitar a guilhotina, a colônia penal não é ruim. Dizem que a comida é abundante.

Um dia, apontou para um sujeito e disse:

— Mas aquele ali é um homem malvado. Tentou matar o imperador.

E, assim, Simonini identificou Gaviali e aproximou-se dele.

— Vocês conquistaram a Sicília graças ao nosso sacrifício — dizia-lhe Gaviali. Depois explicou: — Não o meu. Não conseguiram provar nada, exceto que tive alguma relação com Orsini. De modo que Orsini e Pieri foram guilhotinados, Di Rudio está em Caiena, mas eu, se tudo correr bem, saio logo.

Todos conhecem a história de Orsini. Patriota italiano, dirigira-se à Inglaterra e mandara preparar seis bombas carregadas com fulminato de mercúrio. Na noite de 14 de janeiro de 1858, quando Napoleão III seguia para o teatro, Orsini e dois companheiros tinham lançado três bombas contra a carruagem do imperador, porém com escassos resultados: feriram 157 pessoas, oito das quais morreram depois, mas os soberanos ficaram incólumes.

Antes de subir ao patíbulo, Orsini escrevera ao imperador uma carta lacrimogênea, convidando-o a defender a unidade da

Itália, e muitos diziam que essa carta teve alguma influência sobre as decisões subsequentes de Napoleão III.

— De início, era eu quem deveria fazer as bombas — contava Gaviali —, com um grupo de amigos, que modestamente são magos em explosivos. Depois, Orsini não confiou. O senhor sabe, os estrangeiros são sempre mais competentes do que nós, e ele encasquetou com um inglês, o qual, por sua vez, tinha encasquetado com o fulminato de mercúrio. Em Londres, o fulminato de mercúrio podia ser comprado em farmácias e servia para fazer daguerreótipos, e aqui na França impregnavam com ele o papel dos "bombons chineses", embalagem que, ao ser aberta, bum, uma bela explosão — imagine as risadas. É que uma bomba com um explosivo detonante tem pouca eficácia se não estourar em contato com o alvo. Uma bomba de pólvora negra produziria grandes lascas de metal, que alcançariam o raio de 10 metros, enquanto uma bomba de fulminato se despedaça logo e só mata se a pessoa estiver onde ela cair. Então, é melhor uma bala de pistola, que onde chega, chega.

— Sempre se pode tentar de novo — arriscou um dia Simonini, acrescentando: — Conheço pessoas que estariam interessadas nos serviços de um bom técnico em explosivos.

O Narrador não sabe por que Simonini jogou aquela isca. Já planejava alguma coisa ou jogava iscas por vocação, por vício, por previdência, e sabe-se lá o que mais? Fosse como fosse, Gaviali reagiu bem.

— Conversaremos — disse. — O senhor me informou que sairá logo, e o mesmo deve acontecer também comigo. Vá me procurar no Père Laurette, à rue de La Huchette. Quase todas as noites eu encontro os amigos de sempre por lá, e é um lugar aonde a polícia desistiu de ir, primeiro porque a cada vez deveria prender todos os fregueses, e seria uma trabalheira, e segundo porque é um lugar onde um policial entra mas não sabe se vai sair.

*... E, assim, Simonini identificou Gaviali
e aproximou-se dele ... (p. 191)*

— Belo lugar — riu Simonini —, irei. Mas, diga-me, eu soube que está aqui um certo Joly, que escreveu umas coisas maliciosas sobre o imperador.

— É um idealista — definiu Gaviali —, palavras não matam. Mas deve ser boa pessoa. Vou apresentá-lo ao senhor.

Joly usava roupas ainda limpas, evidentemente dava um jeito de fazer a barba e, em geral, deixava a sala da estufa, onde se apartava, solitário, quando entravam os privilegiados com a cestinha dos víveres, para não sofrer com a visão da fortuna alheia. Demonstrava mais ou menos a mesma idade de Simonini, tinha os olhos acesos dos visionários, embora velados de tristeza, e revelava-se um homem de muitas contradições.

— Sente-se comigo — disse-lhe Simonini —, e aceite alguma coisa desta cesta, que é até demais para mim. Logo compreendi que o senhor não faz parte dessa gentalha.

Joly agradeceu tacitamente com um sorriso, aceitou de bom grado um pedaço de carne e uma fatia de pão, mas se manteve nas generalidades. Simonini comentou:

— Por sorte, minha irmã não se esqueceu de mim. Não é rica, mas me mantém bem.

— Feliz é o senhor — disse Joly —, eu não tenho ninguém...

O gelo fora quebrado. Conversaram sobre a epopeia garibaldina, que os franceses tinham acompanhado com entusiasmo. Simonini mencionou alguns dos seus problemas, primeiro com o governo piemontês e depois com o francês, e por isso ali estava, à espera do processo por conspiração contra o Estado. Joly informou que se encontrava preso sequer por conspiração, mas pelo simples gosto da intriga.

— Imaginar-se como elemento necessário na ordem do universo equivale, para nós, gente de boas leituras, àquilo que é a superstição para os iletrados. Não se muda o mundo com ideias. As pessoas com poucas ideias estão menos sujeitas ao erro, seguem aquilo que todos fazem, não incomodam ninguém, têm sucesso, enriquecem e alcançam boas posições, como deputados, condecorados, homens de letras renomados, acadêmicos, jornalistas. Pode-se ser idiota quando se cuida tão bem dos próprios assuntos? O idiota sou eu, que quis lutar contra moinhos de vento.

Na terceira refeição, Joly ainda demorava a entrar no ponto principal, e Simonini o encostou um pouco à parede, perguntando-lhe que livro perigoso ele tinha escrito, afinal. E Joly discorreu sobre seu diálogo no inferno, e, à medida que o resumia, indignava-se cada vez mais com as torpezas que denunciara, e comentava-as e analisava-as até mais detalhadamente do que fizera no seu libelo.

— Compreende? Conseguir realizar o despotismo graças ao sufrágio universal! O miserável deu um golpe de Estado autoritário recorrendo à obediência bovina do povo! Está nos mostrando como será a democracia de amanhã.

Certo, pensava Simonini; esse Napoleão III é o homem dos nossos tempos e percebeu como é possível manter em rédeas curtas um povo que, setenta anos atrás, se excitou com a ideia de que se poderia cortar a cabeça de um rei. Lagrange pode até acreditar que Joly teve inspiradores, mas está claro que ele se limitou a analisar fatos que estão à vista de todos, a ponto de antecipar os movimentos do ditador. Eu gostaria de entender qual foi realmente o seu modelo.

Assim, Simonini fez uma velada referência a Sue e à carta do padre Rodin, e Joly logo sorriu, quase corando, e disse que sim, que sua ideia de pintar os projetos nefastos de Luís Napoleão nascera do modo pelo qual Sue os descrevera, porém lhe parecera mais útil fazer a inspiração jesuítica remontar ao maquiavelismo clássico.

— Quando li aquelas páginas de Sue, disse a mim mesmo que havia encontrado a chave para escrever um livro que abalaria este país. Que loucura; os livros são recolhidos, queimados, e é como se você não tivesse feito nada. E não me ocorreu que Sue, por ter dito bem menos, foi forçado ao exílio.

Simonini se sentia como que desapossado de uma coisa sua. Era verdade que também copiara de Sue seu discurso sobre os jesuítas, mas ninguém sabia disso, e ele ainda pretendia usar para outros fins aquele esquema de complô. E eis que Joly o subtraía dele, tornando-o, por assim dizer, de domínio público.

Depois se acalmou. O livro de Joly tinha sido recolhido, ele possuía um dos poucos exemplares em circulação, e Joly ainda permaneceria alguns anos preso; mesmo que Simonini copiasse integralmente seu texto, atribuindo-o, digamos, a Cavour ou à chancelaria prussiana, ninguém se daria conta, sequer Lagrange, que no máximo reconheceria no novo documento algo crível. Os serviços secretos de todos os países só acreditam naquilo que ouviram dizer alhures, e, por isso, repelem como inconfiável qualquer notícia inteiramente inédita. Portanto, calma, ele se encontrava na tranquila situação de saber o que Joly dissera sem que mais ninguém o soubesse. Exceto aquele Lacroix, que Lagrange havia mencionado, o único que tivera a disposição de ler todo o *Diálogo*. Portanto, bastava eliminar Lacroix, e tudo estaria resolvido.

Enquanto isso, chegara o momento de sair de Sainte-Pélagie. Simonini se despediu de Joly com cordialidade fraterna; este se comoveu e acrescentou:

— Talvez o senhor possa me fazer um favor. Tenho um amigo, um certo Guédon, que talvez nem saiba onde estou, mas que de vez em quando poderia me enviar uma cesta com algo de humano para comer. Essas sopas infames me causam queimação de estômago e disenteria.

Informou que ele encontraria esse Guédon em uma livraria da rue de Beaune, pertencente a mademoiselle Beuque, onde se reuniam os fourieristas. Pelo que Simonini sabia, os fourieristas eram um tipo de socialistas que aspiravam a uma reforma geral do gênero humano mas não falavam em revolução, e, por isso, eram desprezados tanto pelos comunistas quanto pelos conservadores. Mas, ao que parecia, a livraria de mademoiselle Beuque se tornara um porto franco para todos os republicanos que se opunham ao império, que ali se encontravam tranquilamente porque a polícia não achava que os fourieristas pudessem fazer mal a uma mosca.

Recém-saído da prisão, Simonini correu a fazer seu relatório a Lagrange. Não tinha qualquer interesse em se encarniçar contra Joly; no fundo, aquele dom Quixote lhe dava quase pena. Disse:

— Senhor de Lagrange, nosso homem é simplesmente um ingênuo que alimentou a esperança de ter um momento de notoriedade, mas se deu mal. Tive a impressão de que ele sequer pensaria em escrever seu libelo se não houvesse sido incitado por alguém do ambiente de vocês. E, me dói dizê-lo, sua fonte é justamente aquele Lacroix que, segundo o senhor, leu o livro para resumi-lo, e que provavelmente já o tinha lido, por assim dizer, antes que ele fosse escrito. Pode ser que ele mesmo tenha se encarregado de mandar imprimi-lo em Bruxelas. Não me pergunte por quê.

— Por encomenda de algum serviço estrangeiro, talvez os prussianos, para criar desordem na França. Não me surpreende.

— Um agente prussiano, em um escritório como o seu? Parece-me inacreditável.

— Stieber, o chefe da espionagem prussiana, recebeu 9 milhões de táleres para cobrir de espiões o território francês. Corre o boato de que ele enviou à França 5 mil camponeses prussianos e 9 mil domésticas para ter agentes nos cafés, nos restaurantes, nas famílias importantes, por toda parte. Falso. Os espiões são prussianos na sua mínima parte, e sequer são alsacianos, porque ao menos seriam reconhecidos pelo sotaque. São bons franceses, que o fazem por dinheiro.

— E vocês não conseguem identificar e prender esses traidores?

— Não nos convém; do contrário, eles prenderiam os nossos. Não se neutralizam os espiões matando-os, mas passando-lhes notícias falsas. E, para fazer isso, precisamos daqueles que fazem jogo duplo. Dito isso, a informação que o senhor me deu sobre esse Lacroix me soa nova. Santo Deus, em que mundo vivemos, já não se pode confiar em ninguém... Precisamos nos livrar dele logo.

— Mas, se o submeterem a processo, nem ele nem Joly admitirão coisa alguma.

— Uma pessoa que trabalhou para nós não deverá jamais aparecer em uma sala de tribunal, e isso, desculpe se enuncio um princípio geral, valeria e valerá também para o senhor. Lacroix será vítima de um acidente. A viúva receberá uma pensão justa.

Simonini não falou de Guédon nem da livraria da rue de Beaune. Reservava-se a possibilidade de ver qual partido poderia tirar daquela frequentação. E, também, os poucos dias em Sainte-Pélagie o deixaram exaurido.

Dirigiu-se o mais rápido possível ao Laperouse, no *quai* des Grands-Augustins, e se instalou não no térreo, onde eram servidas ostras e *entrecôtes* como antes, mas no primeiro andar, em um daqueles *cabinets particuliers* em que se consumiam *barbue sauce hollandaise, casserole de riz à la Toulouse, aspics de filets de laperaux en chaud-froid, truffes au champagne, pudding d'abricots à la Vénitienne, corbeille de fruits frais* e *compotes de pêches et d'ananas*.

E aos diabos os galeotes, idealistas ou assassinos que fossem, assim como suas sopas. As prisões, afinal, são feitas para permitir que os cavalheiros frequentem restaurantes sem correr riscos.

Aqui, as memórias de Simonini, como em casos semelhantes, se embaralham, e seu diário contém trechos desconexos. O Narrador é obrigado a valorizar as intervenções do abade Dalla Piccola. Agora, a dupla trabalha a pleno regime e em perfeito entendimento...

Em síntese, Simonini percebia que, para qualificar-se aos olhos dos serviços imperiais, devia dar a Lagrange algo mais. O que torna verdadeiramente fidedigno um informante da polícia? A descoberta de um complô. Portanto, ele deveria organizar um complô para poder denunciá-lo.

A ideia lhe viera de Gaviali. Simonini se informara em Sainte-Pélagie e soubera quando ele iria sair. E recordava onde poderia encontrá-lo: à rue de la Huchette, no cabaré do Père Laurette.

Perto do final da rua, entrava-se em uma casa cujo acesso era uma fissura — aliás, não mais estreita do que a rue du Chat-qui-Pêche, que dava para a mesma rue de la Huchette e era tão apertada que não se compreendia por que a tinham aberto, uma vez que se devia entrar nela de viés. Depois da escada, percorriam-se corredores com pedras que transudavam lágrimas de gordura e portas tão baixas que não se entendia como era possível entrar naqueles aposentos. No segundo andar, havia uma porta um pouco mais praticável, pela qual se penetrava em um espaço amplo, provavelmente obtido demolindo-se ao menos três ou mais apartamentos de antigamente, e aquele era o salão, ou a sala ou o cabaré do Père Laurette, que ninguém sabia quem era porque talvez tivesse morrido anos antes.

Ao redor, mesas lotadas de fumantes de cachimbo e jogadores de lansquenê, moças precocemente enrugadas, de tez pálida, como se fossem bonecas para crianças pobres, e que tentavam apenas identificar clientes que não tivessem terminado seus copos para implorar uma gota.

Na noite em que Simonini pôs os pés ali, havia uma agitação: alguém nos arredores tinha esfaqueado algum outro, e parecia que o cheiro de sangue deixara todos nervosos. A certa altura, um demente feriu uma das moças com um trinchete, derrubou no chão a proprietária, que tentara intervir, espancou alucinadamente os que procuravam detê-lo e, afinal, foi abatido por um garçom que lhe quebrou uma garrafa na nuca. Depois disso, todos voltaram a fazer o que faziam antes, como se nada houvesse acontecido.

Ali Simonini encontrou Gaviali, instalado a uma mesa com camaradas que pareciam compartilhar com ele as ideias regicidas, quase todos exilados italianos e especialistas em explosivos ou obsedados pelo assunto. Quando a roda alcançou um razoável teor alcoólico, começou-se a dissertar sobre os erros dos grandes autores de atentados do passado: a máquina infernal com que Cadoudal buscara assassinar Napoleão, então primeiro-cônsul, era uma mistura de salitre e metralha, que talvez funcionasse nas vielas estreitas da velha capital, mas que, nos dias que corriam, seria totalmente ineficaz (e, francamente, também o fora na época). Fieschi, para tentar assassinar Luís Filipe, fabricara uma máquina feita de 18 canos que disparavam simultaneamente; matara 18 pessoas, mas não o rei.

— O problema — dizia Gaviali — é a composição do explosivo. Vejam o clorato de potássio: pensou-se em misturá-lo com enxofre e carvão para obter uma pólvora de atirar, mas, como único resultado, a oficina que montaram para produzi-lo subiu pelos ares. Imaginaram usá-lo, ao menos, para os palitos flamíferos, mas era preciso banhar em ácido sulfúrico uma cabeça de clorato e enxofre. Bela comodidade. Até que os alemães, mais de trinta anos atrás, inventaram os palitos de fósforo, que se inflamam por atrito.

— Para não falar — afirmava outro — do ácido pícrico. Percebeu-se que ele explodia se fosse aquecido na presença de clorato de potássio e deu-se início a uma série de pólvoras, cada uma mais detonante do que a outra. Morreram alguns experimentadores e a ideia foi abandonada. Seria melhor com nitrocelulose...

— Imagine-se.

— Conviria dar ouvidos aos antigos alquimistas. Eles descobriram que, mesclando ácido nítrico e óleo de terebintina, pouco depois a mistura se inflamava espontaneamente. Há cem anos descobriu-se que, se ao ácido nítrico for acrescentado ácido sulfúrico, que absorve água, o acendimento quase sempre se verifica.

— Eu levaria mais a sério a xiloidina. Combina-se ácido nítrico com amido ou fibras de madeira...

— Parece até que você acabou de ler o romance daquele Verne, que se serve da xiloidina para lançar um veículo aéreo rumo à lua. Hoje, fala-se preferencialmente em nitrobenzol e nitronaftalina. Ou, então, tratando-se papel e papelão com ácido nítrico, obtém-se a nitramidina, semelhante à xiloidina.

— São todos produtos instáveis. Em certos casos, hoje leva-se mais a sério o algodão fulminante; em paridade de peso, sua força explosiva é seis vezes maior que a da pólvora negra.

— Mas o rendimento é inconstante.

E assim prosseguiam durante horas, sempre voltando às virtudes da boa e honesta pólvora negra, e Simonini tinha a impressão de retornar às conversas sicilianas com Ninuzzo.

Não lhe foi difícil, depois de oferecer algumas canecas de vinho, atiçar o ódio daquela turma contra Napoleão III, que provavelmente se oporia à invasão de Roma, iminente, pelos saboianos. A causa da unificação da Itália exigia a morte do ditador, embora Simonini imaginasse que a unificação italiana só importava em certa medida àqueles bêbados, mais interessados em fazer explodirem lindas bombas. Por outro lado, eram o tipo de obsedados que ele procurava.

— O atentado de Orsini — explicou Simonini — não falhou porque ele não conseguiu concretizá-lo, mas porque as bombas eram malfeitas. Agora, temos quem se disponha a se arriscar à guilhotina para lançar bombas no momento certo, mas ainda fazemos ideias imprecisas sobre o tipo de explosivo a usar, e as conversas que mantive com o amigo Gaviali me convenceram de que o grupo de vocês poderia nos ser útil.

— A quem o senhor se refere quando diz "nós"? — perguntou um dos patriotas.

Simonini deu a impressão de hesitar e, depois, usou todos os argumentos com os quais ganhara a confiança dos estudantes turinenses: ele representava a Alta Venda, era um dos lugares-tenentes do misterioso Nubius e não deveriam lhe perguntar mais nada, porque a estrutura da organização carbonária era tão fechada que cada um só conhecia seu superior imediato. O problema era que bombas novas, de eficácia indiscutível, não podiam ser produzidas à primeira tentativa; eram necessários experimentos e mais experimentos e laboratórios quase de alquimista, para misturar as substâncias certas, além de provas em campo aberto. Ele estava em condições de oferecer um local tranquilo, justamente na rue de la Huchette, e todo o dinheiro necessário às despesas. Quando as bombas estivessem prontas, o grupo já não precisaria se preocupar com o atentado, mas deveria ter armazenado antecipadamente no local uns panfletos que anunciavam a morte do imperador e explicavam os objetivos da coisa. Morto Napoleão III, eles espalhariam os panfletos por vários locais da cidade, deixando alguns nas portarias dos grandes jornais.

— Vocês não serão incomodados, porque nas altas esferas existe alguém que verá o atentado com bons olhos. Um homem nosso, junto à chefatura de polícia, chamado Lacroix. Não tenho certeza, porém, de que seja totalmente confiável, de modo que não procurem ter contato com ele, pois se souber quem são vocês é capaz de denunciá-los, apenas para obter uma promoção. Sabem como são esses agentes duplos...

O pacto foi aceito com entusiasmo, os olhos de Gaviali brilhavam. Simonini deu as chaves do local e uma soma consistente para as primeiras compras. Dias depois, foi visitar os conjurados e achou que os experimentos iam bem. Tendo levado consigo algumas centenas de panfletos impressos por um tipógrafo complacente, deixou-os com eles, assim como uma nova soma para as despesas, disse "Viva a Itália unida! Roma ou morte!", e foi embora.

No entanto, naquela noite, ao percorrer a rue Saint-Séverin, deserta àquela hora, teve a impressão de escutar passos que o seguiam, porém, mal ele parava, as pisadas cessavam. Acelerou a marcha, mas o rumor se fazia cada vez mais próximo, até que ficou claro que ele não estava sendo apenas seguido, mas perseguido por alguém. De fato, de repente, sentiu um bafejar às suas costas; depois, foi agarrado com violência e jogado no impasse da Salembrière (ainda mais estreito do que a rue du Chat-qui-

Pêche), o qual começava justamente naquele ponto; era como se seu perseguidor conhecesse bem os lugares e tivesse escolhido o momento e o canto adequados. Esmagado contra a parede, Simonini viu apenas o lampejo de uma lâmina de faca, que quase lhe tocava o rosto. Naquela escuridão, não conseguia enxergar a face do atacante, mas não hesitou ao escutar a voz que, com sotaque siciliano, sibilava:

— Levei seis anos para encontrar seu rastro, meu bom padre, mas consegui!

Era a voz do mestre Ninuzzo, que Simonini estava certo de haver deixado com dois palmos de punhal no ventre, no paiol de Bagheria.

— Estou vivo porque uma alma piedosa passou por aquelas bandas depois do senhor e me socorreu. Fiquei três meses entre a vida e a morte, e tenho na barriga uma cicatriz que vai de um quadril ao outro... Mas, assim que me levantei, iniciei minhas buscas. Quem tinha visto um religioso assim e assado... Em suma, alguém em Palermo o vira conversando no café com o tabelião Musumeci e achara o senhor muito parecido com um garibaldino piemontês, amigo do coronel Nievo... Vim a saber que Nievo desaparecera no mar como se seu navio tivesse se dissolvido em fumaça, e eu bem sabia como, por que e por obra de quem ele se dissolvera. De Nievo, era fácil remontar ao exército piemontês e, deste, a Turim; e naquela cidade tão fria passei um ano interrogando pessoas. Finalmente, soube que o tal garibaldino se chamava Simonini, tinha um cartório mas o passara adiante, deixando escapar ao comprador que iria para Paris. Sempre sem um centavo, não me pergunte como consegui, também vim para cá, mas não sabia que a cidade era tão grande. Precisei circular muito para encontrar sua pista. E sobrevivi frequentando ruas como essas e encostando uma faca na garganta de algum cavalheiro bem vestido que havia errado o caminho. Um por dia, e bastou-me para viver. E sempre circulava por essas bandas. Imaginava que alguém como o senhor não frequentava casas de gente de bem, mas os *tapis francs*, como os cha-

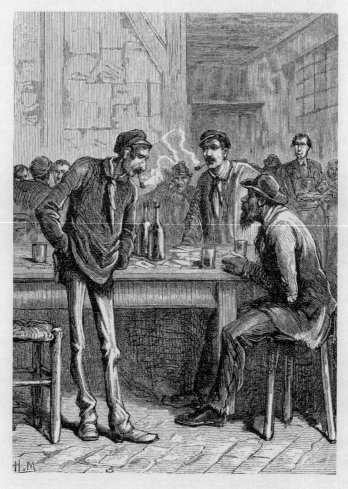

*... instalado a uma mesa com camaradas
que pareciam compartilhar com ele as ideias
regicidas, quase todos exilados italianos
e especialistas em explosivos ... (p. 199)*

mam aqui. O senhor devia ter deixado crescer uma bela barba negra, se não quisesse ser reconhecido facilmente...

Foi a partir desse momento que Simonini adotou sua aparência de burguês barbudo, mas, naquele aperto, devia admitir que fizera muito pouco para confundir seus rastros.

— Em resumo — concluiu Ninuzzo —, não lhe contarei toda a minha história, basta fazer na sua barriga o mesmo corte que o senhor me fez, mas trabalhando com maior capricho. Aqui, à noite, não passa ninguém, como no paiol de Bagheria.

A lua subiu um pouco e Simonini via as fuças caninas de Ninuzzo e os olhos que brilhavam de maldade.

— Ninuzzo — disse, com presença de espírito —, o senhor não sabe que, se eu fiz o que fiz, foi porque obedecia a ordens, ordens muito superiores, e de uma autoridade tão sagrada que eu devia agir sem dar atenção aos meus sentimentos pessoais. E é para obedecer àquelas ordens que estou aqui, a fim de preparar outras medidas de suporte ao trono e ao altar.

Simonini ofegava ao falar, mas via que a ponta da faca se afastava imperceptivelmente do seu rosto.

— O senhor dedicou sua vida ao seu rei — continuou —, e deve entender que existem missões... Santas, permita-me dizer... Pelas quais é até justificável realizar um ato que, de outro modo, seria nefando. Compreende?

Mestre Ninuzzo ainda não compreendia, mas mostrava que agora a vingança não era sua única meta:

— Passei muita fome nesses anos, e ver o senhor morto não me sacia. Estou cansado de viver me escondendo. Desde que encontrei seu rastro, eu o vi frequentar até restaurantes ricos. Digamos que poupo sua vida em troca de uma quantia mensal que me permita comer e dormir como o senhor, e até melhor.

— Mestre Ninuzzo, eu lhe prometo mais do que uma pequena soma a cada mês. Estou preparando um atentado contra o imperador francês e lembre-se de que, se seu rei perdeu o trono, foi porque Napoleão III ajudou Garibaldi por baixo dos panos. O senhor, que entende tanto de pólvora, deveria encontrar o grupo de valorosos que se reuniu à rue de la Huchette para preparar aquela que verdadeiramente poderá ser chamada "uma máquina infernal". Se o senhor se unisse a eles, não apenas poderia participar de uma ação que passará à história, e dar provas da sua extraordinária habilidade como técnico em explosivos, mas também, levando-se em conta que esse atentado é estimulado por personalidades de altíssimo nível, receberia uma recompensa que o deixaria rico por toda a vida.

Só de ouvir falar em pólvora, Ninuzzo sentiu ferver dentro de si a raiva que ele vinha incubando desde aquela noite em Bagheria, e Simonini percebeu que o tinha nas mãos quando o mestre perguntou:

— O que eu devo fazer, então?

— É simples. Daqui a dois dias, por volta das seis da tarde, o senhor vai a esse endereço aqui, bate, entra em um armazém e diz que foi enviado por Lacroix. Os amigos já terão sido avisados. Mas, para ser reconhecido, deve levar um cravo na lapela desse seu paletó. Às sete horas, chegarei eu. Com o dinheiro.

— Eu vou — disse Ninuzzo —, mas, se isso for uma trapaça, não esqueça que eu sei onde o senhor mora.

Pela manhã, Simonini foi ver Gaviali e avisou-lhe que o tempo urgia. Deviam todos reunir-se às seis da tarde do dia seguinte. Primeiro, chegaria, por mandado seu, um técnico siciliano em explosivos, para conferir o estado dos trabalhos. Em seguida, chegaria ele mesmo, e, por fim, o próprio senhor Lacroix, para dar todas as garantias do caso.

Depois, procurou Lagrange e lhe comunicou ter sido informado sobre um complô para matar o imperador. Sabia que os conjurados se reuniriam às seis da tarde seguinte, à rue de la Huchette, a fim de entregar os explosivos aos seus mandantes.

— Mas, atenção — disse —, certa vez o senhor me confidenciou que, em dez membros de uma associação secreta, três são espiões nossos, seis são imbecis e um é perigoso. Bem, lá o senhor encontrará só um espião, ou seja, eu. Oito são imbecis, mas o homem realmente perigoso estará usando um cravo na lapela. E, como ele é perigoso também para mim, eu gostaria que acontecesse um pequeno pandemônio e que esse indivíduo não fosse preso, mas morto ali mesmo. Acredite, é um modo para que a coisa provoque menos rumores. Imagine se ele falasse, ainda que com um único dos seus agentes.

— Acredito, Simonini — disse o senhor de Lagrange. — O homem será eliminado.

Ninuzzo chegou às seis horas à rue de la Huchette, com seu belo cravo; Gaviali e os outros lhe mostraram com orgulho suas engenhocas. Simonini surgiu meia hora depois, anunciando a chegada de Lacroix. Às seis e quarenta e cinco a força pública irrompeu; Simonini, aos gritos de "traição!", puxou uma pistola, apontou-a para os policiais mas disparou para o ar; os policiais reagiram e alvejaram Ninuzzo no peito, mas, como as coisas devem ser feitas de maneira limpa, mataram também outro conjurado. Ninuzzo ainda rolava pelo chão, proferindo sicilianíssimos palavrões, quando Simonini, sempre fingindo mirar os policiais, deu-lhe o tiro de misericórdia.

Os homens de Lagrange surpreenderam Gaviali e os outros com a boca na botija, ou seja, com os primeiros exemplares das bombas parcialmente construídos e um pacote de panfletos que explicavam por que eles os estavam construindo. No decorrer dos interrogatórios prementes, Gaviali e seus companheiros disseram o nome do misterioso Lacroix, que (assim pensavam) os tinha traído. Mais um motivo para que Lagrange decidisse fazê-lo desaparecer. Nos autos policiais, afirmou-se que ele havia participado da prisão dos conjurados e fora morto por um tiro daqueles miseráveis. Menções de elogio à sua memória.

Quanto aos conjurados, pareceu inútil submetê-los a um processo muito escandaloso. Naqueles anos, explicava Lagrange a Simonini, continuamente circulavam rumores de atentados contra o imperador e supunha-se que muitos desses boatos não eram lendas nascidas espontaneamente, mas sim artificiosamente espalhadas por agentes republicanos a fim de impelir os exaltados à emulação. Inútil difundir a ideia de que atentar contra a vida de Napoleão III se tornara uma moda. Assim, os conjurados foram enviados para Caiena, onde morreriam de febres maláricas.

Salvar a vida do imperador proporciona muitos frutos. Se o trabalho sobre Joly valera a Simonini bem uns 10 mil francos, a descoberta do complô rendeu-lhe 30 mil. Calculando que o aluguel do local e a aquisição de material para fabricar as bombas lhe custara 5 mil francos, restavam-lhe 35 mil francos líquidos, mais de um décimo do capital ao qual ele aspirava.

Satisfeito com a sorte de Ninuzzo, lamentava um pouco por Gaviali, que, afinal, era um pobre-diabo e confiara nele. Contudo, quem quer bancar o conjurado deve assumir os riscos e não confiar em ninguém.

Também era uma pena o caso daquele Lacroix, que, no fundo, jamais lhe fizera algum mal. A viúva, porém, receberia uma boa pensão.

12
UMA NOITE EM PRAGA

4 de abril de 1897

Faltava apenas procurar aquele Guédon sobre quem Joly me falara. A livraria da rue de Beaune era dirigida por uma velha solteirona encarquilhada, sempre vestida em uma saia imensa de lã preta e uma touca à Chapeuzinho Vermelho que lhe cobria metade do rosto — por sorte, aliás.

Ali, não demorei a encontrar Guédon, um cético que encarava com ironia o mundo que o circundava. Eu gosto dos descrentes. Guédon logo reagiu favoravelmente ao apelo de Joly: mandaria comida para ele e também algum dinheiro. Depois, ironizou o amigo por quem estava se consumindo. Por que escrever um livro e arriscar-se à prisão quando aqueles que liam os livros já eram republicanos por natureza e aqueles que apoiavam o ditador eram camponeses analfabetos, admitidos ao sufrágio universal pela graça de Deus?

Os fourieristas? Boa gente, mas como levar a sério um profeta segundo o qual, em um mundo regenerado, as laranjeiras cresceriam em Varsóvia, os oceanos seriam de limonada, os homens teriam cauda, e incesto e homossexualidade seriam reconhecidos como os impulsos mais naturais do ser humano?

— Então, por que o senhor os frequenta? — perguntei.

— Ora, porque ainda são as únicas pessoas honestas que se opõem à ditadura do infame Bonaparte. Veja aquela bela senhora — disse. — É Juliette Lamessine, uma das mulheres mais influentes do salão da condessa d'Agoult e, com o dinheiro do marido, tenta montar um salão todo seu à rue de Rivoli. Ela é fascinante, inteligente, escritora de notável talento. Ser convidado à sua casa deve importar alguma coisa.

Guédon também me apontou outro personagem, alto, bonito, cheio de fascínio:

— Aquele é Toussenel, o célebre autor de *L'Esprit des bêtes*. Socialista, republicano indômito e loucamente apaixonado por Juliette, que não lhe concede um único olhar. Porém, é a mente mais lúcida aqui dentro.

Toussenel me falava do capitalismo, que estava envenenando a sociedade moderna.

— E quem são os capitalistas? Os judeus, os soberanos do nosso tempo. A revolução do século passado cortou a cabeça de Capeto, a do nosso século deverá cortar a cabeça de Moisés. E vou escrever um livro sobre o assunto. Quem são os judeus? Todos aqueles que sugam o sangue dos indefesos, do povo. São os protestantes, os maçons. E, naturalmente, os judeus.

— Mas os protestantes não são judeus — rebati.

— Quem diz judeu, diz protestante, como os metodistas ingleses, os pietistas alemães, os suíços e os holandeses que aprendem a ler a vontade de Deus no mesmo livro dos judeus, a Bíblia: uma história de incestos, de massacres e de guerras selvagens, em que só se triunfa pela traição e pela fraude, em que os reis mandam assassinar os maridos para se apoderarem das esposas, em que mulheres que se dizem santas entram no tálamo dos generais inimigos para lhes cortar a cabeça. Cromwell cortou a cabeça do seu rei citando a Bíblia; Malthus, que negou aos filhos dos pobres o direito à vida, era impregnado da Bíblia. É uma raça que passa o tempo recordando sua escravidão, e está sempre pronta a submeter-se ao culto do bezerro de ouro, apesar dos sinais da cólera divina. A batalha contra os judeus deveria ser o objetivo principal de todo socialista digno desse nome. Não falo dos comunistas, porque o fundador deles é judeu, mas o problema é denunciar o complô do dinheiro. Por que, em um restaurante de Paris, uma maçã custa cem vezes mais do que na Normandia? Existem povos predadores que vivem da carne alheia, povos de mercadores, como eram outrora os fenícios e os cartagineses, e como são, hoje, os ingleses e os judeus.

— Então, para o senhor, inglês e judeu são a mesma coisa?

— Quase. O senhor deveria ler o que um importante político inglês, Disraeli, um judeu sefardita convertido ao cristianismo, escreveu em seu romance *Conningsby*. Ele teve a desfaçatez de afirmar que os judeus se preparam para dominar o mundo.

No dia seguinte, ele me levou um livro desse Disraeli, em que sublinhara trechos inteiros: "Por acaso já viram os senhores surgir na Europa um movimento de alguma importância sem que os judeus nele figurem e nele tomem a maior parte? [...] Os primeiros jesuítas eram judeus! Essa misteriosa diplomacia russa, diante da qual toda a Europa ocidental empalidece, quem a dirige? Os judeus! Quem, na Alemanha, se apropriou do monopólio quase completo de todas as cátedras magisteriais?"

— Atente a que Disraeli não é um *mouchard* que denuncia seu povo. Ao contrário, pretende exaltar-lhe as virtudes. Escreve, sem cerimônia, que o ministro das finanças da Rússia, o conde Cancrin, é filho de um judeu da Lituânia, assim como o ministro espanhol Mendizabál é filho de um convertido da província de Aragão. Em Paris, um marechal do império é filho de um judeu francês, Soult, e também judeu era Massena, que em hebraico é Manassés... E, por outro lado, a revolução que está sendo maquinada na Alemanha, sob quais auspícios se desenvolve? Sob os auspícios dos judeus, veja aquele Karl Marx e seus comunistas.

Eu não estava seguro de que Toussenel tivesse razão, mas suas filípicas, que me diziam o que se pensava nos círculos mais revolucionários, me sugeriam algumas ideias... Não era claro a quem se poderiam vender documentos contra os jesuítas. Talvez aos maçons, mas eu ainda não tinha contatos com aquele mundo. Documentos antimaçônicos talvez interessassem aos jesuítas, mas eu ainda não me sentia em condições de produzi-los. Contra Napoleão III? Certamente não para vendê-los ao governo, e, quanto aos republicanos, que sem dúvida constituíam um bom mercado em potencial, depois de Sue e Joly restava bem pouco a dizer. Contra os republicanos? Também nesse caso, parecia que o governo dispunha de tudo o que necessitava e, se eu propusesse a Lagrange informações sobre os fourieristas, ele começaria a rir, pois quem sabe quantos dos seus informantes não frequentavam a livraria da rue de Beaune?

Quem restava? Os judeus, santo Deus. No fundo, eu tinha pensado que eles só obsedavam meu avô, mas, depois de escutar Toussenel, percebi que um mercado antijudaico se abria não somente do lado de todos os possíveis netos do abade Barruel (que não eram poucos), mas também daquele dos revolucionários, dos republicanos, dos socialistas. Os judeus eram inimigos do altar, mas também o eram das plebes, cujo sangue sugavam, e, a depender dos governos, também do trono. Convinha trabalhar sobre os judeus.

Percebi que a tarefa não seria fácil: talvez algum ambiente eclesiástico ainda pudesse impressionar-se com um reaproveitamento do material de Barruel, apresentando os judeus como cúmplices dos maçons e dos templários para fazer explodir a Revolução Francesa, mas a um socialista como Toussenel isso em nada interessaria, e convinha dizer-lhe algo mais preciso sobre a relação entre judeus, acumulação de capital e complô britânico.

Eu começava a lamentar jamais ter desejado conhecer um judeu na minha vida. Descobria ter amplas lacunas sobre o objeto da minha repugnância — que se impregnava cada vez mais de ressentimento.

Atormentava-me com esses pensamentos quando justamente Lagrange me abriu uma fresta. Já se viu que Lagrange sempre marcava seus encontros nos lugares mais improváveis e, daquela vez, foi no Père-Lachaise. No fundo, ele tinha razão: podíamos ser tomados como parentes em visita aos restos de um defunto amado ou como românticos visitadores do passado — e, naquele caso, nós dois circulávamos compungidos em torno do túmulo de Abelardo e Heloísa, meta de artistas, filósofos e almas apaixonadas, fantasmas entre fantasmas.

— Bem, Simonini, quero lhe apresentar o coronel Dimitri, o único nome pelo qual ele é conhecido em nosso ambiente. Trabalha para o Terceiro Departamento da chancelaria imperial russa. Naturalmente, se o senhor for a São Petersburgo e perguntar por esse Terceiro Departamento, todos cairão das nuvens porque oficialmente isso não existe. São agentes encarregados de vigiar a formação de grupos revolucionários, e o problema lá é muito mais sério que aqui. Eles devem precaver-se dos herdeiros dos decabristas, dos anarquistas e, atualmente, também dos maus humores dos chamados camponeses emancipados. Alguns anos atrás, o czar Alexandre aboliu a servidão da gleba, mas agora cerca de 20 milhões de camponeses libertados devem pagar aos seus antigos senhores para usufruir de terras que não lhes bastam para viver; muitos invadem as cidades procurando trabalho...

— E o que esse coronel Dimitri espera de mim?

— Ele está recolhendo documentos, como direi... comprometedores, sobre o problema hebraico. Na Rússia, os judeus são muito mais numerosos do que entre nós e, nas aldeias, representam uma ameaça aos camponeses russos, porque sabem ler, escrever e sobretudo contar. Para não falar das cidades, onde se supõe que muitos deles aderem a seitas subversivas. Meus colegas russos têm um problema duplo: de um lado, guardar-se dos judeus quando e onde estes representem um perigo real, e, de outro, orientar contra eles o descontentamento das plebes camponesas, mas Dimitri é quem lhe explicará tudo. Quanto a nós, isso não nos diz respeito. Nosso governo mantém boas relações com os grupos da finança hebraica francesa e não tem qualquer interesse em suscitar maus humores nesses ambientes. Queremos apenas prestar um serviço aos russos. Em nosso ofício, uma mão lava a outra, e emprestaremos graciosamente ao coronel Dimitri o senhor, Simonini, que oficialmente não tem nada a ver conosco. Ah, quase esqueço: antes de encontrar Dimitri, eu o aconselharia a se informar bem sobre a Alliance Israélite Universelle, que foi fundada cerca de seis anos atrás, aqui em Paris. São médicos, jornalistas, juristas, homens de negócios... A nata da sociedade hebraica parisiense. Todos de orientação, digamos assim, liberal, e certamente mais republicana do que bonapartista. Aparentemente, essa sociedade se propõe a ajudar, em nome dos direitos humanos, os perseguidos de todos os países e religiões. Até prova em contrário, trata-se de cidadãos integérrimos, mas é difícil infiltrar informantes nossos entre eles porque os judeus se conhecem e se reconhecem entre si farejando-se os traseiros, como os cães. Contudo, eu o colocarei em contato com alguém que conseguiu obter a confiança dos sócios da Alliance. É um certo Jakob Brafmann, um judeu que se converteu à fé ortodoxa e mais tarde se tornou professor de hebraico no seminário teológico de Minsk. Está em Paris por um curto período, sob encargo justamente do coronel Dimitri e do seu Terceiro Departamento, e foi-lhe fácil introduzir-se na Alliance Israélite porque era conhecido por alguns deles como um correligionário. Brafmann poderá lhe dizer alguma coisa sobre essa associação.

— Queira desculpar, senhor Lagrange, mas, se esse Brafmann é um informante do coronel Dimitri, o que ele me disser já será conhecido por Dimitri e não fará sentido que eu lhe conte tudo de novo.

— Não seja ingênuo, Simonini. Faz sentido, faz sentido. Se for contar a Dimitri as mesmas notícias que ele já soube por Brafmann, o senhor será visto como alguém que traz notícias certas, as quais confirmam as que ele já tem.

Brafmann. Pelas narrativas do vovô, eu esperava encontrar um indivíduo com perfil de abutre, lábios carnudos, sendo o inferior fortemente protuberante, como o dos negros, olhos encovados e normalmente aquosos, a fissura das pálpebras menos aberta do que nas outras raças, cabelos ondulados ou crespos, orelhas de abano... Ao contrário, porém, dei com um senhor de aspecto monástico, com uma bela barba grisalha e sobrancelhas espessas e desgrenhadas, com umas espécies de tufos mefistofélicos nos cantos, tal como eu vira nos russos ou nos poloneses.

Vê-se que a conversão transforma até os traços do rosto, além daqueles da alma.

O homem tinha uma propensão singular à boa cozinha, embora demonstrasse a gula do provinciano que deseja provar tudo e não sabe compor um cardápio como se deve. Fomos almoçar no Rocher de Cancale, à rue Montorgueil, onde antigamente se degustavam as melhores ostras de Paris. O local fora fechado havia uns vinte anos e, depois reaberto por outro proprietário, não era o mesmo de antes, mas ainda oferecia ostras, e para um judeu russo isso bastava.

Brafmann limitou-se a degustar apenas umas dúzias de *belons*, para então pedir uma *bisque d'écrevisses*.

— Para sobreviver quarenta séculos, um povo tão vital precisava constituir um governo único em cada país onde viveria, um Estado dentro do Estado, que ele conservou sempre e em toda parte, mesmo nos períodos das suas dispersões milenares. Pois bem, eu encontrei os documentos que provam a existência desse Estado e dessa lei, o Kahal.

— E o que é?

— A instituição remonta aos tempos de Moisés, e, após a diáspora, já não funcionou à luz do dia, mas permaneceu confinada à sombra das sinagogas. Encontrei os documentos de um Kahal, o de Minsk, de 1794 a 1830. Tudo escrito, cada mínimo ato está registrado.

Brafmann desenrolou alguns papiros cobertos por sinais que eu não compreendia.

— Toda a comunidade hebraica é governada por um Kahal e submetida a um tribunal autônomo, o Bet-Din. Estes, aqui, são os documentos de determinado Kahal, mas evidentemente são iguais aos de qualquer outro Kahal. Neles se diz como os membros de uma comunidade devem obedecer somente ao seu tribunal interno, não ao do Estado que os hospeda, como devem ser reguladas as festas, como se devem abater os animais para sua cozinha especial, vendendo aos cristãos as partes impuras e corrompidas, como todos os judeus podem adquirir do Kahal um cristão a explorar através do empréstimo a juros, até se apoderarem de todas as suas propriedades, e como nenhum outro judeu tem direitos sobre esse mesmo cristão... A falta de piedade pelas classes inferiores e a exploração do pobre por parte do rico, segundo o Kahal, não são crimes, mas virtudes, quando praticadas por um filho de Israel. Alguns dizem que especialmente na Rússia os judeus são pobres: é verdade, muitíssimos judeus são vítimas de um governo oculto dirigido pelos judeus ricos. Não luto contra os judeus, eu que nasci judeu, mas contra a *ideia judaica* que deseja substituir o cristianismo... Eu amo os judeus, aquele Jesus que eles assassinaram é minha testemunha...

... dei com um senhor de aspecto monástico, com uma bela barba grisalha e sobrancelhas espessas e desgrenhadas, com umas espécies de tufos mefistofélicos nos cantos, tal como eu vira nos russos ou nos poloneses ... (p. 214)

Brafmann tomou fôlego e pediu um *aspic de filets mignons de perdreaux*. Logo, porém, voltou aos seus papéis, que manuseava com olhos brilhantes:

— E é tudo autêntico, está vendo? A prova é a antiguidade do papel, a uniformidade da letra do tabelião que redigiu os documentos, as assinaturas iguais, mesmo em datas diferentes.

Brafmann, que já traduzira aquelas páginas para o francês e o alemão, soubera por Lagrange que eu podia produzir documentos autênticos, e agora me pedia para elaborar uma versão francesa, que parecesse remontar aos mesmos períodos dos textos originais. Era importante possuir esses registros também em outras línguas, para demonstrar aos serviços russos que o modelo do Kahal era levado a sério nos vários países europeus e particularmente apreciado pela Alliance Israélite parisiense.

Perguntei como seria possível, a partir daqueles documentos produzidos por uma comunidade perdida na Europa Oriental, extrair a prova da existência de um Kahal mundial. Brafmann respondeu que eu não me preocupasse; eles deveriam servir apenas como peças de apoio, provas de que aquilo sobre o que ele falava não era fruto de invenção — e, de resto, seu livro seria bastante persuasivo ao denunciar o verdadeiro Kahal, o grande polvo que estendia seus tentáculos sobre o mundo civilizado.

Seus traços se endureceram e ele quase assumiu o aspecto aquilino que deveria denunciar o judeu que, apesar de tudo, ainda era.

— Os sentimentos fundamentais que animam o espírito talmúdico são uma ambição desmesurada de dominar o mundo, uma avidez insaciável por possuir todas as riquezas dos não judeus, o rancor ante os cristãos e Jesus Cristo. Enquanto Israel não se converter a Jesus, os países cristãos que hospedam esse povo serão sempre considerados por ele como um lago aberto onde todo judeu pode pescar livremente, como afirma o Talmude.

Extenuado por seu furor acusatório, Brafmann pediu *escalopes de poularde au velouté*, mas o prato não estava do seu gosto e ele mandou substituí-lo por *filets de poularde piqués aux truffes*. Depois, puxou do colete um relógio de prata e disse:

— Ai de nós, está tarde. A cozinha francesa é sublime, mas o serviço é lento. Tenho um compromisso urgente e preciso ir. O senhor me informará, capitão Simonini, se lhe é fácil encontrar o tipo de papel e a tinta adequados.

Para concluir, mal experimentou um suflê de baunilha. E eu esperava que um judeu, embora convertido, me fizesse pagar a conta. Ao contrário, com um gesto senhoril, Brafmann quis oferecer ele mesmo aquela "merenda", como a definiu com displicência. Provavelmente os serviços russos lhe consentiam reembolsos principescos.

Voltei para casa um tanto perplexo. Um documento produzido cinquenta anos antes em Minsk, com mandamentos tão detalhados como quem convidar e quem não convidar para uma festa, não demonstra em absoluto que aquelas regras também governam a ação dos grandes banqueiros de Paris ou Berlim. E, por fim: nunca, nunca, jamais trabalhar sobre documentos autênticos, ou autênticos pela metade! Se eles existirem em algum lugar, alguém sempre poderá procurá-los e provar que algo foi transmitido de maneira inexata... O documento, para convencer, deve ser construído *ex novo*, e, se possível, não convém mostrar o original, mas falar por ouvir dizer, de tal modo que não se possa remontar a alguma fonte existente, como aconteceu com os Reis Magos, dos quais somente Mateus falou, em dois versículos, e sequer disse como se chamavam, nem quantos eram ou se eram reis, e todo o resto são afirmações tradicionais. No entanto, para as pessoas, eles são tão verdadeiros quanto José e Maria, e sei que em algum lugar se veneram seus corpos. Convém que as revelações sejam extraordinárias, perturbadoras, romanescas. Somente assim tornam-se críveis e suscitam indignação. O que importa a um vinhateiro da Champagne que os judeus imponham aos seus semelhantes a obrigação de festejar deste ou daquele modo o casamento da filha? Por acaso isso é prova de que desejam meter as mãos no bolso dele?

Então, dei-me conta de que possuía o documento probante ou, melhor, sua moldura convincente — melhor do que o *Faust*, de Gounod, pelo qual os parisienses estavam enlouquecendo havia alguns anos —, e bastava encontrar o conteúdo adequado. Obviamente, eu estava pensando na reunião dos maçons no monte do Trovão, no plano de Giuseppe Balsamo e na noite dos jesuítas no cemitério de Praga.

De onde deveria partir o projeto hebraico para a conquista do mundo? Ora, da posse do ouro, como me sugerira Toussenel. Conquista do mundo, para deixar monarcas e governos em estado de alarme; posse do ouro, para satisfazer socialistas, anarquistas e revolucionários; destruição dos saudáveis princípios do mundo cristão, para inquietar papa, bispos e párocos. E introduzir um pouco daquele cinismo bonapartista, sobre o qual Joly falara tão bem, e daquela hipocrisia jesuítica, que tanto Joly quanto eu tiráramos de Sue.

Voltei à biblioteca, mas, dessa vez, em Paris, onde se encontrava muito mais do que em Turim, e achei outras imagens do cemitério de Praga. Este existia desde a Idade Média e, no decorrer dos séculos, como não podia se expandir além do perímetro permitido, havia suposto suas tumbas, a fim de cobrir talvez 100 mil cadáveres, e as lápides se espetavam quase uma contra a outra, obscurecidas pelas frondes dos sabugueiros e sem nenhum retrato para aprimorá-las, porque os judeus têm terror das imagens. Os ilustradores, talvez fascinados pelo local, exageraram ao recriar aquele viveiro de pedras como arbustos de uma charneca, dobrados por todos os ventos, e o espaço lembrava a boca escancarada de uma velha bruxa desdentada. Contudo, graças a certas gravuras mais imaginativas que o retratavam à luz da lua, logo me pareceu claro o partido que eu podia tirar de uma tal atmosfera de sabá, se, entre aquelas que pareciam as lajes de um pavimento soerguidas em todos os sentidos por um abalo telúrico, se dispusessem, curvados, encapotados e encapuzados, com suas barbas grisalhas e caprinas, rabinos dedicados a um complô, inclinados também eles como as lápides em que se apoiavam, formando na noite uma floresta de fantasmas crispados. E, no centro, ficava o túmulo do rabi Löw, que no século XVI criara o Golem, um ser monstruoso destinado a executar as vinganças de todos os judeus.

Melhor do que Dumas, e melhor do que os jesuítas.

Naturalmente, o que o meu documento relatava deveria aparecer como o depoimento oral de uma testemunha daquela noite tremenda, uma testemunha obrigada a manter seu anonimato, sob pena de morte. Esse homem entraria tarde da noite no cemitério, antes da cerimônia anunciada, travestido de rabino, escondendo-se junto ao acúmulo de pedras que havia sido o túmulo do rabi Löw. À meia-noite em ponto — como se, blasfemamente, o campanário de uma igreja cristã tivesse soado ao longe o toque de reunir judaico — chegariam 12 indivíduos envoltos em mantos escuros, e, quase brotando do fundo de um túmulo, uma voz os saudaria como os 12 Rosche-Bathe-Abboth, chefes das 12 tribos de Israel, e cada um deles responderia: "Nós te saudamos, ó filho do amaldiçoado."

Eis a cena. Como acontecera no monte do Trovão, a voz de quem os convocou pergunta: "Passaram-se cem anos desde o nosso último encontro. De onde vindes e quem representais?" E, cada uma por sua vez, as vozes respondem: rabi Judá de Amsterdã, rabi Benjamin de Toledo, rabi Levi de Worms, rabi Manassés de Peste, rabi Gad de Cracóvia, rabi Simeão de Roma, rabi Zabulon de Lisboa, rabi Rubem de Paris, rabi Dan de Constantinopla, rabi Aser de Londres, rabi Issacar de Berlim, rabi Neftali de Praga. Então, a voz, ou seja, o 13º participante, manda cada um dizer as riquezas da sua comunidade e calcula as riquezas dos Rothschild e dos outros banqueiros judeus triunfantes mundo afora. Chega-se, assim, ao resultado de 600 francos por cabeça para os 3,5 milhões de judeus que vivem na Europa; vale dizer, 2 bilhões de francos. Não ainda o bastante, comenta a 13ª voz, para destruir 265 milhões de cristãos, mas o suficiente para o início.

Eu ainda pensaria em tudo o que eles diriam, mas já esboçara a conclusão. A 13ª voz evocava o espírito do rabi Löw, uma luz azulada se erguia do sepulcro dele, tornando-se cada vez mais violenta e ofuscante, cada um dos 12 presentes jogava uma pedra sobre o túmulo, e a luz se apagava aos poucos. Os 12 praticamente desapareciam em direções diferentes, engolidos (como se diz) pelas trevas, e o cemitério voltava à sua melancolia espectral e anêmica.

Portanto, Dumas, Sue, Joly, Toussenel. Exceto pelo magistério do padre Barruel, meu guia espiritual em toda aquela reconstituição, faltava-me o ponto de vista de um católico fervoroso. Justamente naqueles dias, Lagrange, incitando-me a apressar minhas relações com a Alliance Israélite, falara-me de Gougenot des Mousseaux. Eu sabia algo sobre ele: era um jornalista católico legitimista, que até então se ocupara de magia, práticas demoníacas, sociedades secretas e maçonaria.

— Ao que soubemos — dizia Lagrange —, ele está terminando um livro sobre os judeus e a "judeização" dos povos cristãos, não sei se fui claro. Para o senhor, poderia ser bom encontrá-lo, a fim de recolher material suficiente para satisfazer nossos amigos russos. E, para nós, seria útil ter notícias mais precisas sobre o que ele está preparando, porque não gostaríamos que as boas relações entre nosso governo, a Igreja e o ambiente das finanças judaicas se turvassem. O senhor poderia se aproximar dele dizendo-se um estudioso de coisas hebraicas, que admira seus trabalhos. Há quem possa apresentá-lo a Gougenot: um certo abade Dalla Piccola, que nos prestou não poucos serviços.

— Mas eu não sei hebraico — respondi.

— E quem disse que Gougenot sabe? Para odiar alguém, não é necessário falar como ele.

Agora (de repente!) recordo meu primeiro encontro com o abade Dalla Piccola. Vejo-o como se ele estivesse à minha frente. E, ao vê-lo, compreendo que não é um meu duplo, ou sósia ou o que for, porque demonstra ter ao menos 60 anos, é quase corcunda, estrábico e dentuço. O abade Quasímodo, pensei, ao vê-lo então. Além disso, tinha sotaque alemão. Recordo que Dalla Piccola me sussurrou que deveriam ser mantidos sob observação não somente os judeus, mas também os maçons, porque, afinal, tratava-se sempre da mesma conspiração. Eu achava que não convinha abrir mais de uma frente ao mesmo tempo e adiei o assunto, mas, por algumas menções do abade, compreendi que notícias sobre conventículos maçônicos interessavam aos jesuítas porque a Igreja estava preparando uma ofensiva violentíssima contra a lepra maçônica.

— Seja como for — disse Dalla Piccola —, no dia em que o senhor pretender fazer contato com esses ambientes, avise-me. Eu sou irmão em uma loja parisiense e tenho muitos bons conhecidos no ambiente.

— O senhor, um abade? — surpreendi-me. Dalla Piccola sorriu.

— Se o senhor soubesse quantos abades são maçons...

Enquanto isso, eu tinha obtido um encontro com o Sr. Gougenot des Mousseaux. Era um setentão já débil de espírito, convicto das poucas ideias que tinha e interessado somente em provar a existência do demônio e de magos, bruxos, espíritas, mesmeristas, judeus, padres idólatras e até "eletricistas" que afirmavam a existência de uma espécie de espírito vital.

Falava de maneira fluvial, e começou a partir das origens. Resignado, eu escutava as ideias do velho sobre Moisés, sobre os fariseus, sobre o Grande Sinédrio, sobre o Talmude, mas, ao mesmo tempo, Gougenot me oferecia um conhaque excelente, deixando distraidamente a garrafa sobre uma mesinha à sua frente, e isso me ajudava a suportar.

Ele me revelava que o percentual de mulheres de má vida era mais alto entre os judeus do que entre os cristãos (mas já não se sabia disso desde os Evangelhos, eu me perguntava, em que Jesus, por onde quer que se movesse, só encontrava pecadoras?), e, depois, passava a demonstrar como na moral talmúdica não existia o próximo ou qualquer menção aos deveres que teríamos diante dele, o que explica, e a seu modo justifica, a impiedade dos judeus em arruinar famílias, desonrar donzelas e jogar viúvas e anciãos na miséria depois de lhes sugar o sangue mediante usura. Assim como em relação às prostitutas, o número de malfeitores também era mais alto entre os judeus do que entre os cristãos:

— Sabia que, em 12 casos de furto julgados pelo tribunal de Leipzig, 11 se deviam a judeus? — exclamava Gougenot, e acrescentava, com um sorriso malicioso: — De fato, no Calvário havia dois ladrões para um justo. E, em geral, os crimes cometidos por judeus estão entre os mais perversos, como o calote, a contrafação, a usura, a bancarrota fraudulenta, o contrabando, a falsificação monetária, a concussão, a fraude comercial, e não me faça dizer mais.

Após quase uma hora de detalhes sobre a usura, vinha a parte mais picante, sobre o infanticídio e a antropofagia, e, por fim, quase para opor a essas práticas tenebrosas um comportamento claro e visível à luz do sol, eis os delitos públicos das finanças judaicas e a debilidade dos governantes franceses em combatê-los e puni-los.

As coisas mais interessantes, embora escassamente utilizáveis, surgiam quando des Mousseaux recordava, quase como se também fosse um deles, a superioridade intelectual dos judeus em relação aos cristãos, apoiando-se justamente naquelas declarações de Disraeli que eu escutara de Toussenel — em que se vê que socialistas fourieristas e católicos monárquicos eram unidos ao menos pelas mesmas opiniões sobre o hebraísmo —, e parecia opor-se à vulgata do judeu raquítico e enfermiço: é verdade que, jamais tendo educado o corpo ou praticado artes militares (pense-se no valor que os gregos, ao contrário, davam às competições físicas), os judeus eram frágeis e de constituição débil, mas eram mais longevos, de uma fecundidade inconcebível — efeito também do seu incontrolável apetite sexual — e imunes a muitas doenças que atacavam o restante da humanidade — e, portanto, mais perigosos como invasores do mundo.

— Explique-me por que — dizia Gougenot — os judeus foram quase sempre poupados das epidemias de cólera, ainda que vivessem nas partes mais malsãs e insalubres das cidades. Falando da peste de 1346, um historiador da época disse que, por razões misteriosas, os judeus não foram afetados por ela em nenhum país;

Frascator afirma que só os judeus se salvaram da epidemia de tifo de 1505; Daguer nos demonstra como os judeus foram os únicos a sobreviver à epidemia disentérica em Nijmegen em 1736; Wawruch provou como o verme solitário não se manifesta na população judaica da Alemanha. O que o senhor acha? Como é possível, se eles são o povo mais porco do mundo e só se casam entre consanguíneos? Isso vai contra todas as leis da natureza. Será aquele regime alimentar cujas regras nos são obscuras, será a circuncisão? Que segredo os torna mais fortes do que nós, mesmo quando parecem mais débeis? Um inimigo tão inconfiável e poderoso deve ser destruído, não importa com que meios, é o que eu digo. O senhor já se deu conta de que, na época da chegada à Terra Prometida, eles eram apenas 600 mil homens, e, contando quatro pessoas para cada adulto macho, obtém-se uma população total de 2,5 milhões? Porém, no tempo de Salomão, eram 1,3 milhão de combatentes, e, portanto, 5 milhões de almas, e aí já chegamos ao dobro. E hoje? É difícil calcular o número deles, dispersos como estão por todos os continentes, mas os cálculos mais prudentes falam de 10 milhões. Eles aumentam, aumentam sem parar...

Gougenot parecia esgotado pelo ressentimento, a tal ponto que fui tentado a lhe oferecer um copinho do seu conhaque. Todavia se recuperou, de modo que, quando chegou ao messianismo e à Cabala (e, por conseguinte, disposto a resumir inclusive seus livros sobre magia e satanismo), eu já sentia uma tontura beatífica e apenas por milagre consegui me levantar, agradecer e me despedir.

De esmola muito grande, o santo desconfia, pensei. Se incluir todas essas informações em um documento destinado a gente como Lagrange, corro o risco de os serviços secretos me lançarem em uma solitária, talvez no castelo de If, como convém a um devoto de Dumas. Talvez eu tenha levado pouco a sério o livro de des Mousseaux, porque, nesse momento em que escrevo, recordo que *Le juif, le judaïsme et la judaïsation des peuples chrétiens* foi publicado de-

... parecia esgotado pelo ressentimento, a tal ponto que fui tentado a lhe oferecer um copinho do seu conhaque ... (p. 224)

pois, em 1869, com quase seiscentas páginas e em letra bastante pequena, recebeu a bênção de Pio IX e obteve grande sucesso de público. Era justamente a sensação que eu experimentava, de que por toda parte já se publicavam muitos livrinhos e livrões antijudaicos, que me aconselhava a ser seletivo.

No meu cemitério de Praga, os rabinos deveriam dizer algo de fácil compreensão, de apelo popular e, de certo modo, inédito, não como o infanticídio ritual de que se falava havia séculos e no qual, àquela altura, as pessoas acreditavam tanto quanto em bruxas, bastando não permitir que as crianças circulassem perto dos guetos.

E, assim, recomecei a escrever meu relatório sobre os eventos nefastos daquela noite fatídica. Primeiro, falava a 13ª voz:

— Nossos pais transmitiram aos eleitos de Israel o dever de reunirem-se uma vez por século ao redor da tumba do santo rabino Simeão Ben-Yehuda. Há 18 séculos a potência prometida a Abraão nos foi roubada pela cruz. Pisoteado, humilhado pelos seus inimigos, incessantemente sujeito à ameaça de morte e de estupros, o povo de Israel resistiu: dispersou-se por toda a Terra, o que significa que toda a Terra deve pertencer-lhe. Desde os tempos de Aarão, cabe a nós o bezerro de ouro.

— Sim — dizia, então, o rabi Issacar —, quando formos os únicos possuidores de todo o ouro da Terra, a verdadeira força passará às nossas mãos.

— Esta é a décima vez — recomeçava a 13ª voz —, depois de mil anos de luta atroz e incessante contra nossos inimigos, em que neste cemitério se reúnem, em torno da tumba do nosso rabino Simeão Ben-Yehuda, os eleitos de cada geração do povo de Israel. Porém, em nenhum dos séculos precedentes nossos antepassados chegaram a concentrar nas nossas mãos tanto ouro e, consequentemente, tanta força. Em Paris, em Londres, em Viena, em Berlim, em Amsterdã, em Hamburgo, em Roma, em Nápoles e junto a todos os Rothschild, os israelitas são donos da situação financeira... Fala, rabino Rubem, tu que conheces a situação de Paris.

— Todos os imperadores, reis e príncipes reinantes — dizia então Rubem — estão sobrecarregados de dívidas contraídas conosco para a manutenção dos seus exércitos e para amparar seus tronos vacilantes. Portanto, devemos facilitar cada vez mais os empréstimos, para assumirmos, como garantia para assegurar os capitais que fornecemos aos países, o controle das suas ferrovias, das minas, das florestas, das grandes usinas e manufaturas, além de outros imóveis, assim como da administração dos impostos.

— Não esqueçamos a agricultura, que será sempre a grande riqueza de qualquer país — intervinha Simeão de Roma. — A grande propriedade fundiária permanece aparentemente intocável, mas, se conseguirmos induzir os governos a fracionar as grandes propriedades, será mais fácil adquiri-las.

Em seguida, o rabi Judá de Amsterdã dizia:

— Mas muitos dos nossos irmãos em Israel se convertem e aceitam o batismo cristão...

— Não importa! — respondia a 13ª voz... — Os irmãos batizados podem perfeitamente nos servir. Apesar do batismo do corpo, o espírito e a alma deles continuam fiéis a Israel. Em um século, já não serão os filhos de Israel a querer tornar-se cristãos, mas muitos cristãos a querer aderir à nossa santa fé. Então, Israel os rejeitará com desprezo.

— Antes de mais nada, porém — dizia o rabi Levi —, consideremos que a Igreja cristã é nosso mais perigoso inimigo. É preciso difundir entre os cristãos as ideias do livre pensamento e do ceticismo; é preciso aviltar os ministros dessa religião.

— Difundamos a ideia do progresso que tem por consequência a igualdade de todas as religiões — interferia o rabi Manassés —, e lutemos para suprimir, nos programas escolares, as aulas de religião cristã. Os israelitas, com a destreza e com o estudo, obterão sem dificuldade as cátedras e os postos como professores nas escolas cristãs. Com isso, a educação religiosa ficará relegada à família e, como na maior parte das famílias falta tempo para supervisionar esse ramo do ensino, o espírito religioso se enfraquecerá gradativamente.

Era a vez do rabi Dan de Constantinopla:

— E, sobretudo, o comércio e a especulação jamais devem sair das nossas mãos. Devemos apoderar-nos do comércio de álcool, de manteiga, de pão e de vinho, visto que isso nos fará donos absolutos de toda a agricultura e, em geral, de toda a economia rural.

E Neftali de Praga dizia:

— Miremos à magistratura e à advocacia. E por que os israelitas não deveriam tornar-se ministros da instrução pública, se com tanta frequência assumiram a pasta das finanças?

Finalmente, falava o rabi Benjamin de Toledo:

— Não devemos ser estranhos a nenhuma profissão importante na sociedade: filosofia, medicina, direito, música, economia; em uma palavra, todos os ramos da ciência, da arte e da literatura constituem um vasto campo em que devemos destacar nosso engenho. Sobretudo a medicina! Um médico é introduzido nos segredos mais íntimos da família e tem nas mãos a vida e a saúde dos cristãos. E devemos encorajar as uniões matrimoniais entre israelitas e cristãos; a entrada de uma quantidade mínima de sangue impuro na nossa raça, escolhida por Deus, não poderia corrompê-la, ao passo que nossos filhos e nossas filhas obteriam parentesco com as famílias cristãs com alguma autoridade.

— Concluamos esta nossa reunião — dizia a 13ª voz. — Se o ouro é a primeira potência desse mundo, a segunda é a imprensa. Convém que os nossos presidam a direção de todos os jornais, em todos os países. Uma vez donos absolutos da imprensa, poderemos mudar a opinião pública sobre a honra, a virtude e a retidão, e desfechar o primeiro assalto à instituição familiar. Simulemos o zelo pelas questões sociais que estão na ordem do dia. Convém controlar o proletariado, inserir nossos agitadores nos movimentos sociais para poder sublevá-los quando desejarmos, impelir o operário às barricadas e às revoluções, e cada uma dessas catástrofes nos aproximará do nosso único fim: o de reinar sobre a Terra, como foi prometido ao nosso primeiro pai, Abraão. Então, nossa potência crescerá como uma árvore gigantesca, cujos ramos trarão os frutos que se chamam riqueza, gozo, felicidade e poder, a fim de compensar a condição odiosa que, por longos séculos, foi a única sorte do povo de Israel.

Assim terminava, se bem me lembro, o relatório sobre o cemitério de Praga.

No final dessa reconstituição, sinto-me exausto — talvez por ter acompanhado essas horas de escrita ofegante com algumas libações que me dessem força física e excitação espiritual. No entanto, desde ontem já não tenho apetite, e comer me causa náuseas. Acordo e vomito. Talvez esteja trabalhando demais. Ou, talvez, esteja engasgado por um ódio que me devora. Tanto tempo depois, recapitulando as páginas que escrevi sobre o cemitério de Praga, compreendo como aquela experiência, aquela minha reconstituição tão persuasiva da conspiração hebraica, aquela repugnância que durante minha infância e meus anos juvenis foi apenas (como direi?) ideal, toda de cabeça, como os verbetes de um catecismo instilados em mim pelo vovô, já se fizera carne e sangue e, apenas por conseguir reviver aquela noite de sabá, meu rancor, minha aversão pela perfídia judaica se tornaram, de ideia abstrata, uma paixão irrefreável e profunda. Ah, verdadeiramente era preciso ter estado naquela noite no cemitério de Praga, por Deus, ou ao menos era preciso ler meu testemunho sobre aquele evento, para entender como já não se podia suportar que aquela raça maldita envenenasse nossas vidas!
Somente após ler e reler aquele documento, compreendi plenamente que eu tinha uma missão. Deveria conseguir, a todo custo, vender a alguém meu relatório, e só se o pagassem a peso de ouro acreditariam nele e colaborariam para torná-lo crível...

Contudo, por esta noite, é melhor que eu pare de escrever. O ódio (ou mesmo sua simples lembrança) transtorna a mente. Minhas mãos tremem. Preciso dormir, dormir, dormir.

13
DALLA PICCOLA DIZ
QUE NÃO É DALLA PICCOLA

5 de abril de 1897

Essa manhã acordei na minha cama e vesti-me com o mínimo de disfarce que minha personalidade comporta. Depois, vim ler seu diário, em que o senhor afirma haver conhecido um abade Dalla Piccola e o descreve como certamente mais velho do que eu e, ainda por cima, corcunda. Fui me olhar no espelho que há no seu quarto — no meu, como convém a um religioso, não há — e, por mais que não queira indulgenciar em me elogiar, não pude evitar perceber que tenho traços regulares, não sou estrábico em absoluto e tampouco dentuço. E tenho um belo sotaque francês, no máximo com algumas inflexões italianas.

Porém, quem é, então, o abade que o senhor conheceu sob meu nome? E quem sou eu, a esta altura?

14
BIARRITZ

5 de abril de 1897, final da manhã

Acordei tarde e encontrei suas breves anotações no meu diário. Madrugador, não? Deus meu, caro abade — se é que lerá estas minhas linhas em uma dessas manhãs (ou dessas noites) —, mas quem é realmente o senhor? Justamente agora eu me lembro de tê-lo matado antes mesmo da guerra! Como posso falar com um fantasma?
 Eu o matei? Por que, agora, tenho certeza disso? Tentemos reconstituir. Porém, enquanto isso, eu deveria comer. Curioso, ontem eu não conseguia pensar em comida sem sentir repulsa, hoje queria devorar tudo o que encontro. Se pudesse sair livremente de casa, deveria procurar um médico.

Depois de concluir meu relatório sobre a reunião no cemitério de Praga, eu estava pronto para encontrar o coronel Dimitri. Recordando a boa acolhida dada por Brafmann à culinária francesa, convidei também o russo para o Rocher de Cancale, mas ele não pareceu interessado na comida e mal beliscou o que eu havia pedido. Tinha olhos levemente oblíquos, com pupilas pequenas e penetrantes, que me lembravam olhos de fuinha, embora eu nunca tivesse nem tenha visto uma até hoje (odeio as fuinhas tanto quanto odeio os judeus). Dimitri me pareceu ter a singular virtude de deixar seu interlocutor pouco à vontade.
 Ele leu atentamente meu relatório e disse:
 — Muito interessante. Quanto?
 Era um prazer tratar com pessoas desse gênero e, então, disparei um valor talvez exorbitante — 50 mil francos —, explicando quanto meus informantes me custaram.

— Caro demais — disse Dimitri. — Ou, melhor, caro demais para mim. Proponho dividir as despesas. Estamos em boas relações com os serviços prussianos, e eles também têm um problema judaico. Eu lhe pago 25 mil francos, em ouro, e o autorizo a passar uma cópia desse documento aos prussianos, que lhe darão a outra metade. Tratarei de informá-los. Naturalmente, eles desejarão o documento original, como esse que o senhor me entrega, mas, pelo que o amigo Lagrange me explicou, o senhor tem a virtude de multiplicar originais. A pessoa que vai procurá-lo chama-se Stieber.

E mais não disse. Recusou cortesmente um conhaque, fez uma inclinação formal, mais alemã do que russa, dobrando repentinamente a cabeça quase em ângulo reto com o corpo mantido ereto, e foi saindo. A conta, quem pagou fui eu.

Solicitei um encontro com Lagrange, que já me falara desse Stieber, o grande chefe da espionagem prussiana. Era especializado na coleta de informações além-fronteiras, mas também sabia se infiltrar em seitas e em movimentos contrários à tranquilidade do Estado. Dez anos antes, havia sido precioso na obtenção de dados sobre o tal de Marx, que preocupava tanto os alemães quanto os ingleses. Creio que Stieber, ou um agente seu, Krause, que trabalhava sob o falso nome de Fleury, conseguira se introduzir na casa londrina de Marx, disfarçado de médico, e se apoderara de uma lista com todos os nomes dos adeptos da liga dos comunistas. Bela manobra, que permitiu prender muitos indivíduos perigosos, concluiu Lagrange. Precaução inútil, observei: para se deixarem ludibriar assim, esses comunistas deviam ser uns desmiolados e certamente não haviam percorrido muita estrada. Mas Lagrange disse que nunca se sabe. Melhor prevenir e castigar antes que os crimes sejam cometidos.

— Um bom agente dos serviços de informação está perdido quando deve intervir em algo que já aconteceu. Nosso trabalho é fazer acontecer antes. Estamos gastando um bom dinheiro para organizar tumultos nos boulevards. Não é necessário muito, apenas

... Solicitei um encontro com Lagrange... (p. 234)

poucas dúzias de ex-presidiários com alguns policiais à paisana; saqueiam-se três restaurantes e dois bordéis cantando a *Marselhesa*, incendeiam-se duas bancas de jornais e, então, chegam os nossos, uniformizados, e prendem todos, após um simulacro de luta.

— E para que serve?

— Serve para manter os bons burgueses no auge da preocupação e para convencer a população de que são necessárias atitudes fortes. Se tivéssemos que reprimir tumultos reais, organizados não se sabe por quem, não nos safaríamos tão facilmente. Mas voltemos a Stieber. Desde que se tornou chefe da polícia secreta prussiana, ele circulou pelas aldeias da Europa Oriental vestido de saltimbanco e anotando tudo, criando uma rede de informantes ao longo do caminho que um dia o exército prussiano percorreria, de Berlim a Praga. E iniciou um serviço análogo para a França, com vistas a uma guerra que, mais dia menos dia, será inevitável.

— Então, não seria melhor que eu não me relacionasse com esse indivíduo?

— Não. Convém não o perder de vista. Nesse sentido, é melhor que quem trabalhe para ele sejam agentes nossos. Por outro lado, o senhor deverá informá-lo sobre uma história relativa aos judeus, que a nós não interessa. Portanto, colaborando com ele, não prejudicará nosso governo.

Uma semana depois, recebi um bilhete assinado por esse Stieber. Perguntava se não me seria muito incômodo dirigir-me a Munique, para encontrar um homem da sua confiança, um certo Goedsche, a quem eu entregaria o relatório. Claro que me era incômodo, mas a outra metade do pagamento me interessava muito mais.

Perguntei a Lagrange se conhecia esse Goedsche. A resposta foi que ele era um ex-funcionário postal que, na verdade, trabalhava como agente provocador para a polícia secreta prussiana. Após os tumultos de 1848, para incriminar o dirigente dos democratas, havia produzido cartas falsas em que vinha à tona que este último queria assassinar o rei. Vê-se que existiam juízes em Berlim, porque alguém demonstrou que as cartas eram falsas. Goedsche tinha sido atropelado pelo escândalo e precisara deixar seu emprego no correio. Não só isso: o episódio reduzira sua credibilidade até nos ambientes dos serviços secretos, onde eles perdoam a falsificação de documentos, mas não o fato de ser surpreendido publicamente com a boca na botija. Recuperara-se escrevendo romanções históricos, que assinava com o nome de Sir John Retcliffe, e continuando a colaborar para o *Kreuzzeitung*, um jornal de propaganda antijudaica. E os serviços só lançavam mão dele para a difusão de notícias, falsas ou verdadeiras, sobre o mundo hebraico.

No meu caso, porém, era o homem certo, pensei; mas Lagrange me explicou que, se os prussianos estavam recorrendo a ele para esse assunto, talvez fosse porque não davam muita importância ao meu relatório e mandaram que um personagem de meia-tigela desse uma olhada no documento, por desencargo de consciência, para depois me liquidar.

— Não é verdade; os alemães dão importância ao meu relatório — reagi. — Tanto que me foi prometida uma soma considerável.

— Quem prometeu? — perguntou Lagrange. E, quando respondi que havia sido Dimitri, ele sorriu: — São russos, Simonini, não preciso dizer mais nada. O que custa a um russo prometer ao senhor alguma coisa em nome dos alemães? Seja como for, vá a Munique; também a nós interessa saber o que eles estão fazendo. E tenha sempre em mente que Goedsche é um canalha, indigno de confiança. Do contrário, não teria esse ofício.

Não que Lagrange se preocupasse comigo, mas talvez, na categoria dos tratantes, incluísse também os outros graus, e, portanto, a si mesmo. De qualquer modo, se me pagam bem, não tenho melindres.

Creio já ter escrito neste meu diário a impressão que me ficou daquela grande cervejaria muniquense, onde os bávaros se amontoam ao redor de compridas *tables d'hôte*, cotovelo com cotovelo, atochando-se de salsichas gordurentas e entornando canecas do tamanho de uma tina; homens e mulheres, as mulheres mais gargalhantes, ruidosas e vulgares que os homens. Decididamente, uma raça inferior, e, para mim, foi uma canseira, depois da viagem, já em si muito cansativa, permanecer aqueles dois únicos dias em terra teutônica.

Goedsche marcara nosso encontro justamente na cervejaria, e precisei admitir que meu espião tedesco parecia nascido para ciscar naqueles ambientes: seus trajes de escancarada elegância não escondiam o aspecto vulpino de quem vivia de expedientes.

Em um francês ruim, logo me fez perguntas sobre minhas fontes. Consegui me safar; procurei falar sobre outras coisas, mencionando meu passado garibaldino, e ele se surpreendeu agradavelmente porque, disse, vinha escrevendo um romance sobre os episódios italianos de 1860. O livro estava quase pronto, o título seria *Biarritz*, e teria muitos volumes, mas nem todos os eventos se passavam na Itália: o enredo se deslocava para a Sibéria, para Varsóvia, para Biarritz, justamente, e assim por diante. Goedsche falava sobre a obra com prazer e com alguma complacência, afirmando estar prestes a concluir a Capela Sistina do romance histórico. Não entendi o nexo entre os vários acontecimentos de que ele se ocupava, mas parecia que o núcleo da narrativa era a ameaça permanente das três forças maléficas que dominavam sorrateiramente o mundo, a saber: os maçons, os católicos, em particular os jesuítas, e os judeus, que estavam até se infiltrando entre os dois primeiros grupos para minar pelas raízes a pureza da raça protestante teutônica.

Após se delongar sobre as tramas italianas dos maçons mazzinianos, a história se deslocava para Varsóvia, onde os maçons conspiravam contra a Rússia, junto aos niilistas, raça amaldiçoada, como tantas produzidas pelos povos eslavos em todos os tempos, uns e outros em grande parte judeus — com destaque para o sistema de recrutamento deles, que lembrava o dos Iluminados da Baviera e dos carbonários da Alta Venda: cada membro atraía outros nove, que não deviam conhecer um ao outro. Então, retornava-se à Itália seguindo o avanço dos piemonteses rumo às Duas Sicílias, em uma barafunda de ferimentos, traições, estupros de mulheres aristocratas, viagens rocambolescas, legitimistas irlandesas corajosíssimas e todas com capa e espada, mensagens secretas escondidas sob os rabos dos cavalos, um príncipe Caracciolo vil e carbonário que violentava uma donzela (irlandesa e legitimista), descobertas de anéis reveladores em ouro oxidado verde com serpentes entrelaçadas e um coral vermelho no centro, uma tentativa de rapto do filho de Napoleão III, o drama de Castelfidardo, onde fora derramado o sangue das tropas alemãs fiéis ao pontífice; e, então, atacava-se a *welsche Feigheit* — Goedsche o disse em alemão, talvez para não me ofender, mas eu tinha estudado um pouco desse idioma e compreendi que se tratava da covardia típica das raças latinas. Àquela altura, a coisa estava se tornando cada vez mais confusa e ainda não tínhamos chegado ao final do primeiro volume.

À medida que contava, Goedsche exibia animação nos olhos vagamente suínos, soltava perdigotos, ria de si para si ao lembrar certos achados que julgava excelentes, e parecia desejar mexericos de primeira mão sobre Cialdini, Lamarmora, os outros generais piemonteses e, naturalmente, sobre o ambiente garibaldino. Todavia, como no seu ambiente as informações eram pagas, não me pareceu oportuno lhe fornecer a título gratuito notícias interessantes sobre os casos italianos. E, também, as que eu sabia era melhor calar.

Disse a mim mesmo que aquele homem seguia o caminho errado: você jamais deve criar um perigo de mil faces, o perigo deve ter uma só, senão as pessoas se distraem. Se você quer denunciar os judeus, fale dos judeus, mas deixe em paz os irlandeses, os príncipes napolitanos, os generais piemonteses, os patriotas poloneses e os niilistas russos. É lenha demais na fogueira. Como se pode ser tão dispersivo? Tanto mais quanto, para além do tal romance, a ideia fixa de Goedsche pareciam ser única e exclusivamente os judeus, e melhor para mim, porque era sobre os judeus que eu vinha lhe oferecer um documento precioso.

De fato, ele me disse que estava escrevendo aquele romance não por dinheiro ou por esperanças de glória terrena, mas para libertar a estirpe tedesca da insídia judaica.

— Convém retornar às palavras de Lutero, quando dizia que os judeus são maus, venenosos e diabólicos até o miolo; foram durante séculos nossa praga e pestilência, e continuavam sendo no tempo dele. Eram, nas palavras de Lutero, serpentes pérfidas, peçonhentas, ásperas e vingativas, assassinos e filhos do demônio, que mordem e lesam em segredo, não podendo fazê-lo abertamente. Diante deles, a única terapia possível seria uma *schärfe Barmherzigkeit* — Goedsche não conseguia traduzir, e entendi que deveria significar uma "áspera misericórdia", mas que Lutero queria falar em ausência de misericórdia. Convinha incendiar as sinagogas — e aquilo que não ardesse deveria ser coberto de terra para que ninguém pudesse jamais ver uma pedra restante —, destruir as casas deles e fechá-los em um estábulo como os ciganos, tirar-lhes todos aqueles textos talmúdicos nos quais só eram ensinadas mentiras, maldições e blasfêmias, impedir-lhes o exercício da usura, confiscar tudo o que possuíam em ouro, moeda sonante e joias, e colocar nas mãos dos rapazes judeus machado e enxada e nas das moças, roca e fuso, porque, comentava Goedsche com risotas, *Arbeit macht frei*, "só o trabalho liberta". A solução final, para Lutero, seria expulsá-los da Alemanha, como cães raivosos.

— Não deram ouvidos a Lutero — concluiu Goedsche —, ao menos até agora. É que, embora desde a antiguidade os povos não europeus tenham sido considerados feios, veja por exemplo o negro, que até hoje é, com justiça, considerado um animal, ainda não havia sido definido um critério seguro para reconhecer as raças superiores. Hoje, sabemos que o grau mais desenvolvido de humanidade é atingido com a raça branca, e que o modelo mais evoluído da raça branca é a raça germânica. Porém, a presença dos judeus é uma contínua ameaça de cruzamentos raciais. Observe uma estátua grega: que pureza de traços, que elegância no porte; e não por acaso essa beleza era identificada com a virtude, quem era belo era também valoroso, como ocorre com os grandes heróis dos nossos mitos teutônicos. Agora, imagine esses Apolos alterados por traços semíticos, com a carnação bronzeada, os olhos foscos, o nariz de rapace, o corpo encolhido. Para Homero, essas eram as características de Tersites, a própria personificação da vileza. A lenda cristã, impregnada de espíritos ainda judaicos (na verdade, foi iniciada por Paulo, um judeu asiático, hoje nós o diríamos um turco), nos convenceu de que todas as raças descendem de Adão. Não, ao se separarem da besta original, os homens tomaram caminhos diferentes. Devemos voltar àquele ponto onde as estradas se afastaram e, por conseguinte, às verdadeiras origens nacionais do nosso povo, nada dos desvarios das *lumières* francesas com seu cosmopolitismo e suas *égalité* e fraternidade universal! Esse é o espírito dos novos tempos. Aquilo que já é chamado na Europa de *Risorgimento* de um povo é o apelo à pureza da raça original. No entanto, o termo, assim como o objetivo, vale apenas para a raça germânica, e é risível que na Itália o retorno à beleza de outrora seja representado por aquele seu Garibaldi de pernas arqueadas, por aquele seu rei de pernas curtas e por Cavour, aquele anão. É que os romanos também eram de raça semita.

— Os romanos?

— O senhor não leu Virgílio? Eles eram provenientes de um troiano, portanto de um asiático, e essa migração semita destruiu o espírito dos antigos povos itálicos. Veja o que aconteceu aos celtas: romanizados, tornaram-se franceses, e portanto latinos também. Somente os germanos conseguiram se manter puros, incontaminados, e debilitar a potência de Roma. Mas, enfim, a superioridade da raça ariana e a inferioridade da judaica, e fatalmente da latina também, são visíveis até pela excelência nas várias artes. Nem na Itália nem na França cresceu um Bach, um Mozart, um Beethoven, um Wagner.

Goedsche não tinha qualquer semelhança com o tipo do herói ariano que celebrava: ao contrário, se fosse para dizer a verdade (mas, por que se deve afinal dizer sempre a verdade?), ele mais parecia um judeu glutão e sensual. Mas, enfim, convinha acreditar nele, pois isso era o que faziam os serviços que deveriam me pagar os 25 mil francos restantes.

Não consegui, porém, evitar uma pequena maldade. Perguntei se ele se sentia um bom representante da raça superior e apolínea. Goedsche me olhou turvamente e disse-me que o fato de pertencer a uma raça não é somente algo físico, mas sobretudo espiritual. Um judeu permanece judeu mesmo que, por um acidente da natureza, assim como nascem crianças com seis dedos e mulheres capazes de fazer multiplicações, nasça com cabelos louros e olhos azuis. E um ariano é ariano se viver o espírito do seu povo, ainda que tenha cabelos negros.

No entanto, minha pergunta deteve seu entusiasmo. Ele se recompôs, enxugou o suor da testa com um enorme lenço de quadradinhos vermelhos e pediu-me o documento pelo qual estávamos nos encontrando. Passei-lhe o relatório e, depois de todo o seu discurso, achei que aquilo o deixaria maravilhado. Se seu governo queria liquidar os judeus segundo o mandado de Lutero, minha história do cemitério de Praga parecia feita especialmente para alertar toda a Prússia sobre a natureza do complô judaico. Em vez disso, ele leu devagar, entre um gole de cerveja e outro, franzindo a testa várias vezes, apertando os olhos até quase parecer um mongol, e concluiu:

— Não sei se essas notícias podem realmente nos interessar. Dizem aquilo que sempre soubemos sobre as tramas hebraicas. Claro, dizem-no bem, e, se o documento fosse inventado, teria sido bem inventado.

— Por favor, Herr Goedsche, não estou aqui para lhe vender material de invenção!

— Longe de mim pensar isso, claro, mas eu também tenho obrigações perante quem me paga. Ainda é preciso provar a autenticidade do documento. Devo submeter esses papéis a Herr Stieber e às repartições dele. Deixe-o comigo e, se quiser, pode até retornar a Paris. O senhor receberá uma resposta em algumas semanas.

— Mas o coronel Dimitri me disse que era coisa resolvida...

— Não está resolvida. Ainda não. Eu já lhe disse, deixe o documento comigo.

— Serei sincero com o senhor, Herr Goedsche. Isso que está nas suas mãos é um documento original: original, entende? O valor dele reside certamente nas notícias que traz, mas, sobretudo, no fato de essas notícias aparecerem em um relatório original, redigido em Praga após a reunião em questão. Não posso permitir que esse documento circule fora das minhas mãos, ao menos não antes que me seja feito o pagamento prometido.

— O senhor é desconfiado demais. Está bem, peça mais uma ou duas cervejas e me dê uma hora para que eu possa copiar esse texto. O senhor mesmo disse que as notícias nele contidas valem o que valem, e, se eu quisesse enganá-lo, bastaria mantê-las na memória, porque lhe asseguro que recordo tudo o que li, quase palavra por palavra, mas quero submeter o texto a Herr Stieber. Por conseguinte, deixe-me copiá-lo. O original entrou aqui com o senhor e sairá daqui com o senhor.

Eu não podia objetar. Humilhei meu paladar com algumas daquelas repulsivas salsichas teutônicas, bebi muita cerveja, e devo dizer que a cerveja alemã às vezes pode ser tão boa quanto a francesa. Esperei que Goedsche copiasse atentamente tudo aquilo.

Por fim, despedimo-nos com frieza. Goedsche deu a entender que deveríamos dividir a conta ou, melhor, calculou que eu tinha bebido mais cervejas que ele, prometeu-me notícias dentro de algumas semanas e afastou-se, deixando-me espumando de raiva por aquela longa viagem feita à toa, às minhas custas, e sem ter visto um único táler do pagamento combinado com Dimitri.

Que idiota, disse a mim mesmo. Dimitri sabia que Stieber nunca pagaria, e simplesmente garantira meu texto pela metade do preço. Lagrange tinha razão, eu não devia ter confiado em um russo. Talvez tivesse pedido demais, e agora deveria ficar satisfeito por ter embolsado a metade.

A essa altura, eu estava convencido de que os alemães não dariam mais sinal de vida, e realmente passaram-se alguns meses sem que eu recebesse qualquer notícia. Lagrange, a quem confidenciei meus tormentos, sorriu com indulgência:

— São as incertezas do nosso ofício, não estamos lidando com santos.

Eu não me conformava. Minha história do cemitério de Praga era muito bem urdida para acabar desperdiçada em terras siberianas. Eu poderia vendê-la aos jesuítas. Na verdade, as primeiras

... *Simonini — disse ele —, o senhor certamente me tomou por um pateta ... (p. 245)*

acusações verdadeiras aos judeus e as primeiras menções ao complô internacional deles tinham vindo de um jesuíta como Barruel, e a carta do meu avô devia ter chamado a atenção de outras personalidades da ordem.

O único intermediário que eu podia ter com os jesuítas era o abade Dalla Piccola. Quem me colocara em contato com ele havia sido Lagrange, e foi a Lagrange que recorri. Lagrange me prometeu fazê-lo saber que eu o procurava. E, de fato, algum tempo depois, Dalla Piccola veio à minha loja. Apresentei-lhe minha mercadoria, como se diz no mundo do comércio, e ele me pareceu interessado.

— Naturalmente — disse —, preciso examinar seu documento e depois mencioná-lo a alguém da Companhia, porque não é gente que compra sem ver. Espero que o senhor confie em mim e deixe isto comigo por alguns dias. Não sairá das minhas mãos.

Diante de um digno eclesiástico, eu confiei.

Uma semana depois, Dalla Piccola reapareceu na loja. Eu o fiz subir ao escritório e tentei lhe oferecer algo para beber, mas sua expressão não se mostrava amigável.

— Simonini — disse ele —, o senhor certamente me tomou por um pateta e quase me fez parecer um falsário junto aos padres da Companhia de Jesus, arruinando uma rede de boas relações que teci ao longo dos anos.

— Senhor abade, não sei do que está falando...

— Pare de brincar comigo. O senhor me deu este documento, supostamente secreto (e jogou sobre a escrivaninha meu relatório sobre o cemitério de Praga); eu já ia pedir um preço altíssimo, e eis que os jesuítas, olhando-me como se eu fosse um moleque, informam-me gentilmente que meu documento reservadíssimo já aparecera como matéria de invenção nesse *Biarritz*, o romance de um certo John Retcliffe. Igualzinho, palavra por palavra (e também me jogou um livro sobre a escrivaninha). Evidentemente o senhor sabe alemão e leu o romance assim que ele foi publicado. Encontrou a história daquela reunião noturna no cemitério de Praga, gostou e não resistiu à tentação de vender uma ficção como realidade.

E, com o descaramento dos plagiários, confiou no fato de que, do lado de cá do Reno, ninguém lê alemão...

— Escute, creio que compreendi o...

— Não há muito a compreender. Eu poderia jogar no lixo essa papelada vagabunda e mandar o senhor aos diabos, mas sou birrento e vingativo. Aviso-lhe que informarei aos seus amigos dos serviços de que estofo o senhor é feito e quanto se pode confiar nas suas informações. Por que lhe digo isso antecipadamente? Não por lealdade, porque a um indivíduo da sua laia não se deve qualquer lealdade, mas para que saiba, se os serviços vierem a decidir que o senhor merece uma punhalada nas costas, de onde veio a sugestão. Não adianta assassinar alguém por vingança se o assassinado não sabe que foi você quem o assassinou, concorda?

Tudo estava claro; aquele canalha do Goedsche (e Lagrange me dissera que ele publicava *feuilletons* sob o pseudônimo de Retcliffe) jamais entregara meu documento a Stieber: percebendo que o tema vinha a calhar para o romance que ele estava acabando de escrever, e satisfazia seus furores antijudaicos, apoderara-se de uma história verdadeira (ou, ao menos, deveria supô-la tal) para transformá-la em uma peça de ficção — a sua. No entanto, Lagrange me havia prevenido de que o tratante já se distinguira na falsificação de documentos, e o fato de eu ter caído tão ingenuamente na armadilha de um falsário me deixava louco de raiva.

Todavia, à raiva se acrescentava o medo. Quando falava em punhaladas nas costas, Dalla Piccola talvez pretendesse usar metáforas, mas Lagrange tinha sido claro: no universo dos serviços, quando alguém se demonstra incômodo, some-se com ele. Imagine-se um colaborador que se torna publicamente inconfiável porque vende rebotalho ficcional como informação reservada, e que, além disso, quase levou os serviços a fazerem um papel ridículo ante a Companhia de Jesus: quem quer tê-lo nos calcanhares? Uma facada e pronto, lá vai o sujeito boiar no Sena.

Era isso o que o abade Dalla Piccola estava me prometendo, e em nada adiantaria que lhe explicasse a verdade, não havia razões pelas quais ele devesse me dar crédito, pois ele ignorava que eu tinha dado o documento a Goedsche antes que aquele infame acabasse de escrever seu livro, mas sabia, ao contrário, que eu o dera a ele (a Dalla Piccola, quero dizer) *depois* que o livro de Goedsche fora publicado.

Eu estava num beco sem saída.

A não ser que impedisse Dalla Piccola de falar.

Agi quase por instinto. Tenho sobre a escrivaninha um castiçal de ferro batido, muito pesado. Peguei-o e empurrei Dalla Piccola contra a parede. O abade arregalou os olhos e disse, em um sopro:

— O senhor não vai querer me matar...

— Vou sim, lamento — respondi.

E lamentava realmente, mas, afinal, é preciso fazer da necessidade, virtude. Desfechei o golpe. O abade caiu logo, sangrando pela boca dentuça. Olhei aquele cadáver e não me senti nem um pouco culpado. Ele tinha procurado.

Tratava-se apenas de fazer desaparecer aqueles despojos importunos.

Quando eu comprei a loja e o apartamento no andar superior, o proprietário me mostrara um alçapão que se abria no pavimento do porão.

— O senhor encontrará uns degraus — dissera ele —, e no início não terá coragem de descê-los porque terá a sensação de desmaiar devido ao grande fedor. Mas em algum momento será necessário. O senhor é estrangeiro, e talvez não conheça toda a história. Antigamente as imundícies eram jogadas na rua; criaram até uma lei que obrigava a gritar "Água vai!" antes de lançar os próprios dejetos pela janela, mas dava muito trabalho, então esvaziava-se o penico e azar de quem estivesse passando. Depois, fizeram na rua alguns canais a céu aberto; mais tarde esses condutos foram cobertos e assim nasceram os esgotos. Agora o barão Haussmann finalmente construiu um bom sistema sanitário, mas esse serve, no máximo, para escoar as águas; os excrementos seguem por conta própria, quando o conduto embaixo do assento não entope, em direção a uma fossa que é esvaziada à noite, levando tudo aos grandes depósitos. Porém discute-se se não conviria adotar definitivamente o sistema de *tout-à-l'égout*; isto é, se para os grandes esgotos não deveriam confluir, além das águas de descarga, todas as outras imundícies. Justamente por isso, há mais de dez anos um decreto obriga os proprietários a ligarem suas casas ao conduto de esgoto por uma galeria com ao menos 1,3 metro de largura: como essa que o senhor encontrará aí embaixo, contudo mais estreita e não tão alta como a lei impõe, imagine. São coisas que se fazem sob os grandes boulevards, mas não em um impasse com o qual ninguém se importa. E ninguém virá jamais conferir se o senhor realmente desce para levar seus dejetos até onde deveria. Quando não tiver coragem de esmagar com os pés toda aquela nojeira, o senhor jogará suas imundícies lá embaixo por esses degraus, confiando em que, nos dias de chuva, um pouco d'água chegue até aqui e carregue-as. Por outro lado, esse acesso ao esgoto pode ter suas vantagens. Vivemos em uma época em que a cada dez ou vinte anos há uma revolução ou um tumulto em Paris, e uma via de fuga subterrânea é sempre útil. Como todo parisiense, o senhor deve ter lido aquele romance publicado há pouco, *Os miseráveis*, em que o protagonista foge pelos esgotos carregando nos ombros um amigo ferido; e, portanto, deve compreender o que estou dizendo.

Como bom leitor de *feuilletons*, eu conhecia bem a história de Hugo. Não queria repetir a experiência, claro, até porque não sei realmente como seu personagem conseguiu percorrer tão longo trajeto lá embaixo. Pode ser que, em outras zonas de Paris, os canais subterrâneos sejam bastante altos e espaçosos, mas aquele que corria sob o impasse Maubert devia remontar a séculos antes. Fazer descer o cadáver de Dalla Piccola do andar superior até a loja, e desta ao porão, não foi fácil; por sorte o nanico era suficientemente corcunda e magro para ser bem maneável. No entanto, para descê-lo pelos degraus sob o alçapão, precisei fazê-lo rolar para baixo. Depois desci e, mantendo-me inclinado, arrastei-o por alguns metros, para não o deixar apodrecer bem embaixo da minha casa. Com uma mão, puxava-o por um tornozelo e com a outra, erguia um lume — infelizmente eu não dispunha de uma terceira mão para tampar o nariz.

Era a primeira vez em que eu precisava dar sumiço no corpo de alguém a quem havia assassinado, porque com Nievo e com Ninuzzo a coisa se resolvera sem que eu me preocupasse (mas, no caso de Ninuzzo deveria tê-lo feito, pelo menos na primeira vez, na Sicília). Agora, eu percebia que o aspecto mais irritante de um homicídio é a ocultação do cadáver, e é certamente por isso que os padres aconselham a não matar; menos, naturalmente, em batalha, quando os corpos são deixados aos abutres.

Arrastei meu defunto abade por uns 10 metros, e puxar um padre entre os excrementos não somente meus, mas também de sei lá quem antes de mim, não é coisa agradável, ainda mais se você deve contá-la à própria vítima — meu Deus, o que estou escrevendo? Porém, finalmente, depois de pisar em muitas fezes, consegui vislumbrar ao longe uma lâmina de luz, sinal de que no final do impasse Maubert devia haver uma boca de lobo que dava para o exterior.

Embora, no início, eu tivesse pensado em arrastar o cadáver até um coletor maior, para confiá-lo à misericórdia de águas mais abundantes, imaginei depois que essas águas levariam o corpo não sei para onde, talvez até o Sena, e alguém ainda poderia identificar os queridos despojos. Reflexão correta, porque enquanto escrevo descobri que nos grandes depósitos no vale de Clichy foram encontrados recentemente, no período de seis meses, 4 mil cães, cinco bezerros, vinte carneiros, sete cabras e sete porcos, oitenta frangos, 69 gatos, 950 coelhos, um macaco e uma jiboia. A estatística não fala em abades, mas eu poderia contribuir para torná-la ainda mais extraordinária. Se, em vez disso, deixasse meu defunto ali, havia boas esperanças de que ele não se deslocasse. Entre a parede e o canal propriamente dito — que certamente era muito mais antigo que o barão Haussmann — havia uma calçada um pouco estreita, e ali depositei o cadáver. Calculei que, com aqueles miasmas e aquela umidade, ele se decomporia bem depressa, e depois só restaria uma ossada não identificável. E, também, considerando a natureza do impasse, eu confiava em que o local não merecia qualquer manutenção, e, portanto, ninguém viria jamais até ali. E, mesmo que encontrassem restos humanos, seria preciso demonstrar de onde provinham: qualquer um, descendo pela boca de lobo, poderia tê-lo levado até onde estavam.

Voltei ao escritório e abri o romance de Goedsche na página onde Dalla Piccola colocara um marcador. Meu alemão estava enferrujado, mas consegui compreender os fatos, se não as nuances. Claro, era meu discurso do rabino no cemitério de Praga, mas Goedsche (que revelava certo senso teatral) fazia uma descrição um pouco mais rica do cemitério noturno: primeiro, chegava um banqueiro, um tal de Rosenberg, em companhia de um rabino polonês com solidéu no cocuruto e cachinhos nas têmporas, e, para entrar, devia-se sussurrar ao vigia uma palavra cabalística de sete sílabas.

Então, chegava aquele que, na versão original, era meu informante, introduzido por um certo Lasali, que lhe prometia fazê-lo assistir a um encontro que acontecia de cem em cem anos. Os dois se disfarçavam com barbas postiças e chapéus de abas largas, e depois a coisa continuava mais ou menos como eu a contara, inclusive meu final, com a luz azulada que subia do túmulo e as silhuetas dos rabinos se afastando, engolidas pela noite.

Aquele pulha havia se aproveitado do meu sucinto relatório para evocar cenas melodramáticas. Dispunha-se a qualquer coisa somente para amealhar alguns táleres. Realmente, não existe mais religião.

Exatamente o que os judeus querem.

Agora vou dormir; desviei-me dos meus hábitos de gastrônomo moderado e não bebi vinho, mas sim desmoderadas quantidades de Calvados (e minha cabeça gira desmoderadamente — desconfio estar me tornando repetitivo). Mas, como parece que somente mergulhando em um sono sem sonhos eu acordo como abade Dalla Piccola, agora quero ver como posso despertar na pele de um defunto de cujo desaparecimento fui indubitavelmente autor e testemunha.

15
DALLA PICCOLA REDIVIVO

6 de abril de 1897, ao amanhecer

Capitão Simonini, não sei se foi durante o seu sono (desmoderado ou imoderado, como preferir) que acordei e pude ler suas páginas. Às primeiras luzes do amanhecer.

Depois de ler, disse a mim mesmo que, talvez, e por alguma razão misteriosa, tudo aquilo fosse mentira (e, aliás, sua vida, tão sinceramente exposta no seu diário, não impede de crer que às vezes o senhor mente). Se existe alguém que deveria saber com segurança que o senhor não me matou, seria eu. Então, quis conferir. Despojei-me das minhas vestes sacerdotais e, quase nu, desci ao porão e abri o alçapão, mas, à beira daquele conduto mefítico, que o senhor tão bem descreve, fiquei atordoado pelo fedor. Perguntei-me o que desejava verificar: se ainda estariam ali os poucos ossos de um cadáver que o senhor afirma ter abandonado no local, mais de 25 anos atrás? E eu deveria descer àquela sujeira para decidir que aqueles ossos não são os meus? Se me permite, isso eu já sei. Portanto, acredito: o senhor matou um abade Dalla Piccola.

Então, quem sou eu? Não o Dalla Piccola que o senhor matou (que, além do mais, não se parecia comigo); mas como podem existir dois abades Dalla Piccola?

A verdade é que talvez eu esteja louco. Não ouso sair de casa. No entanto, preciso sair para comprar alguma coisa, uma vez que meu hábito me impede de andar pelas tabernas. Não tenho uma bela cozinha como o senhor — embora, para falar a verdade, não seja menos guloso.

Sinto-me tomado por um desejo irreprimível de me matar, mas sei que se trata de uma tentação diabólica.

E, também, por que me matar, se o senhor já me matou? Seria tempo perdido.

7 de abril

Gentil abade, agora chega.

Não recordo o que fiz ontem e encontrei sua anotação esta manhã. Pare de se atormentar. O senhor também não se lembra? Então, faça como eu, fite demoradamente seu umbigo e depois comece a escrever; deixe que sua mão pense no seu lugar. Afinal, por que sou eu quem deve recordar tudo e o senhor, só as poucas coisas que eu queria esquecer?

Neste momento, sou acometido por outras lembranças. Eu tinha acabado de matar Dalla Piccola quando recebi um bilhete de Lagrange, que dessa vez queria me encontrar à place Fürstenberg, e à meia-noite, sendo aquele lugar bastante espectral. Eu sentia, como dizem as pessoas timoratas, a consciência pesada, porque acabara de matar um homem e temia (irracionalmente) que Lagrange já soubesse. Porém, e isso era óbvio, ele queria me falar sobre outra coisa.

— Capitão Simonini — disse-me —, precisamos que o senhor fique de olho em um sujeito curioso, um eclesiástico... como direi... satanista.

— E onde o encontro? No inferno?

— Sem brincadeirinhas. Bem, é um certo abade Boullan, que anos atrás travou conhecimento com uma tal Adèle Chevalier, uma irmã leiga do convento de Saint-Thomas-de-Villeneuve em Soissons. Sobre ela, circulavam boatos místicos; teria sido curada da cegueira e feito previsões. Os fiéis começaram a acorrer ao convento, as superioras ficaram constrangidas, o bispo a afastara de Soissons e, subitamente, conversa vai, conversa vem, nossa Adèle escolhe Boullan como pai espiritual, sinal de que Deus os faz e depois os junta. E, assim, os dois resolvem fundar uma associação para a ação reparadora, ou seja, para dedicar a Nosso Senhor não apenas preces, mas também várias formas de expiação física, a fim de compensá-lo pelas ofensas que lhe fazem os pecadores.

— Nenhum mal nisso, parece-me.

— Porém, eles começam a pregar que, para se livrar do pecado, é preciso pecar, que a humanidade foi degradada pelo duplo adultério de Adão com Lilith e de Eva com Samael (não me pergunte quem são essas pessoas, porque pelo vigário eu só fiquei sabendo de Adão e Eva), e que, em suma, é preciso fazer coisas que não estão muito claras, mas parece que o abade, a senhorita em questão e muitos fiéis deles se entregavam a encontros, como direi, um tanto embolados, em que cada um abusava do outro. E a isso se acrescentem as vociferações segundo as quais o bom abade teria feito desaparecer discretamente o fruto dos seus amores ilegítimos com Adèle. Fatos que, dirá o senhor, não interessam a nós, mas à Chefatura de polícia, se não fosse o fato de que há tempos entraram na turma umas senhoras de boa família, mulheres de altos funcionários, até de um ministro, e Boullan sugou dessas piedosas damas muito dinheiro. A essa altura, o caso se transformou em assunto de Estado, e quem precisou cuidar disso fomos nós. Os dois foram denunciados e condenados a três anos de cadeia por trapaça e ultraje ao pudor e saíram no final de 1864. Depois disso, perdemos o abade de vista e achávamos que ele havia colocado a cabeça no lugar. Contudo, nestes últimos tempos, definitivamente absolvido pelo Santo Ofício após numerosos atos de arrependimento, eis que retornou a Paris e recomeçou a sustentar suas teses sobre a reparação dos pecados alheios mediante o cultivo dos próprios; e, se todos começassem a pensar assim, o problema deixaria de ser religioso e se tornaria político, o senhor me entende. Por outro lado, a Igreja também começou a se preocupar e, recentemente, o arcebispo de Paris proibiu Boullan de celebrar ofícios eclesiásticos — eu diria que já era hora. Como única resposta, Boullan entrou em contato com outro santarrão em odor de heresia, um certo Vintras. Aqui está, neste pequeno dossiê, tudo o que convém saber sobre ele ou, ao menos, tudo o que nós sabemos. Cabe ao senhor não o perder de vista e nos informar o que ele anda tramando.

— Não sou uma senhora piedosa em busca de um confessor que abuse dela. Como vou me aproximar dele?

— Sei lá, vista-se de sacerdote, talvez. Consta-me que o senhor foi capaz de se disfarçar até de general garibaldino, ou quase isso.

Eis o que acabou de me vir à mente. Mas, com o senhor, caro abade, não tem a ver.

16
BOULLAN

8 de abril

Capitão Simonini, esta noite, depois de ler sua anotação irritada, resolvi seguir seu exemplo e começar a escrever, mesmo sem ter fitado meu umbigo, e sim de maneira quase automática, deixando que meu corpo, por obra da minha mão, decidisse recordar aquilo que minha alma havia esquecido. Aquele seu doutor Froïde não era nenhum paspalhão.

Boullan... Revejo-me passeando com ele diante de uma igreja paroquial, na periferia de Paris. Ou era em Sèvres? Recordo que ele está me dizendo:

— Reparar os pecados cometidos contra Nosso Senhor também significa arcar com eles. Pode ser um fardo místico o ato de pecar, e o mais intensamente possível, para exaurir a carga de concupiscência que o demônio pretende da humanidade e para livrar dela nossos irmãos mais fracos, incapazes de exorcizar as forças malignas que nos tornaram escravos. O senhor já viu aquele *papier tue-mouches* que acabaram de inventar na Alemanha? É usado pelos confeiteiros, que lambuzam uma tira com melaço e penduram-na sobre suas tortas na vitrine. As moscas, atraídas pelo melaço, são capturadas sobre a fita por aquela substância viscosa, e ali morrem de inanição ou, então, afogam-se quando se joga em um canal a tira já fervilhante de insetos. Muito bem, o fiel reparador deve ser como esse papel mosquicida: atrair para si todas as ignomínias, a fim de ser o cadinho que as purificará.

Vejo-o em uma igreja onde, diante do altar, ele deve "purificar" uma pecadora devota, já possessa, que se retorce no chão proferindo blasfêmias repulsivas e nomes de demônios: Abigor, Abraxas, Adramelech, Haborym, Milcom, Stolas, Zaebos...

... O senhor sabe que, em certas lojas, costuma-se apunhalar uma hóstia para selar um juramento ... (p. 257)

Boullan, vestido em paramentos sacros de cor violeta com uma sobrepeliz vermelha, inclina-se sobre ela e pronuncia aquela que parece a fórmula de um exorcismo, mas (se escutei bem) ao contrário: "*Crux sacra non sit mihi lux, sed draco sit mihi dux, veni Satana, veni!*" Depois, debruça-se ainda mais sobre a penitente, cospe-lhe três vezes na boca, levanta a veste, urina em um cálice de missa e o oferece à desventurada. Em seguida, retira de uma vasilha (com as mãos!) uma substância de evidente origem fecal e, tendo despido o peito da endemoniada, espalha aquilo sobre os seios dela.

A mulher se agita no chão, ofegando, emite gemidos que se apagam aos poucos e, finalmente, cai em um sono quase hipnótico.

Boullan vai até a sacristia, onde lava sumariamente as mãos. Depois, sai comigo para o adro, suspirando como quem acabou de cumprir um dever pesado. "*Consummatum est*", diz.

Recordo ter-lhe dito que o estava procurando a pedido de uma pessoa que desejava manter o anonimato e que gostaria de praticar um rito para o qual eram necessárias partículas consagradas.

Boullan solta uma risadinha:

— Uma missa negra? Porém, se dela participa um sacerdote, é ele quem consagra diretamente as partículas, e a coisa seria válida mesmo que a Igreja o houvesse despadrado.

Eu esclareço:

— Não creio que a pessoa a quem me refiro queira mandar um sacerdote oficiar uma missa negra. O senhor sabe que, em certas lojas, costuma-se apunhalar uma hóstia para selar um juramento.

— Entendo. Ouvi dizer que um sujeito, que mantém uma lojinha de bricabraque lá pelas bandas da place Maubert, também se ocupa do comércio de hóstias.

Foi nessa ocasião que nós dois nos encontramos?

17
OS DIAS DA COMUNA

9 de abril de 1897

Eu tinha matado Dalla Piccola havia pouco, quando um bilhete de Lagrange me convocou; dessa vez, para um *quai* ao longo do Sena.

Eis as peças que a memória nos prega. Talvez eu esteja esquecendo fatos de importância capital, mas lembro-me da emoção experimentada naquela ocasião quando, nas proximidades do Pont Royal, detive-me, impressionado por um súbito fulgor. Encontrava-me diante do canteiro de obras da nova sede do *Journal Officiel de l'Empire Français*, o qual à noite, para acelerar os trabalhos, era iluminado por corrente elétrica. No meio de uma floresta de traves e andaimes, uma fonte luminosíssima concentrava seus raios sobre um grupo de pedreiros. Nada pode expressar em palavras o efeito mágico daquele clarão sideral, que resplandecia sobre as trevas ao redor.

A luz elétrica... Naqueles anos, os idiotas se sentiam rodeados pelo futuro. Abrira-se, no Egito, um canal que ligava o Mediterrâneo ao mar Vermelho, pelo que, para ir à Ásia, já não era necessário contornar a África (e assim seriam prejudicadas tantas honestas companhias de navegação); inaugurara-se uma exposição universal cujas arquiteturas permitiam intuir que aquilo que Haussmann fizera para arruinar Paris era apenas o começo; os americanos estavam terminando uma ferrovia que atravessaria o continente deles de oriente a ocidente, e, como acabavam de conceder a liberdade aos escravos negros, eis que essa escumalha invadiria toda a nação, transformando-a em um pântano de mestiços, pior do que com os judeus. Na guerra americana entre Norte e Sul tinham aparecido navios submarinos em que os marinheiros já não morriam afogados, mas asfixiados embaixo d'água; os belos charutos dos nossos genitores estavam prestes a ser substituídos por uns cartuchos magricelas que ardiam em um minuto, roubando do fumante todo o prazer; nossos soldados comiam havia tempo uma carne apodrecida, conservada em embalagens de metal. Na América, diziam haver inventado uma pequena cabine hermeticamente fechada, que levava as pessoas aos andares altos de um prédio por obra de algum êmbolo movido a água — e já se sabia de êmbolos que se quebraram no sábado à tardinha e de pessoas que permaneceram bloqueadas naquela caixa por duas noites, privadas de ar, para não falar de água e de comida, de modo que foram encontradas mortas na segunda-feira.

Todos se compraziam porque a vida estava se tornando mais fácil, estudavam-se máquinas para conversar a distância e outras para escrever mecanicamente, sem usar a pena. Ainda haveria, um dia, originais para falsificar?

As pessoas se deliciavam com as vitrines dos perfumistas em que se celebravam os milagres do princípio tonificante para a pele com sumo de alface, do regenerador de cabelos à base de quina, do creme Pompadour com água de banana, do leite de cacau, do pó de arroz com violetas de Parma; tudo isso descoberto para tornar atraentes as mulheres mais lascivas, mas já à disposição das costureirinhas, prontas a se tornarem manteúdas, porque em muitos ateliês se introduzia uma máquina que costurava por elas.

A única invenção interessante dos novos tempos havia sido um troço de porcelana para defecar mantendo-se sentado.

Mas nem mesmo eu me dava conta de que aquela aparente excitação assinalava o fim do império. Na exposição universal, Alfred Krupp tinha mostrado um canhão de dimensões nunca vistas, cinquenta toneladas, uma carga de pólvora de cem libras por projétil. O imperador ficou tão fascinado com aquilo que conferiu a Krupp a Legião de Honra, mas, quando Krupp lhe mandou uma listinha das suas armas, que ele se dispunha a vender a qualquer Estado europeu, os altos comandos franceses, que tinham seus armadores preferidos, convenceram o imperador a declinar do oferecimento.

Evidentemente, porém, o rei da Prússia comprou-as.

Napoleão III já não raciocinava como antes: os cálculos renais o impediam de comer e de dormir, para não falar em andar a cavalo; acreditava nos conservadores e na sua mulher, convencidos de que o exército francês ainda era o melhor do mundo, enquanto este somava (mas só se soube depois), no máximo, 100 mil homens contra 400 mil prussianos; e Stieber já enviara a Berlim relatórios sobre os *chassepots*, que os franceses consideravam a última palavra em matéria de fuzis, mas que, no entanto, já se tornavam objetos de museu. E mais, comprazia-se Stieber, os franceses não haviam montado um serviço de informações à altura do deles.

Porém, vamos aos fatos. No ponto combinado, encontrei Lagrange.

— Capitão Simonini — disse ele, dispensando qualquer formalidade —, o senhor tem notícias do abade Dalla Piccola?

— Nenhuma. Por quê?

— Desapareceu, e justamente quando fazia um trabalhinho para nós. Ao que suponho, o senhor foi a última pessoa que o viu: havia me pedido para falar com ele, e eu o encaminhei. E depois?

— E depois eu entreguei a ele o relatório que já tinha dado aos russos, para que o mostrasse em certos ambientes eclesiásticos.

— Simonini, um mês atrás recebi um bilhete do abade, que dizia mais ou menos o seguinte: "Preciso vê-lo o mais depressa possível; devo lhe contar algo interessante sobre seu Simonini." Pelo tom da mensagem, o que ele queria me contar a seu respeito não devia ser muito elogioso. Então, o que aconteceu entre o senhor e o abade?

— Não sei o que Dalla Piccola queria lhe dizer. Talvez considerasse um abuso da minha parte propor a ele um documento que (assim acreditava) havia produzido para o senhor. Evidentemente, não estava a par dos nossos acordos. A mim, não disse nada. Não o vi mais, e até estava me perguntando que fim tinha levado minha proposta.

Lagrange me encarou fixamente por um tempinho. Depois, disse: "Voltaremos a conversar sobre o assunto." E foi embora.

Não havia muito o que conversar. A partir daquele momento, Lagrange grudaria nos meus calcanhares e, se ele realmente suspeitasse de algo mais preciso, a famosa punhalada nas costas me viria de qualquer forma, embora eu houvesse calado a boca do abade.

Adotei algumas precauções. Recorri a um armeiro da rue de Lappe, pedindo-lhe uma bengala de estoque. Ele tinha, porém de péssima feitura. Então, lembrei-me de ter visto a vitrine de um vendedor de bengalas justamente na minha amada passage Jouffroy, e ali encontrei uma maravilha, com punho em forma de serpente, em marfim, e haste de ébano, um objeto extraordinariamente elegante e robusto. O punho não é particularmente adequado como apoio, se por acaso a pessoa tiver uma perna dolorida, porque, embora levemente inclinado, é mais vertical do que horizontal, mas funciona muito bem caso se trate de segurar a bengala como uma espada.

A bengala de estoque é uma arma prodigiosa, mesmo que você enfrente alguém armado com uma pistola: você finge estar apavorado, recua e aponta a bengala; melhor ainda se for com a mão trêmula. O outro começará a rir e a agarrará para tirá-la da sua frente, e, ao fazer isso, ajudará você a desembainhar a alma, aguda e afiadíssima; enquanto ele não entende o que lhe ficou nas mãos, você vibra rapidamente a lâmina e quase sem esforço lhe faz um rasgão que vai de uma têmpora ao queixo, de través, talvez cortando-lhe uma narina, e, mesmo que não lhe arranque um olho, o sangue que escorrerá da testa ofuscará a visão dele. E, também, o que conta é a surpresa: a essa altura o adversário já estará liquidado.

Se for um adversário vagabundo, digamos um ladrãozinho, você retoma sua bengala e vai embora, deixando-o desfigurado pelo resto da vida. Todavia, se for um adversário mais insidioso, depois da primeira cutilada, quase seguindo a dinâmica do próprio braço, você retrocede em sentido horizontal e corta-lhe em um único golpe a garganta, de forma que ele já não precisará se preocupar com a cicatriz.

Para não falar no aspecto digno e honesto que você assume, passeando com uma bengala dessas — que custa bastante mas vale o que custa, e, em certos casos, não convém inquietar-se com despesas.

Certa noite, ao voltar para casa, encontrei Lagrange diante da loja.

Agitei levemente a bengala, mas depois pensei que os serviços não confiariam a um personagem como ele a liquidação de um personagem como eu, e me dispus a escutá-lo.

— Belo objeto — comentou Lagrange.

— Que objeto?

— A bengala de estoque. Com uma empunhadura dessas, só pode ser uma bengala de estoque. Tem medo de alguém?

— Diga-me se eu deveria, senhor Lagrange.

— Tem medo de nós, eu sei, porque sabe que se tornou suspeito. Agora, permita-me ser breve. É iminente uma guerra franco-prussiana e o amigo Stieber encheu Paris com seus agentes.

— O senhor os conhece?

— Não todos, e aqui o senhor entra em jogo. Como ofereceu a Stieber seu relatório sobre os judeus, ele o considera uma pessoa, como direi, adquirível... Bem, chegou aqui a Paris um homem dele, aquele Goedsche, que, parece-me, o senhor já conheceu. Acreditamos que Goedsche vai procurá-lo. O senhor se tornará o espião dos prussianos em Paris.

— Contra meu país?

— Não seja hipócrita, este nem é seu país. E, se isso o perturba, o senhor o fará justamente pela França. Transmitirá aos prussianos informações falsas, que nós lhe forneceremos.

— Não me parece difícil...

— Ao contrário, é perigosíssimo. Se o senhor for descoberto em Paris, nós deveremos fingir que não o conhecemos. Portanto, será fuzilado. Se os prussianos descobrirem que faz jogo duplo, irão matá-lo, embora de maneira menos legal. Portanto, nessa história, o senhor tem, digamos, cinquenta por cento de probabilidade de pagar com a própria pele.

— E se eu não aceitar?
— Subiria para noventa e nove por cento.
— Por que não cem?
— Por causa da bengala de estoque, mas não conte muito com ela.
— Eu sabia que tinha amigos verdadeiros nos serviços. Agradeço-lhe pela gentileza. Está bem. Resolvi livremente aceitar, e por amor à pátria.
— O senhor é um herói, capitão Simonini. Aguarde nossas ordens.

Uma semana depois, Goedsche se apresentava à minha loja, mais suarento do que nunca. Resistir à tentação de esganá-lo foi difícil, mas consegui.
— Saiba que o considero um plagiário e um falsário — disse eu.
— Não mais do que o senhor — sorriu untuosamente o alemão. — Acha que eu não descobri, afinal, que sua história do cemitério de Praga é inspirada no texto daquele Joly, que acabou na prisão? Eu chegaria aos meus resultados mesmo sem o senhor, que apenas me abreviou o percurso.
— Por acaso se dá conta, Herr Goedsche, de que, agindo o senhor como estrangeiro em território francês, bastaria que eu entregasse seu nome a umas pessoas que conheço, e sua vida não valeria sequer um cêntimo?
— E o senhor se dá conta de que a sua teria o mesmo preço, se, uma vez preso, eu entregasse o seu? Portanto, paz. Estou tentando vender aquele capítulo do meu livro como coisa verdadeira a compradores seguros. Dividiremos o valor, uma vez que, a partir de agora, devemos trabalhar juntos.
Poucos dias antes de começar a guerra, Goedsche me levou ao telhado de uma casa que ficava ao lado de Notre-Dame, onde um velhinho mantinha muitos pombais.
— Este é um bom lugar para despachar pombos, porque nos arredores da catedral há centenas deles e ninguém lhes dá impor-

tância. Sempre que tiver informações úteis, escreva uma mensagem, e o velho soltará um animal. De igual modo, procure-o todas as manhãs para saber se chegaram instruções para o senhor. Simples, não?

— Mas quais notícias interessam a vocês?

— Ainda não sabemos o que nos interessa saber de Paris. Por enquanto, controlamos as zonas do front. Mais cedo ou mais tarde, porém, se vencermos, estaremos interessados em Paris. Então vamos querer notícias sobre movimentos de tropas, presença ou ausência da família imperial, humores dos cidadãos, em suma: tudo e nada, cabe ao senhor mostrar-se perspicaz. Poderiam nos ser úteis alguns mapas, e o senhor me perguntará como é possível prender uma carta geográfica no pescoço de um pombo. Venha comigo ao andar térreo.

No piso inferior, havia outro indivíduo em um laboratório fotográfico, assim como uma saleta com uma parede pintada de branco e um daqueles projetores que nas feiras são chamados de lanternas mágicas e que fazem aparecer imagens sobre paredes ou sobre grandes lençóis.

— Este cavalheiro pega uma mensagem sua, por maior que seja, e não importa quantas páginas tenha, fotografa-a e a reduz em uma folha de colódio, que é expedida com o pombo. No local aonde a mensagem chega, amplia-se a imagem, projetando-a em uma parede. E o mesmo acontecerá aqui, se o senhor receber mensagens muito longas. Contudo, os ares de Paris já não são bons para um prussiano, de modo que deixarei a cidade esta noite. Nós nos comunicaremos por bilhetinhos nas asas de pombas, como dois apaixonados.

A ideia me dava calafrios, mas eu havia me comprometido, maldição, e só porque matara um abade. E os generais, então, que matam milhares de homens?

E assim chegamos à guerra. De vez em quando, Lagrange me passava alguma notícia para enviar ao inimigo, mas, como Goedsche havia dito, Paris não interessava muito aos prussianos e, por en-

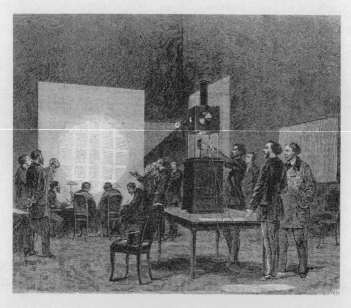

... No local aonde a mensagem chega, amplia-se a imagem, projetando-a em uma parede ... (p. 265)

quanto, eles só queriam saber quantos homens a França tinha na Alsácia, em Saint-Privat, em Beaumont, em Sedan.

Até os dias do assédio, ainda se vivia alegremente em Paris. Em setembro, decidira-se fechar todas as salas de espetáculo, tanto para participar do drama dos soldados no front quanto para poder enviar àquele mesmo front até os bombeiros de serviço, mas, pouco mais de um mês depois, a Comédie-Française foi autorizada a fazer apresentações para sustentar as famílias dos caídos, ainda que em regime de economia, sem aquecimento e com velas em vez de lampiões a gás; posteriormente, foram retomadas algumas apresentações no Ambigu, na Porte Saint-Martin, no Châtelet e no Athénée.

Os dias difíceis começaram em setembro, com a tragédia de Sedan. Napoleão III foi feito prisioneiro pelo inimigo, o império desabava, a França inteira entrava em um estado de agitação quase (ainda quase) revolucionária. Proclamava-se a República, mas, nas próprias fileiras republicanas, ao que eu conseguia entender, agitavam-se duas disposições: uma queria extrair da derrota a oportunidade para uma revolução social, a outra se dispunha a assinar a paz com os prussianos somente para não ceder àquelas reformas que — dizia-se — desembocariam em uma forma de rematado comunismo.

Em meados de setembro, os prussianos chegavam às portas de Paris, ocupavam os fortes que deveriam defendê-la e bombardeavam a cidade. Cinco meses de assédio duríssimo, durante os quais o grande inimigo seria a fome.

Das manobras políticas e dos desfiles que percorriam a cidade em vários pontos, eu pouco entendia, importava-me ainda menos e considerava que em momentos como aqueles era melhor não circular muito. Mas a comida, sim, isso era do meu interesse, e eu me informava diariamente com os comerciantes do bairro para saber o que nos esperava. A quem percorresse os jardins públicos, como o Luxembourg, a cidade inicialmente parecia viver rodeada de gado, porque ovinos e bovinos foram reunidos no perímetro urbano. Já em outubro, porém, dizia-se que não restavam mais do que 25 mil bois e 100 mil carneiros, que não significavam nada para alimentar uma metrópole.

E, de fato, pouco a pouco, em certas casas deviam-se fritar peixinhos dourados, a hipofagia exterminava todos os cavalos não protegidos pelo exército, um cesto de batatas custava 30 francos, e o merceeiro Boissier vendia a 25 uma caixinha de lentilhas. De coelhos, já não se via nem sombra, e os açougues já não se melindravam em expor, primeiro, belos gatos bem nutridos e depois, cachorros. Abateram-se todos os animais exóticos do Jardin d'acclimatation, e, na noite de Natal, para quem tinha dinheiro a gastar, o Voisin ofereceu um cardápio suntuoso à base de *consommé* de elefante, camelo assado à inglesa, guisado de canguru, costeletas de urso à *sauce poivrade*, terrina de antílope com trufas, e gato com guarnição de camundongos de leite — porque, àquela altura, não apenas sumiram os passarinhos dos telhados, como dos esgotos desapareciam ratos e ratazanas.

Vá lá quanto ao camelo, que não era ruim, mas rato, não. Mesmo em tempos de assédio se encontram contrabandistas ou açambarcadores, e eu poderia mencionar um jantar memorável (caríssimo) não em um dos grandes restaurantes, mas em uma *gargote* quase na periferia, onde, com alguns privilegiados (nem todos da melhor sociedade parisiense, mas, naquele aperto, as diferenças de casta devem ser esquecidas), pude degustar um faisão e um fresquíssimo patê de fígado de ganso.

Em janeiro, assinou-se um armistício com os alemães, aos quais se concedeu em março uma ocupação simbólica da capital — e devo dizer que até para mim foi meio humilhante vê-los desfilar com seus elmos tacheados pelos Champs-Élysées. Depois, eles estabeleceram uma cabeça de ponte a nordeste da cidade, deixando ao governo francês o controle da zona sul-ocidental, isto é, dos fortes de Ivry, Montrouge, Vanves, Issy e, entre outros mais, o munidíssimo forte do Mont-Valérien, de onde (os prussianos haviam provado) se podia facilmente bombardear a parte oeste da capital.

Os prussianos iam abandonando Paris, onde se instalou o governo francês presidido por Thiers, mas a Guarda Nacional, àquela altura dificilmente controlável, já sequestrara e escondera em Montmartre os canhões adquiridos com uma subscrição pública. Thiers enviou para reconquistá-los o general Lecomte, que inicialmente mandou disparar contra a Guarda Nacional e contra a multidão, mas, no final, seus soldados se uniram aos revoltosos e Lecomte foi feito prisioneiro por seus próprios homens. Enquanto isso, alguém reconhecera, não sei onde, outro general, Thomas, que não deixara boas recordações de si nas repressões de 1848. Não apenas isso: também estava à paisana, talvez por estar escapulindo para cuidar dos seus assuntos, mas todos passaram a dizer que ele espiava os revoltosos. Então, levaram-no para onde Lecomte já esperava, e ambos foram fuzilados.

Thiers se retirou para Versalhes com todo o governo e, no final de março, proclamou-se em Paris a Comuna. Agora, era o governo francês (de Versalhes) que assediava e bombardeava Paris a partir do forte de Mont-Valérien enquanto os prussianos lavavam as mãos, ou melhor, demonstravam-se bastante indulgentes com quem transpunha suas linhas, de modo que Paris, no segundo assédio, tinha mais comida do que no primeiro: esfomeada pelos próprios compatriotas, era indiretamente abastecida pelos inimigos. E alguém, comparando os alemães aos governistas de Thiers, começava a murmurar que, afinal de contas, aqueles comedores de chucrute eram bons cristãos.

Enquanto se anunciava a retirada do governo francês para Versalhes, recebi um bilhete de Goedsche informando que aos prussianos já não interessava o que acontecia em Paris e, portanto, o pombal e o laboratório fotográfico seriam desmantelados. Porém, no mesmo dia, fui visitado por Lagrange, que parecia ter adivinhado o que Goedsche me escrevera.

— Caro Simonini — disse ele —, o senhor deverá fazer para nós o que fazia para os prussianos: manter-nos informados. Já mandei prender aqueles dois miseráveis que colaboravam com o senhor.

Os pombos voltaram aos locais aonde estavam habituados a ir, mas o material do laboratório nos é útil. Para informações militares velozes, tínhamos uma linha de comunicação entre o forte de Issy e uma água-furtada nossa, sempre nos arredores de Notre-Dame. Dali, o senhor nos enviará suas informações.

— "Nos enviará", a quem? O senhor era, como direi, um homem da polícia imperial, e deveria ter desaparecido com seu imperador. Mas me parece que agora fala como emissário do governo Thiers...

— Capitão Simonini, eu pertenço àqueles que permanecem mesmo quando os governos passam. Agora, sigo meu governo em Versalhes, porque, se ficasse aqui, poderia ter o mesmo fim de Lecomte e de Thomas. Esses alucinados fuzilam por qualquer coisinha, mas daremos o troco na mesma moeda. Quando quisermos saber algo preciso, o senhor receberá ordens mais detalhadas.

Algo preciso... Fácil dizer, visto que em cada ponto da cidade aconteciam coisas diferentes: pelotões da Guarda Nacional desfilavam, com flores no cano dos fuzis e bandeiras vermelhas, nos mesmos bairros onde burgueses de bem esperavam, fechados em casa, o retorno do governo legítimo; e entre os eleitos da Comuna não se conseguia compreender, nem pelos jornais nem pelos cochichos no mercado, quem estava de qual lado, havia desde operários, médicos, jornalistas, republicanos moderados e socialistas raivosos até verdadeiros jacobinos que sonhavam com o retorno não à Comuna de 1789, mas àquela terrível de 1793. Nas ruas, porém, a atmosfera geral era de grande alegria. Se os homens não usassem uniformes, poderíamos pensar em uma grande festa popular. Os soldados jogavam aquilo que em Turim chamávamos de *sussi*, e aqui dizem *au bouchon*, e os oficiais circulavam pavoneando-se diante das moças.

Hoje, de manhã, lembrei-me de que devia ter entre minhas coisas velhas uma caixa com recortes de jornais da época, que agora me servem para reconstituir aquilo que minha memória não consegue fazer sozinha. Eram títulos de todas as tendências, *Le Rappel*, *Le Réveil du Peuple*, *La Marseillaise*, *Le Bonnet Rouge*, *Paris Libre*,

Le Moniteur du Peuple e outros mais. Quem os lia, eu não sei; talvez só os que os escreviam. Eu comprava todos, para ver se continham fatos ou opiniões que pudessem interessar a Lagrange.

Compreendi quanto a situação era confusa ao encontrar, um dia, em meio à multidão confusa de uma manifestação igualmente confusa, Maurice Joly. Ele teve dificuldade de me reconhecer, por causa da barba, mas depois, lembrando-se de mim como carbonário ou algo assim, acreditou-me *communard*. Eu tinha sido para ele um companheiro de desventura gentil e generoso. Pegou-me pelo braço, levou-me à sua casa (um apartamento modestíssimo no *quai* Voltaire) e fez-me confidências diante de um copinho de Grand Marnier.

— Simonini, depois de Sedan eu participei dos primeiros movimentos republicanos, manifestei-me a favor da continuação da guerra, mas, então, compreendi que esses exaltados querem demais. A Comuna da Revolução salvou a França da invasão, mas certos milagres não se repetem duas vezes na história. Não se proclama uma revolução por decreto, ela nasce no ventre do povo. O país sofre de uma gangrena moral há vinte anos, e não se pode fazê-lo renascer em dois dias. A França é capaz unicamente de castrar seus melhores filhos. Sofri dois anos no cárcere por ter me oposto a Napoleão III e, quando saí da prisão, não encontrei um editor que publicasse meus novos livros. O senhor dirá: ainda estávamos no império. Porém, com a queda do império, esse governo republicano me processou porque participei de uma invasão pacífica do Hôtel de Ville no final de outubro. Está bem, fui absolvido porque não puderam me imputar nenhuma violência, mas assim são recompensados aqueles que lutaram contra o império e contra o infame armistício. Agora, parece que Paris inteira se exalta nessa utopia dos *communards*, mas o senhor não sabe quantos estão tentando sair da cidade para não prestar serviço militar. Dizem que vão decretar um recrutamento obrigatório para todos os que têm entre 18 e 40 anos, mas veja quantos jovens descarados circulam pelas ruas, assim como nos bairros em que nem a Guarda Nacional ousa entrar. Não são muitos os que querem se deixar matar pela revolução. Que tristeza.

Joly me pareceu um idealista incurável que nunca se contenta com a maneira como estão as coisas, embora eu deva reconhecer que realmente nada dava certo para ele. Preocupei-me, porém, com sua menção ao recrutamento obrigatório e embranqueci devidamente a barba e os cabelos. Fiquei parecendo um sessentão circunspecto.

Ao contrário de Joly, eu encontrava em praças e em mercados gente que aprovava muitas das novas leis, como a remissão dos aluguéis aumentados pelos proprietários durante o assédio, a devolução aos trabalhadores de todas as suas ferramentas empenhadas no montepio no mesmo período, a pensão para esposas e filhos dos soldados da Guarda Nacional mortos em serviço e a prorrogação do vencimento das promissórias. Todas belas medidas que empobreciam os fundos comuns e favoreciam a canalha.

Canalha que, nesse ínterim (bastava escutar os discursos na place Maubert e nas cervejarias do bairro), enquanto aplaudia a abolição da guilhotina (é natural), rebelava-se contra a lei que, abolindo a prostituição, lançava na miséria muitos trabalhadores da área. Assim, todas as marafonas de Paris emigraram para Versalhes, e realmente não sei onde os bravos soldados da Guarda Nacional acalmavam seus ardores.

Para inimizar-se com os burgueses, havia as leis anticlericais, como a separação entre a Igreja e o Estado e o confisco dos bens eclesiásticos — sem falar sobre quanto se vociferava sobre a prisão de padres e frades.

Em meados de abril, uma vanguarda do exército de Versalhes penetrou nas zonas norte-ocidentais, na direção de Neuilly, fuzilando todos os federados que capturava. Do Mont-Valérien canhoneava-se o Arco do Triunfo. Poucos dias depois, fui testemunha do episódio mais inacreditável daquele assédio: o desfile dos maçons. Eu não imaginava os maçons como *communards*, mas ali estavam eles em parada, com seus estandartes e seus aventais, para pedir ao governo de Versalhes que concedesse uma trégua para que fossem retirados os feridos das aldeias bombardeadas. Chegaram até o Arco do Triunfo, onde, oportunamente, não caíam balas de canhão,

... Em meados de setembro, os prussianos chegavam às portas de Paris, ocupavam os fortes que deveriam defendê-la e bombardeavam a cidade ... (p. 267)

porque, compreende-se, a maior parte dos confrades deles estava fora da cidade com os legitimistas. Enfim, embora se diga que cão não morde cão, e ainda que os maçons de Versalhes houvessem se esforçado para obter a trégua de um dia, o acordo parou ali e os maçons de Paris se enfileiravam ao lado da Comuna.

Se, de resto, eu pouco recordo daquilo que, nos dias da Comuna, acontecia na superfície, é porque estava percorrendo Paris pelo subsolo. Uma mensagem de Lagrange me dissera o que os altos-comandos militares queriam saber. Imagina-se que Paris é perfurada subterraneamente pelo seu sistema de esgotos, e sobre ele os romancistas gostam de falar, mas, sob essa rede, a cidade, até seus limites e mesmo além, é um emaranhado de cavernas de calcário e cré e de antigas catacumbas. De algumas sabe-se muito; de outras, bem pouco. Os militares estavam a par das galerias que ligam os fortes do perímetro externo ao centro urbano e, à chegada dos prussianos, apressaram-se a bloquear muitas entradas para impedir o inimigo de fazer alguma péssima surpresa, mas os prussianos sequer haviam considerado, mesmo quando teria sido possível, entrar naquela confusão de túneis, por medo de não sair mais e se perder em um território minado.

Na realidade, sobre as cavernas e catacumbas poucos sabiam alguma coisa, e, na sua maioria, eram marginais que se serviam daqueles labirintos para contrabandear mercadorias, ludibriando o cerco aduaneiro e fugindo às batidas policiais. Minha tarefa era interrogar o máximo possível de delinquentes para me orientar naqueles condutos.

Recordo que, ao acusar o recebimento da ordem, não pude evitar transmitir: "Mas o exército não tem mapas detalhados?" E Lagrange me respondeu: "Não faça perguntas idiotas. No início da guerra, nosso estado-maior estava tão certo de vencer que só distribuiu mapas da Alemanha, e não da França."

Em um período em que a boa comida e o bom vinho escasseavam, era fácil repescar velhos conhecidos em algum *tapis franc* e levá-los a uma bodega mais digna, onde eu os fazia encontrar um frango acompanhado de vinho de primeira qualidade. E eles não apenas falavam, como também me levavam a fascinantes passeios subterrâneos. Trata-se apenas de ter bons lampiões e, para recordar quando convém dobrar à esquerda ou à direita, anotar uma série de sinais de todo tipo que se encontram ao longo dos percursos, tais como o perfil de uma guilhotina, uma antiga tabuleta, o esboço a carvão de um diabinho, um nome talvez rabiscado por alguém que não saiu mais daquele lugar. E não é o caso de se apavorar ao percorrer os ossários, porque, acompanhando a sequência correta das caveiras, chega-se a uma escadinha pela qual se acessa o porão de um local complacente e, dali, pode-se voltar a ver as estrelas.

Alguns desses locais, nos anos seguintes, poderiam ser visitados, mas outros, até então, só eram conhecidos pelos meus informantes.

Em suma, entre o final de março e o final de maio eu já adquirira alguma familiaridade com aquelas galerias e expedira traçados a Lagrange, indicando-lhe alguns trajetos possíveis. Depois, percebi que minhas mensagens pouco serviam, porque os governistas já penetravam em Paris sem usar o subsolo. Versalhes dispunha agora de cinco corpos de exército, com soldados preparados, bem doutrinados e fixados em uma única ideia, como logo se compreendeu: não se fazem prisioneiros e cada federado capturado deve ser um homem morto. Havia-se até mesmo decidido, e eu veria com os próprios olhos o cumprimento da ordem, que, sempre que um grupo de prisioneiros ultrapassasse o total de dez homens, o pelotão de execução seria substituído por uma metralhadora. E aos soldados regulares agregaram-se *brassardiers*, galeotas ou quase isso, munidos de uma braçadeira tricolor e ainda mais brutais do que as tropas oficiais.

No domingo 21 de maio, às duas da tarde, 8 mil pessoas assistiam festivas ao concerto dado no jardim das Tulherias em benefício das viúvas e dos órfãos da Guarda Nacional, e ninguém sabia que, dali a pouco, o número de pobrezinhos a beneficiar aumentaria pavorosamente. De fato (mas soube-se depois), enquanto o concerto continuava, às 16h30 os governistas entravam em Paris pela porta de Saint-Cloud, ocupavam Auteuil e Passy e fuzilavam todos os guardas nacionais capturados. Afirmou-se depois que, às sete da noite, ao menos 20 mil versalheses já estavam na cidade, mas não se sabe o que a cúpula da Comuna fazia enquanto isso. Sinal de que, para fazer a revolução, convém ter uma boa educação militar, mas, se você a tem, não faz a revolução e fica do lado do poder; é por isso que não vejo razão (uma razão razoável, quero dizer) para fazer uma revolução.

Na segunda-feira pela manhã, os homens de Versalhes posicionavam seus canhões no Arco do Triunfo, e alguém dera aos *communards* a ordem de abandonar uma defesa coordenada e entrincheirar-se cada um no próprio bairro. Se for verdade, a estupidez dos comandos federados terá conseguido brilhar mais uma vez.

Surgiam barricadas por toda parte, para o que colaborava uma população aparentemente entusiástica, até nos bairros hostis à Comuna, como o da Opéra e o do Faubourg Saint-Germain, onde os guardas nacionais arrancavam das casas senhoras elegantíssimas e incitavam-nas a amontoar do lado de fora seus móveis mais caros. Puxava-se uma corda através da rua para marcar a linha da barricada futura e cada um depositava ali uma pedra arrancada do calçamento ou um saco de areia; pelas janelas jogavam-se cadeiras, camiseiros, bancos e colchões, às vezes com a aquiescência dos moradores, às vezes com os moradores em lágrimas, encolhidos no último cômodo de um apartamento agora vazio.

Um oficial apontou-me seus soldados trabalhando e disse:

— Ajude também, cidadão; afinal, é pela sua liberdade que nos dirigimos à morte!

Fingi colaborar, fui recolher um banquinho caído no final da rua e dobrei a esquina.

Há pelo menos um século os parisienses gostam de fazer barricadas, e o fato de que depois estas se esfacelam ao primeiro tiro de canhão parece não importar muito: fazem barricadas para se sentirem heróis, mas, pensei então, eu só quero ver quantos desses que as estão fazendo se manterão nelas até o momento certo. Farão como eu, e permanecerão para defendê-las apenas os mais estúpidos, que serão fuzilados ali mesmo.

Somente de um balão aerostático seria possível entender como seguiam as coisas em Paris. Alguns boatos diziam que havia sido ocupada a École Militaire, onde estavam guardados os canhões da Guarda Nacional, outros que se combatia na place Clichy, e outros ainda que os alemães estavam concedendo aos governistas o acesso pelo norte. Na terça-feira, Montmartre era conquistada, e quarenta homens, três mulheres e quatro crianças foram levados ao local onde os *communards* haviam executado Lecomte e Thomas, colocados de joelhos e, por sua vez, fuzilados.

Na quarta-feira, vi em chamas muitos edifícios públicos, como as Tulherias. Uns diziam que eles tinham sido incendiados pelos *communards* para deter o avanço dos governistas, e, mais, que havia umas jacobinas endemoniadas, as *pétroleuses*, que circulavam com um balde de petróleo para atear fogo; outros juravam que a causa eram os obuses dos governistas, e outros, ainda, culpavam velhos bonapartistas que aproveitavam a ocasião para destruir arquivos comprometedores — e, de início, refleti que, se estivesse na pele de Lagrange, faria o mesmo, mas depois pensei que um bom agente dos serviços esconde as informações mas não as destrói nunca, porque elas podem sempre servir para chantagear alguém.

Por um escrúpulo extremo, mas com muito medo de ver-me no centro de um confronto, dirigi-me pela última vez ao pombal, onde encontrei uma mensagem de Lagrange. Ele me dizia que já não era necessário nos comunicarmos por meio de pombos, dava-me um endereço nos arredores do Louvre, que já fora ocupado, e uma senha para atravessar os postos de bloqueio governistas.

Justamente naquele momento fiquei sabendo que os governistas haviam chegado a Montparnasse e lembrei-me de que em Montparnasse eu fora levado a visitar o porão de uma loja de vinhos por onde se entrava em um conduto subterrâneo que, ao longo da rue d'Assas, chegava à rue du Cherche-Midi e desembocava no subsolo de um armazém abandonado em um prédio do carrefour da Croix-Rouge, cruzamento ainda fortemente guardado pelos *communards*. Como, até então, minhas pesquisas subterrâneas não haviam servido para nada e eu devia fazer por merecer meus ganhos, fui ver Lagrange.

Não foi difícil chegar, da Île de la Cité, aos arredores do Louvre, mas, atrás de Saint-Germain-l'Auxerrois, vi uma cena que, confesso, impressionou-me um pouco. Um homem e uma mulher com uma criança passavam e certamente não pareciam fugir de uma barricada expugnada, mas eis que um grupo de *brassardiers* embriagados, que evidentemente estavam comemorando a conquista do Louvre, puxou o homem para afastá-lo da mulher, esta se agarrou a ele, chorando, os *brassadiers* empurraram os três contra a parede e os crivaram de balas.

Tentei passar somente através das fileiras de soldados regulares, aos quais podia dizer minha senha, e fui conduzido a um aposento onde algumas pessoas espetavam tachinhas coloridas em um grande mapa da cidade. Não vi Lagrange e perguntei por ele. Virou-se para mim um senhor de meia-idade, de rosto excessivamente normal (quero dizer que, se tentasse descrevê-lo, eu não encontraria nenhum traço saliente a identificar), o qual, sem me estender a mão, cumprimentou-me com civilidade.

— O capitão Simonini, imagino. Chamo-me Hébuterne. De hoje em diante, o senhor fará para mim qualquer coisa que tenha feito para Lagrange. Como deve saber, mesmo os serviços de Estado precisam se renovar, especialmente no final de uma guerra. Monsieur Lagrange merecia uma honrada aposentadoria e talvez agora esteja pescando *à la ligne* em algum lugar, longe desta confusão desagradável.

Não era o momento de fazer perguntas. Contei-lhe sobre o conduto que levava da rue d'Assas à Croix-Rouge, e Hébuterne disse que era utilíssimo fazer uma operação na Croix-Rouge, porque recebera a notícia de que os *communards* estavam reunindo por lá muitas tropas, à espera dos governistas vindos do sul. Então, orde-

... Virou-se para mim um senhor de meia-idade, de rosto excessivamente normal [...]
— *O capitão Simonini, imagino. Chamo-me Hébuterne ... (p. 278)*

nou-me aguardar na loja de vinhos, cujo endereço eu lhe dera, um grupo de *brassardiers*.

Eu estava pensando em dirigir-me sem pressa do Sena até Montparnasse, a fim de dar tempo aos enviados de Hébuterne de chegar antes de mim, quando, ainda na margem direita, vi em uma calçada, bem alinhados, os cadáveres de vinte fuzilados. Deviam ser mortos recentes, e pareciam de diferentes classes sociais e idades. Havia um jovem com cicatrizes de proletário, com a boca um pouco aberta, junto de um burguês maduro, de cabelos crespos e um bigode bem tratado, com as mãos cruzadas sobre um redingote levemente amarrotado; ao lado, um sujeito com cara de artista e outro, de traços quase irreconhecíveis, com um buraco negro no lugar do olho esquerdo e uma toalha enrolada na cabeça, como se alguma alma piedosa, ou impiedoso amante da ordem, houvesse querido juntar os pedaços daquele crânio já esfacelado por não sei quantas balas. E havia uma mulher, que talvez houvesse sido bonita.

Ali estavam eles, sob o sol do final de maio, e, ao redor, esvoaçavam as primeiras moscas da estação, atraídas por aquele festim. Pareciam ter sido agarrados quase ao acaso e fuzilados apenas para dar um exemplo a alguém, e tinham sido alinhados na calçada para liberar a rua por onde passava, naquele momento, um pelotão de governistas arrastando um canhão. O que me impressionou naqueles rostos, e sinto certo constrangimento em escrever isso, foi a *indiferença*: pareciam aceitar, dormindo, a sorte que os reunira.

Cheguei à extremidade da fila e me chamaram a atenção os traços do último justiçado, que jazia um pouco separado dos outros, como se houvesse sido acrescentado por último ao grupo. O rosto estava parcialmente coberto por sangue coagulado, mas reconheci Lagrange muitíssimo bem. Os serviços estavam começando a se renovar.

Não tenho a alma sensível de uma mulherzinha, e fui até mesmo capaz de arrastar o cadáver de um abade ao fundo do esgoto, mas aquela visão me perturbou. Não por piedade, mas porque me fazia pensar que aquilo poderia acontecer também a mim. Bastava que no trajeto dali até Montparnasse surgisse alguém que me reconhecesse como homem de Lagrange, e o pior era que poderia ser tanto um versalhês quanto um *communard*: ambos teriam razões para desconfiar de mim e, naqueles dias, desconfiar significava fuzilar.

Calculando que nos pontos onde havia edifícios em chamas seria difícil que ainda houvesse *communards* e que os governistas ainda não vigiavam a zona, arrisquei-me a atravessar o Sena para percorrer toda a rue du Bac e alcançar pela superfície o carrefour da Croix-Rouge. Dali, poderia entrar logo no armazém abandonado e fazer subterraneamente o restante do percurso.

Temi que na Croix-Rouge o sistema de defesa me impedisse de chegar ao prédio, mas não foi assim. Grupos armados se plantavam à entrada de alguns edifícios, à espera de ordens; notícias contraditórias passavam de boca em boca, não se sabia por onde os governistas chegariam; alguém fazia e desfazia cansadamente pequenas barricadas, mudando o acesso de uma rua segundo os boatos que circulavam. Chegava um contingente mais consistente de guardas nacionais, e muitos moradores dos prédios daquele bairro burguês se esforçavam para convencê-los a não tentar heroísmos inúteis; dizia-se que, afinal, os homens de Versalhes também eram compatriotas, ainda por cima republicanos, e que Thiers havia prometido anistia para todos os *communards* que se rendessem...

Encontrei semicerrado o portão do prédio, entrei, deixei-o bem fechado atrás de mim, desci ao armazém e, em seguida, ao porão, e alcancei Montparnasse me orientando muito facilmente. Ali encontrei uns trinta *brassardiers* que me seguiram no caminho de retorno. Do armazém, os homens subiram a alguns apartamentos dos pisos superiores, dispostos a intimidar os moradores, mas encontraram pessoas bem vestidas que os acolheram com alívio e mostraram-lhes as janelas das quais se dominava melhor o cruzamento. Onde, naquele momento, pela rue du Dragon chegava um oficial a cavalo, trazendo uma ordem de alerta. A ordem, evidentemente, era de precaver-se contra um ataque vindo da rue de Sèvres ou da rue du Cherche-Midi e, na esquina entre as duas, os *communards* arrancavam o calçamento para montar uma nova barricada.

Enquanto os *brassardiers* se instalavam nas várias janelas dos apartamentos ocupados, não me pareceu conveniente permanecer em um lugar onde, mais cedo ou mais tarde, chegaria alguma bala dos *communards*, então desci de volta quando lá embaixo ainda havia uma grande balbúrdia. Sabendo qual seria a trajetória dos tiros oriundos das janelas do prédio, abriguei-me na esquina da rue du Vieux Colombier, para poder escapulir em caso de perigo.

A maior parte dos *communards*, para trabalhar na barricada, havia empilhado as armas, e, assim, a fuzilaria que partia das janelas surpreendeu-os. Depois se recuperaram, mas ainda não entendiam de onde vinham as balas e começaram a atirar à altura de um homem em direção às entradas da rue de Grenelle e da rue du Four, tanto que precisei recuar, temendo que os tiros entrassem também pela rue du Vieux Colombier. Então, alguém percebeu que os inimigos disparavam do alto e iniciou-se uma troca de tiros, do cruzamento para as janelas e vice-versa, mas os governistas viam perfeitamente em quem atiravam e faziam mira sobre o grupo de *communards*, ao passo que estes ainda não entendiam para quais janelas deveriam apontar. Em suma, foi um massacre fácil, enquanto vinham gritos de "traição" do cruzamento. É sempre assim: quando se falha em alguma coisa sempre se procura alguém para acusar a própria incapacidade. Mas que traição que nada, eu me dizia, vocês não sabem combater, menos ainda fazer uma revolução...

Finalmente alguém identificou o prédio ocupado pelos governistas, e os sobreviventes tentaram arrombar o portão. Imagino que, àquela altura, os *brassardiers* já tinham descido de volta aos subterrâneos e que os *communards* encontraram o prédio vazio, mas resolvi não ficar ali para aguardar os acontecimentos. Conforme soube depois, realmente os governistas chegavam pela rue du Cherche-Midi, e em grande número, de modo que os últimos defensores da Croix-Rouge devem ter sido desbaratados.

Cheguei ao meu impasse por vielas secundárias, evitando as direções de onde se ouvia partir um crepitar de fuzilaria. Ao longo das paredes, via manifestos recém-colados, nos quais o Comitê de

Salvação Pública exortava os cidadãos à última defesa (*"Aux barricades! L'ennemi est dans nos murs. Pas d'hésitations!"*).

Em uma cervejaria da place Maubert, tive as últimas notícias: setecentos *communards* tinham sido fuzilados na rue Saint-Jacques, o paiol do Luxembourg fora explodido; os *communards*, por vingança, tiraram da prisão da Roquette alguns reféns, entre os quais o arcebispo de Paris, e levaram todos eles ao paredão. Fuzilar o arcebispo marcava um ponto de não retorno. Para que as coisas voltassem à normalidade, era necessário que o banho de sangue fosse completo.

Porém, eis que, enquanto me contavam esses eventos, entraram umas mulheres, saudadas por gritos de júbilo dos outros fregueses. Eram *les femmes* retornando à sua *brasserie*! Os governistas haviam trazido consigo de Versalhes as prostitutas banidas pela Comuna e começavam a fazê-las circular novamente pela cidade, como que para assinalar que tudo estava voltando ao normal.

Eu não poderia ficar no meio daquela ralé. Estavam inutilizando a única coisa boa que a Comuna havia feito.

Nos dias subsequentes, a Comuna se extinguiu, após um último corpo a corpo com arma branca no cemitério de Père-Lachaise. Contava-se que 147 remanescentes foram capturados e justiçados ali mesmo.

Assim aprenderam a não meter o bedelho em coisas que não eram da sua alçada.

18
PROTOCOLOS

Dos diários de 10 e 11 de abril de 1897

Com o fim da guerra, Simonini retomou seu trabalho normal. Por sorte, com todas as mortes que haviam acontecido, os problemas de herança estavam na ordem do dia; muitos caídos ainda jovens sobre as barricadas ou diante delas ainda não tinham pensado em fazer testamento, e Simonini ficou assoberbado de trabalho — e repleto de prebendas. Como era bela a paz, depois de um banho sacrifical!

Seu diário, por conseguinte, sobrevoa a rotina notarial dos anos seguintes, limitando-se a mencionar o desejo, que naquele período nunca o abandonara, de retomar os contatos para a venda do documento sobre o cemitério de Praga. Ele não sabia o que Goedsche estivera fazendo naquele meio-tempo, mas precisava precedê-lo. Até porque, curiosamente, os judeus pareciam sumidos durante quase todo o período da Comuna. Inveterados conspiradores, manipulavam secretamente os fios da Comuna ou, ao contrário, acumuladores de capitais, escondiam-se em Versalhes para preparar o pós-guerra? Contudo, estavam por trás dos maçons: os maçons de Paris tinham se enfileirado com a Comuna, os *communards* haviam fuzilado um arcebispo e, de algum modo, os judeus deviam ter algo a ver com isso. Se eles matavam as crianças, imagine-se os arcebispos.

Enquanto refletia assim, em um dia de 1876, Simonini ouviu tocarem lá embaixo, e à porta apresentou-se um ancião em vestes talares. A princípio ele achou que era o costumeiro abade satanista que vinha comerciar hóstias consagradas, mas, depois, olhando-o melhor, sob aquela massa de cabelos já brancos mas sempre bem ondulados, reconheceu após quase trinta anos o padre Bergamaschi.

Para o jesuíta, foi um pouco mais difícil assegurar-se de estar diante do Simonino a quem havia conhecido adolescente, sobretudo por causa da barba (que voltara a ser preta após a paz, com uns poucos fios brancos, como convinha a um quarentão). Então, seus olhos se iluminaram e ele disse, sorrindo:

— Mas, claro, é Simonino, é você mesmo, meu rapaz? Por que me mantém aqui na porta?

Sorria, mas, se não ousaremos dizer que ele tinha o sorriso de um tigre, tinha ao menos o de um gato. Simonini o fez subir e lhe perguntou:

— Como o senhor conseguiu me encontrar?

— Ah, meu jovem — respondeu Bergamaschi —, então você ignora que nós, jesuítas, somos mais ladinos do que o diabo? Embora os piemonteses houvessem nos expulsado de Turim, eu continuei mantendo bons contatos com muitos ambientes, pelos quais fiquei sabendo, primeiro, que você trabalhava com um tabelião e falsificava documentos — e, quanto a isso, paciência —, mas que havia entregue aos serviços piemonteses um relatório em que eu aparecia como conselheiro de Napoleão III e tramava contra a França e os reinos sardos no cemitério de Praga. Bela invenção, não nego, mas me dei conta de que você havia copiado tudo daquele anticlerical do Sue. Procurei-o, mas me disseram que você estivera na Sicília com Garibaldi e posteriormente deixara a Itália. O general Negri di Saint Front mantém relações corteses com a Companhia e encaminhou-me a Paris, onde meus confrades tinham bons conhecidos junto aos serviços secretos imperiais. Assim, fiquei sabendo que você fizera contatos com os russos e que aquele seu relatório sobre nós, no cemitério de Praga, transformara-se em um relatório sobre os judeus. Todavia, nesse ínterim, soube também que você espionara um tal Joly, obtive reservadamente um exemplar do livro dele, que ficara no escritório de um certo Lacroix, morto heroicamente em um confronto com dinamitadores carbonários, e percebi que, se Joly havia copiado de Sue, você havia recopiado de Joly. Finalmente, os confrades alemães me informaram que um tal de Goedsche falava de uma cerimônia, sempre no cemitério de Praga, na qual os judeus diziam mais ou menos as coisas que você havia escrito no seu relatório dado aos russos. Mas eu sabia que a primeira versão, em que aparecíamos nós, os jesuítas, era sua, e anterior em muitos anos ao calhamaço de Goedsche.

— Finalmente, alguém me faz justiça!

— Deixe-me terminar. Em seguida, entre a guerra, o assédio e depois os dias da Comuna, Paris se tornou insalubre para uma pessoa em trajes sacerdotais como eu. No entanto, decidi voltar e procurar você porque, alguns anos atrás, a mesma história dos judeus no cemitério de Praga apareceu em um fascículo publicado em São Petersburgo. Este era apresentado como o trecho de um romance baseado em fatos reais, portanto a origem era Goedsche. Muito bem, justamente este ano, mais ou menos o mesmo texto saiu em um opúsculo em Moscou. Em suma, lá embaixo — ou lá em cima, se preferir — estão organizando uma questão de Estado em torno dos judeus, que se tornam uma ameaça. Contudo, eles são uma ameaça também para nós, porque através dessa Alliance Israélite se escondem por trás dos maçons; então, Sua Santidade decidiu desencadear uma campanha aberta contra todos esses inimigos da Igreja. E aqui entra você, Simonino querido, que deve se fazer perdoar pela peça que me pregou ante os piemonteses. Depois de ter difamado assim a Companhia, você deve a ela alguma coisa.

Que diabo, pensou Simonini, aqueles jesuítas eram mais espertos do que Hébuterne, Lagrange e Saint Front; sempre sabiam tudo sobre todos, não precisavam de serviços secretos porque eles mesmos eram um serviço secreto; tinham confrades em todas as partes do mundo e acompanhavam o que era dito em todas as línguas nascidas do desabamento da torre de Babel.

Após a queda da Comuna, todos, na França, até os anticlericais, tornaram-se religiosíssimos. Falava-se até em erigir um santuário em Montmartre para expiação pública daquela tragédia dos "sem Deus". Portanto, se o clima era de restauração, mais valia trabalhar como bom restaurador.

— De acordo, padre — respondeu Simonini —, diga o que quer de mim.

— Vamos prosseguir na sua linha. Primeiro, como o discurso do rabino está sendo vendido por aquele Goedsche em seu próprio nome, de um lado será preciso fazer uma versão mais rica e espantosa, e, por outro lado, será conveniente deixar Goedsche em condições de não continuar difundindo sua versão.

— E como faço para controlar esse falsário?

— Pedirei aos meus confrades alemães que não o percam de vista e, eventualmente, neutralizem-no. Ao que sabemos da vida dele, trata-se de um indivíduo chantageável por muitos lados. Agora, você deve trabalhar para fazer do discurso do rabino outro documento, mais articulado e com mais referências aos temas políticos atuais. Atente para o libelo de Joly. Convém expor, como direi, o maquiavelismo hebraico e os planos deles para a corrupção dos Estados.

Bergamaschi acrescentou que, para tornar mais crível o discurso do rabino, valeria a pena retomar aquilo que o abade Barruel havia contado e, sobretudo, a carta feita ao abade pelo avô de Simonini. Quem sabe ele ainda conservava dela uma cópia, que poderia muitíssimo bem passar pelo original enviado a Barruel?

Simonini encontrou a cópia no fundo de um armário, no mesmo estojo de outrora, e combinou com o padre Bergamaschi uma remuneração por um achado tão precioso. Os jesuítas eram avarentos, mas ele era obrigado a colaborar. E eis que, em julho de 1878, saía um número do *Contemporain* em que eram reproduzidas as lembranças do padre Grivel, que havia sido confidente de Barruel, assim como muitas notícias que Simonini conhecia de outras fontes, e a carta do avô.

— O cemitério de Praga virá mais tarde — disse o padre Bergamaschi. — Certas notícias explosivas, se você as der de uma só vez, as pessoas as esquecem depois da primeira impressão. Convém, ao contrário, destilá-las aos poucos, e cada nova notícia reacenderá inclusive a lembrança da precedente.

Em seu diário, Simonini manifesta aberta satisfação por essa *repêchage* da carta do avô, e, com um sobressalto de virtude, parece convencer-se de que, fazendo o que havia feito, no fundo, cumpria um legado preciso.

Dedicou-se com muito empenho a enriquecer o discurso do rabino. Na releitura de Joly, constatara que esse polemista, evidentemente menos submisso a Sue do que ele pensara à primeira leitura, atribuíra ao seu Maquiavel-Napoleão outras maldades que pareciam pensadas exatamente para os judeus.

Ao reunir esse material, Simonini se deu conta de que ele era rico demais e vasto demais: um bom discurso do rabino, que impressionasse os católicos, deveria conter muitas menções ao plano para perverter os costumes e, talvez, tomar de empréstimo a Gougenot des Mousseaux a ideia da superioridade física dos judeus, ou a Brafmann as regras para explorar os cristãos mediante a usura. Os republicanos, por sua vez, ficariam perturbados pelas menções a uma imprensa cada vez mais controlada, enquanto empresários e pequenos poupadores, sempre desconfiados dos bancos (que a opinião pública já considerava patrimônio exclusivo dos judeus), seriam espicaçados pelas alusões aos planos econômicos do judaísmo internacional.

Assim, pouco a pouco, abriu caminho na sua mente uma ideia que, ele não sabia, era muito hebraica e cabalística. Não deveria preparar uma única cena no cemitério de Praga e um único discurso do rabino, mas diversos discursos; um para o vigário, outro para o socialista, um para os russos, outro para os franceses. E não deveria pré-fabricar todos os discursos, mas produzir como que folhas separadas, as quais, misturadas de maneira diferente, dariam origem a um ou outro discurso — de modo que ele pudesse vender, a diferentes compradores e segundo as necessidades de cada um, o discurso adequado. Em suma, como

... Bergamaschi acrescentou que, para tornar mais crível o discurso do rabino, valeria a pena retomar aquilo que o abade Barruel havia contado e, sobretudo, a carta feita ao abade pelo avô de Simonini ... (p. 288)

bom tabelião, era como se ele protocolasse diversos depoimentos, testemunhos ou confissões, a fornecer posteriormente aos advogados que defenderiam causas eventualmente diferentes — tanto que começou a designar essas suas anotações como os Protocolos —, tomando o cuidado de não mostrar tudo ao padre Bergamaschi, para o qual filtrava somente os textos de caráter mais acentuadamente religioso.

Simonini conclui esse resumo do seu trabalho daqueles anos com uma anotação intrigada: com muito alívio, no final de 1878, ele soube que desapareceram tanto Goedsche, provavelmente sufocado por aquela cerveja que o inchava sempre mais a cada dia, quanto o pobre Joly, que, desesperado como sempre, metera uma bala na cabeça. Paz à sua alma, não era má pessoa.
Talvez para recordar o querido extinto, o redator do diário destila exageradamente. Enquanto escreve, sua letra se embaralha e a página se interrompe. Sinal de que ele adormeceu.

Mas, no dia seguinte, ao acordar quase à tardinha, Simonini encontrou no diário uma intervenção do abade Dalla Piccola, o qual, naquela manhã, havia de algum modo penetrado no escritório, lido aquilo que seu *alter ego* havia escrito e se apressara moralisticamente a esclarecer.
Esclarecer o quê? Que as mortes de Goedsche e Joly não deveriam surpreender nosso capitão, o qual, se não tentava artificiosamente esquecer, também não conseguia recordar bem.
Depois que a carta do seu avô aparecera no *Contemporain*, Simonini recebera uma carta de Goedsche, em um francês gramaticalmente dúbio mas bastante explícito. "Prezado capitão", dizia, "imagino que o material publicado no *Contemporain* seja o antepasto de outro que o senhor pretende publicar, e bem sabemos que uma parte desse documento é minha, tanto que eu poderia provar (com *Biarritz* na mão) que sou o autor do texto inteiro enquanto o senhor não tem nada, nem mesmo para provar que colaborou nele colocando as vírgulas. Por conseguinte,

antes de mais nada, imponho-lhe suspender sua iniciativa e combinar comigo um encontro, talvez na presença de um tabelião (mas não da sua laia), para definirmos a propriedade do relatório sobre o cemitério de Praga. Se o senhor não fizer isso, tornarei pública sua impostura. Logo depois, informarei um certo Joly, o qual ainda não sabe que o senhor depredou uma criação literária dele. Se não houver esquecido que Joly tem como profissão a de advogado, o senhor compreenderá como esse fato também lhe trará sérios problemas."

Alarmado, Simonini logo contactou o padre Bergamaschi, o qual lhe disse:

— Você cuida de Joly, nós cuidaremos de Goedsche.

Enquanto ainda titubeava, não sabendo como cuidar de Joly, Simonini recebeu um bilhete do padre Bergamaschi, o qual lhe comunicava que o pobre Herr Goedsche havia expirado serenamente na sua cama e o exortava a rezar pela paz da sua alma, ainda que ele fosse um maldito protestante.

Agora, Simonini compreendia o que significava cuidar de Joly. Não gostava de fazer certas coisas, e, afinal, era ele quem estava em dívida com Joly, mas certamente não poderia comprometer o sucesso do seu plano com Bergamaschi por causa de algum escrúpulo moral, e acabamos de ver como Simonini pretendia fazer uso intensivo do texto de Joly sem ser incomodado pelos lamuriosos protestos do autor.

Por conseguinte, foi mais uma vez à rue de Lappe e comprou uma pistola, suficientemente pequena para poder ser mantida em casa, de mínima potência, mas, em compensação, pouco ruidosa. Recordava o endereço de Joly e havia notado que o apartamento, embora pequeno, tinha belos tapetes no piso e tapeçarias nas paredes, capazes de abafar muitos rumores. Em todo caso, era melhor agir pela manhã, quando de baixo provinha o barulho das carruagens e das diligências que chegavam do Pont Royal e da rue du Bac ou corriam para lá e para cá ao longo do Sena.

Bateu à porta do advogado, que o acolheu com surpresa, mas logo lhe ofereceu um café e em seguida passou a discorrer sobre suas últimas aventuras. Para a maioria das pessoas que liam os jornais, mentirosos como sempre (os leitores e os redatores, entenda-se), ele, Joly, ainda que houvesse rejeitado tanto a violência quanto as ideias fixas revolucionárias, permanecera um *communard*. Parecera-lhe correto opor-se às ambições políticas daquele Grévy que estava apresentando sua candidatura à presidência da república, e, por conseguinte, fizera-lhe acusações mediante um manifesto impresso e afixado às suas próprias custas. Então, fora por sua vez acusado de ser um bonapartista que tramava contra a república; Gambetta havia falado com desprezo de "penas venais que carregam nos ombros um verdadeiro fichário judicial", e Edmond About o chamara de falsário. Em suma, metade da imprensa francesa se desencadeara contra ele, e somente o *Figaro* havia publicado seu manifesto, enquanto todos os outros tinham recusado suas cartas de defesa.

Pensando bem, Joly vencera a batalha, pois Grévy renunciara à candidatura, mas era daqueles que nunca estão satisfeitos e querem que a justiça seja feita até o fim. Após desafiar em duelo dois dos seus acusadores, havia processado dez jornais por negação do direito de resposta, difamação e injúrias públicas.

— Eu mesmo assumi minha defesa e lhe asseguro, Simonini, que denunciei todos os escândalos que a imprensa silenciara, além daqueles dos quais se falara. E sabe o que eu disse a todos aqueles pulhas (e nisso incluo também os juízes)? Cavalheiros, eu não tive medo do império, que lhes calava a boca quando detinha o poder, e agora rio dos senhores, que o imitam nos seus piores aspectos! E, quando tentavam me cortar a palavra, respondi: Cavalheiros, o império me processou por incitação ao ódio, desprezo pelo governo e ofensas ao imperador, mas os juízes de César me deixaram falar. Pois bem, peço aos juízes da república que me concedam a mesma liberdade da qual eu gozava sob o império!

— E como acabou a coisa?
— Venci. Todos os jornais, menos dois, foram condenados.
— Então, o que ainda o aflige?

... Chega um momento em que alguma coisa se despedaça dentro de nós e não temos mais energia ou vontade. Dizem que é preciso viver, mas viver é um problema que com o tempo conduz ao suicídio ... (p. 295)

— Tudo. O fato de o advogado adversário, mesmo havendo elogiado minha obra, ter dito que eu arruinara meu futuro por intemperança passional e que um insucesso implacável acompanhava meus passos como castigo pelo meu orgulho. Que, após ter atacado a torto e a direito, eu não me tornara nem deputado nem ministro. Que talvez eu pudesse ter mais sucesso como literato do que como político. Mas isso nem é verdade, porque aquilo que escrevi foi esquecido e, depois de vencer minhas causas, fui banido de todos os salões que importam. Venci muitas batalhas e, no entanto, sou um falido. Chega um momento em que alguma coisa se despedaça dentro de nós e não temos mais energia ou vontade. Dizem que é preciso viver, mas viver é um problema que com o tempo conduz ao suicídio.

Simonini achou que aquilo que estava prestes a fazer era sacrossanto. Evitaria àquele desventurado um gesto extremo e, afinal, humilhante, o último insucesso. Faria uma boa obra. E, com isso, se livraria de uma testemunha perigosa.

Pediu a Joly que folheasse rapidamente um certo documento sobre o qual queria a sua opinião. Colocou-lhe nas mãos um pacote bem volumoso: eram jornais velhos, mas seriam necessários muitos segundos até que ele compreendesse do que se tratava, e Joly sentou-se em uma poltrona, ocupado em juntar todos aqueles papéis que lhe escapuliam das mãos.

Tranquilamente, enquanto o outro, desconcertado, começava a ler, Simonini plantou-se atrás dele, encostou-lhe à cabeça o cano da pistola e disparou.

Joly desabou na poltrona, com os braços pendentes e um leve fio de sangue a lhe escorrer de um furo na têmpora. Não foi difícil colocar a pistola na sua mão. Por sorte, isso estava acontecendo seis ou sete anos antes da descoberta de um pozinho miraculoso que permitia detectar em uma arma as inconfundíveis impressões dos dedos que a tinham tocado. Na época em que Simonini acertou suas contas com Joly, ainda valiam as teorias de um tal Bertillon, baseadas nas medidas do esqueleto e de determinados ossos do suspeito. Ninguém poderia desconfiar que a morte de Joly não houvesse sido suicídio.

Simonini recuperou a pilha de jornais, lavou as duas xícaras nas quais eles tomaram café e deixou o apartamento em ordem. Como saberia mais tarde, dois dias depois o porteiro do prédio, não vendo o morador, chamou o comissariado do bairro de Saint-Thomas-d'Aquin. Arrombou-se a porta e encontrou-se o cadáver. Uma breve notícia em um jornal informava que a pistola estava no chão. Evidentemente, Simonini não a colocara muito bem na mão de Joly, mas dava no mesmo. Para cúmulo da sorte, sobre a mesa havia cartas endereçadas à mãe, à irmã, ao irmão... Em nenhuma se falava explicitamente de suicídio, mas eram todas impregnadas de profundo e nobre pessimismo. Pareciam escritas propositalmente. E quem sabe o coitadinho não pretendia realmente se matar, caso em que Simonini teria tido tanto trabalho por nada?

Não era a primeira vez em que Dalla Piccola revelava ao seu coabitante coisas que talvez só houvesse sabido em confissão e das quais o outro não queria se recordar. Simonini se melindrou um pouco e, no rodapé do diário de Dalla Piccola, escreveu algumas frases irritadas.

Sem dúvida, o documento que o Narrador está espiando é cheio de surpresas e talvez valha a pena extrair dele um romance, algum dia.

19
OSMAN BEY

11 de abril de 1897, noite

Caro abade, estou fazendo cansativos esforços para reconstituir meu passado e o senhor me interrompe continuamente como um camareiro pedante que a cada passo me aponta meus erros de ortografia... O senhor me distrai. E me perturba. Está bem, posso ter matado Joly, mas na intenção de realizar um fim que justificava os pequenos meios que eu era obrigado a usar. Siga o exemplo da sagacidade política e do sangue-frio do padre Bergamaschi e controle sua petulância doentia...

Não mais chantageado nem por Joly nem por Goedsche, eu agora podia trabalhar nos meus novos Protocolos Praguenses (ao menos, assim os designava). E devia imaginar algo novo porque àquela altura minha velha cena do cemitério de Praga se tornara um lugar-comum quase romanesco. Alguns anos após publicar a carta do meu avô, o *Contemporain* divulgava o discurso do rabino como um relato verídico feito por um diplomata inglês, um certo Sir John Readcliff. Como o pseudônimo usado por Goedsche para assinar seu romance tinha sido Sir John Retcliffe, ficava claro de onde vinha o texto. Mais tarde, parei de calcular as vezes em que a cena do cemitério foi retomada por autores diversos: enquanto escrevo, parece-me recordar que recentemente um tal Bournand publicou *Les juifs et nos contemporains*, em que reaparece o discurso do rabino, mas John Readcliff se tornou o nome do próprio rabino. Meu Deus, como se pode viver em um mundo de falsários?

Eu buscava, portanto, novas notícias para protocolar, e também não desdenhava extraí-las até de obras impressas, sempre pensando que meus clientes potenciais — exceto no desventurado caso do abade Dalla Piccola — não pareciam pessoas dispostas a passar seus dias em uma biblioteca.

Um dia, o padre Bergamaschi me disse:

— Saiu em russo um livro sobre o Talmude e os judeus, de um certo Lutostansky. Tentarei obtê-lo e pedir aos meus confrades que o traduzam. Mas, sobretudo, há outra pessoa a contactar. Já ouviu falar de Osman Bey?

— Um turco?

— Talvez seja sérvio, mas escreve em alemão. Um pequeno livro dele sobre a conquista do mundo pelos judeus já foi traduzido para várias línguas, mas creio que ele precisa de mais informações, porque vive das campanhas antijudaicas. Dizem que a polícia política russa lhe deu 400 rublos para que venha a Paris e estude a fundo a Alliance Israélite Universelle, e você, se bem me lembro, soube alguma coisa sobre essa organização pelo seu amigo Brafmann.

— Muito pouco, na verdade.

— Então, invente. Você dá alguma coisa a esse Bey e ele lhe dará alguma coisa.

— Como posso encontrá-lo?

— Ele é quem o encontrará.

Eu quase não trabalhava mais para Hébuterne, mas de vez em quando mantinha contato com ele. Um dia encontramo-nos diante do portal central de Notre-Dame e pedi-lhe informações sobre Osman Bey, o qual, ao que parece, era conhecido das polícias de meio mundo.

— Talvez seja de origem judaica, como Brafmann e outros inimigos raivosos da raça deles — disse Hébuterne. — Tem uma longa história. Adotou o nome de Millinger ou Millingen, depois o de Kibridli-Zade, e tempos atrás se fazia passar por albanês. Foi expulso de muitos países por causa de episódios obscuros, em geral trapaças; em outros, passou alguns meses na prisão. Dedicou-se aos judeus porque vislumbrou que o negócio rendia alguma coisa. Em Milão, não sei em que ocasião, retratou-se de tudo o que difundia sobre os judeus, mas depois mandou imprimir na Suíça novos libelos antijudaicos, e foi vendê-los de porta em porta no Egito. Seu verdadeiro sucesso, contudo, foi na Rússia, onde, no início, havia escrito algumas histórias sobre os homicídios de crianças cristãs. Dedicou-se, então, à Alliance Israélite, e por isso queremos mantê-lo longe da França. Eu já disse várias vezes ao senhor que não queremos começar uma polêmica com essa gente; não nos convém, ao menos por enquanto.

— Mas ele está chegando a Paris, ou até já chegou.

— Vejo que o senhor está mais informado do que eu. Bem, se quiser ficar de olho nele, nós lhe seremos gratos, como sempre.

Eis que eu tinha duas boas razões para encontrar esse Osman Bey: de um lado, vender-lhe o que pudesse sobre os judeus; de outro, manter Hébuterne a par dos seus movimentos. E, uma semana depois, Osman Bey deu sinal de vida enfiando um bilhete por baixo da porta da minha loja e dando-me o endereço de uma pensão no Marais.

Eu o imaginava um glutão e queria convidá-lo para o Grand Véfour, para fazê-lo degustar uma *fricassée de poulet Marengo* e *les mayonnaises de volaille*. Houve uma troca de bilhetes; depois, ele recusou qualquer convite e marcou encontro para aquela noite na esquina da place Maubert com a rue Maître Albert. Eu veria um fiacre parar e deveria me aproximar, fazendo-me reconhecer.

Quando o veículo se deteve na esquina da praça, surgiu dele o rosto de alguém que eu não gostaria de encontrar de madrugada em uma das ruas do meu bairro: cabelos compridos e despenteados, nariz adunco, olhar rapace, carnação terrosa, magreza de contorcionista e um tique irritante na pálpebra esquerda.

— Boa-noite, capitão Simonini — disse-me imediatamente, acrescentando: — Em Paris, até as paredes têm ouvidos, como se costuma dizer. Portanto, o único modo de falar tranquilamente é circular pela cidade. Daqui, o cocheiro não pode nos ouvir e, mesmo que pudesse, é surdo como uma porta.

E assim prosseguiu nossa primeira conversa enquanto a noite caía sobre a cidade e uma chuva leve gotejava do manto de névoa que avançava lentamente, até quase cobrir o calçamento das ruas. Parecia que o condutor recebera a ordem de enveredar justamente pelos bairros mais desertos e pelas ruas menos iluminadas. Teríamos podido falar tranquilamente até no boulevard des Capucines, mas evidentemente Osman Bey gostava da *mise-en-scène*.

— Paris parece deserta, veja os transeuntes — dizia-me ele, com um sorriso que lhe iluminava o rosto como uma vela pode iluminar uma caveira (aquele homem de rosto devastado tinha dentes belíssimos). — Movem-se como espectros. Talvez, às primeiras luzes do dia, se apressem a retornar aos sepulcros.

Eu me irritei.

— Aprecio seu estilo, lembra-me o melhor Ponson du Terrail, mas talvez pudéssemos falar sobre coisas mais concretas. Por exemplo, o que o senhor me diz de um certo Hippolyte Lutostansky?

— É um trapaceiro e um espião. Era padre católico e foi reduzido ao estado leigo porque havia feito coisas, como direi, pouco limpas com uns rapazinhos; e esta já é uma péssima recomendação, porque, santo Deus, sabe-se que o ser humano é fraco, mas, se você é sacerdote, tem o dever de manter um certo decoro. Como única resposta, fez-se monge ortodoxo... Eu já conheço suficientemente a Santa Rússia para afirmar que naqueles mosteiros, distantes do mundo como são, anciãos e noviços se ligam por um recíproco afeto... como direi? fraterno. Todavia não sou um intrigante e não me interesso pelos assuntos alheios. Sei apenas que esse seu Lutostansky ganhou do governo russo uma avalanche de dinheiro para contar os sacrifícios humanos dos judeus, a mesma história sobre a morte ritual de crianças cristãs. Como se ele tratasse melhor as crianças. Enfim, corre o boato de que se aproximou de alguns ambientes hebraicos dizendo que, por uma soma, renegaria tudo o que publicara, mas imagine se os judeus desembolsam um soldo que seja. Não, não é um personagem confiável.

Em seguida, acrescentou:

— Ah, eu já ia esquecendo. Ele é sifilítico.

Já me disseram que os grandes narradores sempre se descrevem nos seus personagens.

Depois, Osman Bey escutou com paciência o que eu queria lhe contar, sorriu compreensivamente à minha descrição pitoresca do cemitério de Praga e interrompeu-me:

— Capitão Simonini, isto, sim, parece literatura, tanto quanto aquela que o senhor estava imputando a mim. Eu busco apenas provas precisas das relações entre a Alliance Israélite e a maçonaria e, se for possível não revolver o passado mas prever o futuro, das relações entre os judeus franceses e os prussianos. A Alliance é uma potência, que está lançando uma rede de ouro ao redor do mundo para possuir tudo e todos, e isso precisa ser provado e denunciado. Forças como essas da Alliance existem há séculos, até mesmo antes do Império Romano. Por isso funcionam, têm três milênios de vida. Pense em como dominaram a França através de um judeu como Thiers.

— Thiers era judeu?

— E quem não é? Eles estão ao nosso redor, às nossas costas, controlam nossas poupanças, dirigem nossos exércitos, influenciam a Igreja e os governos. Corrompi um empregado da Alliance (os franceses são todos corruptos) e obtive cópias das cartas enviadas aos vários comitês judaicos dos países vizinhos à Rússia. Os comitês se estendem por toda a fronteira e, enquanto a polícia vigia as grandes estradas, os estafetas deles percorrem os campos, os pântanos, as vias aquáticas. É uma única teia. Comuniquei esse complô ao czar e salvei a Santa Rússia. Eu, sozinho. Eu amo a paz; queria um mundo dominado pela mansidão, no qual ninguém compreendesse mais o significado da palavra *violência*. Se desaparecessem do mundo todos os judeus, que com suas finanças sustentam os negociantes de canhões, iríamos ao encontro de cem anos de felicidade.

— Então, o que fazer?

— Um dia será necessário tentar a única solução razoável, a solução final: o extermínio de todos os judeus. Até as crianças? Até as crianças. Sim, eu sei, pode parecer uma ideia típica de Herodes, mas, quando se lida com a semente ruim, não basta cortar a planta, convém arrancá-la. Se o senhor não quer mosquitos, mate as larvas.

Investir contra a Alliance Israélite não pode ser senão um momento de passagem. A própria Alliance só poderá ser destruída com a eliminação completa da raça.

No final daquela corrida por uma Paris deserta, Osman Bey me fez uma proposta.
— Capitão, o que me ofereceu é muito pouco. O senhor não pode pretender que eu lhe dê informações interessantes sobre a Alliance, da qual dentro em pouco saberei tudo. Porém, proponho-lhe um pacto: posso vigiar os judeus da Alliance, mas não os maçons. Vindo da Rússia, mística e ortodoxa, e sem conhecimentos específicos no ambiente econômico e intelectual desta cidade, não posso me inserir entre os maçons. Eles aceitam gente como o senhor, com relógio no bolsinho do colete. Não lhe deve ser difícil insinuar-se nesse ambiente. Já me disseram que o senhor se gaba da participação em um empreendimento de Garibaldi, maçom por excelência. Então, o senhor me fala sobre os maçons e eu lhe falo sobre a Alliance.
— Acordo verbal, somente?
— Entre cavalheiros não há necessidade de estabelecer as coisas por escrito.

20
RUSSOS?

12 de abril de 1897, 9 horas da manhã

Caro abade, definitivamente somos duas pessoas diferentes. Tenho provas.

Esta manhã — deviam ser 8 horas — eu acordara (na minha cama) e, ainda de camisolão, acabara de entrar no escritório quando percebi uma silhueta negra que tentava se esquivar lá embaixo. Logo descobri, com uma rápida olhada, que alguém havia remexido meus papéis; peguei a bengala de estoque, que por sorte se encontrava ao alcance da mão, e desci à loja. Vislumbrei uma sombra escura, de corvo de mau agouro, saindo para a rua, persegui-a e — por simples azar ou porque o visitante inoportuno havia predisposto muito bem sua fuga — tropecei em um escabelo que não devia estar naquele lugar.

Com a bengala desembainhada, precipitei-me, mancando, para o impasse: ai de mim, não se via ninguém, nem à direita nem à esquerda. Meu visitante havia fugido. Mas era o senhor, eu poderia jurar. Tanto é que voltei ao seu apartamento e sua cama estava vazia.

12 de abril, meio-dia

Capitão Simonini, respondo à sua mensagem logo após acordar (na minha cama). Juro-lhe, eu não podia me encontrar na sua casa esta manhã porque estava dormindo. Porém, assim que me levantei, deviam ser 11 horas, fiquei aterrorizado pela imagem de um homem, certamente o senhor, que fugia pelo corredor dos disfarces. Ainda de camisolão, segui-o até seu apartamento, vi-o descer como um fantasma à sua lojinha imunda e cruzar a porta. Também tropecei em um escabelo e, quando saí para o impasse Maubert, qualquer rastro daquele vulto havia desaparecido. Mas era o senhor, eu poderia jurar; diga-me se adivinhei, por caridade...

12 de abril, início da tarde

Caro abade,
O que se passa comigo? Evidentemente estou mal, é como se às vezes eu desmaiasse e então despertasse encontrando meu diário alterado por uma intervenção sua. Somos a mesma pessoa? Reflita um momento, em nome do bom senso, se não da razão lógica: se nossos dois encontros houvessem acontecido na mesma hora, seria plausível pensar que de um lado estava eu e do outro, o senhor, mas tivemos nossa experiência em horários diferentes. Certamente, se eu entro em casa e vejo alguém fugindo, tenho a certeza de que esse alguém não sou eu; mas a ideia de que o outro seja necessariamente o senhor se baseia na persuasão, pouquíssimo fundamentada, de que esta manhã somente nós dois estávamos em casa.

Se estávamos somente nós dois, daí nasce um paradoxo. O senhor teria ido remexer minhas coisas às 8 da manhã e eu o teria perseguido. Depois, eu teria ido mexer nas suas às 11, e o senhor teria me perseguido. Porém, então, por que cada um de nós recorda a hora e o momento em que alguém se introduziu na sua casa, mas não a hora e o momento em que *ele* se introduziu na casa do outro?

Naturalmente, podemos ter esquecido isso ou querido esquecer, ou o omitimos por alguma razão. No entanto, por exemplo, sei com absoluta sinceridade que não omiti nada. Por outro lado, a ideia de que duas pessoas diferentes tenham tido simultânea e simetricamente o desejo de omitir alguma coisa ao outro, ora bolas, parece-me um tanto romanesca, e nem Montépin seria capaz de cavilar uma trama como essa.

... Estava morto, um único tiro, no coração ... (p. 307)

É mais verossímil a hipótese de que as pessoas em jogo fossem três. Um misterioso cavalheiro Mystère se introduz na minha casa, de manhã cedo, e eu achei que fosse o senhor. Às 11, o mesmo Mystère se introduz na sua casa e o senhor pensa que sou eu. Parece-lhe tão incrível assim, com todos os espiões que circulam por aí?

Mas isso não nos confirma que somos duas pessoas diferentes. A mesma pessoa, na pele de Simonini, pode lembrar-se da visita de Mystère às 8, depois esquecer e, na pele de Dalla Piccola, lembrar-se da visita de Mystère às 11.

Por conseguinte, tal hipótese não resolveria em absoluto o problema da nossa identidade. Simplesmente complicaria a vida de ambos (ou da mesma pessoa que ambos somos), atropelando-nos com um terceiro que pode entrar na nossa casa como se nada fosse.

E se, em vez de três, fôssemos quatro? Mystère 1 introduz-se às 8 horas na minha casa e Mystère 2 introduz-se às 11 na sua casa. Que relação existe entre Mystère 1 e Mystère 2?

Mas, enfim, o senhor tem certeza de que aquele que perseguiu o seu Mystère foi o senhor mesmo, e não eu? Admita que essa é uma boa pergunta.

Seja como for, estou avisando. Tenho uma bengala de estoque. Assim que perceber outra silhueta na minha casa, não importa quem seja, desço-lhe uma cutilada. Difícil que essa pessoa seja eu e que me mate. Eu poderia matar Mystère (1 ou 2), mas também poderia matar o senhor. Portanto, em guarda!

12 de abril, ao anoitecer

Suas palavras, lidas como se eu despertasse de um longo torpor, me perturbaram. E, como em um sonho, aflorou-me à mente a imagem do doutor Bataille (mas quem era?), que, em Auteuil, um tanto bêbado, dava-me uma pistola, dizendo: "Tenho medo, fomos longe demais; os maçons nos querem mortos, é melhor circularmos armados." Eu me apavorava, mais pela pistola do que pela ameaça, porque *sabia* (por quê?)

que com os maçons poderia me entender. E no dia seguinte guardava a arma em uma gaveta, aqui no apartamento da rue Maître Albert.

Esta tarde o senhor me apavorou e fui reabrir aquela gaveta. Tive uma impressão estranha, como se repetisse esse gesto pela segunda vez, mas depois me recuperei. Às favas os sonhos. Por volta das 18 horas, avancei cautelosamente pelo corredor dos disfarces e dirigi-me à sua casa. Vi uma silhueta escura se aproximar de mim, um homem que caminhava curvado, munido apenas de uma pequena candeia; podia ser o senhor, meu Deus, mas perdi a cabeça; atirei, o homem caiu aos meus pés e não se mexeu mais.

Estava morto, um único tiro, no coração. E eu que atirava pela primeira vez, e espero que pela última na minha vida! Que horror.

Remexi nos bolsos dele: trazia apenas umas cartas escritas em russo. E, também, quando lhe examinei o rosto, ficou evidente que ele tinha zigomas altos e olhos ligeiramente oblíquos, de calmuco, para não falar dos cabelos de um louro quase branco. Era certamente um eslavo. O que queria de mim?

Eu não podia me permitir manter aquele cadáver em casa, de modo que o levei lá para baixo, até o seu porão, e abri o conduto que leva ao esgoto; dessa vez tive coragem de descer, arrastei o corpo escada abaixo com muito esforço, e, correndo o risco de ser asfixiado pelos miasmas, levei-o aonde acreditava encontrar apenas os ossos do outro Dalla Piccola. Em vez disso, tive duas surpresas. Uma, que aqueles vapores e aquele bafio subterrâneo, por algum milagre da química, ciência rainha dos nossos tempos, contribuíram para conservar durante décadas aqueles que deveriam ser meus restos mortais, reduzidos, sim, a um esqueleto, mas com alguns fragmentos de uma substância semelhante ao couro, suficientes para conservar uma forma ainda humana, embora mumificada. A segunda foi que, ao lado do suposto Dalla Piccola, encontrei outros dois corpos, um de um homem em vestes talares, o outro de uma mulher seminua, ambos em processo de decomposição, mas nos quais me pareceu reconhecer alguém que me era bastante familiar. De quem eram esses dois cadáveres que me provocaram uma espécie de tempestade no coração e indizíveis imagens na mente? Não sei, não quero saber. Todavia nossas duas histórias são muito mais complicadas do que parecem.

Agora, não venha me contar que algo semelhante aconteceu também ao senhor. Eu não suportaria esse jogo de coincidências cruzadas.

12 de abril, noite

Caro abade, não saio por aí matando pessoas — ao menos, não sem motivo. Porém, para conferir, desci ao esgoto, aonde não ia há anos. Bom Deus, os cadáveres são de fato quatro. Um, fui eu que o coloquei ali, séculos atrás, e o outro foi o senhor mesmo. Mas, e os outros dois?

Quem frequenta a minha cloaca e a enche de despojos?

Os russos? O que os russos querem de mim — do senhor —, de nós?

Oh, quelle histoire!

21
TAXIL

Do diário de 13 de abril de 1897

Simonini quebra a cabeça para compreender quem tinha entrado em sua casa — e na de Dalla Piccola. Começa a recordar que, desde o início dos anos 1880, passara a frequentar o salão de Juliette Adam (a quem encontrara na livraria da rue de Baune como madame Lamessine), que ali conhecera Juliana Dimitrievna Glinka e que, através desta, entrara em contato com Rachkovsky. Se alguém penetrara na sua casa (ou na de Dalla Piccola), sem dúvida era por conta de um desses dois, os quais ele recorda vagamente como contendores em busca do mesmo tesouro. Porém, desde então haviam decorrido uns 15 anos, densos de muitos acontecimentos. Desde quando os russos estavam nos seus calcanhares?

Ou teriam sido os maçons? Podia ter feito algo capaz de irritá-los, talvez procurassem na sua casa documentos comprometedores que guardava sobre eles. Naqueles anos, procurara contatar o ambiente maçônico, tanto para satisfazer Osman Bey quanto por causa do padre Bergamaschi, que o pressionava porque em Roma estavam prestes a desencadear um ataque frontal à maçonaria (e aos judeus que a inspiravam) e precisavam de material fresco — do qual dispunham tão pouco que a *Civiltà Cattolica*, a revista dos jesuítas, fora obrigada a republicar a carta do avô de Simonini para Barruel, a qual, no entanto, já saíra três anos antes no *Contemporain*.

Então, reconstitui: naquela época, ele se perguntava se lhe seria conveniente entrar de fato para uma loja maçônica. Seria submetido a alguma obediência, deveria participar de reuniões, não poderia recusar favores aos coirmãos. Tudo isso diminuiria sua liberdade de ação. E, ademais, não era de excluir-se que uma loja, para aceitá-lo, fizesse alguma investigação sobre sua vida de então e sobre seu passado, coisa que ele não deveria permitir. Talvez fosse mais aconselhável chantagear algum maçom e usá-lo como informante. Afinal, um tabelião que havia produzido tantos testamentos falsos e, por sorte, de uma certa importância, devia ter conhecido algum dignitário maçônico.

E também nem era necessário executar chantagens explícitas. Havia alguns anos, Simonini decidira que passar de *mouchard* a espião internacional certamente lhe rendera alguma coisa, mas não o suficiente para suas ambições. Trabalhar como espião obrigava-o a uma existência quase clandestina, ao passo que, com a idade, ele sentia cada vez mais a necessidade de uma vida social rica e honrada. Assim, identificara sua verdadeira vocação: não ser um espião, mas fazer crer publicamente que era um espião, e um espião que trabalha em diferentes operações, de tal modo que nunca se saiba para quem ele está recolhendo informações nem quantas informações tem.

Ser visto como espião era muito rendoso porque todos procuravam lhe subtrair segredos que consideravam inestimáveis e se dispunham a gastar muito para lhe arrancar alguma confidência. Contudo, como não queriam se revelar, usavam por pretexto a atividade dele como tabelião, compensando-a sem pestanejar assim que ele apresentava uma conta exorbitante e, note-se, não somente pagando demais por um serviço notarial irrelevante como também não obtendo nenhuma informação. Simplesmente acreditavam tê-lo comprado e se mantinham em paciente expectativa por alguma notícia.

O Narrador considera que Simonini se antecipava aos novos tempos: no fundo, com a difusão da imprensa livre e dos novos sistemas de informação, do telégrafo ao rádio já iminente, as notícias reservadas tornavam-se cada vez mais raras, e isso poderia provocar uma crise na profissão de agente secreto. Melhor não possuir nenhum segredo, mas aparentar possuí-los. Era como viver de rendas ou gozar dos proventos de uma patente: você fica de papo para o ar, os outros se vangloriam de ter recebido de você revelações perturbadoras, sua fama se revigora e o dinheiro lhe chega com facilidade.

Quem ele deveria contatar que, sem ser diretamente chantageado, pudesse temer uma chantagem? O primeiro nome que lhe veio à mente foi o de Taxil. Lembrava-se de tê-lo conhecido quando fabricara para ele certas cartas (de quem? para quem?), e Taxil lhe falara, com certa sisudez, da sua adesão à loja *Le Temple des amis de l'honneur français*. Taxil seria o homem certo? Simonini não queria dar passos em falso e foi pedir informações a Hébuterne. À diferença de Lagrange, seu novo contato nunca mudava o local de encontro: era sempre em um espaço atrás da nave central de Notre-Dame.

Simonini lhe perguntou o que os serviços sabiam sobre Taxil, e Hébuterne começou a rir:

— Em geral, somos nós quem pedimos informações ao senhor, não o contrário. Mas, desta vez, vou satisfazê-lo. O nome me diz algo, mas não é assunto para os serviços, é assunto para a polícia. Dentro de alguns dias eu o farei saber.

O relatório chegara no final da semana, e certamente era interessante. Nele se afirmava que Marie Joseph Gabriel Antoine Jogand-Pagès, dito Léo Taxil, nascido em Marselha em 1854, tinha cursado uma escola de jesuítas e, como consequência óbvia, aos 18 anos começara a colaborar com jornais anticlericais. Em Marselha, convivia com mulheres de má vida, entre as quais uma prostituta mais tarde condenada a 12 anos de trabalhos forçados por assassinar sua cafetina, e outra presa depois por tentativa de homicídio contra o amante. Talvez a polícia lhe imputasse mesquinhamente até conhecimentos ocasionais, e era estranho porque também constava que Taxil havia trabalhado para a justiça, fornecendo informações sobre os ambientes republicanos que frequentava. Mas talvez os policiais também se envergonhassem dele, pois certa vez havia sido inclusive denunciado pela

... uma Vida de Jesus *narrada através de charges muito desrespeitosas (por exemplo, sobre as relações entre Maria e a pomba do Espírito Santo) ... (p. 313)*

publicidade de supostos "bombons do Serralho" que, na verdade, eram pílulas afrodisíacas. Ainda em Marselha, em 1873, tinha enviado uma série de cartas aos jornais locais, todas com assinaturas falsas de pescadores, avisando que a enseada estava infestada de tubarões e criando um notável alarme. Mais tarde, condenado por artigos contrários à religião, fugira para Genebra. Aqui, fizera circular notícias sobre a existência dos restos de uma cidade romana no fundo do lago Léman, atraindo levas de turistas. Por difusão de notícias falsas e tendenciosas, fora expulso da Suíça e se estabelecera primeiro em Montpellier e, depois, em Paris, onde fundara uma Librairie Anticléricale à rue des Écoles. Tendo entrado recentemente para uma loja maçônica, fora expulso pouco depois por comportamento indigno. Parecia que a atividade anticlerical já não lhe rendia como antes e que ele estava assoberbado de dívidas.

Agora Simonini começa a recordar tudo sobre Taxil. Este havia produzido uma série de livros que, mais do que anticlericais, eram nitidamente antirreligiosos, como uma *Vida de Jesus* narrada através de charges muito desrespeitosas (por exemplo, sobre as relações entre Maria e a pomba do Espírito Santo). Havia também escrito um romance de tons pesados, *O filho do jesuíta*, que provava como seu autor era um vigarista; realmente, trazia na primeira página uma dedicatória a Giuseppe Garibaldi ("a quem amo como a um pai"), e até aí tudo bem, mas o frontispício anunciava uma "Introdução" de Giuseppe Garibaldi. A introdução, intitulada "Pensamentos anticlericais", caracterizava-se como uma invectiva furibunda ("quando um padre se apresenta à minha frente, e sobretudo um jesuíta, a quintessência do padre, toda a feiura da sua natureza agride-me a ponto de me dar calafrios e me provocar náusea"), mas não mencionava em absoluto a obra que aparentemente introduzia — e, portanto, estava claro que Taxil havia extraído esse texto garibaldino sabe-se lá de onde e o incluíra como se houvesse sido escrito para seu livro.

Com um personagem desse gênero, Simonini não quis se comprometer. Então, decidiu se apresentar como tabelião Fournier, munido de uma bela peruca de cor incerta, tendente ao castanho, bem penteada com a risca de um lado. Acrescentou umas suíças da mesma cor, que lhe desenhavam um rosto afilado, o qual ele empalidecera com um creme adequado. Diante do espelho, ensaiou um sorriso levemente apatetado, que deixasse à mostra dois incisivos de ouro — graças a uma pequena obra-prima odontológica que permitia cobrir seus dentes naturais. Para completar, a pequena prótese lhe deformava a pronúncia e, por conseguinte, alterava sua voz.

Então, enviou ao seu homem, à rue des Écoles, um *petit bleu* por correio pneumático, convidando-o para o dia seguinte ao Café Riche. Era um bom modo de se apresentar, porque por aquele local tinham passado não poucos personagens ilustres e, diante do linguado ou da galinhola à la Riche, um *parvenu* inclinado à gabolice não resistiria.

Léo Taxil tinha um rosto rechonchudo, de pele oleosa, dominado por um bigodão imponente, exibia uma fronte ampla, uma espaçosa calvície, cujo suor ele enxugava sem parar, uma elegância exageradamente acentuada e falava em voz alta, com um insuportável sotaque marselhês.

Não compreendia as razões pelas quais esse tabelião Fournier queria conversar com ele, mas, aos poucos, foi alimentando a ilusão de que se tratava de um observador curioso da natureza humana, como muitos daqueles que, na época, os romancistas denominavam "filósofos", interessado nas suas polêmicas anticlericais e nas suas experiências singulares. Então passou a evocar excitado, de boca cheia, suas proezas juvenis:

— Quando espalhei a história dos tubarões em Marselha, todos os estabelecimentos balneários, dos catalães até a praia de Prado, foram abandonados por muitas semanas; o prefeito disse que certamente os tubarões tinham vindo da Córsega, seguindo um navio que lançara ao mar algum resto avariado de carne defumada; a Comissão Municipal pediu que fosse enviada uma companhia de *chassepots* para uma expedição em um rebocador e, de fato, chegaram cem, sob o comando do general Espivent! E a história do lago de Genebra? Vieram correspondentes de todos os cantos da Europa! Começou-se a dizer que a cidade submersa fora construída na época do *De bello gallico*, quando o lago era tão estreito que o Ródano o atravessava sem que as águas se misturassem. Os barqueiros locais fizeram bons negócios conduzindo turistas até o meio do lago e derramava-se óleo na água para ver melhor... Um célebre arqueólogo polonês enviou à sua pátria um artigo em que afirmava ter vislumbrado no fundo um cruzamento de ruas onde havia uma estátua equestre! A principal característica das pessoas é que elas se dispõem a acreditar em tudo. Aliás, sem a credulidade universal, como a Igreja poderia ter resistido por quase 2 mil anos?

Simonini pediu informações sobre *Le Temple des amis de l'honneur français.*

— É difícil entrar para uma loja? — perguntou.

— Basta ter uma boa condição econômica e dispor-se a pagar as cotas, que são salgadas. E demonstrar-se dócil às disposições sobre a proteção recíproca entre irmãos. Quanto à moralidade, fala-se muitíssimo dela, mas ainda no ano passado o orador do Grande Colégio dos Ritos era proprietário de um bordel na Chaussée d'Antin, e um dos Trinta e Três mais influentes em Paris é um espião, ou melhor, o chefe de um escritório de espiões, o que dá no mesmo, um tal de Hébuterne.

— E como se faz para ser admitido?

— Existem os ritos! Se o senhor soubesse! Não sei se eles acreditam realmente nesse Grande Artífice do Universo de quem vivem falando, mas certamente levam a sério suas liturgias. Se o senhor soubesse o que eu precisei fazer para ser aceito como aprendiz!

E aqui Taxil iniciou uma série de narrativas de arrepiar os cabelos.

Simonini não tinha muita certeza de que Taxil, mentiroso compulsivo, não estivesse lhe contando lorotas. Perguntou se ele não acreditava ter revelado coisas que um adepto deveria manter ciumentamente reservadas e descrito de modo acentuadamente grotesco todo o ritual. Taxil respondeu com desenvoltura:

— Ah, saiba o senhor que eu já não tenho qualquer dever. Aqueles imbecis me expulsaram.

Ao que parece, de algum modo, ele estava metido com um novo jornal de Montpellier, *Le Midi Républicain*, que no primeiro número havia publicado cartas de estímulo e de solidariedade de várias pessoas importantes, entre as quais Victor Hugo e Louis Blanc. Depois, subitamente, todos esses supostos missivistas mandaram cartas a outros jornais de inspiração maçônica, negando ter dado aquele apoio e lamentando-se, indignados, do uso que se fizera do seu nome. Seguiram-se numerosos processos na loja, em que a defesa de Taxil consistia, um, em apresentar os originais daquelas cartas, dois, em explicar o comportamento de Hugo pelo marasmo senil do ilustre ancião — contaminando assim o primeiro argumento com um inaceitável insulto a uma glória tanto da pátria quanto da franco-maçonaria.

Pronto, agora Simonini lembra-se do momento em que fabricara, como Simonini, as duas cartas de Hugo e de Blanc. Evidentemente, Taxil esquecera o episódio; estava tão habituado a mentir, até a si mesmo, que falava daquelas cartas com os olhos iluminados pela boa-fé, como se elas fossem verdadeiras. E, embora recordasse vagamente um tabelião Simonini, não o relacionava com o tabelião Fournier.

O importante era que Taxil professava um ódio profundo pelos seus ex-companheiros de loja.

Simonini logo compreendeu que, estimulando a veia narrativa de Taxil, recolheria um material picante para Osman Bey. Porém, na sua mente fervidíssima também desabrochou outra ideia, de início apenas uma impressão, o germe de uma intuição, e depois quase um plano rematado em todos os seus detalhes.

Após o primeiro encontro, durante o qual Taxil se demonstrara um bom garfo, o falso tabelião o convidou ao Père Lathuile, um restaurantezinho popular na barrière de Clichy, onde se comia um famoso *poulet sauté* e as ainda mais renomadas tripas à moda de Caen — para não falar da adega —, e, entre um estalar de lábios e outro, perguntou-lhe se, por uma digna recompensa, ele não escreveria para algum editor suas memórias como ex-maçom. Ao ouvir falar em recompensa, Taxil se mostrou altamente favorável à ideia. Simonini marcou um novo encontro com ele e foi procurar o padre Bergamaschi.

— Escute bem, padre — disse. — Temos aqui um anticlerical empedernido, a quem os livros anticlericais já não rendem como antes. Temos, além disso, um conhecedor do mundo maçônico que alimenta grande rancor por esse mundo. Bastaria que Taxil se convertesse ao catolicismo, renegasse todas as suas obras antirreligiosas e começasse a denunciar todos os segredos do mundo maçônico, e os senhores, jesuítas, teriam ao seu serviço um propagandista implacável.

— Mas uma pessoa não se converte de uma hora para outra, simplesmente porque você pediu.

— Na minha opinião, com Taxil é apenas uma questão de dinheiro. E basta estimular seu gosto pela propagação de falsas notícias, pela repentina mudança de casaca, e fazê-lo vislumbrar um espaço na primeira página. Como se chamava aquele grego que, só para acabar na boca de todos, incendiou o templo de Diana em Éfeso?

— Eróstrato. Claro, claro — disse Bergamaschi, distraído. E acrescentou: — E, também, os caminhos do Senhor são infinitos...

— Quanto podemos dar a ele por uma conversão evidente?

— Sem esquecer que as conversões sinceras deveriam ser gratuitas, *ad majorem Dei gloriam*, não devemos ser muito exigentes. Mas não lhe ofereça mais do que 50 mil francos. Taxil dirá que é pouco, mas faça-o notar que, por um lado, ele salva a alma, o que não tem preço, e, por outro, se escrever libelos antimaçônicos gozará do nosso sistema de difusão, o que significará centenas de milhares de exemplares.

Simonini não tinha certeza de que o negócio chegaria a bom porto, de modo que se preveniu, procurando Hébuterne e contando-lhe que havia um complô jesuíta para convencer Taxil a se tornar antimaçom.

— Se for verdade — disse Hébuterne —, ao menos desta vez minhas opiniões coincidem com as dos jesuítas. Veja bem, Simonini, eu lhe falo como dignitário, e não entre os últimos, do Grande Oriente, a única e verdadeira maçonaria, laica, republicana e, embora anticlerical, não antirreligiosa, porque reconhece um Grande Artífice do Universo, e, afinal, cada um é livre para reconhecê-lo como o Deus cristão ou como uma força cósmica impessoal. A presença, no nosso ambiente, desse tratante do Taxil ainda nos embaraça, embora ele tenha sido expulso. Além disso, não nos desagradaria que um apóstata começasse a dizer coisas tão horríveis sobre a maçonaria que ninguém pudesse acreditar. Aguardamos uma ofensiva vaticana e imaginamos que o papa não se comportará como um cavalheiro. O mundo maçônico é contaminado por diversas confissões, e já um autor como Ragon, muitos anos atrás, listava 75 maçonarias diferentes, 52 ritos, 34 ordens, das quais 26 andróginas, e 1.400 graus rituais. E eu poderia lhe falar sobre a maçonaria templária e escocesa, sobre o rito de Heredom, o rito de Swedenborg, o rito de Memphis e Misraim, que foi instituído por aquele tratante e embusteiro do Cagliostro, e depois sobre os superiores incógnitos de Weishaupt, os satanistas, os luciferianos, paladianos ou lá como se diga, até eu me atrapalho. São principalmente os vários ritos satânicos que nos fazem uma péssima publicidade e, para isso, contribuíram até coirmãos respeitáveis, talvez por puros motivos estéticos, sem saber o dano que causavam. Proudhon pode ter sido maçom por pouco tempo, mas quarenta anos atrás escreveu uma prece a Lúcifer: "Vem, ó Satanás, vem, ó caluniado pelos padres e pelos reis, deixa que eu te abrace e te estreite contra mim"; aquele italiano, Rapisardi, escreveu *Lucifero*, que, afinal, era o costumeiro mito de Prometeu, e Rapisardi nem é maçom, porém um maçom como Garibaldi o levou às estrelas e eis que agora se acredita como verdade absoluta que os maçons adoram Lúcifer. Pio IX nunca deixou de encontrar, a cada passo, o diabo por trás da maçonaria; e, algum tempo atrás, aquele poeta italiano, Carducci, um pouco republicano e um pouco monárquico, grande bombástico e infelizmente grande maçom, escreveu um hino a Satanás, atribuindo-lhe até a invenção das ferrovias. Depois, Carducci disse que Satanás era uma metáfora, mas eis que novamente o culto a Satanás pareceu a todos o principal divertimento dos maçons. Em suma, não desagradaria nos nossos ambientes que um indivíduo desqualificado há tempos, notoriamente expulso da maçonaria, deslavadamente vira-casaca, iniciasse uma série de libelos violentamente difamadores contra nós. Seria um modo de embotar as próprias armas do Vaticano, lançando-o ao mesmo nível de um pornógrafo. Acuse um homem de homicídio e lhe darão crédito; acuse-o de comer criancinhas no almoço e no jantar, como Gilles de Rais, e ninguém levará o senhor a sério. Reduza a antimaçonaria ao nível do *feuilleton* e o senhor a terá reduzido a assunto de *colportage*. Pois bem, sim, precisamos de pessoas que nos sepultem na lama.

Por onde se vê que Hébuterne era uma mente superior, superior em astúcia até ao seu predecessor, Lagrange. Naquele momento, ele não sabia dizer quanto o Grande Oriente poderia investir naquele empreendimento, mas se manifestou alguns dias depois:

— Cem mil francos. Mas que se trate verdadeiramente de lixo.

Simonini dispunha, assim, de 150 mil francos para comprar lixo. Se oferecesse a Taxil, além da promessa das tiragens, somente 75 mil, aquele, na maré ruim em que se encontrava, aceitaria imediatamente. E restariam 75 mil para Simonini. Uma comissão de 50 por cento não era nada má.

Faria a proposta a Taxil em nome de quem? Em nome do Vaticano? O tabelião Fournier não tinha a aparência de um plenipotenciário do pontífice. No máximo, podia anunciar a ele a visita de alguém como o padre Bergamaschi: no fundo, os pa-

... o marselhês publicava primeiro Les frères trois-points *(os três pontos eram aqueles do 33º grau maçônico) e* Les mystères de la franc-maçonnerie *(com dramáticas ilustrações de evocações satânicas e ritos horripilantes) ... (p. 322)*

dres são feitos especialmente para que alguém se converta e lhes confesse seu túrbido passado.

Todavia, a propósito de túrbido passado, Simonini deveria confiar no padre Bergamaschi? Não convinha deixar Taxil nas mãos dos jesuítas. Sabia-se de escritores ateus que vendiam cem exemplares de um livro e que, caindo aos pés do altar e contando sua experiência de convertidos, tinham passado a 2 mil e até a 3 mil exemplares. Na realidade, feitas as contas, os anticlericais se contavam entre os republicanos das cidades, mas os reacionários e clericalistas saudosos dos bons tempos idos, com direito a rei e a vigário, povoavam a província e, mesmo excluindo aqueles que não sabiam ler (mas o padre leria para eles), eram legião, como os diabos. Mantendo excluído o padre Bergamaschi, seria possível propor a Taxil uma colaboração para seus novos libelos, fazendo-o assinar uma escritura privada segundo a qual, a quem colaborasse com ele, caberiam dez ou vinte por cento das suas obras futuras.

Em 1884, Taxil havia desfechado o último golpe contra os sentimentos dos bons católicos ao publicar *Os amores de Pio IX*, infamando um papa já defunto. No mesmo ano, o pontífice reinante, Leão XIII, divulgara a encíclica *Humanum Genus*, que era uma "condenação ao relativismo filosófico e moral da maçonaria". E, assim como na encíclica *Quod Apostolici Muneris* o mesmo pontífice havia "fulminado" os monstruosos erros dos socialistas e comunistas, tratava-se então de assestar a mira diretamente contra a sociedade maçônica no conjunto das suas doutrinas e revelar os segredos que deixavam seus adeptos submissos e predispostos a qualquer delito, porque "fingir continuamente e desejar permanecer oculto, amarrar tenazmente os homens, como vis escravos, à vontade de outro para um objetivo por eles mal conhecido, explorá-los como cegos instrumentos para qualquer empreendimento, por mais maldoso que seja, e armar-lhes a mão direita homicida, proporcionando impunidade ao crime, são excessos altamente contrários à natureza". Para não falar, obviamente, do naturalismo e do relativismo das suas doutrinas, que faziam da razão humana o único juiz de todas as coisas. E, de tais pretensões, que se vissem os resultados: o pontífice despojado do seu poder temporal, o projeto de aniquilar a Igreja, o matrimônio transformado em simples contrato civil, a subtração aos eclesiásticos da educação da juventude, confiando-a a mestres leigos, e o ensinamento de que "os homens têm todos os mesmos direitos e são de condições perfeitamente iguais; que todo homem é, por natureza, independente; que ninguém tem o direito de comandar os outros; que desejar os homens submetidos a outra autoridade além daquela emanada deles mesmos: tudo isso é tirania". De maneira que, para os maçons, "a origem de todos os direitos e deveres civis está no povo, ou seja, no Estado", e o Estado só pode ser ateu.

Era óbvio que, "eliminados o temor a Deus e o respeito às leis divinas, pisoteada a autoridade dos Príncipes, licenciada e legitimada a volúpia das sublevações, retirados às paixões populares todos os freios, suprimidas, a começar pelos castigos, todas as contenções, é inevitável seguirem-se uma revolução e uma subversão universais ... objetivo deliberado e abertamente professado pelas numerosas associações de comunistas e socialistas: a cujo entendimento não há razão para chamar-se estranha a seita Maçônica".

Convinha fazer "explodir", o mais depressa possível, a conversão de Taxil.

Nesse ponto, o diário de Simonini parece empastelado. Como se ele já não recordasse como e por obra de quem Taxil se convertera. Como se sua memória desse um salto e lhe possibilitasse recordar apenas que Taxil, no decorrer de poucos anos, tornara-se o arauto católico da antimaçonaria. Após anunciar *urbi et orbi* seu retorno aos braços da Igreja, o marselhês publicava primeiro *Les frères trois-points* (os três pontos eram aqueles do 33º grau maçônico) e *Les mystères de la franc-maçonnerie* (com dramáticas ilustrações de evocações satânicas e ritos horripilantes); logo depois, *Les soeurs maçonnes*, em que se falava das lojas femininas (até então desconhecidas); no ano seguinte, *La Franc-Maçonnerie dévoilée*, e, mais tarde ainda, *La France Maçonnique*.

Desde esses primeiros livros, bastava a descrição de uma iniciação para deixar o leitor arrepiado. Taxil havia sido convocado para comparecer às 8 da noite à casa maçônica, onde um irmão porteiro o acolhia. Às 8h30, era encerrado no Gabinete das Reflexões, um cubículo com paredes pintadas de preto, nas quais se destacavam caveiras com duas tíbias cruzadas e inscrições do tipo "Se uma vã curiosidade te traz aqui, vai embora!". Subitamente a chama do gás descia, uma parede falsa deslizava por trilhos escondidos e o profano vislumbrava um subterrâneo clareado por lâmpadas sepulcrais. Uma cabeça humana, recém-cortada, estava disposta em um cepo sobre linhos ensanguentados e, enquanto Taxil recuava horrorizado, uma voz que parecia sair da parede gritava-lhe: "Treme, ó Profano! Estás vendo a cabeça de um irmão perjuro que divulgou nossos segredos!..."

Naturalmente, observava Taxil, tratava-se de um truque, e a cabeça seria a de um companheiro escondido na concavidade vazia do cepo; as lâmpadas eram dotadas de estopas embebidas em álcool canforado, que arde com sal grosso de cozinha, na mistura chamada "salada infernal" pelos prestidigitadores das feiras, a qual, quando é acesa, produz uma luz esverdeada, que dá à cabeça do falso decapitado uma cor cadavérica. Porém, a propósito de outras iniciações, ele soubera de paredes constituídas por um espelho embaçado sobre o qual, no momento em que a chama da lamparina se apagava, uma lanterna mágica fazia aparecerem espectros que se agitavam e homens mascarados que circundavam um indivíduo acorrentado e o crivavam de punhaladas. Aquilo mostrava com que meios indignos a loja procurava subjugar os aspirantes de natureza impressionável.

Então, um assim chamado Irmão Terrível preparava o profano, tirava-lhe o chapéu, o paletó e o sapato direito, arregaçava-lhe até acima do joelho a perna direita da calça, descobria-lhe o braço e o peito, no lado do coração, vendava-lhe os olhos, fazia-o girar algumas vezes sobre si mesmo e, após levá-lo a subir e descer vários degraus, conduzia-o à Sala dos Passos Perdidos. Uma porta se abria enquanto um Irmão Perito, por meio de um instrumento constituído de grandes molas estridentes, simulava o rumor de enormes ferrolhos. O postulante era introduzido em uma sala onde o Perito apoiava sobre seu peito nu a ponta de uma espada e o Venerável perguntava: "Profano, o que sentis sobre vosso peito? O que tendes sobre os olhos?" O aspirante devia responder: "Uma espessa venda me cobre os olhos e sinto sobre o peito a ponta de uma arma." E o Venerável: "Senhor, este ferro, sempre erguido para punir o perjuro, é o símbolo do remorso que vos dilaceraria o coração, se, para vossa desgraça, vos tornásseis traidor da sociedade na qual quereis entrar; e a venda que vos cobre os olhos é o símbolo da cegueira na qual se mantinha o homem dominado pelas paixões e imerso na ignorância e na superstição."

Depois, alguém se apoderava do aspirante, fazia-o girar outras vezes e, quando ele começava a experimentar uma sensação de vertigem, levava-o para diante de um grande biombo, feito de muitas camadas de papel resistente e semelhante aos discos através dos quais os cavalos saltam nos circos. Ao comando de introduzi-lo na caverna, o pobrezinho era empurrado com toda a força contra o biombo, os papéis se rasgavam, e ele se precipitava sobre um colchão disposto do outro lado.

Para não falar da *escada infinita*, que, na verdade, era uma roda com degraus, e quem a subia, vendado, encontrava sempre um novo degrau para subir; mas a escada girava sempre para baixo e, portanto, o vendado se mantinha sempre na mesma altura.

Em suma, fingia-se até mesmo submeter o aprendiz à extração de sangue e à marcação com fogo. Para o sangue, um Irmão Cirurgião agarrava-lhe o braço e espetava-o fortemente com a ponta de um palito, enquanto outro Irmão derramava um fio delgadíssimo de água morna sobre o braço do postulante, para levá-lo a crer que era o seu sangue que corria. Para a prova do

... Ao comando de introduzi-lo na caverna, o pobrezinho era empurrado com toda a força contra o biombo, os papéis se rasgavam, e ele se precipitava sobre um colchão disposto do outro lado ... (p. 324)

ferro em brasa, um dos peritos esfregava com um paninho seco uma parte do corpo e colocava em cima um pedaço de gelo, ou a parte quente de uma vela recém-apagada, ou a base de um copinho de licor aquecido mediante a queima de papel dentro dele. Por fim, o Venerável informava ao aspirante os sinais secretos e as palavras especiais com que os irmãos se reconheciam entre si.

Pois bem, dessas obras de Taxil, Simonini só se lembrava como leitor, não como inspirador. Ainda assim, recordava que, a cada nova obra de Taxil, antes da publicação ele (que, portanto, a conhecia antecipadamente) contava o conteúdo a Osman Bey, como se se tratasse de revelações extraordinárias. É verdade que, na vez seguinte, Osman Bey fazia-o notar que tudo o que ele lhe contara na vez anterior aparecera depois em um livro de Taxil, mas Simonini se apressava a responder que sim, Taxil era seu informante, e não era culpa sua se, após lhe revelar os segredos maçônicos, o marselhês buscasse obter vantagens econômicas publicando-os em um livro. Talvez fosse o caso de lhe pagar para que não tornasse públicas aquelas suas experiências — e, ao dizer isso, Simonini encarava Osman Bey de maneira eloquente. Todavia Osman respondia que o dinheiro gasto para convencer um falastrão a se calar era um desperdício. Por que Taxil deveria silenciar justamente sobre os segredos que acabara de revelar? E, justificadamente desconfiado, Osman não dava em troca a Simonini qualquer revelação sobre o que descobria quanto à Alliance Israélite.

Com isso, Simonini parou de informá-lo. O problema, porém, dizia Simonini a si mesmo enquanto escrevia, é: por que recordo que dava a Osman Bey notícias obtidas de Taxil, mas não recordo nada sobre meus contatos com Taxil?

Bela pergunta. Se recordasse tudo, não se plantaria ali para escrever aquilo que estava reconstituindo. *Quelle histoire!*

Com esse sensato comentário, Simonini vai dormir, acordando naquela que acredita ser a manhã seguinte, todo suado, como depois de uma noite de pesadelos e de distúrbios gástricos. Porém, ao sentar-se à sua escrivaninha, percebe que não acordou no dia seguinte, mas sim dois dias depois. Enquanto ele dormia, não uma mas duas noites agitadas, o inevitável abade Dalla Piccola, não contente com espalhar cadáveres por sua cloaca pessoal, intervinha para contar episódios que evidentemente ele não conhecia.

22
O DIABO NO SÉCULO XIX

14 de abril de 1897

Prezado capitão Simonini,

Mais uma vez, justamente quando suas ideias estão confusas, lembranças mais vivazes despertam em mim.

Bem, parece-me agora que encontro primeiro o senhor Hébuterne e, depois, o padre Bergamaschi. Vou em seu nome, para receber um dinheiro que deverei (ou deveria) dar a Léo Taxil. Em seguida, dessa vez em nome do tabelião Fournier, vou procurar Léo Taxil.

— Cavalheiro — digo-lhe —, não quero usar meu hábito como escudo para convidá-lo a reconhecer aquele Cristo Jesus de quem anda escarnecendo, e o fato de o senhor ir ou não para o inferno me é indiferente. Não estou aqui para lhe prometer a vida eterna, mas para lhe dizer que uma série de publicações que denunciem os crimes da maçonaria encontraria um público de bem-pensantes que não hesito em definir como assaz vasto. Talvez o senhor não imagine quanto pode render a um livro o apoio de todos os conventos, de todas as paróquias, de todos os arcebispados, não digo da França, mas, a longo prazo, do mundo inteiro. Para provar que não vim aqui para convertê-lo, mas para fazê-lo ganhar dinheiro, direi logo quais são minhas modestas pretensões. Bastará que o senhor assine um documento que assegure a mim (ou melhor, à pia congregação que eu represento) vinte por cento dos seus direitos futuros, e eu o farei encontrar-se com quem, dos mistérios maçônicos, sabe até mais do que o senhor.

Imagino, capitão Simonini, que havíamos combinado que os famosos vinte por cento dos direitos de Taxil seriam divididos entre nós dois. A fundo perdido, em seguida fiz a ele outra oferta:

— Há também 75 mil francos para o senhor; não me pergunte de onde provêm, talvez meu hábito possa lhe sugerir alguma coisa. Setenta e cinco mil francos que são seus, em confiança, antes mesmo que o senhor comece, desde que amanhã anuncie publicamente sua conversão. Sobre esses 75 mil francos, eu disse 75 mil, o senhor não deverá pagar nenhum percentual, porque comigo e com os meus mandantes está lidando com pessoas para quem o dinheiro é esterco do demônio. Pode contar: são 75 mil.

Tenho a cena diante dos meus olhos, como se observasse um daguerreótipo.

Tive a imediata sensação de que Taxil não se empolgava tanto com os 75 mil francos e a promessa dos direitos futuros (embora aquele dinheiro sobre a mesa fizesse seus olhos brilharem) quanto com a ideia de dar uma guinada de 360 graus e de tornar-se, ele, o anticlerical empedernido, um católico fervoroso. Já saboreava o estupor dos outros e as notícias que sairiam a seu respeito nas gazetas. Muito melhor do que inventar uma cidade romana no fundo do Léman.

Ria com gosto e já fazia projetos sobre os livros a escrever, incluídas as ideias para as ilustrações.

— Ah — dizia —, já vejo um tratado inteiro, mais romanesco do que um romance, sobre os mistérios da maçonaria. Um Bafomé alado na capa e uma cabeça decepada, para recordar os ritos satânicos dos templários... Por Deus (desculpe a expressão, senhor abade), será a notícia do dia. Até porque, apesar do que diziam aqueles meus calhamaços, ser católico e crente, e ter boas relações com os vigários, é coisa digníssima, até para minha família e os vizinhos de casa, que com frequência me encaram como se eu mesmo houvesse crucificado Nosso Senhor Jesus Cristo. Mas, quem, diz o senhor, poderia me ajudar?

— Eu o farei conhecer um oráculo, uma criatura que em estado de hipnose conta coisas inacreditáveis sobre os ritos paladianos.

* * *

O oráculo deveria ser Diana Vaughan. Era como se eu soubesse tudo sobre ela. Recordo que certa manhã fui a Vincennes, como se desde sempre conhecesse o endereço da clínica do doutor Du Maurier. A clínica era uma casa de não grandes dimensões, com um jardim pequeno mas gracioso, onde se sentavam alguns pacientes de ar aparentemente tranquilo, desfrutando o sol e ignorando-se apaticamente uns aos outros.

Apresentei-me a Du Maurier recordando-lhe que o senhor lhe falara de mim. Citei vagamente uma associação de piedosas damas que se dedicava a jovens mentalmente perturbadas e pareceu-me que o doutor se sentia aliviado de um peso.

— Devo preveni-lo — disse ele — de que hoje Diana está na fase que defini como normal. O capitão Simonini deve ter lhe contado a história. Nessa fase, temos a Diana perversa, por assim dizer, que se considera adepta de uma misteriosa seita maçônica. Para não alarmá-la, apresentarei o senhor como um irmão maçom... espero que isso não desagrade a um eclesiástico...

Então, introduziu-me em um aposento singelamente mobiliado, com um armário e uma cama, no qual, em uma poltrona forrada de tecido branco, estava uma mulher de traços delicados e regulares, cabelos macios de um louro acobreado reunidos no alto da cabeça, olhar altivo, boca pequena e bem desenhada. Seus lábios logo se encresparam em uma careta de escárnio.

— O doutor Du Maurier quer me lançar nos braços maternos da Igreja? — perguntou ela.

— Não, Diana — respondeu Du Maurier. — Apesar do hábito, este aqui é um irmão.

— De que obediência? — logo perguntou Diana.

Esquivei-me com alguma habilidade:

— Não me é permitido dizer — sussurrei, prudente —, e talvez a senhorita saiba por quê...

A reação foi apropriada:

— Compreendo — disse Diana. — Foi enviado pelo grão-mestre de Charleston. Alegra-me que o senhor possa transmitir a ele minha versão dos fatos. A reunião era à rue Croix Nivert, na loja Les Coeurs Unis Indivisibles, o senhor certamente a conhece. Eu devia ser iniciada como Mestra Templária e apresentei-me com toda a humildade possível para adorar o único deus bom, Lúcifer, e abominar o deus mau, Adonai, o deus pai dos católicos. Aproximei-me cheia de ardor, acredite, do altar de Bafomé, onde me esperava Sophia Sapho, que começou a me interrogar sobre os dogmas paladianos, e respondi sempre com humildade: Qual é o dever de uma Mestra Templária? Execrar Jesus, maldizer Adonai, venerar Lúcifer. Não é assim que o grão-mestre gostaria? — e, ao perguntar, Diana me agarrou as mãos.

— Claro, é assim — respondi, cauteloso.

— E pronunciei a oração ritual: "Vem, vem, ó grande Lúcifer, ó grande caluniado pelos padres e pelos reis!" E fremia de emoção quando toda a assembleia, cada um erguendo seu punhal, gritava: *"Nekam Adonai, Nekam!"* Porém, àquela altura, quando eu subia ao altar, Sophia Sapho me apresentou uma pátena, daquelas que eu só tinha visto nas vitrines das lojas de objetos religiosos, e, enquanto eu me perguntava o que fazia ali aquele horrível apetrecho do culto romano, a grã-mestra explicou-me que, como Jesus traíra o verdadeiro deus, estabelecera no Tabor um pacto celerado com Adonai e subvertera a ordem das coisas transformando o pão no próprio corpo, era nosso dever apunhalar aquela hóstia blasfema com a qual os padres renovam a cada dia a traição de Jesus. Agora, diga-me, o grão-mestre quer que esse gesto faça parte de uma iniciação?

— Não me cabe opinar. Talvez seja melhor a senhorita me dizer o que fez.

— Eu me recusei, obviamente. Apunhalar a hóstia significa crer que ela é verdadeiramente o corpo de Cristo, ao passo que um paladiano deve se recusar a crer nessa mentira. Apunhalar a hóstia é um rito católico para católicos crentes!

— Creio que tem razão — respondi. — Serei embaixador da sua justificação junto ao grão-mestre.

— Obrigada, irmão — disse Diana e beijou-me as mãos. Depois, quase negligentemente, desabotou a parte superior da blusa, mostrando um ombro branquíssimo e olhando-me com expressão convidativa. Mas, de repente emborcou-se toda na poltrona, como que tomada por impulsos convulsivos. O doutor Du Maurier chamou uma enfermeira e os dois transportaram a jovem para a cama. O doutor disse:

— Em geral, quando tem uma crise dessas, ela passa de uma condição a outra. Ainda não perdeu os sentidos, houve apenas a contratura do maxilar e da língua. Basta uma leve compressão ovárica...

Pouco depois, o maxilar inferior desceu, desviando-se para a esquerda, e a boca se entortou, ficando tão escancarada que se via a língua, curvada em semicírculo, com a ponta invisível, como se a enferma estivesse para engoli-la. Em seguida, a língua se distendeu e se esticou bruscamente, saindo por um instante da boca, entrando e voltando a sair várias vezes em grande velocidade, como que da boca de uma serpente. Por fim, língua e maxilar retornaram ao estado natural e a doente pronunciou algumas palavras:

— A língua... esfola-me o palato... Tenho uma aranha no ouvido...

Após um breve repouso, a doente mostrou nova contratura do maxilar e da língua, mais uma vez acalmada com uma compressão ovárica; mas pouco depois a respiração ficou penosa, da boca saíam algumas frases truncadas, o olhar era fixo, as pupilas se voltaram para o alto e todo o corpo se enrijeceu, os braços se contraíram executando um movimento de circundução, os pulsos se tocavam na parte dorsal, os membros inferiores se alongaram...

— Pé varo equino — comentou Du Maurier. — É a fase epileptiforme. Normal. O senhor verá que se seguirá a fase clownesca...

A face congestionou-se progressivamente; a boca se abria e se fechava a intervalos, e dela saía uma baba branca sob a forma de grandes bolhas. Agora a enferma emitia berros e gemidos, como "uh! uh!", os músculos do rosto eram tomados por espasmos, as pálpebras desciam e subiam alternadamente; como se a doente fosse uma acrobata, o corpo se curvava em arco e já não se apoiava senão sobre a nuca e os pés.

Por alguns segundos, teve-se o horrendo espetáculo circense de um fantoche desarticulado que parecia haver perdido seu peso. Depois, a doente despencou na cama e passou a assumir atitudes que Du Maurier definia como "passionais"; primeiro quase de ameaça, como se ela quisesse repelir um agressor, e, então, quase de gaiatice, como se piscasse o olho para alguém. Em seguida, assumiu o ar lúbrico de uma sedutora que convida o cliente com movimentos obscenos da língua e adotou uma posição de súplica amorosa — o olhar úmido, os braços estendidos e as mãos postas, os lábios esticados como se pedisse um beijo —; por fim, virou os olhos tão para o alto que mostrava somente o branco da córnea, e culminou em um delíquio erótico:

— Oh, meu bom senhor — dizia com a voz embargada —, oh, serpente diletíssima, sagrada áspide... eu sou tua Cleópatra... aqui no meu peito... te aleitarei... oh, meu amor, entra-me todo dentro...

— Diana vê uma serpente sacra que a penetra; outras veem o Sagrado Coração que se une a elas. Às vezes, para uma histérica, ver uma forma fálica ou uma imagem masculina dominante e ver aquele que a estuprou na infância — dizia-me Du Maurier — são quase a mesma coisa. Talvez o senhor já tenha observado reproduções em gravura de Santa Teresa de Bernini: certamente não a distinguiria dessa desventurada. Uma mística é uma histérica que encontrou seu confessor antes do seu médico.

Nesse ínterim, Diana havia assumido a posição de uma crucificada e entrado em uma nova fase, em que começava a proferir obscuras ameaças dirigidas a alguém e a anunciar revelações pavorosas, enquanto se debatia violentamente na cama.

— Vamos deixá-la repousar — disse Du Maurier. — Quando acordar, terá entrado na segunda fase e se afligirá pelas coisas horríveis que se lembrará de nos haver contado. O senhor deve dizer às suas piedosas damas que não se assustem, se ocorrerem crises assim. Bastará imobilizá-la e meter-lhe um lenço na boca, para que não morda a língua, mas não será ruim fazê-la engolir umas gotas do líquido que lhe darei.

Em seguida, acrescentou:

— O fato é que convém manter segregada esta criatura. E não posso mais conservá-la aqui; isto não é uma prisão, mas uma casa de tratamento: as pessoas circulam e é útil, terapeuticamente indispensável, que conversem entre si e tenham a impressão de levar uma vida normal e serena. Meus hóspedes não são loucos, são apenas pessoas com nervos abalados. As crises de Diana podem impressionar as outras pacientes, e as confidências que ela tende a fazer na sua fase "má", verdadeiras ou falsas, perturbam a todos. Espero que suas piedosas damas tenham a possibilidade de isolá-la.

... como se a doente fosse uma acrobata, o corpo se curvava em arco e já não se apoiava senão sobre a nuca e os pés ... (p. 333)

A impressão que me ficou daquele encontro foi que certamente o doutor queria livrar-se de Diana, pedia que a mantivéssemos praticamente prisioneira e temia que ela tivesse contato com outras pessoas. Não apenas isso: também tinha muito medo de que alguém levasse a sério o que a jovem contava e, portanto, já se prevenia apressando-se a esclarecer que se tratava do delírio de uma demente.

* * *

Eu havia alugado, alguns dias antes, a casa de Auteuil. Nada de especial, mas bastante acolhedora. Entrava-se na típica salinha de uma família burguesa, um sofá cor de mogno revestido com um velho veludo de Utrecht, cortinas cor de damasco vermelho, um relógio de pêndulo de colunetas sobre a lareira, ladeado por dois vasos de flores sob uma redoma de vidro, uma mísula encostada a um espelho e um pavimento de ladrilhos bem lustrados. Ao lado, um quarto, que destinei a Diana: as paredes eram forradas por um tecido cinza-pérola jaspeado e o piso, recoberto por um tapete espesso de grandes rosas vermelhas; as cortinas da cama e das janelas eram do mesmo tecido, permeado por largas listras de cor violeta, que lhe quebravam a monotonia. Acima da cama, ficava pendurada uma cromolitografia que representava dois pastorzinhos enamorados e, sobre uma mísula, havia um relógio de pêndulo cravejado de pedrinhas artificiais e ladeado por dois cupidos gorduchos que seguravam um ramalhete de lírios dispostos em forma de candelabro.

No andar superior havia outros dois quartos. Destinei um deles a uma velha meio surda e inclinada à bebida, mas que apresentava o mérito de não ser daquele lugar e dispor-se a tudo para ganhar alguma coisa. Não consigo recordar por quem ela me fora indicada, mas a velha me pareceu ideal para tomar conta de Diana quando não houvesse mais ninguém na casa e, se necessário, acalmá-la quando a jovem tivesse um dos seus ataques.

Ademais, enquanto escrevo me dou conta de que a velha deve estar sem notícias minhas há mais de um mês. Talvez eu tenha lhe deixado dinheiro suficiente para sobreviver, mas por quanto tempo? Eu deveria correr para Auteuil, mas percebo que não recordo o endereço: Auteuil onde? Posso percorrer toda a zona batendo de casa em casa para perguntar se mora ali uma histérica paladiana de dupla personalidade?

* * *

Em abril, Taxil anunciou publicamente sua conversão, e já em novembro saía seu primeiro livro com revelações candentes sobre a maçonaria, *Les frères trois-points*. No mesmo período, levei-o para ver Diana. Não lhe escondi a dupla condição da moça e tive de explicar-lhe que ela nos era útil não na condição de donzela recatada, mas como paladiana impenitente.

Nos últimos meses, eu tinha estudado a jovem a fundo e mantido sob controle suas mutações, sedando-a com o líquido do doutor Du Maurier. Porém, compreendi que era enervante esperar as crises, imprevisíveis, e que convinha encontrar um modo de fazer Diana mudar de condição sob comando: no fundo, parece que assim faz o doutor Charcot com suas histéricas.

Como não dispunha do poder magnético de Charcot, fui procurar em bibliotecas alguns tratados mais tradicionais, como *De la cause du sommeil lucide*, do velho (e autêntico) abade Faria. Inspirando-me nesse livro e em outras leituras, decidi apertar os joelhos da jovem com os meus, segurar seus polegares entre dois dedos e fitá-la nos olhos; em seguida, depois de ao menos cinco minutos, retirar as mãos, apoiá-las nos seus ombros, descê-las ao longo dos seus braços até a extremidade dos dedos por cinco ou seis vezes e, então, pousá-las sobre sua cabeça, baixá-las diante dos seus olhos, à distância de 5 ou 6 centímetros, até o côncavo do estômago, com os outros dedos sob as costelas, e finalmente descê-las ao longo do corpo até os joelhos ou mesmo até a ponta dos pés.

Do ponto de vista do pudor, isso era invasivo demais para a Diana "boa", que, no início, ameaçava gritar como se (Deus me perdoe) eu atentasse contra sua virgindade, mas o efeito era tão seguro que ela se acalmava quase subitamente, adormecia por alguns minutos e acordava na condição primeira. Mais fácil era fazê-la voltar à condição segunda, porque a Diana "má" demonstrava sentir prazer com aqueles toques e tentava prolongar minha manipulação, acompanhando-a com maliciosos movimentos do corpo e gemidos sufocados; por sorte, em pouco tempo não conseguia subtrair-se ao efeito hipnótico e também adormecia — do contrário, eu teria tido problemas tanto em prolongar aquele contato, que me perturbava, quanto em frear sua repugnante luxúria.

* * *

Creio que qualquer indivíduo do sexo masculino poderia considerar Diana como um ser de beleza singular, ao menos até onde sei julgar — eu que, pelo hábito e pela vocação, fui mantido longe das misérias do sexo —; e Taxil era, com toda a evidência, um homem de apetites vivazes.

O doutor Du Maurier, ao me ceder sua paciente, também me entregara um pequeno baú cheio de roupas bastante elegantes, o qual Diana trouxera consigo ao ser internada — sinal de que sua família de origem devia ser abastada. E, com evidente coquetismo, no dia em que lhe avisei que ela receberia a visita de Taxil, enfeitou-se com cuidado. Embora parecesse ausente em ambas as condições, era muito atenta a esses pequenos detalhes femininos.

Taxil logo se mostrou fascinado ("bela mulher", sussurrou-me, estalando os lábios) e, mais tarde, quando procurou imitar meus procedimentos hipnóticos, tendia a delongar suas apalpadelas mesmo quando a paciente já estava claramente adormecida, de maneira que eu devia intervir com uns tímidos: "Creio que agora chega."

Desconfio que, se o deixasse sozinho com Diana quando ela estava na sua condição "normal", ele se permitiria outras licenças, e ela as concederia. Por isso, eu cuidava para que nossos colóquios com a jovem acontecessem sempre a três. Ou, melhor, às vezes a quatro, porque, para estimular as lembranças e as energias da Diana satanista e luciferiana (e seus humores luciferinos), achei conveniente colocá-la em contato também com o abade Boullan.

* * *

Boullan. Desde que o arcebispo de Paris o interditara, o abade seguira para Lyon a fim de unir-se à comunidade do Carmelo, fundada por Vintras, um visionário que celebrava usando uma grande veste branca, sobre a qual se destacava uma cruz vermelha invertida e um diadema com o símbolo fálico indiano. Quando orava, Vintras levitava no ar, deixando em êxtase seus sequazes. Durante suas liturgias, as hóstias destilavam sangue, mas vários boatos falavam de práticas homossexuais, de ordenações de sacerdotisas do amor e de redenção através do livre jogo dos sentidos; em suma, coisas, todas elas, às quais Boullan era indubitavelmente inclinado. Tanto que, à morte de Vintras, proclamou-se sucessor dele.

Vinha a Paris ao menos uma vez por mês. Não lhe parecia viável estudar uma criatura como Diana do ponto de vista demonológico (a fim de exorcizá-la da melhor maneira — dizia ele, mas já então eu sabia como ele exorcizava). Passava dos 60 anos, mas ainda era um homem vigoroso, com um olhar que não posso deixar de definir como magnético.

Boullan escutava o que Diana contava — e Taxil anotava religiosamente tudo —, mas parecia perseguir outros fins e, às vezes, sussurrava no ouvido da jovem incitações ou conselhos dos quais não captávamos nada. Não obstante, era-nos útil, porque, entre os mistérios que convinha revelar sobre a maçonaria, certamente se incluíam o apunhalamento de hóstias sacras e as várias formas de missa negra, e Boullan era uma autoridade sobre isso. Taxil tomava notas sobre os vários ritos demoníacos e, à medida que seus libelos eram publicados, discorria cada vez mais sobre essas liturgias, que seus maçons praticavam o tempo todo.

* * *

Depois de publicar alguns livros, um atrás do outro, Taxil já estava esgotando o pouco que sabia sobre a maçonaria. Ideias frescas só lhe vinham da Diana "má" que emergia sob hipnose e que, com os olhos arregalados, contava cenas às quais talvez houvesse assistido, ou das quais ouvira falar na América ou que simplesmente imaginava. Eram histórias que nos deixavam com a respiração suspensa e devo dizer que, mesmo sendo homem de experiência (imagino), eu ficava escandalizado. Por exemplo, um dia ela começou a falar da iniciação da sua inimiga, Sophia Walder, ou Sophia Sapho se preferirem, e não entendíamos se percebia o sabor incestuoso de toda a cena, mas certamente não a narrava em tom de esconjuro, e sim com a excitação de quem, privilegiada, vivera aquilo.

— Foi o pai dela — dizia lentamente Diana — quem a fez adormecer e lhe passou um ferro ardente sobre os lábios... Devia assegurar-se de que o corpo fosse isolado de qualquer cilada proveniente de fora. Ela trazia ao pescoço uma joia, uma serpente enrolada... Pois bem, o pai lhe tira o colar, abre um cesto, extrai dali uma serpente viva e a pousa sobre o ventre dela... É belíssima, parece dançar enquanto rasteja, sobe até o pescoço de Sophia e se enrola para tomar o lugar da joia... Agora sobe até o rosto, estira a língua, que vibra, até os lábios, e a beija, sibilando. Como é... esplendidamente... escorregadia... Agora, Sophia desperta, tem a boca espumante, levanta-se e fica em pé, rígida como uma estátua; o pai lhe desata o corselete, deixa seus seios nus! E, agora, com uma varinha, finge escrever sobre o peito dela uma pergunta e as letras se gravam vermelhas sobre a carne; a serpente, que parecia haver adormecido, desperta sibilando e move a cauda para traçar a resposta, sempre sobre a carne nua de Sophia...

— Como você sabe essas coisas, Diana? — perguntava eu.

— Sei desde quando estava na América... Meu pai me iniciou no paladismo. Depois, vim para Paris, talvez tenham querido me afastar... Em Paris, conheci Sophia Sapho. Ela sempre foi minha inimiga. Quando não aceitei fazer o que ela queria, entregou-me ao doutor Du Maurier, dizendo a ele que eu era louca.

* * *

Procuro o doutor Du Maurier para saber sobre a trajetória de Diana:

— Entenda, doutor, minha irmandade não pode ajudar essa jovem se não souber de onde ela vem, quem são seus pais.

Du Maurier encara-me como se eu fosse uma parede:

— Nada sei, já lhe disse. Ela me foi confiada por uma parenta, que já morreu. O endereço da parenta? O senhor achará estranho, mas não o

... Quando orava, Vintras levitava no ar, deixando em êxtase seus sequazes ... (p. 339)

tenho. Um ano atrás, houve um incêndio no meu consultório e muitos documentos se perderam. Não sei nada sobre o passado de Diana.

— Mas ela veio da América?

— Talvez, mas fala francês sem nenhum sotaque. Diga às suas pias congregadas que não se façam muitas perguntas, porque é impossível que a jovem possa retroceder do estado em que se encontra e retornar ao mundo. E que a tratem com doçura, que a deixem terminar seus dias assim, porque eu lhe digo: em um estágio de histeria tão avançado, não se sobrevive por muito tempo. Mais dia, menos dia, ela terá uma violenta inflamação no útero e a ciência médica não poderá fazer nada.

Estou convencido de que ele mente, talvez seja também um paladiano (Grande Oriente, coisa nenhuma) e aceitou emparedar viva uma inimiga da seita. Porém, são fantasias minhas. Continuar falando com Du Maurier é tempo perdido.

Interrogo Diana, tanto na condição primeira quanto na segunda. Ela parece não recordar nada. Traz ao pescoço uma correntinha de ouro com um medalhão pendurado: nele aparece a imagem de uma mulher com a qual se assemelha muitíssimo. Percebo que o medalhão pode ser aberto e peço muitas vezes que ela me mostre o que há dentro, mas Diana se recusa com ênfase, medo e determinação selvagem:

— Minha mãe me deu — limita-se a repetir.

* * *

Devem ter decorrido quatro anos desde quando Taxil iniciou sua campanha antimaçônica. A reação do mundo católico foi além das nossas expectativas: em 1887 Taxil é convocado pelo cardeal Rampolla para uma audiência privada com o papa Leão XIII. Uma legitimação oficial da sua batalha e o início de um grande sucesso editorial. E econômico.

Remonta a esse período um bilhete que recebi, muito lacônico, mas eloquente: "Reverendíssimo abade, creio que a coisa foi além dos nossos entendimentos. O senhor poderia tomar alguma providência? Hébuterne."

Não se pode andar para trás. Não me refiro aos direitos autorais, que continuam afluindo de maneira excitante, mas ao conjunto de pressões e de alianças que se criaram com o mundo católico. Taxil é agora o herói do antissatanismo e, sem dúvida, não quer renunciar a esse título.

Nesse ínterim, chegam-me também mensagens sucintas do padre Bergamaschi: "Vai tudo bem, parece-me. Mas, e os judeus?"

Pois é, o padre Bergamaschi recomendara que fossem arrancadas de Taxil revelações picantes não somente sobre a maçonaria, mas também sobre os judeus. Contudo, tanto Diana quanto Taxil silenciavam sobre esse ponto. No caso de Diana, isso não me surpreendia; talvez nas Américas, de onde ela provinha, houvesse menos judeus do que entre nós e o problema lhe parecesse estranho. No entanto, a maçonaria era povoada de judeus, e eu lembrava tal fato a Taxil.

— E o que sei eu? — respondia ele. — Na maçonaria nunca encontrei judeus, ou não sabia que o eram. Nunca vi um rabino em uma loja.

— Eles certamente não comparecem vestidos de rabinos. Mas eu soube, por um padre jesuíta muito informado, que o monsenhor Meurin, não um vigário qualquer, mas um arcebispo, provará em seu próximo livro que todos os ritos maçônicos têm origens cabalísticas e que é a cabala judaica que conduz os maçons à demonolatria...

— Então, deixemos o monsenhor Meurin falar; já lançamos lenha suficiente na fogueira.

Essa reticência de Taxil me intrigou longamente (seria ele judeu?, perguntava-me), até que descobri que, durante seus vários empreendimentos jornalísticos e livreiros, ele incorrera em muitos processos, tanto por calúnia quanto por obscenidade, e tivera de pagar multas bastante salgadas. Assim, endividara-se fortemente com alguns usurários judeus e ainda não pudera desobrigar-se (até porque gastava alegremente os não poucos proventos da sua nova atividade antimaçônica). E, por conseguinte, temia que aqueles judeus, os quais por enquanto se mantinham tranquilos, ao se sentirem atacados, pudessem mandá-lo à prisão por dívidas.

Mas, era apenas questão de dinheiro? Embora fosse um patife, de algum sentimento Taxil era capaz e, por exemplo, era muito apegado à família. Assim, por alguma razão sentia certa compaixão pelos judeus, vítimas de muitas perseguições. Dizia que os papas haviam protegido os judeus do gueto, embora como cidadãos de segunda categoria.

Naqueles anos, o sucesso lhe subira à cabeça: acreditando-se agora o arauto do pensamento católico legitimista e antimaçônico, decidira dedicar-se à política. Eu não conseguia acompanhá-lo nessas maquinações, mas ele se candidatou por algum conselho comunal em Paris e entrou em concorrência, e em polêmica, com um jornalista importante como Drumont, empenhado em uma violenta campanha antijudaica e antimaçônica e muito escutado pela gente de Igreja, o qual passou a insinuar que Taxil era um futriqueiro — e "insinuar" talvez seja um termo suave demais.

Em 1889, Taxil escreveu um libelo contra Drumont e, não sabendo como atacá-lo (já que eram ambos antimaçons), falou da judeofobia dele como forma de alienação mental. E deixou-se levar a algumas recriminações sobre os pogroms russos.

Drumont era um polemista de raça e respondeu com outro libelo, em que ironizava sobre esse senhor que se metia a paladino da Igreja, recebendo abraços e congratulações de bispos e cardeais, mas que poucos anos antes escrevera sobre o papa, sobre padres e sobre frades, para não falar em Jesus e na Virgem Maria, coisas vulgares e imundas. Mas havia algo pior.

Várias vezes me acontecera falar com Taxil na casa dele, onde, no térreo, ficava antigamente a sede da Livraria Anticlerical, e com frequência éramos incomodados por sua mulher, que vinha sussurrar algo no ouvido do marido. Como compreendi mais tarde, numerosos e impenitentes anticlericais ainda iam àquele endereço procurar as obras anticatólicas do agora catolicíssimo Taxil, o qual armazenara demasiados exemplares para poder destruí-los de coração leve; portanto, com muita prudência, sempre mandando na frente a mulher e não aparecendo nunca, continuava desfrutando daquele excelente filão. Eu, porém, jamais me iludira sobre a sinceridade da sua conversão: o único princípio filosófico em que ele se inspirava era o de que o dinheiro *non olet*.

Contudo, isso também fora percebido por Drumont, que por conseguinte atacava o marselhês não somente como ligado de algum modo aos judeus mas também como anticlerical ainda impenitente. Era o suficiente para instilar dúvidas ferozes entre os leitores mais timoratos do nosso homem.

Precisávamos contra-atacar.

— Taxil — disse-lhe eu —, não quero saber por que o senhor não deseja se empenhar pessoalmente contra os judeus, mas não poderíamos pôr em cena algum outro que se ocupe do assunto?

— Desde que eu não me envolva diretamente — respondeu ele, acrescentando: — De fato, minhas revelações já não bastam, tampouco as caraminholas que nossa Diana nos conta. Criamos um público que quer mais; talvez não me leiam para conhecer as tramas dos inimigos da Cruz, mas por pura paixão narrativa, como acontece com aqueles romances de peripécias em que o leitor é induzido a tomar o partido do criminoso.

* * *

E assim nasceu o doutor Bataille.

Taxil descobrira, ou reencontrara, um velho amigo, um médico da marinha que fizera muitas viagens a países exóticos, aqui e ali metendo o nariz nos templos dos vários conventículos religiosos, mas que sobretudo tinha uma cultura infinita no campo dos romances de aventura, por exemplo, os livros de Boussenard ou os relatos fantasiosos de Jacolliot, tais como *Le spiritisme dans le monde* ou *Voyage aux pays mystérieux*. A ideia de buscar novos temas no universo da ficção me encontrou plenamente de acordo (e pelos seus diários, capitão Simonini, depreendi que o senhor não fez outra coisa, inspirando-se em Dumas ou em Sue): as pessoas devoram narrativas de terra e de mar ou histórias criminais por simples deleite, depois esquecem facilmente o que leram e, quando alguém lhes conta como verdadeira alguma coisa que elas leram em um romance, apenas vagamente percebem que já tinham ouvido falar daquilo e encontram uma confirmação das suas crenças.

O homem encontrado por Taxil era o doutor Charles Hacks: diplomara-se em parto cesariano e publicara algo sobre a marinha mercante, mas ainda não havia explorado seu talento narrativo. Parecia dominado por um etilismo agudo e era manifestamente desprovido de um soldo que fosse. Pelo que entendi das suas conversas, estava para publicar em breve uma obra fundamental contra as religiões e o cristianismo como "histeria da cruz", mas, diante das propostas de Taxil, dispunha-se a escrever mil páginas contra os adoradores do diabo, para glória e defesa da Igreja.

Recordo que em 1892 iniciamos, para um conjunto de 240 fascículos que se sucederiam ao longo de aproximadamente trinta meses, uma obra *monstre* intitulada *Le diable au XIXe siècle*, tendo na capa um grande Lúcifer zombeteiramente sorridente, com asas de morcego e rabo de dragão, e um subtítulo que anunciava "os mistérios do espiritismo, a maçonaria luciferiana, revelações completas sobre o paladismo, a teurgia, a Goétia e todo o satanismo moderno, o magnetismo oculto, os médiuns luciferianos, a cabala do fim do século, a magia rosa-cruz, as possessões em estado latente, os precursores do Anticristo". O conjunto era atribuído a um misterioso doutor Bataille.

Como seria previsível, a obra não continha nada que já não houvesse sido escrito em outro lugar: Taxil ou Bataille saquearam toda a literatura precedente e construíram um caldeirão de cultos subterrâneos, aparições diabólicas, rituais arrepiantes, retorno de liturgias templárias com o Bafomé de sempre, e assim por diante. Até as ilustrações eram copiadas de outros livros de ciências ocultas, que se copiaram entre si. Como únicas imagens inéditas, havia os retratos dos grão-mestres maçônicos, que tinham um pouco a função daqueles cartazes que, nas pradarias americanas, apontam os fora da lei a serem identificados e entregues à justiça, vivos ou mortos.

* * *

Trabalhava-se freneticamente: Hacks-Bataille, depois de abundantes doses de absinto, contava suas invenções a Taxil, e esse as transcrevia, embelezando-as; ou então Bataille cuidava dos detalhes relativos à ciência médica ou à arte dos venenos ou tratava da descrição das cidades e dos ritos exóticos que realmente havia visto, enquanto Taxil se esmerava sobre os últimos delírios de Diana.

Por exemplo, Bataille começava a evocar a rocha de Gibraltar como um corpo esponjoso atravessado por condutos, cavidades e grutas subterrâneas onde se celebravam os ritos de todas as seitas entre as mais ímpias, as patifarias maçônicas das seitas da Índia, ou as aparições de Asmodeu, e Taxil passava a delinear o perfil de Sophia Sapho. Por ter lido o *Dictionnaire infernal*, de Collin de Plancy, sugeria que Sophia deveria revelar que as legiões infernais eram 6.666, cada uma constituída por 6.666 demônios. Embora já ébrio, Bataille conseguia fazer as contas e concluía que, entre diabos e diabas, chegava-se ao total de 44.435.556 demônios. Nós conferíamos, dizíamos, espantados, que ele tinha razão, ele dava um tapa na mesa e gritava: "Então, vocês veem que não estou bêbado!" E comemorava até rolar para baixo da mesa.

Foi apaixonante imaginar o laboratório de toxicologia maçônica de Nápoles, onde se preparavam os venenos para atacar os inimigos das lojas. A obra-prima de Bataille foi a invenção daquilo que, sem qualquer razão química, ele denominava *maná*: fecha-se um sapo em uma jarra cheia de víboras e áspides, alimenta-se o bicho apenas com fungos venenosos, acrescentam-se digitális e cicuta, em seguida deixa-se que os animais morram de fome, borrifam-se os cadáveres com espuma de cristal pulverizada e com eufórbia, colocando depois tudo isso em um alambique, absorvendo a umidade em fogo lento e, por fim, separando a cinza dos cadáveres dos pós incombustíveis, obtendo assim não um, mas dois venenos, um líquido e outro em pó, idênticos nos seus efeitos letais.

— Já vejo quantos bispos essas páginas levarão ao êxtase — casquinava Taxil, coçando a virilha, como fazia nos momentos de grande satisfação. E falava com conhecimento de causa, porque a cada novo fascículo do *Diable* ele recebia a carta de algum prelado que lhe agradecia por suas corajosas revelações, que abriam os olhos de muitos fiéis.

De vez em quando, recorria-se a Diana. Só ela podia inventar a *Arcula Mystica* do grão-mestre de Charleston, um pequeno cofre do qual só existiam no mundo sete exemplares: levantando-se a tampa, via-se um megafone de prata, como a campânula de uma trompa de caça, mas menor; à esquerda, um cabo de fios de prata fixado por uma ponta ao aparelho e, por outra, a uma geringonça de enfiar no ouvido para escutar a voz das pessoas que falavam a partir de um dos outros seis exemplares. À direita, um sapo em cinábrio emitia pequenas chamas pela goela escancarada, como que para assegurar que a comunicação estava ativada, e sete pequenas estatuetas de ouro representavam tanto as

... *uma obra* monstre *intitulada* Le diable au XIXᵉ siècle, *tendo na capa um grande Lúcifer zombeteiramente sorridente, com asas de morcego e rabo de dragão ... (p. 346)*

sete virtudes cardeais da escala paládica quanto os sete máximos diretores maçônicos. Assim, o grão-mestre, empurrando sobre o pedestal uma das estatuetas, alertava seu correspondente de Berlim ou de Nápoles; o correspondente, se naquele momento não se encontrasse diante da *Arcula*, sentia um vento quente no rosto e sussurrava por exemplo "Estarei pronto em uma hora", e, sobre a mesa do grão-mestre, o sapo dizia em voz alta "em uma hora".

No início perguntamo-nos se a história não era um tanto grotesca, até porque fazia muitos anos que um tal Meucci patenteara seu teletrofone ou telefone, como se diz agora. Todavia aqueles acessórios ainda eram coisa para ricos, não se esperava que nossos leitores os conhecessem, e uma invenção extraordinária como a *Arcula* demonstrava uma indubitável inspiração diabólica.

Ora nos encontrávamos na casa de Taxil, ora em Auteuil; algumas vezes ousamos trabalhar no ninho de rato de Bataille, mas o fedor combinado que ali reinava (de álcool de má qualidade, panos mal lavados e comida estragada havia semanas) nos aconselhou a evitar aquelas sessões.

* * *

Um dos problemas que enfrentamos foi como caracterizar o general Pike, o grão-mestre da Maçonaria Universal que, de Charleston, dirigia o destino do mundo. Porém, não existe nada mais inédito do que aquilo que já foi publicado.

Assim que iniciamos a publicação de *Le Diable*, saiu o esperado volume do monsenhor Meurin, arcebispo de Port-Louis (onde diabos ficava isso?), *La Franc-Maçonnerie Synagogue de Satan*; e o doutor Bataille, que mastigava o inglês, havia encontrado durante suas viagens *The Secret Societies*, um livro publicado em Chicago em 1873, de autoria do general John Phelps, inimigo declarado das lojas maçônicas.

Precisávamos apenas repetir o que havia nesses livros para desenhar melhor a imagem daquele Grande Ancião, grão-sacerdote do paladismo mundial, talvez fundador da Ku Klux Klan e participante do complô que levara ao assassinato de Lincoln. Decidimos que o grão-mestre do Supremo Conselho de Charleston ostentaria os títulos de Irmão Geral, Soberano Comendador, Mestre Perito da Grande Loja Simbólica, Mestre Secreto, Mestre Perfeito, Secretário Íntimo, Preboste e Juiz, Mestre Eleito dos Nove, Ilustre Eleito dos Quinze, Sublime Cavaleiro Eleito, Chefe das Doze Tribos, Grão-Mestre Arquiteto, Grande Eleito Escocês da Volta Sacra, Perfeito e Sublime Maçom, Cavaleiro do Oriente ou da Espada, Príncipe de Jerusalém, Cavaleiro do Oriente e do Ocidente, Soberano Príncipe Rosa-Cruz, Grande Patriarca, Venerável Mestre *ad vitam* de todas as Lojas Simbólicas, Cavaleiro Prussiano Noaquita, Grão-Mestre da Chave, Príncipe do Líbano e do Tabernáculo, Cavaleiro da Serpente de Bronze, Soberano Comendador do Templo, Cavaleiro do Sol, Príncipe Adepto, Grande Escocês de Santo André da Escócia, Grande Eleito Cavaleiro Kadosch, Perfeito Iniciado, Grande Inspetor Inquisidor Comendador, Claro e Sublime Príncipe do Real Segredo, Trinta e Três, Potentíssimo e Potente Soberano Comendador-Geral Grão-Mestre do Conservador do Sacro Paládio, e Soberano Pontífice da Franco-Maçonaria Universal.

E citávamos uma carta dele em que se condenavam os excessos de alguns irmãos da Itália e da Espanha que, "movidos por um ódio legítimo ao Deus dos padres", glorificavam o adversário deste sob o nome de Satanás — um ser inventado pela impostura sacerdotal, cujo nome jamais deveria ser pronunciado em uma loja. Assim, condenavam-se as práticas de uma loja genovesa que havia ostentado, em uma manifestação pública, uma bandeira com o texto "Glória a Satanás!", mas posteriormente se descobria que a condenação era contra o satanismo (superstição cristã), ao passo que a religião maçônica deveria ser mantida na pureza da doutrina luciferiana. Foram os padres, com sua fé no diabo, a criar Satanás e os satanistas, bruxas, bruxos, feiticeiros e magia negra, enquanto os luciferianos eram adeptos de uma magia luminosa, como a dos templários, seus antigos mestres. A magia negra era dos sequazes de Adonai, o Deus mau, adorado pelos cristãos, que transformou a hipocrisia em santidade, o vício em virtude, a mentira em verdade, a fé no absurdo em ciência teológica, e do qual todos os atos atestam a crueldade, a perfídia, o ódio pelo homem, a barbárie e a repulsa à ciência. Lúcifer é, ao contrário, o Deus bom que se opõe a Adonai, como a luz se opõe à sombra.

Boullan tentava nos explicar as diferenças entre os vários cultos daquilo que, para nós, era simplesmente o demônio:

— Para alguns, Lúcifer é o anjo caído que se arrependeu e poderia tornar-se o futuro Messias. Existem seitas apenas de mulheres que consideram Lúcifer um ser feminino, e positivo, oposto ao Deus masculino e malvado. Outros o veem de fato como o Satanás amaldiçoado por Deus, mas consideram que Cristo não fez o bastante pela humanidade e, por conseguinte, se dedicam à adoração do inimigo de Deus — e esses são os verdadeiros satanistas, aqueles que celebram missas negras e assim por diante. Existem adoradores de Satanás que seguem apenas seu gosto pela prática de bruxaria, pelo *envoûtement*, pelo sortilégio, e outros que fazem do satanismo uma verdadeira religião. Entre eles há pessoas que parecem organizadoras de cenáculos culturais, como Joséphin Péladan, e, pior ainda, Stanislas de Guaita, que cultiva a arte do venefício. E, finalmente, existem os paladianos. Um rito para poucos iniciados, do qual fazia parte até um carbonário como Mazzini — e dizem que a conquista da Sicília por Garibaldi foi obra dos paladianos, inimigos de Deus e da monarquia.

Perguntei-lhe por que acusava de satanismo e de magia negra adversários como Guaita e Péladan, ao passo que me constava, através de mexericos parisienses, que justamente ele era acusado de satanismo por esses dois.

— Eh — respondeu Boullan —, nesse universo das ciências ocultas são delgadíssimos os limites entre Mal e Bem, e aquilo que é Bem para uns, é Mal para outros. Às vezes, até nas histórias antigas, a diferença entre uma fada e uma bruxa é só de idade e aparência bonita ou feia.

— E como agem esses sortilégios?

— Dizem que o grão-mestre de Charleston entrou em contato com um certo Gorgas, de Baltimore, chefe de um rito escocês dissidente. Então, conseguiu obter, corrompendo a lavadeira, um lenço dele. Colocou-o para macerar em água salgada e, a cada vez em que acrescentava sal, murmurava: *"Sagrapim melanchtebo rostromouk elias phitg."* Depois, fez o tecido secar expondo-o a um fogo alimentado com ramos de magnólia; em seguida, por três semanas, a cada manhã de sábado pronunciava uma invocação a Moloch, mantendo os braços estendidos e o lenço desdobrado sobre as mãos abertas, como se oferecesse um presente ao demônio. No terceiro sábado, à tardinha, queimou o lenço em uma chama de álcool, colocou a cinza em um prato de bronze, deixou-a repousar por toda a noite e, na manhã seguinte, misturou a cinza com cera e fez uma boneca, um bibelô. Tais criações diabólicas se chamam *dagyde*. Colocou a *dagyde* sob um globo de cristal alimentado por uma bomba pneumática com a qual produziu, dentro do globo, o vácuo absoluto. A essa altura, seu adversário começou a sentir uma série de dores atrozes, cuja origem não conseguia entender.

— E morreu disso?

— São sutilezas, talvez ele não quisesse chegar a tanto. O que importa é que com a magia se pode agir a distância, e é isso o que Guaita e seus companheiros estão fazendo comigo.

Não quis me dizer mais nada, mas Diana, que o escutava, acompanhava-o com um olhar de adoração.

* * *

Oportunamente, sob minha pressão, Bataille dedicou um bom capítulo à presença dos judeus nas seitas maçônicas, remontando até os ocultistas setecentistas e denunciando a existência de 500 mil maçons judeus federados de maneira clandestina junto às lojas oficiais, de tal modo que as lojas deles não traziam um nome, mas somente um número.

Agíramos no momento adequado. Creio que justamente naqueles anos algum jornal começou a usar uma bela expressão, "antissemitismo". Entrávamos em um filão "oficial"; a espontânea desconfiança antijudaica tornava-se uma doutrina, como o cristianismo ou o idealismo.

Àquelas sessões também estava presente Diana, que, quando mencionamos as lojas hebraicas, pronunciou várias vezes: "Melquisedeque, Melquisedeque." O que recordava? Ela prosseguia:

— Durante o conselho patriarcal, o distintivo dos judeus maçons... uma corrente de prata no pescoço, da qual pende uma placa de ouro... representa as Tábuas da Lei... A lei de Moisés...

A ideia era boa, e lá vinham nossos judeus, reunidos no templo de Melquisedeque, trocando sinais de reconhecimento, senhas, saudações e juramentos que evidentemente deviam ser de cunho bastante hebraico, como *Grazzin Gaizim, Javan Abbadon, Bamachec Bamearach, Adonai Bego Galchol*. Naturalmente, não se fazia outra coisa na loja senão ameaçar a Santa Igreja Romana e o costumeiro Adonai.

Assim, Taxil (coberto por Bataille) de um lado contentava seus mandantes eclesiásticos e, de outro, não irritava seus credores judeus. Embora àquela altura já pudesse lhes pagar: no fundo, ao longo dos primeiros cinco anos, Taxil ganhara 300 mil francos de direitos (líquidos), dos quais, aliás, 60 mil cabiam a mim.

* * *

Por volta de 1894, creio, os jornais só falavam do caso de um capitão do exército, um certo Dreyfus, que havia vendido informações militares à embaixada prussiana. A situação vinha a calhar: o traidor era judeu. Drumont pulou imediatamente sobre o caso Dreyfus, e parecia-me que os fascículos de *Le Diable* também deveriam contribuir com revelações mirabolantes. Taxil, porém, dizia que, com as histórias de espionagem militar, era sempre melhor não se envolver.

Somente depois compreendi o que ele intuíra: falar de contribuição judaica à maçonaria era uma coisa, mas trazer Dreyfus à baila significava insinuar (ou revelar) que Dreyfus, além de judeu, era também maçom, e essa seria uma manobra imprudente, visto que a maçonaria prosperava especialmente no exército e provavelmente eram maçons muitos dos altos oficiais que colocavam Dreyfus sob processo.

* * *

Por outro lado, não nos faltavam outros filões a explorar — e, do ponto de vista do público que havíamos construído, nossos trunfos eram melhores que os de Drumont.

Cerca de um ano depois do lançamento de *Le Diable*, Taxil nos dissera:

— Afinal, tudo o que sai em *Le Diable* é obra do doutor Bataille. Por que deveríamos lhe dar fé? Precisamos de uma paladiana convertida que revele os mistérios mais ocultos da seita. E, também, onde já se viu um belo romance sem uma mulher? Sophia Sapho, que apresentamos sob uma luz desagradável, não poderia suscitar a simpatia dos leitores católicos, mesmo que se convertesse. Necessitamos de alguém que seja amável de saída, mesmo que ainda satanista, como se tivesse a face iluminada pela conversão iminente, uma paladista ingênua ludibriada pela seita dos franco-maçons, que aos poucos se liberta desse jugo e volta aos braços da religião dos seus antepassados.

— Diana — respondi, então. — Diana é quase a imagem viva do que pode ser uma pecadora convertida, uma vez que é uma ou outra quase sob comando.

E eis que, no fascículo 89 de *Le Diable*, Diana entrava em cena.

Diana fora introduzida por Bataille, mas, para tornar mais crível seu aparecimento, logo escrevera a ele uma carta se dizendo descontente com o modo pelo qual havia sido apresentada e até criticando a imagem dela que fora publicada, segundo o estilo dos fascículos de *Le Diable*. Devo dizer que esse retrato era sobretudo masculino e, imediatamente, oferecemos uma imagem mais feminina de Diana, afirmando que havia sido feita por um desenhista que fora encontrá-la em seu hotel parisiense.

Diana estreou com a revista *Le Palladium régénéré et libre*, que se apresentava como expressão de paladianos secessionistas, que tinham a coragem de descrever nos mínimos detalhes o culto a Lúcifer e as expressões blasfemas usadas durante aqueles ritos. Seu horror pelo paladismo que ainda professava era tão evidente que certo cônego Mustel, na sua *Revue Catholique*, falou da dissidência paladista de Diana como da antecâmara de uma conversão. Diana se manifestou enviando a Mustel duas cédulas de 100 francos para os pobres dele. Mustel convidou os leitores a rezarem pela conversão de Diana.

Juro que não inventamos Mustel ou lhe pagamos, mas ele parecia seguir um roteiro escrito por nós. E, ao lado da sua revista, alinhava-se *La Semaine Réligieuse*, inspirada por monsenhor Fava, bispo de Grenoble.

Diana se convertia em junho de 1895, creio, e ao longo de seis meses publicava, sempre em fascículos, *Mémoires d'une ex-palladiste*. Quem havia assinado os fascículos do *Palladium Régéneré* (que naturalmente

... oferecemos uma imagem mais feminina de Diana ... (p. 354)

cessava sua publicação) poderia transferir sua assinatura para as *Mémoires* ou então receber o dinheiro de volta. Tenho a impressão de que, exceto alguns fanáticos, os leitores aceitaram a mudança de alinhamento. No fundo, a Diana convertida apresentava histórias tão fantasiosas quanto aquelas da Diana pecadora, e o público precisava disso — o que, aliás, era a ideia fundamental de Taxil: não faz diferença contar os amores ancilares de Pio IX ou os ritos homossexuais de algum satanista maçom. As pessoas querem o proibido, e só.

E Diana prometia coisas proibidas: "Escreverei para divulgar tudo aquilo que aconteceu nos Triângulos e que impedi na medida das minhas forças, aquilo que sempre desprezei e aquilo que eu acreditava ser bom. O público julgará..."

Corajosa Diana. Criáramos um mito. Ela não sabia disso; vivia no arrebatamento resultante das drogas que lhe ministrávamos para mantê-la tranquila e obedecia somente às nossas carícias (meu Deus, não, às *deles*).

* * *

Revivo momentos de grande excitação. Sobre a angelical Diana convertida eram direcionados ardores e amores de curas e bispos, mães de família, pecadores arrependidos. O *Pèlerin* contava que uma certa Louise, gravemente enferma, tinha sido admitida à peregrinação a Lourdes sob os auspícios de Diana e voltara miraculosamente curada. *La Croix*, o maior cotidiano católico, escrevia: "Acabamos de ler o esboço do primeiro capítulo das *Mémoires d'une ex-palladiste*, cuja publicação miss Vaughan está iniciando, e ainda estamos tomados por uma emoção indizível. Como é admirável a graça de Deus nas almas que a ela se entregam..." Um tal monsenhor Lazzareschi, delegado da Santa Sé junto ao Comitê Central da União Antimaçônica, mandou celebrar, na igreja do Sacro Cuore de Roma, um tríduo de agradecimento pela conversão de Diana, e um hino a Joana d'Arc, atribuído a Diana (mas era a ária de uma opereta composta por um amigo de Taxil para não sei qual sultão ou califa muçulmano), foi executado nas festas antimaçônicas do Comitê romano e cantado até em algumas basílicas.

Também aqui, como se a coisa houvesse sido inventada por nós, interveio a favor de Diana uma mística carmelitana de Lisieux em odor de santidade, apesar de muito jovem. Essa sóror Teresa do Menino Jesus e da Santa Face, tendo recebido um exemplar das memórias de Diana convertida, comovera-se a tal ponto com aquela criatura que a inseriu como personagem em uma sua peça teatral escrita para as coirmãs, *O triunfo da humildade*, na qual entrava até Joana d'Arc. E enviou a Diana uma foto sua, vestida de Joana d'Arc.

Enquanto as memórias de Diana eram traduzidas para várias línguas, o cardeal Parocchi, vigário-geral de Roma, congratulava-se com ela por aquela conversão que ele definia como "magnífico triunfo da Graça"; o monsenhor Vincenzo Sardi, secretário apostólico, escrevia que a Providência permitira que Diana fizesse parte daquela seita infame justamente para poder esmagá-la melhor mais tarde; e a *Civiltà Cattolica* afirmava que miss Diana Vaughan, "chamada das trevas à luz divina, está agora usando sua experiência a serviço da Igreja, com publicações que não têm igual em exatidão e em utilidade".

* * *

Eu via Boullan cada vez com mais frequência em Auteuil. Quais eram suas relações com Diana? Às vezes, chegando inopinadamente à casa, eu os surpreendia abraçados; Diana olhando para o teto, com expressão de êxtase. Mas talvez houvesse entrado na sua condição segunda, acabado de se confessar, e estivesse desfrutando da sua purificação. Mais suspeitas me pareciam as relações da jovem com Taxil. Sempre chegando inesperadamente, um dia encontrei-a no sofá, desalinhada, abraçada a um Taxil de rosto cianótico. Ótimo, disse a mim mesmo; afinal, alguém deve satisfazer as pulsões carnais da Diana "má" e não me agradaria que fosse eu. Se já me assustam as relações carnais com uma mulher, imagine-se com uma louca.

Quando me vejo com a Diana "boa", ela pousa virginalmente a cabeça no meu ombro e, chorando, implora-me que a absolva. A tepidez daquela cabeça na minha face e aquele hálito com sabor de penitência me provocam arrepios — pelos quais logo me retraio, convidando Diana a ajoelhar-se diante de alguma imagem sacra e a invocar o perdão.

* * *

Nos círculos paladianos (existiam de fato? muitas cartas anônimas pareciam provar isso, até porque basta falar sobre alguma coisa para fazê-la existir) pronunciavam-se obscuras ameaças à traidora Diana. E nesse ínterim aconteceu alguma coisa que me escapa. Ocorre-me dizer: a morte do abade Boullan. No entanto, lembro-me dele ao lado de Diana, até nos anos mais recentes.

Exigi demais da minha memória. Preciso repousar.

23
DOZE ANOS BEM VIVIDOS

Dos diários de 15 e 16 de abril de 1897

Neste ponto, não somente as páginas do diário de Dalla Piccola se entrecruzam, eu diria quase furiosamente, com as de Simonini, às vezes falando ambos do mesmo fato, embora sob pontos de vista contrastantes, como também as próprias páginas de Simonini se tornam convulsas, como se lhe fosse difícil recordar simultaneamente eventos diversos, personagens e ambientes com os quais teve contato no decorrer dos anos. O arco de tempo que Simonini reconstitui (com frequência confundindo os momentos, situando primeiro aquilo que, segundo toda verossimilhança, certamente aconteceu depois) deve ir desde a suposta conversão de Taxil até 1896 ou 1897. Ao menos uns 12 anos, em uma série de anotações rápidas, algumas quase estenográficas, como se ele temesse deixar escaparem coisas que de repente lhe afloram à mente, alternadas com relatos mais extensos sobre conversas, reflexões, episódios dramáticos.

Por tal motivo, o Narrador, vendo-se desprovido daquela equilibrada *vis narrandi* que também parece faltar ao autor do diário, se limitará a separar as lembranças em pequenos capítulos diferentes, como se os fatos houvessem acontecido um após o outro ou um separado do outro, ao passo que, com toda a probabilidade, aconteceram todos simultaneamente — digamos, Simonini sai de uma conversa com Rachkovsky para se encontrar na mesma tarde com Gaviali. Mas não importa, como se costuma dizer.

O salão Adam

Simonini recorda que, após impelir Taxil ao caminho da conversão (e não sabe por que, mais tarde, Dalla Piccola o subtraiu ao seu controle, por assim dizer), decidiu, se não exatamente filiar-se à maçonaria, frequentar ambientes em que, imaginava, encontraria maçons às dúzias. E, graças aos bons ofícios de pessoas que conhecera na livraria da rue de Baune, sobretudo de Toussenel, foi autorizado a frequentar o salão daquela Juliette Lamessine, agora senhora Adam, por haver desposado um deputado da esquerda republicana, fundador do Crédit Foncier e posteriormente senador vitalício. Portanto, dinheiro, alta política e cultura adornavam aquela residência, primeiro no boulevard Poissonnière e mais tarde no boulevard Malesherbes, em que não só a própria anfitriã era autora de algum renome (publicara até uma biografia de Garibaldi) como também circulavam homens de Estado, como Gambetta, Thiers ou Clemenceau, e escritores como Prudhomme, Flaubert, Maupassant, Turgenev. E ali Simonini encontrou Victor Hugo, pouco antes da morte do escritor, agora transformado em monumento de si mesmo, paralisado pela idade, pela toga senatorial e pelas sequelas de uma congestão cerebral.

Simonini não estava habituado a frequentar aqueles ambientes. Parece ter sido justamente naqueles anos que conheceu, no Magny, o doutor Froïde (como recorda no diário de 25 de março), tendo sorrido quando o médico lhe contou que, para jantar à casa de Charcot, tivera de adquirir um fraque e uma bela gravata preta. Agora Simonini também fora obrigado a comprar fraque e gravata, e não apenas isso, mas também uma bela barba nova, do melhor (e mais discreto) fabricante de postiços de Paris. No entanto, ainda que os estudos da juventude não o houvessem deixado desprovido de certa cultura e que nos anos parisienses ele não desprezasse algumas leituras, não se sentia à vontade em meio a uma conversação cintilante e informada, às vezes profunda, cujos protagonistas se mostravam sempre *à la page*. Por conseguinte, mantinha-se em silêncio, escutava tudo com atenção e limitava-se a mencionar de vez em quando alguns remotos episódios bélicos da expedição à Sicília, e, na França, Garibaldi sempre caía bem.

Sentia-se atordoado. Preparara-se para escutar discursos não só republicanos, o que era o mínimo para época, mas também decididamente revolucionários, e, em vez disso, Juliette Adam gostava de rodear-se de personagens russos claramente ligados ao ambiente czarista, era anglófoba, como seu amigo Toussenel, e publicava na sua *Nouvelle Revue* uma figura como Léon Daudet, considerado com razão um reacionário, tanto quanto seu pai, Alphonse, era considerado um sincero democrata; porém, diga-se em favor de Madame Adam, ambos eram admitidos no seu salão.

Tampouco estava clara a origem da polêmica antijudaica que muitas vezes animava as conversas do grupo. Seria o ódio socialista pelo capitalismo hebraico, do qual Toussenel era ilustre representante, ou o antissemitismo místico que ali circulava por obra de Juliana Glinka, ligadíssima ao ambiente ocultista russo, mêmore dos ritos do candomblé brasileiro ao qual fora iniciada na infância, quando o pai servia naquele país como diplomata, e íntima (sussurrava-se) da grande pitonisa do ocultismo parisiense da época, Madame Blavatsky?

A desconfiança de Juliette Adam contra o mundo hebraico não era dissimulada, e Simonini assistiu a um serão em que se fez uma leitura pública de alguns trechos do escritor russo Dostoievski, evidentemente devedor daquilo que o tal Brafmann, que Simonini conhecera, havia revelado sobre o Grande Kahal.

— Dostoievski nos diz que, por haverem perdido muitas vezes seu território, sua independência política, suas leis e até quase sua fé, e terem sempre sobrevivido, cada vez mais unidos que antes, esses judeus tão vitais, tão extraordinariamente fortes e enérgicos, não poderiam resistir sem um Estado acima dos Estados existentes, um *status in statu*, que eles conservaram sempre e em toda parte, mesmo nos períodos em que foram mais terrivelmente perseguidos, isolando-se e apartando-se dos povos junto aos quais viviam, sem fundir-se com eles e atendo-se a um princípio fundamental: "Mesmo quando estiveres disperso sobre toda a face da terra, não importa, confia em que tudo o que te foi prometido se realizará, e enquanto isso vive, despreza, une-te, desfruta, e espera, espera..."

— Esse Dostoievski é um grande mestre da retórica — observava Toussenel. — Vejam como ele começa professando compreensão, simpatia, eu ousaria dizer até respeito pelos judeus: "Por acaso também sou um inimigo dos judeus? É possível que eu seja um inimigo dessa raça infeliz? Pelo contrário, digo e escrevo justamente que tudo o que é imposto pelo senso de humanidade e pela justiça, tudo o que é exigência da humanidade e da lei cristã, tudo isso deve ser feito pelos judeus..." Bela premissa. Porém demonstra como essa raça infeliz visa destruir o mundo cristão. Grande manobra. Não inédita, mas talvez os senhores não tenham lido o *Manifesto comunista*, de Marx. Inicia-se com um formidável golpe de cena: "Um fantasma ronda a Europa"; depois nos oferece uma história *à vol d'oiseau* sobre as lutas sociais desde a Roma antiga até hoje, em que as páginas dedicadas à burguesia como classe *revolucionária* são de tirar o fôlego. Marx nos mostra essa nova força incontrolável que percorre todo o planeta, como se fosse o sopro criador de Deus no início do *Gênesis*. E, no final desse elogio (que, juro ao senhores, é de fato cheio de admiração), eis que entram em cena as potências subterrâneas que o triunfo burguês evocou: o capitalismo faz brotarem das próprias vísceras os seus próprios coveiros, os proletários, que proclamam com todas as letras: "Agora queremos destruí-los e apropriar-nos de tudo o que pertencia a vocês." Maravilhoso. E assim faz Dostoievski com os judeus: justifica o complô que preside à sobrevivência deles na história e, em seguida, denuncia-os como o inimigo a eliminar. Dostoievski é um verdadeiro socialista.

— Ele não é socialista — intervinha Juliana Glinka, sorridente. — É um visionário, e por isso diz a verdade. Vejam como antecipa até a objeção aparentemente mais razoável; isto é, se ao longo dos séculos houve um Estado dentro do Estado, foram as perseguições que o geraram, e ele se dissolveria se o judeu fosse igualado às populações autóctones nos seus direitos. Engano, avisa-nos Dostoievski! Mesmo que obtivessem os direitos dos outros cidadãos, os judeus jamais abandonariam a ideia arrogante de que virá um Messias, que, com sua espada, submeterá todos os povos. Por isso os judeus preferem uma única atividade, o comércio de ouro e de joias; assim, à chegada do Messias, não se sentirão ligados à terra que os hospedou e poderão levar comodamente consigo todas as suas posses, quando então, como diz poeticamente Dostoievski, brilhará o raio da aurora e o povo eleito levará o címbalo, o timbale, a gaita de foles, a prata e as coisas sacras para a velha Casa.

— Na França, eles gozaram de muita indulgência — concluía Toussenel —, e atualmente dominam nas Bolsas e são os donos do crédito. Por isso, o socialismo só pode ser antissemita... Não foi por acaso que os judeus triunfaram na França justamente quando também triunfavam no nosso país os novos princípios do capitalismo, vindos de além-Mancha.

— O senhor simplifica demais as coisas, Toussenel — dizia Glinka. — Na Rússia, entre os que estão envenenados pelas ideias revolucionárias desse Marx que o senhor louvava, há muitos judeus. Eles estão por toda parte.

E virava-se para as janelas do salão, como se *eles* a esperassem com seus punhais na esquina da rua. E Simonini, invadido por um retorno dos seus terrores infantis, pensava em Mordechai subindo a escada no meio da noite.

Trabalhar para a Okhrana

Simonini logo identificou em Glinka uma possível cliente. Passou a sentar-se junto dela, fazendo-lhe uma corte discreta — com certo esforço. Nosso homem não era bom juiz em matéria de fascínio feminino, mas, afinal, constatava que ela exibia uma cara de fuinha e olhos muito próximos da base do nariz, enquanto Juliette Adam, embora já não fosse a mesma que ele conhecera vinte anos antes, ainda era uma dama de belo porte e atraente majestade.

Fosse como fosse, Simonini não se expunha muito com Glinka, preferindo escutar-lhe os devaneios, fingindo-se interessado no modo pelo qual ela fantasiava haver experimentado, em Würzburg, a visão de um guru himalaico que a iniciara em não sei qual revelação. Era, portanto, uma pessoa a quem oferecer material antijudaico adequado às suas inclinações esotéricas. Ainda mais porque corria o boato de que Juliana Glinka era sobrinha do general Orzheyevsky, figura de certo relevo na polícia secreta russa, através de quem teria sido contratada pela Okhrana, o serviço secreto imperial, e portanto estaria ligada (não se sabia se como assalariada, colaboradora ou concorrente direta) ao novo responsável por todas as investigações no exterior, Pyotr Rachkovsky. *Le Radical*, um jornal de esquerda, havia adiantado a suspeita de que Glinka extraía seus meios de sustento da denúncia sistemática contra os terroristas russos no exílio, o que significava que não frequentava apenas o salão Adam, mas também outros ambientes que escapavam a Simonini.

Convinha acomodar aos gostos de Glinka a cena do cemitério de Praga, eliminando as delongas sobre os projetos econômicos e insistindo nos aspectos mais ou menos messiânicos dos discursos rabínicos.

Pescando um pouco entre Gougenot e outra literatura da época, Simonini fez os rabinos devanearem sobre o retorno do soberano escolhido por Deus como rei de Israel e destinado a varrer todas as iniquidades dos gentios. E, sobre ele, inseriu na história do cemitério ao menos duas páginas com fantasmagorias messiânicas, do tipo "com toda a potência e o terror de Satanás, o governo do rei triunfador de Israel se aproxima do nosso mundo não regenerado; o rei nascido do sangue de Sião, o Anticristo, aproxima-se do trono da potência universal". No entan-

... e atualmente dominam nas Bolsas e são os donos do crédito. Por isso, o socialismo só pode ser antissemita ... (p. 363)

to, considerando que nos ambientes czaristas qualquer pensamento republicano incutia pavor, acrescentou que somente um sistema republicano com voto popular daria aos judeus a possibilidade de introduzir, obtendo a maioria, as leis úteis aos seus fins. Apenas aqueles tolos dos gentios, diziam os rabinos no cemitério, pensam que sob uma república há mais liberdade do que sob uma autocracia; pelo contrário, em uma autocracia os sábios governam, enquanto em um regime liberal quem governa é a plebe, facilmente instigada pelos agentes judeus. Como a república poderia conviver com um rei do mundo não parecia preocupante: o caso de Napoleão III ainda estava ali para demonstrar que as repúblicas podem criar os imperadores.

Porém, recordando as narrativas do avô, Simonini teve a ideia de enriquecer os discursos dos rabinos com uma longa síntese sobre como havia funcionado e deveria funcionar o governo oculto do mundo. Curioso que Glinka não percebesse que os argumentos eram os mesmos de Dostoievski; talvez percebesse e, justamente por isso, exultava com o fato de um texto antiquíssimo confirmar Dostoievski, demonstrando-se tão autêntico.

Assim, no cemitério de Praga revelava-se que os cabalistas judeus haviam sido os inspiradores das Cruzadas, para devolver a Jerusalém a dignidade de centro do mundo, graças também (e aqui Simonini sabia que poderia pescar em um repertório muito rico) aos inevitáveis templários. Pena que, mais tarde, os árabes repelissem os cruzados para o mar e os templários tivessem tido o mau fim que lhes coube, pois, do contrário, o plano teria obtido sucesso com alguns séculos de antecedência.

Nessa perspectiva, os rabinos de Praga recordavam como o Humanismo, a Revolução Francesa e a guerra de independência americana contribuíram para minar os princípios do cristianismo e o respeito pelos soberanos, preparando a conquista judaica do mundo. Naturalmente, para realizar esse plano os judeus precisaram construir para si uma fachada respeitável, a saber, a franco-maçonaria.

Simonini também reciclou habilmente o velho Barruel, que Glinka e seus mandantes russos evidentemente não conheciam, e de fato o general Orzheyevsky, a quem Glinka enviou o relatório, acreditou oportuno extrair dele dois textos: um, mais breve, correspondia mais ou menos à cena original no cemitério de Praga e foi publicado em algumas revistas russas, esquecendo (ou supondo que o público houvesse esquecido ou, até mesmo, não sabendo) que um discurso do rabino, tirado do livro de Goedsche, circulara mais de dez anos antes em São Petersburgo e, nos anos seguintes, aparecera no *Antisemiten-Katechismus*, de Theodor Fritsch; o outro saiu como panfleto sob o título de *Tajna Evrejstva* ("Os segredos dos judeus"), dignificado por um prefácio do próprio Orzheyevsky, em que se afirmava que naquele texto, finalmente vindo à luz, pela primeira vez eram demonstradas as relações profundas entre maçonaria e judaísmo, ambos arautos do niilismo (acusação que, naquela época, na Rússia, soava gravíssima).

Obviamente, Simonini recebeu de Orzheyevsky uma justa remuneração, e Glinka chegou ao ponto (temido e temível) de oferecer-lhe seu corpo à guisa de prêmio por tão admirável empreendimento, horror ao qual Simonini fugiu, dando a entender, entre tremores articulados das mãos, além de muitos e virginais suspiros, que sua sorte não era dessemelhante daquela de Octave de Malivert, sobre o qual havia décadas mexericavam todos os leitores de Stendhal.

A partir desse momento, Glinka se desinteressou de Simonini e ele, dela. Porém, um dia, ao entrar no Café de la Paix para um simples *déjeuner à la fourchette* (costeletas e rim grelhado), Simonini cruzou com ela em uma mesa, sentada com um burguês corpulento e de aspecto bastante vulgar, com quem conversava em um estado de tensão evidente. Deteve-se para cumprimentá-la, e Glinka não pôde evitar apresentá-lo àquele senhor Rachkovsky, o qual o encarou com muito interesse.

Na hora, Simonini não compreendeu os motivos da atenção, mas compreendeu-os tempos depois, quando ouviu baterem à porta da loja e Rachkovsky em pessoa se apresentou. Com um sorriso amplo e desenvoltura respeitável, atravessou a loja e, havendo identificado a escada para o andar superior, penetrou no escritório, sentando-se comodamente em uma poltroninha ao lado da escrivaninha.

— Por cortesia — disse —, falemos de negócios.

Louro como um russo, embora grisalho como um homem que já houvesse passado dos 30 anos, Rachkovsky tinha lábios carnudos e sensuais, nariz proeminente, sobrancelhas de diabo eslavo, sorriso cordialmente ferino e tons melífluos. Mais semelhante a um guepardo que a um leão, registrou Simonini, enquanto se perguntava se era menos preocupante ser convocado noite alta à beira do Sena por Osman Bey ou por Rachkovsky no início da manhã ao seu gabinete na embaixada russa à rue de Grenelle. Decidiu-se por Osman Bey.

— Bem, capitão Simonini — começou Rachkovsky —, talvez o senhor não saiba muito bem o que é aquilo que vocês, no Ocidente, chamam impropriamente de Okhrana, e que os emigrados russos chamam depreciativamente de Okhranka.

— Ouvi sussurrarem a respeito.

— Nada de sussurros, tudo à luz do sol. Trata-se da *Ochrannye otdelenija*, que significa "Departamento de Segurança", serviços de informação reservados submetidos ao nosso Ministério do Interior. Nasceu após o atentado contra o czar Alexandre II, para proteger a família imperial. Porém, aos poucos, precisou ocupar-se da ameaça do terrorismo niilista e estabelecer vários departamentos de vigilância, inclusive no exterior, onde prosperam exilados e emigrados. Eis por que me encontro aqui, no interesse do meu país. À luz do sol. Quem se esconde são os terroristas. Compreendeu?

— Compreendi. Mas, e eu?

— Vamos por partes. O senhor não deve temer abrir-se comigo, se por acaso tiver informações sobre grupos terroristas. Eu soube que, nos seus bons tempos, apontou perigosos antibonapartistas aos serviços franceses, e todos nós só podemos denunciar amigos ou ao menos pessoas que frequentamos. Não sou um santinho. Também nos meus bons tempos, tive contatos com os terroristas russos; são águas passadas, mas foi por isso que fiz carreira nos serviços antiterroristas, em que só trabalha com eficiência quem teve seu aprendizado entre grupos subversivos. Para servir a lei com competência, é preciso tê-la violado. Aqui, na França, vocês tiveram o exemplo do seu Vidocq, que só se tornou chefe de polícia após passar uma temporada na colônia penal. Convém desconfiar dos policiais demasiadamente, como direi, limpos. São uns janotas. Todavia, voltemos a nós. Ultimamente, descobrimos que entre os terroristas militam alguns intelectuais judeus. Por mandado de algumas pessoas da corte do czar, tento demonstrar que existem judeus minando a têmpera moral do povo russo e ameaçando a própria sobrevivência dele. O senhor ouvirá dizer que sou considerado um protegido do ministro Witte, com fama de liberal, e que sobre esses assuntos ele não me daria ouvidos. Porém, jamais se deve servir ao patrão atual, aprenda isso, e sim preparar-se para o seguinte. Em suma, não quero perder tempo. Vi aquilo que o senhor deu à senhora Glinka e decidi que, em grande parte, é lixo. Naturalmente; o senhor escolheu como disfarce o ofício de belchior, ou seja, daquele que vende coisas usadas a preço mais alto que o valor das novas. No entanto, anos atrás, divulgou no *Contemporain* documentos candentes que recebera do seu avô, e eu me surpreenderia se não existissem outros. Dizem por aí que o senhor sabe muitíssimo sobre muitas coisas (e aqui Simonini auferia as vantagens daquele seu projeto, o de parecer, mais do que ser, um espião). Portanto, gostaria que me fornecesse material fidedigno. Sei distinguir o joio do trigo. Eu pago. Porém, se o material não for bom, irrito-me. Claro?

— Mas o que o senhor quer, precisamente?

— Se eu soubesse, não estaria propondo lhe pagar. Tenho a meu serviço pessoas que sabem construir bem um documento, mas preciso lhes dar conteúdos. E não posso contar ao bom súdito russo que os judeus esperam o Messias, coisa que não importa nem ao mujique nem ao dono de terras. Se esperam o Messias, isso deve ser explicado com referência às tarefas deles.

— Mas por que o senhor visa, em particular, os judeus?

— Porque na Rússia há judeus. Se fosse na Turquia, eu visaria os armênios.

— Então, assim como Osman Bey, talvez o senhor o conheça, quer que os judeus sejam destruídos.

— Osman Bey é um fanático e, além disso, é judeu. Melhor manter distância dele. Eu não quero destruir os judeus, até ousaria dizer que os judeus são meus melhores aliados. Estou interessado na firmeza moral do povo russo e não desejo (ou as pessoas que pretendo agradar não desejam) que esse povo dirija suas insatisfações contra o czar. Portanto, ele precisa de um inimigo. É inútil ir procurar o inimigo, que sei eu, entre os mongóis ou entre os tártaros, como fizeram os autocratas antigamente. Para ser reconhecível e temível, o inimigo deve estar em casa ou na soleira de casa. Eis por que os judeus. Eles nos foram dados pela Divina Providência, então vamos usá-los, meu Deus, e rezemos para que haja sempre um judeu a temer e a odiar. É necessário um inimigo para dar ao povo uma esperança. Alguém já disse que o patriotismo é o último refúgio dos canalhas: quem não tem princípios morais costuma se enrolar em uma bandeira, e os bastardos sempre se reportam à pureza da sua raça. A identidade nacional é o último recurso dos deserdados. Muito bem, o senso de identidade se baseia no ódio, no ódio por quem não é idêntico. É preciso cultivar o ódio como paixão civil. O inimigo é o amigo dos povos. É sempre necessário ter alguém para odiar, para sentir-se justificado na própria miséria. O ódio é a verdadeira paixão primordial. O amor, sim, é uma situação anômala. Por isso, Cristo foi morto: falava contra a natureza. Não se ama alguém por toda a vida; dessa esperança impossível nascem adultérios, matricídios, traições dos amigos... Ao contrário, porém, pode-se odiar alguém por toda a vida. Desde que esse alguém esteja sempre ali, para reacender nosso ódio. O ódio aquece o coração.

Drumont

Simonini ficou preocupado com aquela conversa. Rachkovsky parecia falar a sério: ficaria "irritado" se ele não lhe desse um material inédito. Não que àquela altura houvesse esgotado suas fontes, até reunira muitas páginas para seus protocolos múltiplos, mas tinha a sensação de que precisava de algo mais, não apenas daquelas histórias de Anticristos que caíam bem para personagens como Glinka, e sim de algo que tocasse mais de perto a atualidade. Em suma, não queria vender abaixo do custo seu cemitério de Praga atualizado, mas aumentar o preço. E, por conseguinte, aguardava.

Confidenciou-se com o padre Bergamaschi, o qual também o vinha assediando para obter material antimaçônico.

— Veja este livro — disse o jesuíta. — É *La France juive*, de Édouard Drumont. Centenas de páginas. Aí está um que, evidentemente, sabe mais do que você sobre o assunto.

Simonini mal folheou o volume.

— São as mesmas coisas escritas pelo velho Gougenot, mais de 15 anos atrás!

— E daí? Este livro teve grande saída, vê-se que os leitores não conheciam Gougenot. Acha que seu cliente russo já leu Drumont? Você não é o mestre da reciclagem? Vá farejar o que se diz ou se faz naquele ambiente.

Foi fácil entrar em contato com Drumont. No salão Adam, Simonini caíra nas boas graças de Alphonse Daudet, que o convidara para os serões que se desenvolviam, quando não era a vez do salão Adam, na sua casa em Champrosay, onde, acolhidos com simpatia por Julia Daudet, reuniam-se personagens como os Goncourt, Pierre Loti, Émile Zola, Frédéric Mistral e justamente Drumont, que começava a ficar famoso após a publicação de *La France juive*. E, nos anos seguintes, Simonini passou a frequentá-lo, primeiro na Liga Antissemita que ele havia fundado, e, depois, na redação do seu jornal, *La Libre Parole*.

Drumont tinha uma cabeleira leonina e uma grande barba negra, o nariz recurvado e os olhos acesos, tanto que poderia ser encarado (se atentarmos para a iconografia corrente) como um profeta hebraico; e realmente seu antijudaísmo tinha algo de messiânico, como se o Onipotente lhe houvesse dado o encargo específico de destruir o povo eleito. Simonini era fascinado pelo rancor antijudaico de Drumont. Este odiava os judeus, digamos assim, por amor, por escolha, por dedicação, por um impulso que substituía o sexual. Drumont não era um antissemita filosófico e político como Toussenel, nem teológico como Gougenot: era um antissemita erótico.

Bastava ouvi-lo falar, nas longas e ociosas reuniões da redação.

— Escrevi de bom grado o prefácio àquele livro do abade Desportes, sobre o mistério do sangue junto aos judeus. E não se trata só de práticas medievais. Até hoje, as divinas baronesas judias que mantêm salões colocam sangue de crianças cristãs nos doces que oferecem aos seus convidados.

E ainda:

— O semita é mercantil, cúpido, intrigante, sutil, astuto, ao passo que nós, arianos, somos entusiásticos, heroicos, cavalheirescos, desinteressados, francos, confiantes até à ingenuidade. O semita é terrestre, já não vê nada além da vida presente; vocês encontraram na Bíblia alguma menção ao além? O ariano é sempre tomado pela paixão pela transcendência, é filho do ideal. O deus cristão fica no alto dos céus; o judaico ora aparece sobre uma montanha, ora sobre uma sarça, nunca mais alto. O semita é negociante; o ariano é agricultor, poeta, monge e sobretudo soldado, porque desafia a morte. O semita não tem capacidade criativa, vocês já viram musicistas, pintores, poetas judeus? Já viram um judeu que tenha feito descobertas científicas? O ariano é inventor; o semita desfruta das invenções do ariano.

E recitava o que Wagner havia escrito:

"É impossível imaginar que um personagem da antiguidade ou dos tempos modernos, herói ou *amoroso*, seja representado

... passou a frequentá-lo, primeiro na Liga Antissemita que ele havia fundado, e, depois, na redação do seu jornal, La Libre Parole ... *(p. 371)*

por um judeu sem que nos sintamos involuntariamente atingidos por tudo o que há de ridículo em uma representação dessas. A coisa que mais nos repugna é o típico acento que caracteriza a fala dos judeus. Nossos ouvidos são particularmente feridos pelos sons agudos, sibilantes, estridentes desse idioma. É natural que a aridez congênita da índole hebraica, que nos é tão antipática, encontre sua máxima expressão no canto, que é a mais vivaz, a mais autêntica, manifestação do sentimento individual. No judeu poderíamos reconhecer aptidão para qualquer outra arte que não a do canto, a qual parece ter-lhe sido negada pela própria natureza."

— Então — perguntava alguém —, como se explica que eles tenham invadido o teatro musical? Rossini, Meyerbeer, Mendelssohn ou a cantora lírica Giuditta Pasta, todos judeus...

— Talvez porque não é verdade que a música seja uma arte superior — sugeria outro. — Não dizia aquele filósofo alemão que ela é inferior à pintura e à literatura, porque perturba até quem não quer escutá-la? Se alguém tocar ao seu lado uma melodia que não lhe agrada, você é obrigado a ouvi-la, como se alguém puxasse do bolso um lenço perfumado com uma essência que lhe dá repulsa. A glória ariana é a literatura, hoje em crise. Ao contrário, a música, arte sensitiva para indolentes e enfermos, triunfa. Depois do crocodilo, o judeu é o mais melômano de todos os animais, todos os judeus são musicistas. Pianistas, violinistas, violoncelistas, são todos judeus.

— Sim, mas apenas como intérpretes, parasitas dos grandes compositores — retrucava Drumont. — Vocês citaram Meyerbeer e Mendelssohn, musicistas de segunda linha, mas Delibes e Offenbach não são judeus.

Daí nascia uma grande discussão sobre se os judeus eram estranhos à música ou se a música era a arte judaica por excelência, mas as opiniões eram discordantes.

Quando já se estava projetando a torre Eiffel, para não falar de quando ela foi concluída, o furor alcançou o nível máximo na liga antissemita: aquilo era a obra de um judeu alemão, a resposta hebraica ao Sacré-Coeur. De Biez, talvez o mais belicoso antissemita do grupo, que fazia sua demonstração sobre a inferioridade hebraica a partir do fato de eles escreverem ao contrário das pessoas normais, dizia:

— A própria forma desse artefato babilônico demonstra que o cérebro deles não foi feito como o nosso...

Passava-se, então, a falar do alcoolismo, praga francesa da época. Dizia-se que em Paris o consumo de álcool era de 141 mil hectolitros por ano!

— O álcool — afirmava alguém — é difundido pelos judeus e pela maçonaria, que aperfeiçoaram seu veneno tradicional, a água-tofana. Agora fabricam um tóxico que parece água e que contém ópio e cantárida. Produz langor ou idiotismo e, depois, leva à morte. É colocado nas bebidas alcoólicas e induz ao suicídio.

— E a pornografia? Toussenel (às vezes até os socialistas podem dizer a verdade) escreveu que o porco é o emblema do judeu, que não se envergonha de chafurdar na baixeza e na ignomínia. Por outro lado, o Talmude diz que sonhar com excrementos é bom presságio. Todas as publicações obscenas são editadas por judeus. Vocês deveriam ir à rue du Croissant, aquele mercado de jornais pornográficos. É uma lojinha (de judeus) atrás da outra, cenas de deboche, monges que se acoplam com moças, padres que fustigam mulheres nuas, cobertas somente pelos cabelos, cenas priápicas, patuscadas de frades bêbados. As pessoas passam e riem, até famílias com crianças! É o triunfo, desculpem a palavra, do Ânus. Cônegos sodomitas, nádegas de religiosas que se deixam chicotear por vigários porcalhões...

Outro tema habitual era o nomadismo hebraico.

— O judeu é nômade, mas para fugir de alguma coisa, e não para explorar novas terras — recordava Drumont. — O ariano viaja, descobre a América e as terras incógnitas; o semita aguarda que os arianos descubram novas terras e depois desfruta delas. E atentem para as fábulas. À parte que os judeus nunca tiveram fantasia suficiente para conceber uma bela fábula, seus irmãos semitas, os árabes, contaram as histórias de *As mil e uma noites*, em que alguém descobre um odre cheio de ouro, uma caverna com os diamantes dos ladrões, uma garrafa com um gênio benévolo e tudo lhe é presenteado pelo céu. Nas fábulas arianas, ao contrário, pense-se na conquista do Graal: tudo deve ser obtido através da luta e do sacrifício.

— Com tudo isso — dizia algum dos amigos de Drumont —, os judeus conseguiram sobreviver a todas as adversidades...

— Claro — Drumont quase espumava de ressentimento —, é impossível destruí-los. Qualquer outro povo, quando migra para um novo ambiente, não resiste às mudanças de clima e dos alimentos, e se debilita. Eles, ao contrário, fortificam-se com o deslocamento, como acontece aos insetos.

— São como os ciganos, que não adoecem nunca. Mesmo que se alimentem de animais mortos. Talvez sejam ajudados pelo canibalismo e, por isso, raptam as criancinhas...

— No entanto, não é certo que o canibalismo alongue a vida, vejam os negros da África: são canibais e, ainda assim, morrem como moscas nas suas aldeias.

— Então, como se explica a imunidade do judeu? Ele tem uma vida média de 53 anos, ao passo que a média dos cristãos é de 37. Por um fenômeno que se observa desde a Idade Média, parecem mais resistentes às epidemias do que os cristãos. Deve existir, entre eles, uma peste permanente que os defende da peste ordinária.

Simonini notava que esses argumentos tinham sido levantados anteriormente por Gougenot, mas no cenáculo de Drumont as pessoas não se preocupavam tanto com a originalidade das ideias quanto com a veracidade delas.

— Está bem — dizia Drumont —, eles são mais resistentes do que nós às doenças físicas, porém estão mais sujeitos às doenças mentais. O fato de viverem sempre entre transações, especulações e complôs altera-lhes o sistema nervoso. Na Itália, há um alienado em 348 judeus, e um entre 778 católicos. Charcot fez estudos interessantes sobre os judeus russos, dos quais temos notícia porque são pobres; ao passo que, na França, são ricos e escondem seus males na clínica do doutor Blanche, a caro preço. Sabiam que Sarah Bernhardt tem um ataúde branco no seu quarto?

— Estão se reproduzindo em velocidade dupla, em relação a nós. No mundo, são mais de 4 milhões.

— Dizia o *Êxodo*: os filhos de Israel se multiplicaram como searas, cresceram abundantemente, tornaram-se muito poderosos e encheram a terra.

— E agora estão aqui. E aqui estavam, mesmo quando não suspeitávamos. Quem era Marat? Seu verdadeiro sobrenome era Mara. Uma família sefardita expulsa da Espanha e que, para ocultar sua origem, se fez protestante. Marat: roído pela lepra, morto na imundície, um doente mental atacado pela mania de perseguição e pela mania homicida; judeu típico, que se vinga dos cristãos mandando o maior número deles para a guilhotina. Observem um retrato dele no museu Carnavalet: rapidamente perceberão o alucinado, o neuropático, como Robespierre e outros jacobinos, aquela assimetria nas duas metades do rosto que revela o desequilibrado.

— A Revolução foi feita eminentemente pelos judeus, sabemos disso. Mas Napoleão, com seu ódio antipapista e suas alianças maçônicas, era semita?

— É o que parece, até Disraeli disse isso. As Baleares e a Córsega serviram de refúgio aos judeus expulsos da Espanha: tornados depois marranos, adotaram o nome dos senhores a quem serviram, como Orsini e Bonaparte.

Em todos os grupos existe o *gaffeur*, aquele que faz a pergunta errada no momento errado. E eis que surge a pergunta insidiosa:

— Mas, e Jesus? Era judeu e, no entanto, morre jovem, é indiferente ao dinheiro e só pensa no reino dos céus...

... O álcool — afirmava alguém — é difundido pelos judeus e pela maçonaria, que aperfeiçoaram seu veneno tradicional, a água-tofana ... (p. 375)

A resposta veio de Jacques de Biez:

— Senhores, a afirmação de que Cristo era judeu é uma lenda divulgada precisamente pelos judeus, como eram São Paulo e os quatro evangelistas. Na realidade, Jesus era de raça céltica, como nós, franceses, que só muito tarde fomos conquistados pelos latinos. E, antes de serem emasculados pelos latinos, os celtas eram um povo conquistador; já ouviram falar sobre os gálatas, que chegaram até a Grécia? A Galileia se chama assim por causa dos gauleses, que a colonizaram. Por outro lado, o mito de uma virgem que teria parido um filho é mito céltico e druídico. Jesus, basta olhar todos os retratos que temos dele, era louro e de olhos azuis. E falava contra os usos, as superstições, os vícios dos judeus e, ao contrário de tudo o que os judeus esperavam do Messias, dizia que seu reino não era deste mundo. E, se os judeus eram monoteístas, Cristo lança a ideia da Trindade, inspirando-se no politeísmo céltico. Foi por isso que o mataram. Judeu era Caifás que o condenou, judeu era Judas que o traiu, judeu era Pedro que o renegou...

No mesmo ano em que fundou *La Libre Parole*, Drumont teve a sorte ou a intuição de aproveitar-se do escândalo do Panamá.

— Simples — explicava ele a Simonini, antes de lançar sua campanha. — Ferdinand de Lesseps, aquele mesmo que abriu o canal de Suez, é encarregado de abrir o istmo do Panamá. Deveriam ser gastos 600 milhões de francos, e Lesseps criara uma sociedade anônima. As obras começam em 1881, com mil dificuldades. Lesseps precisa de mais dinheiro e lança uma subscrição pública, mas usou parte do dinheiro coletado para corromper jornalistas e esconder as dificuldades que surgiam, como o fato de que em 1887 apenas haviam escavado metade do istmo e os gastos já chegavam a 1 bilhão e 400 milhões de francos. Lesseps pede ajuda a Eiffel, o judeu que construiu aquela torre horrível; depois continua recolhendo fundos e usando-os para corromper tanto a imprensa quanto vários ministros. Assim, há quatro anos a Companhia do Canal foi à falência, e 85 mil bravos franceses que aderiram à subscrição perderam todo o seu dinheiro.

— É uma história conhecida.

— Sim, mas o que posso demonstrar agora é que Lesseps teve como cúmplices financistas judeus, entre os quais o barão Jacques de Reinach (barão por nomeação prussiana!). *La Libre Parole* de amanhã fará barulho.

E fez barulho, envolvendo no escândalo jornalistas, funcionários do governo, ex-ministros. Reinach se suicidou, alguns personagens importantes foram para a cadeia, Lesseps conseguiu safar-se com a prescrição, Eiffel escapou por um triz, e Drumont triunfava como fustigador da corrupção, mas, principalmente, fortalecia com argumentos concretos sua campanha antijudaica.

Algumas bombas

Antes mesmo de poder aproximar-se de Drumont, contudo, parece que Simonini foi convocado à costumeira nave de Notre-Dame por Hébuterne.

— Capitão Simonini — começou este —, anos atrás eu o encarreguei de impelir aquele Taxil a uma campanha antimaçônica tão estapafúrdia que se revertesse contra os antimaçons mais vulgares. O homem que, no seu nome, garantiu-me que o empreendimento estaria sob controle foi o abade Dalla Piccola, a quem entreguei não poucos recursos. Agora, porém, parece-me que esse Taxil está exagerando. Como foi o senhor quem me enviou o abade, procure fazer pressão sobre ele e sobre Taxil.

Aqui, Simonini confessa a si mesmo que tem um vazio na mente: parece-lhe saber que o abade Dalla Piccola devia se ocupar de Taxil, mas não se recorda de tê-lo encarregado de alguma coisa. Apenas lembra-se de ter dito a Hébuterne que cuidaria do caso. Depois, informou-lhe que por enquanto continuava interessado nos judeus e que estava para fazer contato com o ambiente de Drumont. E espantou-se ao perceber o quanto Hébuterne era favorável àquele grupo. Afinal, perguntou então Simonini, não lhe fora dito que o governo não queria se envolver em campanhas anti-hebraicas?

— As coisas mudam, capitão — respondeu Hébuterne. — Veja bem, até não muito tempo atrás os judeus eram uns pobrezinhos que viviam em guetos, como acontece ainda hoje na Rússia e em Roma, ou eram grandes banqueiros, como aqui. Os judeus pobres emprestavam a juros ou praticavam a medicina, mas quem fazia fortuna financiava a corte e enriquecia com as dívidas do rei, fornecendo-lhe dinheiro para suas guerras. Nesse sentido, mantinha-se sempre do lado do poder e não se envolvia com política. E, estando interessado na finança, não se ocupava da indústria. Posteriormente, aconteceu uma coisa da qual até nós só nos demos conta com atraso. Após a Revolução, os Estados precisaram de um volume de financiamentos superior àquele que os judeus podiam fornecer, e o judeu perdeu gradativamente a posição de monopólio do crédito. Enquanto isso, pouco a pouco, e só agora estamos percebendo, a revolução levara à igualdade de todos os cidadãos, ao menos aqui, neste país. E, exceto os pobrezinhos dos guetos, como sempre, os judeus se tornaram burguesia, não unicamente a alta burguesia dos capitalistas, mas também a pequena burguesia, a das profissões, dos aparelhos do Estado e do exército. Sabe quantos oficiais judeus existem hoje em dia? Mais do que o senhor imagina. E não é somente no exército: os judeus se insinuaram gradativamente no mundo da subversão anárquica e comunista. Se, antes, os esnobes revolucionários eram antijudaicos enquanto anticapitalistas, e os judeus eram, afinal, sempre aliados do governo do momento, hoje está na moda ser judeu *de oposição*. Diga-me, quem era aquele Marx, do qual nossos revolucionários tanto falam? Um burguês arruinado que vivia nas costas de uma mulher aristocrática. E não podemos esquecer, por exemplo, que todo o ensino superior está nas mãos deles, do Collège de France à École des Hautes Études, assim como todos os teatros de Paris e grande parte dos jornais, veja-se o *Journal des débats*, que é o órgão oficial da alta banca.

Simonini ainda não compreendia, naquele momento em que os judeus burgueses tinham se tornado muito invasivos, o que Hébuterne procurava sobre eles. Ao ouvir a pergunta, Hébuterne respondeu com um gesto vago.

— Não sei. Convém apenas prestar atenção. O problema é se devemos confiar nessa nova categoria de judeus. Atenção, não estou pensando nas fantasias que circulam a respeito de um complô hebraico para a conquista do mundo! Esses judeus burgueses não se reconhecem na sua comunidade de origem e frequentemente envergonham-se dela, mas ao mesmo tempo são cidadãos inconfiáveis, porque só se tornaram plenamente franceses há pouco tempo e amanhã poderiam nos trair, talvez em conluio com judeus burgueses prussianos. Na época da invasão prussiana, a maior parte dos espiões era de judeus alsacianos.

Já iam se despedir quando Hébuterne acrescentou:

— Um parêntese. Nos tempos de Lagrange, o senhor lidou com um certo Gaviali, e foi o responsável pela prisão dele.

— Sim, era o chefe dos terroristas da rue de la Huchette. Acho que estão todos em Caiena, ou algo assim.

— Menos Gaviali. Recentemente, fugiu e foi visto em Paris.

— Pode-se fugir da Ilha do Diabo?

— Pode-se fugir de qualquer lugar, basta ter peito para isso.

— Por que os senhores não o prendem?

— Porque, neste momento, um bom fabricante de bombas poderia nos ser útil. Já o localizamos: trabalha como trapeiro em Clignancourt. Por que não o recupera?

Não era difícil encontrar os trapeiros em Paris. Embora espalhados por toda a cidade, outrora seu reino era entre as rues Mouffetard e Saint-Médard. Agora, ao menos aqueles identificados por Hébuterne, ficavam nas proximidades da Porte de Clignancourt e viviam em uma colônia de barracas com teto de mato seco; ao redor, não se sabe por quê, na primavera e no verão floresciam girassóis crescidos naquela atmosfera nauseabunda.

Antigamente havia por ali algo chamado Restaurante dos Pés Úmidos, porque os clientes deviam esperar sua vez na rua e, tendo entrado, por um soldo tinham direito a meter um garfo enorme em um panelão em que se pescava o que viesse, com sorte um pedaço de carne, do contrário uma cenoura, e, pronto, cair fora.

Os trapeiros tinham seus *hôtels garnis*. Não eram grande coisa: uma cama, uma mesinha, duas cadeiras descasadas. Nas paredes, imagens sacras ou gravuras de velhos romances, encontradas no lixo. Um pedaço de espelho, o indispensável para a toalete dominical. Aqui, antes de mais nada, o trapeiro separava seus achados: ossos, louças, vidro, velhas faixas, retalhos de seda. O dia começava às seis da manhã, e, após as sete da noite, se encontrassem algum deles ainda trabalhando, os policiais (ou, como já os chamavam todos, os *flics*) o multavam.

Simonini foi procurar Gaviali lá onde ele deveria estar. E, no final da busca, em uma *bibine*, onde não se vendia apenas vinho mas também absinto que diziam ser envenenado (como se o normal já não fosse suficientemente venenoso), alguém lhe apontou um indivíduo. Simonini recordava que, quando conhecera Gaviali, ainda não usava barba, e, por isso, apresentou-se sem ela nessa ocasião. Haviam decorrido vinte anos, mas ele esperava ainda estar reconhecível. Quem não estava reconhecível era Gaviali.

Tinha um rosto branco, rugoso, e barba comprida. Uma gravata amarelada, que mais parecia uma corda, pendia-lhe de um colarinho seboso, do qual brotava um pescoço muito magro. Na cabeça, trazia um chapéu em frangalhos; vestia um redingote esverdeado sobre um colete informe; os sapatos eram cobertos de respingos, como se ele não os limpasse havia anos, e os cadarços, enlameados, grudavam-se ao couro. Porém, entre os trapeiros, ninguém atentava para Gaviali, porque ninguém estava vestido melhor do que ele.

Simonini se aproximou, esperando um reconhecimento cordial. Mas Gaviali o encarou com um olhar duro.

— O senhor tem a coragem de aparecer na minha frente, capitão? — E, diante da perplexidade de Simonini, continuou: — Acha mesmo que sou um idiota? Vi muito bem, naquele dia em que os policiais chegaram e atiraram em nós, quem deu o tiro de misericórdia naquele desgraçado que o senhor mesmo tinha nos enviado como seu agente. E, depois, todos nós, sobreviventes, nos vimos no mesmo veleiro a caminho de Caiena, e o senhor não estava. É fácil somar, dois mais dois são quatro. Em 15 anos de ócio em Caiena, a pessoa se torna inteligente: o senhor planejou nosso complô para depois denunciá-lo. Deve ser um ofício rendoso.

— E daí? Quer se vingar? O senhor está reduzido a um farrapo de homem. Se sua hipótese estiver correta, a polícia me dará ouvidos. Basta que eu avise a quem de direito, e o senhor voltará para Caiena.

— Ora, por favor, capitão. Os anos em Caiena me tornaram sábio. Quando alguém se mete a conspirador, precisa levar em conta o encontro com um *mouchard*. É como brincar de polícia e ladrão. E também alguém já disse que, com o tempo, todos os revolucionários se tornam defensores do trono e do altar. Não me importo muito com o trono e o altar, mas considero encerrada a temporada dos grandes ideais. Com essa chamada Terceira República, não se sabe nem onde está o tirano a matar. Ainda sei fazer uma única coisa: bombas. E, se o senhor veio me procurar, é porque quer bombas. Está bem, desde que me pague. Veja onde eu moro. Mudar de alojamento e de restaurante me bastaria. Quem eu devo eliminar? Como todos os revolucionários de antigamente, tornei-me um vendido. É um ofício que o senhor deve conhecer bem.

— Quero bombas suas, Gaviali, mas ainda não sei quais nem onde. Falaremos no momento certo. Posso lhe prometer dinheiro, uma passada de esponja no seu passado e novos documentos.

Gaviali se declarou a serviço de qualquer um que pagasse bem, e Simonini adiantou-lhe o suficiente para sobreviver sem catar lixo durante ao menos um mês. Não há nada como a colônia penal para deixar uma pessoa disposta a obedecer a quem comanda.

Mais tarde, Hébuterne disse a Simonini o que Gaviali deveria fazer. Em dezembro de 1893, um anarquista, Auguste Vaillant, lançara um pequeno artefato explosivo (cheio de pregos) na Câmara dos Deputados, aos gritos de "Morte à burguesia! Longa vida à anarquia!". Um gesto simbólico.

— Se eu quisesse matar — dissera Vaillant no processo —, teria carregado a bomba com chumbo grosso. Não posso mentir apenas para dar aos senhores o prazer de me cortar a cabeça.

A cabeça, cortaram-lhe do mesmo jeito, como exemplo. Mas o problema não era esse: os serviços temiam que gestos desse tipo pudessem parecer heroicos e, por conseguinte, produzir imitações.

— Existem maus mestres — explicou Hébuterne a Simonini —, que justificam e estimulam o terror e a inquietação social, ao passo que eles ficam tranquilos nos seus clubes e nos seus restaurantes, falando sobre poesia e bebendo champanhe. Veja esse jornalistazinho de quatro soldos, Laurent Tailhade (que, por ser também deputado, goza de dupla influência sobre a opinião pública). Ele escreveu sobre Vaillant: "O que importam as vítimas, se o gesto for bonito?" Para o Estado, os Tailhade são mais perigosos do que os Vaillant, porque é difícil cortar a cabeça deles. Convém dar uma lição pública a esses intelectuais que nunca pagam imposto.

A lição devia ser organizada por Simonini e por Gaviali. Poucas semanas depois, no Foyot, justamente na esquina onde Tailhade consumia seus repastos caros, explodiu uma bomba, e Tailhade perdeu nisso um olho (Gaviali era realmente um gênio; a bomba fora concebida de tal modo que a vítima não morresse, mas apenas ficasse ferida o suficiente). Foi uma mão na roda para os jornais governistas, que fizeram comentários sarcásticos do tipo: "E então, monsieur Tailhade, o gesto foi bonito?" Ponto para o governo, para Gaviali e para Simonini. E Tailhade, além do olho, perdeu a reputação.

O mais satisfeito era Gaviali, e Simonini refletia como era bonito devolver vida e crédito a alguém que desgraçadamente os perdera pelos desgraçados acasos da vida.

Naqueles mesmos anos, Hébuterne confiou a Simonini outros encargos. O escândalo do Panamá estava deixando de impressionar a opinião pública, porque as notícias, quando são sempre as mesmas, depois de algum tempo se tornam entediantes. Drumont já perdera o interesse pelo caso, mas outros ainda sopravam a fogueira e, evidentemente, o governo preocupava-se com esses (como se diria hoje?) retornos de chama. Convinha desviar a atenção pública dos resíduos daquela história já envelhecida, e Hébuterne pediu a Simonini que organizasse uma boa sublevação, capaz de ocupar as primeiras páginas das gazetas.

Organizar uma sublevação não é fácil, disse Simonini, e Hébuterne insinuou que os mais inclinados a fazer balbúrdia eram os estudantes. Levar os estudantes a iniciarem alguma coisa e posteriormente inserir entre eles alguns especialistas em desordem pública seria a iniciativa mais oportuna.

Simonini não tinha contato com o mundo estudantil, mas logo pensou que, entre os estudantes, interessavam-lhe aqueles com propensões revolucionárias, melhor ainda se fossem anarquistas. Quem conhecia melhor do que todos o ambiente dos anarquistas? Quem, por ofício, infiltrava-se entre eles e denunciava-os? Rachkovsky. Então, procurou Rachkovsky, o qual, mostrando todos os seus dentes lupinos em um sorriso que se pretendia amigável, perguntou-lhe como e por quê.

— Eu só quero alguns estudantes capazes de fazer estardalhaço sob comando.

— Fácil — disse o russo —, vá ao Château-Rouge.

O Château-Rouge era aparentemente um ponto de encontro dos miseráveis do Quartier Latin, à rue Galande. Abria-se no fundo de um pátio, com uma fachada pintada em vermelho-guilhotina, e, assim que entrava, a pessoa era asfixiada por um fedor de gordura rançosa, de mofo e de sopas cozidas e recozidas que, ao longo dos anos, haviam deixado como que vestígios tácteis naquelas paredes besuntadas. E não se compreende como ou por quê, pois naquele lugar era preciso trazer a comida, uma vez que a casa oferecia apenas o vinho e os pratos. Uma nuvem pestífera, feita de fumaça de tabaco e emanações de bicos de gás, parecia entorpecer dezenas de *clochards* sentados em três ou quatro a cada lado da mesa, adormecidos uns sobre o ombro dos outros.

Nas duas salas internas, porém, não havia vagabundos, mas velhas marafonas enfeitadas com joias ordinárias, putinhas de 14 anos com expressão já insolente, olheiras e palidez indicativa de tuberculose, e malandros do bairro, com vistosos anéis ornados de pedras falsas e redingotes melhores do que os trapos da primeira sala. Naquela confusão empesteada, circulavam senhoras bem vestidas e senhores de traje a rigor, porque visitar o Château-Rouge se tornara uma emoção imperdível: tarde da noite, após o teatro, chegavam carruagens de luxo, e *tout Paris* ia desfrutar a embriaguez da marginália, grande parte da qual provavelmente assalariada, com absinto grátis, pelo dono do estabelecimento, a fim de atrair os bons burgueses que, por aquele absinto, pagariam o dobro do normal.

No Château-Rouge, com base em uma indicação de Rachkovsky, Simonini entrou em contato com um certo Fayolle, mercador de fetos. Era um ancião que passava os serões no Château-Rouge, gastando em aguardente a 80 graus aquilo que durante o dia ganhava circulando por hospitais e recolhendo fetos e embriões, que depois vendia aos estudantes da École de Médecine. Mais que a álcool, fedia a carne decomposta, e o odor que exalava obrigava-o a manter-se isolado até entre os maus cheiros do Château; desfrutava, porém, dizia-se, de muitas relações no ambiente estudantil, especialmente entre aqueles que, havia anos, eram estudantes profissionais, mais inclinados a numerosos diplomas do que ao estudo dos fetos, e dispostos a fazer confusão assim que a oportunidade se apresentasse.

Bem, precisamente naqueles dias os rapazes do Quartier Latin andavam irritados com um velho reacionário, o senador Bérenger, a quem logo apelidaram de Père la Pudeur, que acabara de propor uma lei destinada a reprimir as ofensas aos bons costumes, das quais as primeiras vítimas eram (dizia ele) justamente os estudantes. O pretexto eram as exibições de uma tal Sarah Brown, que, seminua e opulenta de carnes (e provavelmente suarenta, horripilava-se Simonini), apresentava-se no Bal des Quat'z Arts.

Ai de quem quisesse subtrair aos estudantes os honestos prazeres do voyeurismo. Ou, ao menos, ao grupo que Fayolle controlava, que já projetava ir certa noite fazer arruaça sob as janelas do senador. Tratava-se apenas de saber quando eles pretendiam ir, e agir de maneira que nas proximidades se mantivessem prontos outros indivíduos com vontade de brigar. Por uma módica soma, Fayolle pensou em tudo. Simonini só precisava informar Hébuterne sobre o dia e a hora.

Assim, mal os estudantes iniciaram a confusão, chegou uma companhia de soldados ou gendarmes que fossem. Em qualquer latitude, nada melhor do que a polícia para estimular paixões belicosas nos estudantes. Algumas pedras voaram, ouviu-se sobretudo uma gritaria, mas uma bombinha de gás atirada por um soldado apenas para fazer fumaça entrou no olho de um coitado que, por acaso, passava por ali. Eis o morto, indispensável. Imagine-se: barricadas imediatas e o início de uma revolta verdadeira. A essa altura, entraram em jogo os arruaceiros convocados por Fayolle. Os estudantes pararam uma diligência, pediram educadamente que os passageiros descessem, soltaram os cavalos e viraram o veículo para fazer uma barricada com ele, mas os outros baderneiros logo intervieram e incendiaram a diligência. Em pouco tempo, do protesto barulhento passara-se ao motim, e, do motim, a um esboço de revolução. Coisa para preocupar as primeiras páginas dos jornais por um bom tempo, e adeus Panamá.

O bordereau

O ano em que Simonini ganhou mais dinheiro foi o de 1894. A coisa aconteceu quase por acaso, embora o acaso deva ser sempre um pouco ajudado.

Naquela época, agudizara-se o ressentimento de Drumont pela presença de muitos judeus no exército.

— Ninguém diz isso — atormentava-se ele —, porque falar sobre esses potenciais traidores da pátria bem no seio da mais gloriosa das nossas instituições e afirmar por aí que o exército está envenenado por muitos desses judeus (pronunciava *"ces juëfs, ces juëfs"*, esticando os lábios como se quisesse fazer um contato inflamado e feroz com a raça inteira dos infames israelitas) é dose para fazer perder a fé nas forças armadas; mas, afinal, alguém deverá falar. O senhor sabe como o judeu tenta agora se tornar respeitável? Fazendo carreira de oficial ou circulando pelos salões da aristocracia como artista e pederasta. Ah, essas duquesas se cansaram dos seus adultérios com cavalheiros de molde antigo ou com cônegos de bem e nunca estão saciadas do extravagante, do exótico, do monstruoso; deixam-se atrair por personagens maquilados e cheirando a patchuli como uma mulher. Todavia, pouco me importa que se perverta a boa sociedade, não eram melhores as marquesas que fornicavam com os vários Luíses, ao passo que, se o exército se perverter, será o fim da civilização francesa. Estou convencido de que a maior parte dos oficiais judeus constitui uma rede de espiões prussianos, mas me faltam as provas, as provas.

E gritava aos redatores do seu jornal:
— Encontrem as provas!

... Nas duas salas internas, porém, não havia vagabundos, mas velhas marafonas enfeitadas com joias ordinárias, putinhas de 14 anos com expressão já insolente, olheiras e palidez indicativa de tuberculose, e malandros do bairro, com vistosos anéis ornados de pedras falsas e redingotes melhores do que os trapos da primeira sala ... (p. 387)

Na redação de *La Libre Parole* Simonini conhecera o comandante Esterházy: muito dândi, apregoava continuamente suas origens nobiliárias e sua educação vienense, e mencionava duelos passados e futuros. Todos o sabiam assoberbado de dívidas: os redatores o evitavam quando ele se aproximava com expressão reservada, porque previam uma facada, e o dinheiro emprestado a Esterházy, ninguém ignorava, não voltava nunca. Ligeiramente afeminado, levava continuamente à boca um lenço bordado; alguns diziam que era tuberculoso. Sua carreira militar tinha sido estranha: primeiro, oficial de cavalaria na campanha militar de 1866 na Itália; depois, nos zuavos pontifícios; e, mais tarde, na Legião Estrangeira, participara da guerra de 1870. Murmurava-se que ele estava envolvido com a contraespionagem militar, mas obviamente não era uma informação que alguém trouxesse pendurada no uniforme. Drumont o tinha em grande consideração, talvez para se garantir um contato com os ambientes militares.

Um dia, Esterházy convidou Simonini para jantar no Boeuf à la Mode. Após pedir um *mignon d'agneau aux laitues* e discutir o cardápio dos vinhos, entrou no assunto:

— Capitão Simonini, nosso amigo Drumont está buscando provas que nunca encontrará. O problema não é descobrir se existem no exército espiões prussianos de origem judaica. Tenha santa paciência; neste mundo há espiões por toda parte, e um a mais ou a menos não nos escandalizará. O problema político é *demonstrar* que eles existem. O senhor admitirá que, para desmascarar um espião ou um conspirador, não é necessário encontrar provas: é mais fácil e mais econômico construí-las e, se possível, construir o próprio espião. Portanto, no interesse da nação, nós devemos escolher um oficial judeu, bastante suspeitável por alguma debilidade, e provar que ele transmitiu informações importantes à embaixada prussiana em Paris.

— A quem o senhor se refere, quando diz *nós*?

— Falo em nome da seção de estatística do Service des Renseignements Français, dirigida pelo tenente-coronel Sandherr. Talvez o senhor saiba que essa seção, de nome tão neutro, ocupa-se principalmente dos alemães: inicialmente se interessava pelo que fazem nas suas casas, buscando informações de todo tipo, obtidas em jornais, relatórios de oficiais em viagem, gendarmarias e com nossos agentes em ambos os lados da fronteira, tentando saber o máximo possível sobre a organização do exército deles, quantas divisões de cavalaria possuem, a quanto monta o soldo da tropa, tudo, em suma. Porém, nos últimos tempos, o Service decidiu se ocupar também do que os alemães fazem aqui. Há quem lamente essa fusão entre espionagem e contraespionagem, mas as duas atividades estão estreitamente ligadas. Devemos saber o que acontece na embaixada alemã, porque é território estrangeiro, e isso é espionagem, mas é lá que eles recolhem informações sobre nós, e investigar isso é contraespionagem. Atualmente, trabalha lá para nós uma Madame Bastian que faz serviços de limpeza e que se finge analfabeta, enquanto sabe até ler e entender o alemão. É tarefa dela esvaziar diariamente as cestas de lixo nos gabinetes da embaixada e, por conseguinte, transmitir-nos anotações e documentos que os prussianos (o senhor sabe o quanto eles são obtusos) acreditavam condenados à destruição. Portanto, trata-se de produzir um documento em que um oficial nosso anuncie informações secretíssimas sobre os armamentos franceses. A essa altura, suporemos que o autor é alguém com acesso a informações reservadas e o desmascararemos. Por conseguinte, precisamos de uma anotação, uma listinha, vamos chamá-la de um *bordereau*. Eis por que recorremos ao senhor que, nessa matéria, ao que nos consta, é um artista.

Simonini não se perguntou como o pessoal do Service conhecia suas habilidades. Talvez houvessem sabido por Hébuterne. Agradeceu o elogio e disse:

— Imagino que deverei reproduzir a caligrafia de uma pessoa específica.

— Já identificamos o candidato ideal. É um certo capitão Dreyfus, alsaciano, obviamente, que presta serviço na seção como estagiário. Casou-se com uma mulher rica e se dá ares de *tombeur de femmes*, de modo que todos os seus colegas mal o suportam e não o suportariam nem se fosse cristão. Não encontrará qualquer solidariedade. É uma excelente vítima sacrifical. Obtido o documento, será feita alguma verificação e se reconhecerá a caligrafia de Dreyfus. Depois, caberá a pessoas como Drumont fazer explodir o escândalo público, denunciar o perigo judaico e, ao mesmo tempo, salvar a honra das forças armadas, que tão sabiamente souberam identificá-lo e neutralizá-lo. Fui claro?

Claríssimo. No início de outubro, Simonini foi recebido pelo tenente-coronel Sandherr. Este exibia um rosto terroso e insignificante. A fisionomia perfeita para um chefe dos serviços de espionagem e contraespionagem.

— Aqui está um exemplo da caligrafia de Dreyfus, e este é o texto a transcrever — disse Sandherr, estendendo-lhe duas folhas de papel. — Como vê, a mensagem deve ser endereçada ao adido militar da embaixada, von Schwartzkoppen, e anunciar a chegada de documentos militares sobre o freio hidráulico do canhão de 120mm e outros detalhes do gênero. É disso que os alemães estão sequiosos.

— Não seria conveniente já inserir alguns detalhes técnicos? — perguntou Simonini. — Pareceria ainda mais comprometedor.

— Espero que o senhor perceba — respondeu Sandherr — que, uma vez explodido o escândalo, esse *bordereau* se tornará de domínio público. Não podemos expor informações técnicas à voracidade dos jornais. Vamos ao que interessa, capitão Simonini. Para deixá-lo à vontade, mandei preparar-lhe uma sala com o necessário para escrever. Papel, pena e tinta são do tipo que se usa nesses gabinetes. Quero algo bem-feito, pode até trabalhar devagar, e faça muitos esboços para que a caligrafia seja perfeita.

E assim fez Simonini. O *bordereau* era um documento em papel velino com trinta linhas, 18 de um lado e 12 do outro. Simonini caprichou para que as linhas da primeira página ficas-

*... Depois, caberá a pessoas como Drumont
fazer explodir o escândalo público ... (p. 393)*

sem mais espaçadas do que as da segunda, de caligrafia mais apressada, porque assim acontece quando se escreve uma carta em estado de agitação: começa-se de maneira distendida para, então, acelerar. Também levou em conta o fato de que um documento daquela natureza teria sido rasgado pelo destinatário antes de ser jogado no lixo e, portanto, teria chegado à seção de estatística em vários pedaços, a serem recompostos; por conseguinte, era melhor espaçar também as letras, para facilitar a *collage*, mas não a ponto de se afastar do modelo de escrita que lhe fora dado.

Em suma, fez um bom trabalho.

Depois, Sandherr enviou o *bordereau* ao ministro da guerra, o general Mercier, e ao mesmo tempo ordenou uma verificação nos papéis de todos os oficiais que circulavam pela seção. Por fim, seus colaboradores mais confiáveis informaram que aquela caligrafia era a de Dreyfus, que foi preso em 15 de outubro. Durante duas semanas, ocultou-se artificiosamente a notícia, mas sempre deixando vazar alguma indiscrição para despertar a curiosidade dos jornalistas. Em seguida, começou-se a sussurrar um nome, no início sob o vínculo do segredo, e, finalmente, admitiu-se que o culpado era o capitão Dreyfus.

Assim que teve a autorização de Sandherr, Esterházy informou Drumont, que percorreu as salas da sua redação agitando a mensagem do comandante e gritando:

— As provas, as provas, aqui estão as provas!

La Libre Parole de 1 de novembro trazia um título em letras garrafais: "Alta traição. Detenção do oficial judeu Dreyfus." A campanha havia começado, a França inteira ardia de indignação.

Todavia, naquela mesma manhã, na redação, enquanto as pessoas brindavam ao feliz evento, Simonini bateu o olho na carta com a qual Esterházy informava a prisão de Dreyfus. Ficara sobre a mesa de Drumont, manchada pelo copo dele, mas legibilíssima. E ao olho de Simonini, que passara mais de uma hora imitando a suposta caligrafia de Dreyfus, ficava claro como o sol que aquela caligrafia, na qual ele tão bem se exercitara, era em tudo e por tudo semelhante à de Esterházy. Ninguém tem mais sensibilidade para essas coisas do que um falsário.

O que acontecera? Sandherr, em vez de lhe dar um papel escrito por Dreyfus, passara-lhe um escrito por Esterházy? Seria possível? Estranho, inexplicável, mas irrefutável. Teria feito isso por engano? De propósito? Mas, nesse caso, por quê? Ou o próprio Sandherr tinha sido enganado por algum subordinado, que lhe entregara o modelo errado? Se a boa-fé de Sandherr houvesse sido ludibriada, convinha informá-lo da troca. Porém, se a má-fé fosse do próprio Sandherr, demonstrar haver entendido seu jogo seria um pouco arriscado. Informar Esterházy? Mas, se Sandherr houvesse trocado de propósito as caligrafias para prejudicar Esterházy, Simonini, informando a vítima, teria contra si todos os serviços. Calar? E se um dia os serviços imputassem a ele aquela troca?

Simonini não era responsável pelo erro, fazia questão de esclarecê-lo, e sobretudo de que suas falsificações fossem, por assim dizer, autênticas. Decidiu arriscar e foi procurar Sandherr, que de início se mostrou relutante em recebê-lo, talvez por temer uma tentativa de chantagem.

Quando Simonini lhe anunciou a verdade (aliás, a única verdadeira, naquele episódio de mentiras), Sandherr, mais terroso do que de costume, pareceu não querer acreditar.

— Coronel — disse Simonini —, o senhor certamente conservou uma cópia fotográfica do *bordereau*. Arranje uma amostra da letra de Dreyfus e uma de Esterházy, e vamos confrontar os três textos.

Sandherr deu algumas ordens; dali a pouco, tinha três folhas de papel sobre a escrivaninha, e Simonini lhe forneceu algumas provas:

— Veja, por exemplo, aqui. Em todas as palavras com duplo "s", como *adresse* ou *intéressant*, no texto de Esterházy o primeiro "s" é sempre menor e o segundo, maior, e quase nunca estão unidos. Foi o que notei hoje pela manhã, porque caprichei particularmente nesse detalhe quando escrevi o *bordereau*. Agora, observe a caligrafia de Dreyfus, que vejo pela primeira vez. É espantoso: dos dois "s", o primeiro é maior e o segundo é menor, e estão sempre unidos. Quer que eu continue?

— Não, basta. Não sei como aconteceu o equívoco, vou investigar. Agora, o problema é que o documento está nas mãos do general Mercier, que pode querer compará-lo com uma amostra da caligrafia de Dreyfus, mas não é um grafotécnico, e, afinal, existem analogias entre estas duas caligrafias. Basta apenas não deixar que ele tenha a ideia de procurar também uma amostra da caligrafia de Esterházy. Não vejo por quê, porém, ele pensaria justamente em Esterházy, se o senhor ficar calado. Procure esquecer essa história toda e, por favor, não venha mais aqui. Sua remuneração será corrigida na medida adequada.

Depois disso, Simonini não precisou recorrer a informações reservadas para saber o que estava acontecendo, porque todos os jornais só falavam do caso Dreyfus. E também no estado-maior havia pessoas capazes de alguma prudência, que pediram provas seguras da atribuição do *bordereau* a Dreyfus. Sandherr recorreu a um grafotécnico famoso, Bertillon, que observou, sim, que a caligrafia do *bordereau* não era exatamente igual à de Dreyfus, mas se tratava de um caso evidente de autofalsificação: Dreyfus havia alterado (ainda que só parcialmente) sua caligrafia para fazer crer que a carta fora escrita por outra pessoa. Apesar desses detalhes desprezibilíssimos, o documento saíra indubitavelmente da mão de Dreyfus.

Quem ousaria duvidar, quando a essa altura *La Libre Parole* martelava a cada dia a opinião pública, adiantando até a suspeita de que o *affaire* se esvaziaria porque Dreyfus era judeu e seria protegido pelos judeus? Existem 40 mil oficiais no exército, escrevia Drumont, como Mercier foi confiar os segredos da defesa nacional a um cosmopolita judeu alsaciano? Mercier era um liberal, já vivia sob pressão por parte de Drumont e da imprensa nacionalista, que o acusavam de filossemitismo. Não podia passar por defensor de um judeu traidor. Por conseguinte, não estava nem um pouco interessado em sustar a investigação; ao contrário, mostrava-se muito ativo.

Drumont insistia:

— Por muito tempo, os judeus permaneceram estranhos ao exército, que se mantinha na sua pureza francesa. Agora que se infiltraram também nas forças nacionais, serão os donos da França, e Rothschild conseguirá que lhe comuniquem os planos de mobilização... E vocês já entenderam para quais fins.

A tensão estava no máximo. O capitão dos dragões, Crémieu-Foa, escreveu a Drumont dizendo que ele insultava todos os oficiais judeus e exigiu reparação. Eles se bateram em duelo e, para aumentar a confusão, eis que Crémieu-Foa teve como padrinho... quem? Esterházy... Por sua vez, o marquês de Morès, da redação de *La Libre Parole*, desafiou Crémieu-Foa, mas os superiores do oficial o proibiram de participar de um novo duelo e o confinaram na caserna, de modo que, no seu lugar, entrou em campo um capitão Mayer, que morreu com um pulmão perfurado. Debates inflamados, protestos contra essa revivescência das guerras de religião... E Simonini considerava, extasiado, os resultados rumorosos de uma única hora do seu trabalho como escrivão.

Em dezembro, convocou-se o conselho de guerra e, nesse ínterim, fora produzido outro documento, uma carta do adido militar italiano Panizzardi aos alemães, em que se mencionava "aquele canalha do D..." que lhe teria vendido os planos de algumas fortificações. "*D*" era Dreyfus? Ninguém ousava duvidar, e só depois se descobriria que era certo Dubois, um funcionário do ministério que vendia informações a dez francos cada uma. Era tarde demais: em 22 de dezembro, Dreyfus foi considerado culpado e, no início de janeiro, degradado na École Militaire. Em fevereiro, embarcaria para a Ilha do Diabo.

Simonini foi assistir à cerimônia da degradação, que, no seu diário, ele recorda como tremendamente sugestiva: as tropas estavam enfileiradas nos quatro lados do pátio, Dreyfus chegava e deveria percorrer quase um quilômetro entre aquelas alas de valorosos que, embora impassíveis, pareciam comunicar-lhe seu desprezo; o general Darras desembainhava o sabre, a fanfarra estridulava, Dreyfus em uniforme de gala, escoltado por quatro artilheiros comandados por um sargento, marchava em direção ao general, Darras pronunciava a sentença de degradação, um gigantesco oficial dos gendarmes, com elmo plumado, aproximava-se do capitão, arrancava-lhe os galões, os botões, o número do regimento, tirava-lhe o sabre e quebrava-o sobre o joelho, jogando os dois pedaços aos pés do traidor.

Dreyfus parecia impassível e, por muitos jornais, aquilo seria tomado como sinal da sua felonia. Simonini acreditou ouvi-lo gritar, no momento da degradação: "Sou inocente!", mas de maneira contida, sem deixar a posição de sentido; porque, observa Simonini com sarcasmo, o judeuzinho se identificara a tal ponto com sua dignidade (usurpada) de oficial francês que não conseguia questionar as decisões dos seus superiores — como se, uma vez que haviam decidido que ele era um traidor, devesse aceitar a coisa sem ser aflorado pela dúvida. Talvez, naquele momento, sentisse realmente haver traído, e a afirmação de inocência, para ele, era simplesmente parte obrigatória do rito.

Assim Simonini acreditava recordar, mas, em um dos seus caixotes, encontrou um artigo de certo Brisson na *République française*, publicado no dia seguinte, que dizia totalmente o contrário:

"No momento em que o general lhe lançou à face aquela apóstrofe desonrosa, ergueu o braço e gritou: 'Viva a França, eu sou inocente!'

O suboficial concluiu sua tarefa. O ouro que cobria o uniforme jaz por terra. Não lhe deixaram sequer as faixas vermelhas, distintivo da arma. No seu dólmã agora completamente negro, com o quepe escurecido repentinamente, Dreyfus parece haver vestido o traje do galeota... Continua a gritar: 'Sou inocente!' Do outro lado da grade, a multidão, que só divisa sua silhueta, explode em imprecações e assovios estridentes. Dreyfus escuta aquelas maldições e sua raiva se exaspera ainda mais.

Quando passa diante de um grupo de oficiais, escuta estas palavras: 'Vá embora, Judas!' Dreyfus se volta, furibundo, e repete ainda: 'Sou inocente, sou inocente!'

Agora já podemos distinguir seus traços. Por alguns instantes, nós o fitamos, esperando ler nele uma revelação suprema, um reflexo daquela alma da qual até aqui somente os juízes puderam avizinhar-se, perscrutando-lhe as dobras mais recônditas. O que domina sua fisionomia, porém, é ira, uma ira exaltada até o paroxismo. Seus lábios estão crispados em uma careta pavorosa, o olho está injetado de sangue. E nós compreendemos que, se o condenado parece tão firme e caminha com um passo tão marcial, é por estar como que fustigado por aquele furor que lhe tensiona os nervos até despedaçá-los...

O que se encerra na alma daquele homem? A quais motivos ele obedece, protestando desse modo sua inocência, com uma energia desesperada? Por acaso espera confundir a opinião pública, inspirar-nos dúvidas, lançar suspeitas sobre a lealdade dos juízes que o condenaram? Uma ideia nos vem, vívida como um relâmpago: se ele não for culpado, que tortura pavorosa!"

Simonini não demonstra sentir nenhum remorso, porque estava seguro da culpa de Dreyfus, visto que ele mesmo a decidira. Contudo, sem dúvida a divergência entre suas lembranças e aquele artigo lhe diz quanto o *affaire* perturbara um país inteiro, e como cada um vira na sequência dos fatos aquilo que queria ver.

De qualquer modo, que Dreyfus fosse para o diabo; ou para a ilha do mesmo. Não eram mais assuntos seus.

A remuneração, que a seu tempo lhe fora entregue de maneira discreta, tinha sido realmente superior às suas expectativas.

De olho em Taxil

Simonini recorda bem que, enquanto essas coisas aconteciam, não ignorava o que Taxil estava aprontando. Sobretudo porque se falava muitíssimo dele no ambiente de Drumont, em que o assunto Taxil fora encarado primeiro com divertido ceticismo e, depois, com escandalizada irritação. Drumont se considerava um antimaçom, um antissemita e um católico sério — e o era, a seu modo —, e não suportava que sua causa fosse defendida por um velhaco. Considerava Taxil um velhaco havia tempos, e atacara-o em *La France juive*, afirmando que todos os livros anticlericais dele tinham sido publicados por editores judeus. Porém, naqueles anos, as relações entre os dois se deterioraram ainda mais, por razões políticas.

Soubemos disso pelo abade Dalla Piccola: ambos se candidataram a um turno eleitoral como conselheiros municipais parisienses, visando ao mesmo tipo de eleitorado. Por isso, a batalha se tornara aberta.

Taxil havia escrito um *Monsieur Drumont, étude psychologique*, em que criticava, com algum sarcasmo, o antissemitismo excessivo do adversário, observando que, mais que dos católicos, o antissemitismo era típico da imprensa socialista e revolucionária. Drumont respondera com o *Testament d'un antisémite*, pondo em dúvida a conversão de Taxil, recordando a lama que ele lançara sobre as coisas sagradas e brandindo interrogações inquietantes sobre sua não beligerância com o mundo hebraico.

Se considerarmos que, no mesmo ano de 1892, nasciam *La Libre Parole*, jornal de luta política, capaz de denunciar o escândalo do Panamá, e *Le Diable au XIXe siècle*, que dificilmente poderia ser considerado uma publicação confiável, compreende-se por que, na redação do jornal de Drumont, os sarcasmos dirigidos a Taxil estavam na ordem do dia e por que as progressivas desgraças dele eram acompanhadas com sorrisos malignos.

Mais do que as críticas, observava Drumont, prejudicavam Taxil os consensos não desejados. Sobre o caso daquela misteriosa Diana empenhavam-se dezenas de aventureiros algo inconfiáveis, que se gabavam de familiaridade com uma mulher que talvez nunca houvessem visto.

Um certo Domenico Margiotta publicara *Souvenirs d'un trente-troisième. Adriano Lemmi Chef Suprème des Franc-Maçons* e o enviara a Diana, declarando-se solidário com sua revolta. Na carta, esse Margiotta se declarava Secretário da loja Savonarola de Florença, Venerável da loja Giordano Bruno de Palmi, Soberano Grande Inspetor-Geral, 33 grau do Rito Escocês Antigo e Aceito, Príncipe Soberano do Rito de Memphis Misraim (93 grau), Inspetor das lojas Misraim na Calábria e na Sicília, Membro Honorário do Grande Oriente Nacional do Haiti, Membro Ativo do Supremo Concílio Federal de Nápoles, Inspetor-Geral das lojas maçônicas das três Calábrias, Grão-Mestre *ad vitam* da Ordem Maçônica Oriental de Misraim ou Egito de Paris (90 grau), Comandante da Ordem dos Cavaleiros Defensores da Maçonaria Universal, Membro Honorário *ad vitam* do Concílio Supremo e Geral da Federação Italiana de Palermo, Inspetor Permanente e Delegado Soberano do Grande Diretório Central de Nápoles, e Membro do Novo Paládio Reformado. Deveria ser um alto dignitário maçônico, mas afirmava ter acabado de deixar a maçonaria. Drumont dizia que Margiotta se convertera à fé católica porque a direção suprema e secreta da seita não lhe fora entregue, como ele esperava, mas a um certo Adriano Lemmi.

Sobre o nebuloso Adriano Lemmi, Margiotta contava que teria iniciado sua carreira como ladrão, quando falsificara em Marselha uma carta de crédito da firma Falconet & C., de Nápoles, e subtraíra uma bolsa de pérolas e 300 francos em ouro à mulher de um médico seu amigo, enquanto ela preparava na cozinha uma tisana. Após uma temporada na prisão, desembarcara em Constantinopla, onde se colocara a serviço de um velho herborista judeu, dizendo que estava pronto para renegar o batismo e ser circuncidado. Ajudado pelos judeus, mais tarde fizera sua conhecida carreira na maçonaria.

Le Petit Journal

Le Petit Journal
SUPPLÉMENT ILLUSTRÉ
Huit pages : CINQ centimes

DIMANCHE 13 JANVIER 1895

LE TRAITRE
Dégradation d'Alfred Dreyfus

... um gigantesco oficial dos gendarmes, com elmo plumado, aproximava-se do capitão, arrancava-lhe os galões, os botões, o número do regimento, tirava-lhe o sabre e quebrava-o sobre o joelho, jogando os dois pedaços aos pés do traidor ... (p. 399)

E, assim, concluía Margiotta, "a raça maldita de Judas, da qual derivam todos os males da humanidade, usou toda a sua influência para fazer subir ao governo supremo e universal da ordem maçônica um dos seus membros, e o mais perverso de todos".

Tais acusações agradaram muitíssimo ao mundo eclesiástico, e o livro publicado por Margiotta em 1895, *Le Palladisme, Culte de Satan-Lucifer dans les triangles maçonniques*, abria-se com cartas de aplauso dos bispos de Grenoble, Montauban, Aix, Limoges, Mende, Tarentaise, Pamiers, Orã e Annecy, assim como de Ludovico Piavi, patriarca de Jerusalém.

O problema era que as informações de Margiotta envolviam metade do mundo político italiano e, particularmente, a figura de Crispi, outrora lugar-tenente de Garibaldi e, na época, primeiro-ministro do reino. Enquanto se publicassem e se vendessem notícias fantasmagóricas sobre os ritos maçônicos, na verdade podia-se ficar sossegado, mas, se elas entrassem no cerne das relações entre maçonaria e poder político, corria-se o risco de irritar algum personagem muito vingativo.

Taxil devia saber disso, mas evidentemente buscava recuperar o terreno que Margiotta lhe subtraía, e eis que saiu, sob o nome de Diana, um livro de quase quatrocentas páginas, *Le 33ème Crispi*, em que se misturavam fatos notórios, como o escândalo do Banco Romano no qual Crispi estivera envolvido, e notícias sobre seu pacto com o demônio Haborym e sua participação em uma sessão paladista durante a qual a Sophia Walder de sempre anunciara estar grávida de uma filha que, por sua vez, geraria o Anticristo.

— Coisas de opereta — escandalizava-se Drumont. — Não é assim que se conduz uma luta política!

No entanto, a obra foi acolhida com simpatia no Vaticano, e isso deixava Drumont ainda mais enfurecido. O Vaticano tinha contas a acertar com Crispi, que mandara erigir, em uma praça romana, um monumento a Giordano Bruno, vítima da intolerância eclesiástica, e Leão XIII passara aquele dia em preces de expiação aos pés da estátua de São Pedro. Imagine-se a alegria do pontífice ao ler aqueles documentos anticrispianos: ele encarregou seu secretário, monsenhor Sardi, de enviar a Diana não somente a costumeira "bênção apostólica" como um vivo agradecimento e uma incitação a que ela continuasse na sua obra meritória de desmascaramento da "seita iníqua". E que a seita era iníqua ficava demonstrado pelo fato de, no livro de Diana, Haborym aparecer com três cabeças, uma humana com cabelos de fogo, uma de gato e uma de serpente — embora Diana esclarecesse, com rigor científico, que nunca o vira sob aquela forma (à sua invocação, o demônio se apresentara simplesmente como um belo ancião de barba prateada e escorrida).

— Não se preocupam sequer em respeitar a verossimilhança! Como pode uma americana recém-chegada à França — indignava-se Drumont — conhecer todos os segredos da política italiana? Claro, as pessoas não atentam para essas coisas e Diana vende, mas o sumo pontífice, o sumo pontífice será acusado de dar crédito a qualquer caraminhola! É preciso defender a Igreja das suas próprias fraquezas!

As primeiras dúvidas sobre a existência de Diana foram expressadas às claras justamente por *La Libre Parole*. E logo depois intervinham na polêmica publicações de inspiração explicitamente religiosa, como *L'Avenir* e *L'Univers*. Em outros ambientes católicos, ao contrário, as pessoas se esfalfavam para provar a existência de Diana: em *Le Rosier de Marie* aparecia o testemunho do presidente da Ordem dos Advogados de Saint-Pierre, Lautier, que afirmava haver visto Diana em companhia de Taxil, de Bataille e do desenhista que a retratara, mas isso havia acontecido algum tempo antes, quando Diana ainda era paladiana. Contudo, no seu rosto já devia resplandecer a conversão iminente, porque o autor a descrevia assim: "É uma jovem de 29 anos, graciosa, distinta, de altura superior à média, expressão aberta, franca e honesta, o olhar cintilante de inteligência que testemunha a resolução e a familiaridade com o comando. Veste-se com elegância e bom gosto, sem afetação e sem aquela abundância de joias que tão ridiculamente caracteriza a maioria das estrangeiras ricas... Olhos incomuns, ora azul-marinho, ora amarelo-ouro vivo." Quando lhe ofereceram um licor *chartreuse*, recusara, por ódio a tudo o que tivesse sabor de Igreja. Bebera apenas conhaque.

Taxil foi *magna pars* na organização de um grande congresso antimaçônico em Trento, em setembro de 1896. Porém, justamente ali se intensificaram as suspeitas e as críticas por parte dos católicos alemães. Um certo padre Baumgarten pediu a certidão de nascimento de Diana e o testemunho do sacerdote perante o qual ela fizera sua abjuração. Taxil proclamou ter as provas no bolso, mas não as apresentou.

Um mês depois do congresso de Trento, um abade Garnier, em *Le Peuple Français*, chegou a levantar a suspeita de que Diana fosse uma mistificação maçônica; no respeitabilíssimo *La Croix*, um certo padre Bailly também mostrou reservas; e a *Kölnische Volkszeitung* lembrou que Bataille-Hacks, já no mesmo ano em que começaram os fascículos de *Le Diable*, blasfemava contra Deus e todos os seus santos. Entraram em campo, a favor de Diana, o costumeiro cônego Mustel, a *Civiltà Cattolica* e um secretário do cardeal Parocchi, que escreveu a ela "para fortalecê-la contra a tempestade de calúnias que ousavam levantar dúvidas até mesmo sobre sua existência".

A Drumont não faltavam boas relações em vários ambientes nem faro jornalístico. Simonini não entendia como, mas ele conseguiu desencavar Hacks-Bataille, provavelmente o surpreendeu durante uma de suas crises etílicas, em que se inclinava cada vez mais à melancolia e ao arrependimento, e eis a reviravolta: Hacks, primeiro na *Kölnische Volkszeitung* e posteriormente em *La Libre Parole*, confessava sua mistificação. Candidamente, escrevia: "Quando apareceu a encíclica *Humanum Genus*, considerei que havia campo para explorar a credulidade e a estupidez insondável dos católicos. Bastava encontrar um Júlio Verne para dar uma aparência terrível àquelas histórias de bandidos. Pois bem, eu fui esse Verne... Contava cenas abracadabrantes, situando-as em contextos exóticos, seguro de que ninguém conferiria... E os católicos engoliram tudo. A idiotice dessa gente é tal que até hoje, se eu dissesse que lhes preguei uma peça, eles não acreditariam."

Lautier, em *Le Rosier de Marie*, escreveu que talvez houvesse se enganado e que aquela que ele vira poderia não ser Diana Vaughan, e, finalmente, apareceu um primeiro ataque jesuíta por obra de um certo padre Portalié, em uma revista seriíssima como *Études*. Como se não bastasse, alguns jornais noticiaram que o monsenhor Northrop, bispo de Charleston (onde deveria residir Pike, o grão-mestre dos grão-mestres), tinha ido a Roma para garantir pessoalmente a Leão XIII que os maçons da sua cidade eram gente de bem e que nos templos deles não havia qualquer estátua de Satanás.

Drumont triunfava. Taxil estava enquadrado; as lutas antimaçônica e antijudaica voltavam a mãos sérias.

24
UMA NOITE NA MISSA

17 de abril de 1897

Caro capitão,
Suas últimas páginas reúnem uma quantidade inacreditável de eventos, e é claro que, enquanto o senhor vivia aquelas situações, eu vivia outras. E, evidentemente, o senhor era informado (por força, com o estardalhaço que Taxil e Bataille faziam) de tudo o que ocorria ao meu redor e talvez recorde mais episódios do que aqueles que eu consigo reconstituir.

Se estamos em abril de 1897, minha história com Taxil e Diana durou uns 12 anos, nos quais sucederam muitas coisas. Por exemplo, quando fizemos Boullan desaparecer?

Provavelmente depois que iniciáramos, menos de um ano antes, as publicações de *Le Diable*. Certa noite, Boullan chegou a Auteuil transtornado, enxugando continuamente com um lenço os lábios sobre os quais se adensava uma espuma esbranquiçada.

— Estou morto — disse —, estão me matando.

O doutor Bataille decidiu que um bom copo de álcool forte o devolveria ao normal. Boullan não recusou e então, com palavras entrecortadas, contou-nos uma história de sortilégios e malefícios.

Ele nos descrevera suas péssimas relações com Stanislas de Guaita e sua ordem cabalística da Rosa-Cruz, e com aquele Joséphin Péladan que, mais tarde, em espírito de dissidência, fundara a ordem Rosa-Cruz Católica — personagens dos quais, obviamente, *Le Diable* se ocupara. Na minha opinião, havia poucas diferenças entre os rosacrucianistas de Péladan e a seita de Vintras, da qual Boullan se tornara grande pontífice; todos circulavam com dalmáticas cobertas de sinais cabalísticos e não se percebia muito bem se estavam com Deus ou com o diabo, mas talvez fosse justamente por isso que Boullan entrara em luta encarniçada com o ambiente de Péladan. Eles ciscavam no mesmo território e procuravam seduzir as mesmas almas perdidas.

Os amigos fiéis de Guaita apresentavam-no como um refinado cavalheiro (era marquês) que colecionava *grimoires* constelados de pentáculos, obras de Lúlio e Paracelso, manuscritos de Eliphas Levi, seu mestre de magia branca e negra, e outras obras herméticas de insigne raridade. Passava os dias, dizia-se, em um pequeno apartamento térreo da avenue Trudaine, onde só recebia ocultistas e em que se mantinha durante semanas sem sair. Porém, justamente naqueles aposentos, segundo outros, combatia um espectro que ele mantinha prisioneiro em um armário e, saturado de álcool e morfina, dava corpo às sombras produzidas pelos seus delírios.

Que ele se movia entre disciplinas sinistras, isso diziam-no os títulos dos seus *Ensaios sobre as ciências malditas*, em que denunciava as tramas luciferinas ou luciferianas, satânicas ou satanistas, diabólicas ou diabolistas de Boullan, descrito como um pervertido que havia "erigido a fornicação como prática litúrgica".

A história era velha. Já em 1887, Guaita e sua roda haviam convocado um "tribunal iniciático" que condenara Boullan. Tratava-se de condenação moral? Boullan sustentava, havia tempos, que era condenação física e sentia-se continuamente atacado, percutido e ferido por fluidos ocultos, dardos de natureza impalpável que Guaita e os outros lhe lançavam até mesmo de grande distância.

E, agora, Boullan sentia-se nas últimas.

— Todas as noites, no momento em que adormeço, sinto golpes, socos, tapas; não é ilusão dos meus sentidos enfermos, acreditem, porque ao mesmo tempo meu gato se agita como se estivesse sendo atravessado por um choque elétrico. Sei que Guaita moldou uma figura de cera e espeta-a com uma agulha, e eu sinto dores lancinantes. Tentei lançar-lhe um contrassortilégio para deixá-lo cego, mas Guaita percebeu a insídia — ele é mais poderoso do que eu nessas artes — e devolveu-me a fatura. Meus olhos se embaçam e minha respiração se torna pesada; não sei por quantas horas ainda poderei sobreviver.

... combatia um espectro que ele mantinha prisioneiro em um armário e, saturado de álcool e morfina, dava corpo às sombras produzidas pelos seus delírios ... (p. 410)

Não estávamos seguros de que ele contava a verdade, mas o problema não era esse. O coitado estava realmente mal. Então, Taxil teve uma das suas ideias geniais:

— Dê-se por morto — disse. — Espalhe, através de pessoas confiáveis, que o senhor expirou durante uma viagem a Paris; não volte mais a Lyon, encontre um refúgio aqui na cidade, livre-se de barba e cabelos, torne-se outro. Como Diana, acorde dentro de outra pessoa, mas, à diferença de Diana, permaneça nela. Até que Guaita e seus companheiros, acreditando-o morto, parem de atormentá-lo.

— E como vou viver, se não estarei mais em Lyon?

— O senhor viverá aqui, conosco, em Auteuil, ao menos até que o temporal se acalme e seus adversários estejam desmascarados. No fundo, Diana sempre precisa de assistência, e o senhor nos é mais útil aqui todos os dias do que como um visitante de passagem. Porém — acrescentou Taxil —, se tiver amigos confiáveis, antes de se dar por morto escreva-lhes cartas dominadas pelo presságio do seu desaparecimento e acuse claramente Guaita e Péladan, de maneira que sejam seus seguidores inconsoláveis a desencadear uma campanha contra seus assassinos.

E assim foi. A única pessoa a par da ficção era Madame Thibault, a assistente, sacerdotisa, confidente (e talvez algo mais) de Boullan, que forneceu aos seus amigos parisienses uma tocante descrição da agonia dele; não sei como se arranjou com os fiéis lioneses, talvez tenha mandado sepultar um ataúde vazio. Pouco tempo depois, era contratada como governanta de um dos amigos e defensores póstumos de Boullan, Huysmans, um escritor em voga — e estou convencido de que, certas noites, quando eu não me encontrava em Auteuil, ela ia visitar seu velho cúmplice.

À notícia da morte, o jornalista Jules Bois atacou Guaita no *Gil Blas*, imputando-lhe tanto práticas de bruxaria quanto o homicídio de Boullan, e o *Figaro* publicou uma entrevista de Huysmans, que explicava tim-tim por tim-tim como os sortilégios de Guaita haviam agido. Sempre no *Gil Blas*, Bois retomou a acusação, pediu uma autópsia do cadáver, para confirmar se fígado e coração tinham realmente sofrido o impacto dos dardos fluídicos de Guaita, e solicitou uma investigação judicial.

Guaita replicou, também no *Gil Blas*, ironizando seus próprios poderes mortíferos ("bem, sim, eu manipulo os venenos mais sutis com arte infernal, volatilizo-os para fazer afluírem os vapores tóxicos, a centenas de léguas de distância, rumo às narinas daqueles com quem não simpatizo; eu sou o Gilles de Rais dos séculos futuros") e desafiando em duelo tanto Huysmans quanto Bois.

Bataille soltava risadinhas de escárnio, observando que, apesar de todos aqueles poderes mágicos de um lado e de outro, ninguém conseguira arranhar ninguém, mas um jornal de Toulouse insinuou que alguém havia de fato recorrido à bruxaria: um dos cavalos que transportava o landau de Bois para o duelo se abatera sem razão; trocara-se o cavalo e o substituto também despencara ao solo, o landau capotara e Bois chegara ao campo de honra coberto de manchas-roxas e escoriações. Além disso, mais tarde ele diria que uma das suas balas havia sido bloqueada no cano da pistola por uma força sobrenatural.

Os amigos de Boullan também fizeram chegar às gazetas a informação de que os rosa-cruzes de Péladan mandaram celebrar uma missa em Notre-Dame, mas, no momento da elevação, brandiram ameaçadoramente punhais contra o altar. Vá-se saber. Para *Le Diable*, essas eram notícias muito excitantes e menos incríveis que outras às quais os leitores estavam habituados. No entanto, convinha trazer à baila também Boullan, e sem grandes cerimônias.

— O senhor está morto — disse-lhe Bataille —, e o que quer que se diga sobre esse desaparecimento não deve mais interessá-lo. Além disso, na hipótese de o senhor reaparecer um dia, teremos criado ao seu redor uma aura de mistério que só poderá lhe ser proveitosa. Por conseguinte, não se preocupe com o que escreveremos; não será sobre o senhor, mas sobre o personagem Boullan, que já não existe.

Boullan aceitou e, talvez no seu delírio narcisista, comprazia-se ao ler tudo o que Bataille continuava a fantasiar em torno das suas práticas ocultas. Porém, na realidade, àquela altura parecia magnetizado somente por Diana. Mantinha-se perto da moça com assiduidade mórbida, e eu quase temia por ela, cada vez mais hipnotizada por suas fantasias, como se já não vivesse suficientemente fora da realidade.

***

O senhor contou bem o que nos aconteceu depois. O mundo católico se dividira em dois, e uma parte havia posto em dúvida a própria existência de Diana Vaughan. Hacks traíra, e o castelo construído por Taxil desmoronava. Éramos agora oprimidos pela cainçada dos nossos adversários e, ao mesmo tempo, dos muitos imitadores de Diana, como aquele Margiotta que o senhor evocou. Compreendíamos que havíamos forçado demais a mão; a ideia de um diabo com três cabeças, que se banqueteava com o chefe do governo italiano, era difícil de digerir.

Poucos encontros com o padre Bergamaschi me convenceram de que àquela altura, embora os jesuítas romanos da *Civiltà Cattolica* estivessem decididos a sustentar ainda a causa de Diana, os jesuítas franceses (veja-se o artigo do padre Portalié, que o senhor cita) já estavam determinados a enterrar toda a história. Outra breve conversa com Hébuterne persuadiu-me de que até os maçons não viam a hora de acabar a farsa. Para os católicos, tratava-se de fazê-lo discretamente, a fim de não lançar mais descrédito sobre a hierarquia, mas os maçons exigiam uma retratação clamorosa, de forma que todos os anos de propaganda antimaçônica de Taxil fossem tachados de mera velhacaria.

Assim, um dia, recebi simultaneamente duas mensagens. Uma, do padre Bergamaschi, dizia: "Autorizo-o a oferecer a Taxil 50 mil francos para que ele encerre todo o empreendimento. Fraternalmente em Xto., Bergamaschi." O outro, de Hébuterne, recomendava: "Acabemos com isso. Ofereça a Taxil 100 mil francos para que ele confesse publicamente haver inventado tudo."

Eu tinha as costas cobertas por ambos os lados, e precisava apenas dar seguimento — naturalmente, após embolsar as somas prometidas pelos meus mandantes.

A defecção de Hacks facilitou minha tarefa. Bastava-me apenas impelir Taxil à conversão ou à reconversão que fosse. Como no início, eu tinha novamente 150 mil francos à disposição, e, para Taxil, 75 mil seriam suficientes, porque meus outros argumentos eram mais convincentes do que o dinheiro.

— Taxil, perdemos Hacks e seria difícil expor Diana a um confronto público. Pensarei em como fazê-la desaparecer. Contudo, quem me preocupa é o senhor: por boatos que ouvi, parece que os maçons querem liquidá-lo, e o senhor mesmo escreveu sobre como são sanguinárias as vinganças deles. Antes, a opinião pública o defenderia, mas, agora, veja que até os jesuítas estão se esquivando. Pois bem, surgiu-lhe uma oportunidade extraordinária: uma loja, não me pergunte qual porque se trata de coisa muito reservada, oferece-lhe 75 mil francos se o senhor declarar publicamente que caçoou de todos. Para a maçonaria, a vantagem disso é clara: ela se limpa do esterco que o senhor lhe lançou e cobre com ele os católicos, que farão papel de bobos. Quanto à sua pessoa, a publicidade que derivará desse golpe de cena fará com que suas próximas obras vendam mais do que as anteriores, as quais, junto aos católicos, já vendiam cada vez menos. O senhor reconquistará o público anticlerical e maçom. A proposta lhe convém.

Não precisei insistir muito: Taxil é um palhaço, e a ideia de se exibir em uma nova palhaçada lhe fazia brilharem os olhos.

— Escute bem, caro abade. Eu alugo uma sala e comunico à imprensa que, em certo dia, Diana Vaughan aparecerá e apresentará ao público inclusive uma foto do demônio Asmodeu, que ela terá batido com a permissão do próprio Lúcifer! Digamos que, em um pequeno cartaz, eu prometa que entre os presentes será sorteada uma máquina de escrever no valor de 400 francos e, depois, não será necessário sorteá-la, porque obviamente eu me apresentarei para dizer que Diana não existe, e, se ela não existe, é natural que tampouco a máquina de escrever exista. Já vejo a cena: acabarei em todos os jornais, e na primeira página. Excelente. Dê-me tempo para organizar bem o evento e (se isso não o desagradar) peça um adiantamento sobre esses 75 mil francos, para as despesas...

No dia seguinte, Taxil encontrou a sala, da Société de Géographie, mas que só estaria livre na segunda-feira de Páscoa. Lembro-me de dizer:

— Então, será daqui a quase um mês. Durante esse período, não apareça mais por aí, para não suscitar outros mexericos. Até lá, pensarei em como dar um jeito em Diana.

Taxil teve um momento de hesitação, enquanto seus lábios tremiam e, com eles, o bigode:

— O senhor não vai querer... eliminar Diana — disse.

— Que tolice — respondi —, não esqueça que sou um religioso. Vou devolvê-la ao lugar onde a busquei.

Taxil me pareceu desnorteado com a ideia de perder Diana, mas o medo da vingança maçônica era mais forte do que aquela que era ou havia sido sua atração pela moça. Além de um patife, é um covarde. Como reagiria se eu lhe dissesse que, sim, pretendia eliminar Diana? Talvez, por medo dos maçons, aceitasse a ideia. Desde que não fosse ele a concretizar o ato.

A segunda-feira de Páscoa será 19 de abril. Portanto, se, ao me despedir de Taxil, falei em um mês de espera, o fato deve ter acontecido por volta de 19 ou 20 de março. Hoje é 17 de abril. Então, ao reconstituir progressivamente os eventos dos últimos dez anos, cheguei até pouco mais de um mês atrás. E, se esse diário deveria servir também a mim, como ao senhor, para descobrir a origem do meu atual aturdimento, não aconteceu nada. Ou, talvez, o evento crucial tenha acontecido justamente nos últimos trinta dias.

Agora, é como se eu temesse recordar algo mais.

18 de abril, ao amanhecer

Enquanto Taxil ainda rodava pela casa em grande ansiedade, Diana não percebia o que estava acontecendo. Na alternância entre suas duas condições, acompanhava nossos conciliábulos com olhos arregalados e só parecia despertar quando um nome de pessoa ou de lugar lhe acendia como que um débil lampejo na mente.

Reduzia-se cada vez mais a algo vegetal, com uma única manifestação animal: uma sensualidade sempre mais excitada, que se dirigia independentemente sobre Taxil, sobre Bataille, quando ele ainda se encontrava entre nós, sobre Boullan, naturalmente, e — por mais que eu tentasse não lhe oferecer qualquer pretexto — até sobre mim.

Diana entrara para nosso sodalício com pouco mais de 20 anos, e agora já passara dos 35. Contudo, dizia Taxil com sorrisos cada vez mais lúbricos, ao amadurecer ela tornava-se mais fascinante, como se uma

... sentia-se continuamente atacado, percutido e ferido por fluidos ocultos, dardos de natureza impalpável que Guaita e os outros lhe lançavam até mesmo de grande distância ... (p. 410)

mulher com mais de 30 anos ainda fosse desejável. Talvez sua vitalidade quase arbórea desse ao seu olhar uma vaguidão que parecia mistério.

Contudo, essas são perversões nas quais não sou especialista. Meu Deus, por que me detenho na forma carnal daquela mulher, que para nós deveria ser apenas um infeliz instrumento?

* * *

Eu disse que Diana não se dava conta daquilo que acontecia. Posso estar enganado: em março, talvez por não ver mais Taxil ou Bataille, ela ficou excitada. Tomada por uma crise histérica, o demônio (dizia) a obsedava cruelmente, feria-a, mordia-a, torcia-lhe as pernas, dava-lhe tapas no rosto — e ela me mostrava marcas arroxeadas ao redor dos olhos. Nas palmas, começavam a aparecer vestígios de feridas que pareciam estigmas. Perguntava-se por que as potências infernais agiam com tanta severidade justamente contra uma paladiana devota de Lúcifer e agarrava-me pelas vestes, como se pedisse ajuda.

Pensei em Boullan, que entendia de malefícios mais do que eu. Realmente, assim que o chamei, Diana o pegou pelos braços e começou a tremer. Ele pousou as mãos na sua nuca e, falando-lhe com doçura, acalmou-a, e então cuspiu-lhe na boca.

— E quem lhe afirma, minha filha — disse ele —, que quem a submete a essas sevícias é seu senhor Lúcifer? Você não acha que, por desprezo e punição à sua fé paladiana, seu inimigo é o Inimigo por excelência; isto é, aquele éon que os cristãos chamam de Jesus Cristo ou um dos seus supostos santos?

— Mas, senhor abade — respondeu Diana, desorientada —, se sou paladiana é porque não reconheço nenhum poder no Cristo prevaricador, a tal ponto que um dia me recusei a apunhalar uma hóstia porque considerava loucura reconhecer uma presença real naquilo que era apenas um grumo de farinha.

— Pois engana-se, minha filha. Veja o que fazem os cristãos, que reconhecem a soberania do Cristo deles mas nem por isso consideram que o diabo não existe, ao contrário: temem-lhe as insídias, a inimizade, as seduções. E assim devemos fazer também: se acreditamos no poder do nosso senhor Lúcifer é porque consideramos que o inimigo dele, Adonai, talvez sob a aparência de Cristo, existe espiritualmente e se manifesta através da sua maldade. Por conseguinte, você deve admitir pisotear a imagem do seu inimigo no único modo consentido a um luciferiano de fé.

— E qual é?

— A missa negra. Você nunca poderá obter a benevolência de Lúcifer nosso senhor a não ser celebrando, através da missa negra, sua rejeição ao Deus cristão.

Diana me pareceu convencida, e Boullan perguntou-me se poderia levá-la a uma reunião de fiéis satanistas, na sua tentativa de convencê-la de que satanismo e luciferianismo ou paladismo tinham os mesmos fins e a mesma função purificadora.

Não me agradava deixar Diana sair de casa, mas, afinal, eu deveria dar a ela algum respiro.

* * *

Encontro o abade Boullan em colóquio confidencial com Diana. Ele pergunta:

— Gostou de ontem?

O que aconteceu ontem?

O abade continua:

— Muito bem, justamente amanhã à noite deverei celebrar outra missa solene em uma igreja desconsagrada em Passy. Um serão admirável; é 21 de março, equinócio de primavera, data rica de significações ocultas. Porém, se você aceitar ir, preciso prepará-la espiritualmente, agora, e sozinha, em confissão.

Eu saí e Boullan ficou com ela por mais de uma hora. Quando, finalmente, chamou-me, disse que Diana iria no dia seguinte à igreja de Passy, mas desejava que eu a acompanhasse.

— Sim, senhor abade — disse-me Diana, com olhos insolitamente cintilantes e as faces acesas —, sim, por favor.

Eu deveria recusar, mas estava curioso e não queria parecer um carola aos olhos de Boullan.

* * *

Escrevo e tremo, minha mão corre sobre o papel quase por conta própria, já não estou recordando, mas sim revivendo, é como se contasse algo que acontece neste instante...

Era a noite de 21 de março. O senhor, capitão, iniciou seu diário em 24 de março, contando que eu teria perdido a memória na manhã do dia 22. Portanto, se algo terrível aconteceu, deve ter sido na noite de 21.

Tento reconstituir, mas me é difícil; temo estar com febre, minha testa queima.

Saio de Auteuil com Diana e dou um certo endereço ao cocheiro do fiacre. Ele me olha de esguelha, como se desconfiasse de um cliente como eu, apesar do meu hábito eclesiástico, mas, diante da oferta de uma boa gorjeta, parte sem dizer nada. Afasta-se cada vez mais do centro e dirige-se à periferia por ruas que vão ficando sempre mais escuras, até que dobra em um atalho ladeado por casebres abandonados e que termina sem saída, diante da fachada quase em ruínas de uma velha capela.

Descemos; o cocheiro parece ter muita pressa em sair dali, a tal ponto que quando eu, após pagar, procuro nos bolsos mais alguns francos, ele grita "não importa, senhor abade, obrigado mesmo assim!" e renuncia à gorjeta para partir imediatamente.

— Faz frio e estou com medo — diz Diana, encolhendo-se contra mim. Eu me retraio, mas, ao mesmo tempo, como não vejo seu braço, apenas o sinto sob sua roupa, percebo que ela está vestida de maneira estranha: usa um manto com capuz, que a recobre da cabeça aos pés, de modo que naquela escuridão poderia ser confundida com um monge, daqueles que aparecem nos subterrâneos dos mosteiros nos romances de estilo gótico que estiveram na moda no início deste século. Eu nunca a vira nesses trajes, mas devo dizer que jamais me passou pela cabeça inspecionar o baú com todas as coisas que ela trouxe consigo da clínica do doutor Du Maurier.

A portinha da capela está semiaberta. Entramos em uma nave única, iluminada por uma série de círios que ardem no altar e por muitas trípodes acesas que servem como coroa a esse último, ao longo de uma pequena abside. O altar está coberto por um pano escuro, semelhante àqueles que se usam em funerais. Acima, em vez do crucifixo ou de outros ícones, aparece uma estátua do demônio em forma de bode, com um falo em riste, desproporcional, com ao menos 30 centímetros de comprimento. As velas não são brancas ou marfim, mas pretas. Ao centro, em um tabernáculo, aparecem três caveiras.

— O abade Boullan me falou sobre elas — sussurra-me Diana —, são as relíquias dos três magos, os verdadeiros, Theobens, Menser e Saïr. Eles foram avisados pela extinção de uma estrela cadente e afastaram-se da Palestina para não serem testemunhas do nascimento de Cristo.

Diante do altar, em semicírculo, dispõe-se uma fileira de jovenzinhos, meninos à direita e meninas à esquerda. A idade de ambos os grupos é tão pouca que quase não se notaria diferença entre os dois sexos, e aquele gentil anfiteatro poderia parecer habitado por graciosos andróginos, cujas diferenças são ainda mais atenuadas em virtude de todos trazerem sobre a cabeça uma coroa de rosas murchas, se não fosse pelo fato de que os meninos estão nus e distinguem-se pelo membro que ostentam, mostrando-o uns aos outros, enquanto as meninas estão cobertas por curtas túnicas de tecido quase transparente, que lhes acariciam os pequenos seios e a curva imatura dos quadris, sem esconder nada. São todos muito bonitos, embora os rostos expressem mais malícia do que inocência, mas isso certamente lhes aumenta o fascínio — e devo confessar (curiosa situação, em que eu, padre, confesso-me ao senhor, capitão!) que, enquanto sinto, não digo terror, mas ao menos temor diante de uma mulher madura, me é difícil subtrair-me à sedução de uma criatura impúbere.

Aqueles clérigos singulares passam por trás do altar, trazendo pequenos incensórios que distribuem aos presentes; depois, alguns levam uns raminhos resinosos até as trípodes, acendem-nos e, com eles, atiçam os turíbulos, dos quais escapam uma fumaça densa e um perfume enervante de drogas exóticas. Outros daqueles efebos nus estão distribuindo pequenas taças, e uma é oferecida também a mim.

— Beba, senhor abade — diz-me um jovenzinho de olhar descarado —, serve para entrar no espírito do rito.

Bebi, e agora vejo e sinto como se tudo acontecesse em meio a uma névoa.

Eis que entra Boullan. Usa uma clâmide branca sob uma casula vermelha, em que aparece um crucifixo de cabeça para baixo. Na interseção entre os dois braços da cruz, vê-se a imagem de um bode preto, erguido nas patas traseiras e estendendo os chifres... Porém, ao primeiro movimento do celebrante, como que por acaso ou por negligência, mas na verdade por assanhamento perverso, a clâmide se abriu na frente, mostrando um falo de proporções notáveis, como eu jamais imaginaria em um ser flácido como Boullan, e ereto, em virtude de alguma droga que evidentemente o abade consumiu antes. As pernas estão cobertas por meias escuras mas totalmente transparentes, como aquelas (ai de mim, já reproduzidas no *Charivari* e em outros hebdomadários, visíveis até para abades e padres, mesmo que estes não quisessem) de Celeste Mogador quando dançava o cancã no Bal Mabille.

O celebrante virou as costas aos fiéis e iniciou sua missa em latim, enquanto os andróginos lhe respondem.

— *In nomine Astaroth et Asmodei et Beelzébuth, introibo ad altare Satanae.*

— *Qui laetificat cupiditatem nostram.*

— *Lucifer omnipotens, emitte tenebram tuam et afflige inimicos nostros.*

— *Ostende nobis, Domine Satanas, potentiam tuam, et exaudi luxuriam meam.*

— *Et blasphemia mea ad te veniat.*

Então, Boullan extraiu da roupa uma cruz, colocou-a sob os pés e pisoteou-a várias vezes:

— Ó, Cruz, eu te esmago em memória e em vingança dos antigos Mestres do Templo. Eu te pisoteio porque foste instrumento de falsa santificação do falso deus Cristo Jesus.

E, nesse momento, Diana, sem me avisar e como que por súbita iluminação (mas certamente por instruções que Boullan lhe deu na véspera, em confissão), atravessa a nave entre as duas alas de fiéis e coloca-se aos pés do altar. Então, virando-se para os fiéis (ou infiéis, que sejam), com um gesto hierático arranca subitamente o capuz e o manto, mostrando-se nua. Faltam-me as palavras, capitão Simonini, mas é como se eu a visse, desvelada como Ísis, o rosto coberto apenas por uma sutil máscara negra.

Sou tomado por uma espécie de singulto ao ver pela primeira vez uma mulher em toda a insustentável violência do seu corpo descingido. Os cabelos de ouro fulvo, que ela geralmente mantém castamente presos em coque, agora deixados livres, descem impudicamente até acariciar-lhe as nádegas, de uma rotundidade malignamente perfeita. Dessa estátua pagã nota-se a soberbia do colo sutil, que se ergue como uma coluna acima dos ombros de uma brancura marmórea, enquanto os seios (e vejo pela primeira vez as mamas de uma mulher) se erigem firmemente magníficos e satanicamente orgulhosos. Entre eles, único resíduo não carnal, o medalhão que Diana jamais abandona.

Ela se volta e, com languidez lúbrica, sobe os três degraus que levam ao altar; então, ajudada pelo celebrante, deita-se ali, a cabeça abandonada sobre uma almofada de veludo preto franjado de prata; os cabelos flutuam além das bordas da mesa, o ventre ligeiramente arqueado, as pernas abertas a fim de mostrar o velo acobreado que esconde a entrada daquela sua mulíebre caverna enquanto o corpo resplandece sinistro ao reflexo avermelhado das velas. Meu Deus, não sei com que palavras descrever o que estou vendo, é como se meu natural horror à carne feminina e o temor que ela me inspira se tivessem dissolvido para abrir espaço somente a uma sensação nova, como se um liquor jamais saboreado me corresse pelas veias...

Boullan depositou sobre o peito de Diana um pequeno falo de marfim e sobre seu ventre, um tecido bordado, em que pousou um cálice feito de uma pedra escura.

Do cálice tirou uma hóstia, e sem dúvida não se trata de uma daquelas já consagradas com as quais o senhor, capitão Simonini, faz comércio, mas sim de uma partícula que Boullan, ainda padre da Santa Igreja

Romana para todos os efeitos, embora provavelmente excomungado, está prestes a consagrar sobre o ventre de Diana.

E diz:

— *Suscipe, Domine Satanas, hanc hostiam, quam ego indignus famulus tuus offero tibi. Amen.*

Então, pega a hóstia e, após baixá-la duas vezes até o solo, erguê-la duas vezes para o céu e girá-la uma vez para a direita e outra para a esquerda, mostra-a aos fiéis, dizendo:

— Do sul invoco a benevolência de Satanás, do leste invoco a benevolência de Lúcifer, do norte invoco a benevolência de Belial, do oeste invoco a benevolência de Leviatã; escancarem-se os portões dos infernos e venham a mim, chamadas por esses nomes, as Sentinelas do Poço do Abismo. Pai nosso, que estás nos infernos, maldito seja o teu nome, aniquilado seja o teu reino, desprezada seja a tua vontade, assim na terra como no inferno! Louvado seja o nome da Besta!

E o coro dos jovenzinhos, em voz alta:

— Seis, seis, seis!

O número da Besta!

Agora, Boullan grita:

— Magnificado seja Lúcifer, cujo nome é Desventura. Ó mestre do pecado, dos amores inaturais, dos benéficos incestos, da divina sodomia, Satanás, é a ti que adoramos! E tu, ó Jesus, eu te forço a te encarnares nesta hóstia, de tal maneira que possamos renovar teus sofrimentos e mais uma vez atormentar-te com os cravos que te crucificaram e perfurar-te com a lança de Longino!

— Seis, seis seis — repetem os jovens.

Boullan eleva a hóstia e pronuncia:

— No princípio era a carne, e a carne estava com Lúcifer e a carne era Lúcifer. No princípio, ela estava com Lúcifer: tudo foi feito por meio dela, e sem ela nada foi feito de tudo o que existe. E a carne se fez palavra e veio habitar no meio de nós, na treva, e vimos seu opaco esplendor de filha unigênita de Lúcifer, cheia de bramidos, furor e desejo.

Boullan desliza a partícula sobre o ventre de Diana e, em seguida, imerge-a na vagina dela. Quando a extrai, ergue-a para a nave, gritando bem alto:

— Tomai e comei!

Dois dos andróginos se prostram à sua frente, levantam-lhe a clâmide e, juntos, beijam-lhe o membro ereto. Depois, todo o grupo dos adolescentes se precipita aos seus pés e, enquanto os meninos começam a masturbar-se, as meninas arrancam-se reciprocamente os véus e se emaranham umas sobre as outras, soltando berros voluptuosos. O ar se enche de outros perfumes, cada vez mais insuportavelmente violentos, e todos os presentes, primeiro lançando suspiros de desejo e em seguida brados de volúpia, despem-se e começam a acoplar-se um com o outro, sem distinções de sexo ou de idade; vejo entre os vapores uma megera mais que setentona, a pele toda rugosa, os seios reduzidos a duas folhas de salada, as pernas esqueléticas, rolar pelo chão enquanto um adolescente beija vorazmente aquela que era sua vulva.

Eu tremo dos pés à cabeça e olho ao redor, procurando como sair daquele lupanar; o espaço onde me encolhi está tão cheio de bafo venenoso que é como se eu vivesse em uma nuvem espessa, aquilo que bebi no início certamente me drogou, não consigo mais raciocinar e agora vejo tudo como que através de uma névoa avermelhada. E, através dessa névoa, distingo Diana, sempre nua, sem a máscara, descendo do altar enquanto a multidão dos insensatos, mesmo continuando na sua confusão carnal, faz o possível para abrir caminho à passagem dela. Diana se dirige para mim.

Tomado pelo terror de reduzir-me àquela massa de alucinados, retrocedo, mas acabo contra uma coluna. Diana se aproxima, ofegante; oh meu Deus, a pena me treme, a mente me vacila, lacrimante de repulsa como estou (agora como então), incapaz até mesmo de gritar porque ela me invadiu a boca com algo que não é meu; sinto-me rolar pelo solo, os perfumes me atordoam, aquele corpo que tenta se confundir com o meu proporciona-me uma excitação pré-agônica; endemoniado como se fosse uma histérica da Salpêtrière, toco (com minhas mãos, como se quisesse isso!) aquela carne estranha, penetro sua ferida com insana curiosidade de cirurgião; imploro àquela feiticeira que me deixe, mordo-a para me defender e ela me pede aos gritos que repita; inclino a cabeça para trás, pensando no doutor Tissot, sei que daquelas vertigens resultarão o emagrecimento de todo o meu corpo, a palidez terrosa do meu rosto agonizante, a vista enevoada, os sonos agitados, a rouquidão das fauces, as dores dos bulbos oculares, a invasão mefítica de manchas vermelhas no rosto, o vômito de matérias calcinadas, as palpitações do coração — e, por fim, com a sífilis, a cegueira.

E quando já não vejo mais nada, experimento subitamente a mais lancinante, indizível e insuportável sensação da minha vida, como se todo o sangue das minhas veias esguichasse repentinamente de uma ferida em cada um dos meus membros tensionados até o espasmo, do nariz, dos ouvidos, da ponta dos dedos, até do ânus; socorro, socorro, creio compreender o que é a morte, da qual todo vivente foge embora a procure pelo instinto inatural de multiplicar a própria semente...

Não consigo mais escrever; não estou mais recordando, estou revivendo, a experiência é insustentável, eu queria perder novamente todas as lembranças...

* * *

É como se eu acordasse após um desmaio. Ao meu lado está Boullan, de mãos dadas com Diana, novamente coberta pelo seu manto. Boullan diz-me que há um veículo na porta: convém levar Diana de volta para casa, porque ela parece exausta. Ela treme e murmura palavras incompreensíveis.

Boullan se mostra extraordinariamente solícito e de início penso que deseja se fazer perdoar por alguma coisa — na verdade, foi ele quem me arrastou àquela repulsiva situação. Porém, quando lhe digo que pode ir e que de Diana cuidaria eu, insiste em acompanhar-nos, recordando-me que ele também mora em Auteuil. Como se estivesse com ciúme. Para provocá-lo, digo que não vou para Auteuil, mas para outro lugar, e que levarei Diana a um amigo de confiança.

Ele empalidece, como se eu lhe subtraísse uma presa que lhe pertence.

— Não importa — diz —, eu também vou. Diana precisa de ajuda.

Já no fiacre, dou, sem pensar, o endereço da rue Maître Albert, como se houvesse decidido que, a partir daquela noite, Diana devia começar a desaparecer de Auteuil. Boullan me encara sem entender, mas não diz nada, e embarca, agarrando Diana pela mão.

Não falamos durante todo o trajeto; eu os faço entrar no meu apartamento. Deito Diana na cama, segurando-a pelos pulsos e falando-lhe pela primeira vez depois de tudo aquilo que acontecera entre nós em silêncio. Grito-lhe:

— Por quê, por quê?

Boullan tenta se intrometer, mas eu o empurro violentamente contra a parede, de onde ele desliza até o chão — somente então percebo quanto aquele demônio é frágil e doentio; em comparação com ele, sou um Hércules.

Diana se contorce e seu manto se abre sobre o seio; não suporto rever suas carnes e tento cobri-la, mas minha mão se prende na corrente do medalhão; na breve luta, a corrente se quebra, o medalhão fica entre minhas mãos. Diana tenta retomá-lo, retraio-me até o fundo do aposento e abro o pequeno escrínio.

Aparecem uma silhueta de ouro, que sem dúvida nenhuma reproduz as tábuas mosaicas da lei, e um texto em hebraico.

— O que significa isso? — pergunto, reaproximando-me de Diana, que continua deitada na cama com os olhos arregalados. — O que querem dizer esses sinais atrás do retrato da sua mãe?

— A mamãe — murmura ela com a voz ausente —, a mamãe era judia... Ela acreditava em Adonai...

Então, foi assim. Não apenas me juntei a uma mulher, estirpe do demônio, mas também com uma judia — porque a descendência entre eles, eu sei, passa por parte de mãe. E, portanto, se por acaso nesse amplexo meu sêmen houvesse fecundado aquele ventre impuro, eu daria vida a um judeu.

— Você não pode me fazer isso — grito e lanço-me sobre a prostituta; aperto-lhe o pescoço, ela se debate, eu aumento a pressão. Boullan se recuperou e joga-se sobre mim, novamente o afasto com um pontapé na virilha e o vejo desmaiar em um canto; atiro-me outra vez sobre Diana (ah, eu perdera verdadeiramente o uso da razão!). Aos poucos, seus olhos parecem sair das órbitas, a língua se estica, inchada, para fora da boca, ouço um último suspiro e depois seu corpo se abandona exânime.

Recomponho-me. Considero a enormidade do meu gesto. Em um canto, Boullan geme, quase emasculado. Tento me recobrar e rio: como quer que seja, nunca serei pai de um judeu.

Recomponho-me. Digo a mim mesmo que devo fazer desaparecer o cadáver da mulher na cloaca sob o porão — que já está se tornando mais acolhedora do que seu cemitério de Praga, capitão. Porém, está escuro; deverei manter um lume aceso, percorrer todo o corredor até sua casa, descer à loja e dali ao esgoto. Preciso da ajuda de Boullan, que está se reerguendo do solo e fita-me com o olhar de um demente.

E, nesse instante, compreendo que também não poderei deixar sair desta casa a testemunha do meu crime. Lembro-me da pistola com a qual tinha atirado no visitante importuno alguns dias antes, abro a gaveta onde a escondi e aponto-a para Boullan, que continua a me fitar, alucinado.

— Lamento, abade — digo. — Se quiser se salvar, ajude-me a fazer desaparecer esse dulcíssimo corpo.

— Sim, sim — diz ele, como em um êxtase erótico. No seu atordoamento, Diana morta, com a língua para fora da boca e os olhos arregalados, deve parecer-lhe tão desejável quanto a Diana nua que havia abusado de mim para seu prazer.

Por outro lado, tampouco eu estou lúcido. Como em um sonho, envolvo Diana no seu manto, estendo um lume aceso a Boullan, agarro a morta pelos pés e arrasto-a ao longo do corredor até sua casa, capitão; depois desço a escada até a loja e, dali, até a cloaca; a cada degrau o cadáver bate a cabeça com um golpe sinistro, e finalmente o alinho junto aos restos de Dalla Piccola (o outro).

Agora, Boullan parece haver enlouquecido. Ri.

— Quantos mortos — diz. — Talvez seja melhor aqui embaixo do que lá fora, no mundo, onde Guaita me espera... Posso ficar com Diana?

— Imagine, abade — respondo —, eu não poderia desejar nada melhor.

Puxo a pistola, atiro e o alvejo no meio da testa.

... A mamãe — murmura ela com a voz ausente —, a mamãe era judia ... (p. 427)

Boullan cai atravessado, quase sobre as pernas de Diana. Inclino-me, levanto seu corpo e acomodo-o ao lado do dela. Jazem juntos como dois amantes.

* * *

E eis que justamente agora, contando, redescobri, com ansiosa memória, o que aconteceu um instante antes que eu a perdesse.

O círculo se fechou. Agora eu sei. Agora, ao amanhecer de 18 de abril, domingo de Páscoa, escrevi o que ocorreu em 21 de março, noite alta, a quem eu acreditava que fosse o abade Dalla Piccola...

25
ESCLARECER AS IDEIAS

Dos diários de 18 e 19 de abril de 1897

Nesse ponto, quem lesse o escrito de Dalla Piccola, espiando sobre o ombro de Simonini, veria que o texto se interrompe, como se a pena, já que a mão não conseguia mais sustentá-la, houvesse traçado espontaneamente, enquanto o corpo do redator deslizava para o chão, uma comprida garatuja sem sentido que acabava além do papel, manchando o feltro verde da escrivaninha. E depois, na folha seguinte, parecia que quem recomeçara a escrever fora o capitão Simonini.

Este acordara vestido de padre, com a peruca de Dalla Piccola, mas já sabendo-se, sem sombra de dúvida, Simonini. Imediatamente vira, abertas sobre a mesa e cobertas por uma caligrafia histérica e cada vez mais confusa, as últimas páginas ali escritas pelo suposto Dalla Piccola; enquanto lia, transpirava e seu coração palpitava, e com ele o capitão recordava até o ponto onde a escrita do abade terminava e ele (o abade) ou ele (Simonini) tinham, não... *tinha* desmaiado.

Assim que se recobrara e sua mente se desanuviava aos poucos, tudo se tornava claro. Recuperando-se, ele compreendia, e sabia ser uma única coisa com Dalla Piccola; aquilo que, na noite anterior, Dalla Piccola recordara, ele também recordava agora, ou seja, que nas vestes do abade Dalla Piccola (não aquele dentuço que assassinara, mas o outro, que ele fizera renascer e personalizara durante anos) tivera a experiência terrível da missa negra.

Depois, o que acontecera? Talvez, na luta, Diana tivera tempo de arrancar-lhe a peruca; talvez, para poder arrastar o corpo da desgraçada até a cloaca, ele houvesse precisado se livrar do hábito sacerdotal; e, depois, quase fora de si, voltara instintivamente ao próprio quarto da rue Maître Albert, onde acordara na manhã de 22 de março, incapaz de compreender onde estavam suas vestes.

O contato carnal com Diana, a revelação da sua ignobilíssima origem e seu necessário, quase ritual, homicídio tinham sido demais para ele, e, naquela mesma noite, perdera a memória ou, melhor, perderam-na juntos Dalla Piccola e Simonini, e as duas personalidades se alternaram ao longo daquele mês. Provavelmente, como acontecia com Diana, ele passava de uma condição a outra através de uma crise, um ataque epiléptico, um desmaio, quem sabe, mas não se dava conta e, a cada vez, despertava diferente e pensando haver simplesmente dormido.

A terapia do doutor Froïde funcionara (ainda que o doutor nunca viesse a saber que ela funcionava). Contando alternadamente, àquele outro eu, as lembranças que trabalhosamente extraía, como que em sonho, do torpor da sua memória, Simonini chegara ao ponto crucial, ao evento traumático que o mergulhara na amnésia e fizera dele duas pessoas diversas, cada uma das quais recordava uma parte do seu passado, sem que ele ou aquele outro que, afinal, era também ele mesmo, conseguisse recompor sua unidade, embora cada um houvesse tentado ocultar do outro a razão terrível e irrecordável daquele cancelamento.

Relembrando, Simonini se sente justificadamente exausto e, para se assegurar de que verdadeiramente renasceu para uma nova vida, fecha o diário e resolve sair para expor-se a qualquer encontro, sabendo quem é. Precisa de uma refeição completa, mas, por aquele dia, ainda não quer se conceder nenhuma glutonaria, porque seus sentidos já foram submetidos a uma dura prova. Como um eremita da Tebaida, experimenta uma necessidade de penitência. Então, vai ao Flicoteaux e, com 13 soldos, consegue comer mal de maneira razoável.

Após retornar à casa, registra em papel alguns detalhes que acabava de reconstituir. Não há razão para continuar um diário iniciado para recordar aquilo que ele agora sabe, mas, a essa altura, habituou-se ao diário. Presumindo que existisse um Dalla Piccola que não era ele, cultivara, por pouco menos de um mês, a ilusão de que havia alguém com quem dialogar, e dialogando se dera conta do quanto sempre estivera sozinho, desde a infância. Talvez (arrisca o Narrador) houvesse cindido sua personalidade justamente para criar um interlocutor.

Bem, chegara o momento de perceber que o Outro não existia e que o diário é também um entretenimento solitário. Ele, porém, acostumou-se a essa monodia e decide continuar assim. Não que se ame particularmente, mas o tédio que sente pelos outros o induz até a se suportar.

Colocara em cena Dalla Piccola — o seu, depois de matar o verdadeiro — quando Lagrange lhe pedira que cuidasse de Boullan. Pensava que, em muitas situações, um eclesiástico despertaria menos suspeitas do que um leigo. E não o desagradava devolver ao mundo alguém que ele mesmo suprimira.

Quando tinha comprado, por pouquíssimo, a casa e a loja do impasse Maubert, não usara imediatamente o aposento e a saída da rue Maître Albert, preferindo estabelecer seu endereço no impasse, para poder dispor da loja. Quando Dalla Piccola entrara em cena, ele havia arrumado o aposento com móveis baratos e ali situado a morada fantasma do seu abade fantasma.

Além de servir para bisbilhotar os ambientes satanistas e ocultistas, Dalla Piccola também tinha sido útil para comparecer à cabeceira de um agonizante, após ser chamado pelo parente próximo (ou distante) que mais tarde seria o beneficiário do testamento que Simonini forjaria — de maneira que, se alguém duvidasse daquele documento inesperado, haveria o testemunho de um homem da Igreja, que poderia jurar que o testamento coincidia com as últimas vontades sussurradas a ele pelo moribundo. Até que, com a história de Taxil, Dalla Piccola se tornara essencial e praticamente se encarregara de todo aquele empreendimento por mais de dez anos.

Nas vestes de Dalla Piccola, Simonini pudera se aproximar até do padre Bergamaschi e de Hébuterne, porque seu disfarce era muito eficaz. Dalla Piccola não tinha barba, era alourado, com sobrancelhas espessas e, sobretudo, usava óculos azuis que escondiam seu olhar. Como se não bastasse, caprichara em inventar outra caligrafia, mais diminuta e quase feminina, e tratava de modificar inclusive a voz. De fato, quando era Dalla Piccola, Simonini não apenas falava e escrevia de maneira diferente como também pensava de maneira diferente, encaixando-se completamente no personagem.

Pena que, agora, Dalla Piccola precisasse desaparecer (destino de todos os abades com esse nome), mas Simonini precisava se desembaraçar da coisa toda, tanto para cancelar a memória dos eventos vergonhosos que o tinham conduzido ao trauma quanto porque, na segunda-feira de Páscoa, Taxil, segundo sua promessa, faria uma abjuração pública, e, finalmente, porque, com Diana agora desaparecida, era melhor sumir com todos os rastros do complô inteiro, para o caso de alguém se fazer interrogações inquietantes.

Ele tinha à disposição somente aquele domingo e a manhã seguinte. Usou novamente as vestes de Dalla Piccola para procurar Taxil, que, durante quase um mês, tinha ido a cada dois ou três dias a Auteuil sem encontrar Diana ou ele, enquanto a velha dizia nada saber, e que já temia um rapto por parte dos maçons. Disse a Taxil que Du Maurier finalmente lhe dera o endereço da verdadeira família de Diana, em Charleston, e que encontrara um modo de reembarcá-la para a América. Bem a tempo para que Taxil pudesse encenar sua denúncia do imbróglio. O abade passou-lhe 5 mil francos de adiantamento, sobre os 75 mil prometidos, e marcaram encontro para a tarde seguinte na sociedade de geografia.

Depois, ainda como Dalla Piccola, dirigiu-se a Auteuil. Grande surpresa para a velha, que também não via Diana ou ele havia quase um mês e não sabia o que dizer ao pobre senhor Taxil, que se apresentara muitas vezes. Dalla Piccola contou-lhe a mesma história: Diana tinha reencontrado sua família e voltado para a América. Uma generosa indenização calou a boca da megera, que recolheu seus trastes e foi embora à tarde.

Ao anoitecer, Simonini queimou todos os documentos e os vestígios do sodalício daqueles anos, e, tarde da noite, levou como presente a Gaviali uma caixa com todas as roupas e os badulaques de Diana. Um trapeiro jamais se perguntava de onde provinham as coisas que lhe caíam nas mãos. Na manhã seguinte, procurou o dono da casa e, alegando uma repentina missão em terras longínquas, desfez o trato, pagando inclusive os seis meses seguintes, sem discutir. O proprietário foi com ele até a casa, para verificar se os móveis e as paredes se encontravam em bom estado, retomou as chaves e trancou tudo com duas voltas.

Faltava apenas "matar" (pela segunda vez) Dalla Piccola. Bastava pouco. Simonini tirou o disfarce de abade e repôs o hábito no corredor, e eis que Dalla Piccola desapareceu da face da terra. Por precaução, ele também eliminou do apartamento o genuflexório e os livros devocionais, transferindo-os para a loja, como mercadoria a ser vendida a improváveis amadores, e eis que tinha à disposição um *pied-à-terre* qualquer, a usar para alguma outra personificação.

De toda aquela história, não restava mais nada, a não ser nas lembranças de Taxil e de Bataille. Bataille, porém, depois da sua traição, certamente não iria reaparecer, e, quanto a Taxil, a história se concluiria naquela tarde.

Na tarde de 19 de abril, sob sua aparência normal, Simonini foi desfrutar o espetáculo da retratação de Taxil. Taxil conhecera, além de Dalla Piccola, somente um pseudotabelião Fournier — rosto sem barba, cabelos castanhos, dois dentes de ouro — e vira o Simonini barbudo apenas uma vez, quando fora solicitar a falsificação das cartas de Hugo e Blanc, mas aquilo tinha sido 15 anos antes e provavelmente ele tinha esquecido a cara daquele amanuense. Portanto Simonini, que por via das dúvidas muniu-se de uma barba branca e de óculos verdes, que o faziam passar por membro do Instituto, poderia se sentar tranquilamente na plateia a fim de apreciar o espetáculo.

Foi um evento noticiado por todos os jornais. A sala estava lotada de curiosos, fiéis de Diana Vaughan, maçons, jornalistas e até delegados do arcebispo e do núncio apostólico.

Taxil falou com intrepidez e eloquência totalmente meridionais. Surpreendendo o auditório, que esperava a apresentação de Diana e a confirmação de tudo o que ele publicara nos últimos 15 anos, começou polemizando com os jornalistas católicos e introduziu o núcleo das suas revelações com um "mais vale rir do que chorar, diz a sabedoria das nações". Aludiu ao seu gosto pela mistificação (ninguém é filho de Marselha à toa, disse, em meio às risadas do público). Para convencer o auditório de que era um parlapatão, contou, com grande prazer, a história dos tubarões de Marselha e da cidade submersa do Léman. No entanto, nada igualava a maior mistificação da sua vida. E toca a narrar sua aparente conversão e como enganara confessores e diretores espirituais que deveriam assegurar-se da sinceridade do seu arrependimento.

Já nesse início, foi interrompido primeiro por gargalhadas e, em seguida, por violentas intervenções de vários sacerdotes, cada vez mais escandalizados. Alguns se levantavam e saíam da sala, outros agarravam as cadeiras como se quisessem linchá-lo. Em suma, um belo tumulto sobre o qual a voz de Taxil ainda conseguia se fazer ouvir, contando como, para agradar a Igreja, ele se decidira, após a *Humanum Genus*, a falar mal dos maçons. Mas no fundo, dizia, até os maçons deveriam me ser gratos, porque minha publicação dos rituais não foi estranha à decisão deles no sentido de suprimir práticas antiquadas, tornadas ridículas para todos os maçons amigos do progresso. Quanto aos católicos, desde os primeiros dias da minha conversão eu sabia que muitos deles estão convencidos de que o Grande Arquiteto do Universo — o Ser Supremo dos maçons — é o diabo. Ótimo, eu precisava apenas enriquecer essa convicção.

A confusão continuava. Quando Taxil citou sua conversa com Leão XIII (o papa perguntara: "Filho meu, o que desejas?", e Taxil respondera: "Santo Padre, morrer aos vossos pés, neste momento, seria minha maior felicidade!"), os gritos se transformaram em coro; uns bradavam: "Respeite Leão XIII; o senhor não tem o direito de pronunciar o nome dele!"; outros exclamavam: "E nós vamos escutar tudo isso? É asqueroso!"; outros ainda: "Oh!... que maroto! Oh!... que orgia imunda!"; enquanto a maioria soltava risadinhas de escárnio.

— E assim — narrava Taxil — fiz crescer a árvore do luciferianismo contemporâneo, no qual introduzi um ritual paládico, da minha inteira fabricação, da primeira à última linha.

Depois, contou como, de um velho amigo alcoolizado, criara o doutor Bataille, como inventara Sophia Walder ou Sapho, e como finalmente escrevera ele mesmo todas as obras assinadas por Diana Vaughan. Diana, afirmou, era apenas uma protestante, uma copista datilógrafa, representante de uma fábrica americana de máquinas de escrever; uma mulher inteligente, espirituosa e de simplicidade elegante, como são, em geral, as protestantes. Ele começara a interessá-la nas diabruras; ela se divertira e tornara-se sua cúmplice. Gostava dessa patifaria: de se corresponder com bispos e cardeais, de receber cartas do secretário particular do sumo pontífice, de informar ao Vaticano sobre os complôs luciferianos...

— Contudo — continuava Taxil —, vimos até ambientes maçônicos acreditarem nas nossas simulações. Quando Diana revelou que Adriano Lemmi tinha sido nomeado pelo grão-mestre de Charleston sucessor deste no supremo pontificado luciferiano, alguns maçons italianos, entre os quais um deputado no parlamento, levaram a notícia a sério, lamentaram-se por Lemmi não os informar e constituíram na Sicília, em Nápoles e em Florença três supremos conselhos paladianos independentes, nomeando Miss Vaughan membro honorário. O famigerado senhor Margiotta escreveu haver conhecido a senhorita Vaughan, ao passo que fui eu a lhe falar de um encontro jamais ocorrido, do qual ele fingiu, ou realmente acreditou, recordar-se. Os próprios editores foram mistificados, mas não têm do que reclamar porque lhes permiti publicar obras que podem rivalizar com *As mil e uma noites*.

"Senhores — prosseguiu —, quando percebemos que fomos tapeados, o melhor que nos resta a fazer é rir disso com a plateia. Abade Garnier — (disse, dirigindo-se a um dos críticos mais encarniçados, que se encontrava na sala) —, o senhor, encolerizando-se, fará rirem ainda mais da sua pessoa.

— O senhor é um canalha! — gritou Garnier, agitando sua bengala, enquanto os amigos tentavam contê-lo.

— Por outro lado — continuou Taxil, seráfico —, não podemos criticar quem acreditou nos nossos diabos, que apareciam nas cerimônias de iniciação. Afinal, os bons cristãos não acreditam que Satanás transportou o próprio Jesus Cristo até o cume de uma montanha, de onde lhe mostrou todos os reinos da terra? E como conseguiu mostrá-los todos, se a terra é redonda?

— Bravo! — gritavam uns.

— Ao menos, não blasfeme! — gritavam outros.

— Senhores — concluía Taxil —, confesso que cometi um infanticídio: o paladismo está morto porque seu pai o assassinou.

A balbúrdia chegara ao máximo. O abade Garnier subiu em uma cadeira e tentou discursar para os presentes, mas sua voz foi coberta pelas gargalhadas de alguns e pelas ameaças de outros. Taxil continuava sobre o pódio de onde havia falado, encarando altivamente a multidão em tumulto. Era seu momento de glória. Se queria ser coroado como rei da mistificação, alcançara seu objetivo.

Fitava arrogantemente aqueles que desfilavam à sua frente, agitando o punho ou a bengala e gritando: "O senhor não se envergonha?", e parecia não compreender. Deveria se envergonhar de quê? Do fato de todos falarem sobre ele?

Quem se divertia mais que todos era Simonini, que pensava em tudo o que esperava Taxil nos dias seguintes.

... Diana, afirmou, era apenas uma protestante, uma copista datilógrafa, representante de uma fábrica americana de máquinas de escrever; uma mulher inteligente, espirituosa e de simplicidade elegante, como são, em geral, as protestantes ... (p. 437)

O marselhês procuraria Dalla Piccola para receber seu dinheiro. Mas não saberia onde o localizar. Se fosse a Auteuil, encontraria uma casa vazia ou talvez habitada por outras pessoas. Jamais tomara conhecimento de que Dalla Piccola tinha um endereço à rue Maître Albert. Não sabia onde encontrar o tabelião Fournier, nem lhe ocorreria vinculá-lo àquele que, muitos anos antes, falsificara para ele a carta de Hugo. Boullan seria inencontrável. Taxil também nunca soubera que Hébuterne, a quem conhecia vagamente como dignitário maçom, estivera relacionado com sua história, e sempre ignorara a existência do padre Bergamaschi. Em suma, o marselhês não saberia a quem pedir seu pagamento, o qual, portanto, Simonini embolsava não pela metade, mas por inteiro (menos, infelizmente, os 5 mil francos de adiantamento).

Era divertido pensar no pobre vigarista circulando por Paris em busca de um abade e de um tabelião inexistentes, de um satanista e de uma paladiana cujos cadáveres jaziam em uma cloaca desconhecida, de um Bataille que, mesmo se fosse encontrado lúcido, não saberia lhe dizer nada, e de um pacote de francos que fora parar em bolsos indevidos. Vituperado pelos católicos, encarado com suspeita pelos maçons, que tinham o direito de temer uma nova reviravolta, talvez devendo pagar ainda muitas dívidas aos tipógrafos, sem saber onde repousar sua pobre cabeça suada.

Mas, pensava Simonini, aquele marselhês safado havia merecido.

26
A SOLUÇÃO FINAL

10 de novembro de 1898

Faz um ano que me livrei de Taxil, de Diana e, o que é mais importante, de Dalla Piccola. Se estive doente, estou curado. Graças à auto-hipnose ou ao doutor Froïde. No entanto, passei esses meses entre várias angústias. Se eu fosse crente, diria que senti remorsos e fiquei atormentado. Mas remorsos de quê, e atormentado por quem?

Na mesma noite em que me diverti por haver tapeado Taxil, comemorei em sereno regozijo. Só me desagradava não poder compartilhar minha vitória com alguém, mas estou habituado a me satisfazer sozinho. Dirigi-me, como fizeram os dispersados do Magny, ao Brébant-Vachette. Com o que lucrara em virtude da falência do empreendimento Taxil, eu poderia me permitir tudo. O maître me reconheceu, mas o importante é que eu o reconheci. Demorou-se em me descrever a *salade Francilion*, criada após o triunfo da peça de Alexandre Dumas — o filho. Meu Deus, como estou envelhecendo. Fatiam-se umas batatas cozidas em caldo, temperam-se as fatias ainda quentes com sal, pimenta, azeite de oliva e vinagre de Orléans, mais meio copo de vinho branco, Château d'Yquem se possível, e acrescentam-se ervas aromáticas bem picadas. Ao mesmo tempo, cozinham-se em *court-bouillon* mexilhões muito grandes com um talo de aipo. Mistura-se tudo e cobre-se com fatias finas de trufas, cozidas em champanhe. A preparação deve ser feita duas horas antes de servir, para que o prato chegue à mesa esfriado no ponto certo.

No entanto, agora não estou sereno e sinto a necessidade de esclarecer meu estado de espírito retomando este diário, como se ainda estivesse em tratamento com o doutor Froïde.

É que continuaram acontecendo coisas inquietantes, e eu vivo em permanente insegurança. Principalmente ainda me atormenta saber quem é o russo que jaz na cloaca. Ele, e talvez fossem dois, esteve aqui, nestes aposentos, em 12 de abril. Alguém do grupo deles terá voltado? Várias vezes me aconteceu não encontrar alguns objetos — bobagens, uma pena, uma pilha de folhas de papel — e, mais tarde, reencontrá-los onde eu juraria não os ter deixado. Alguém esteve aqui, revistou tudo, deslocou, achou? O quê?

Os russos significam Rachkovsky, mas o homem é uma esfinge. Procurou-me duas vezes, sempre para me solicitar aquilo que ele considera o material ainda inédito herdado do vovô, e eu desconversei, de um lado porque ainda não preparei um dossiê satisfatório, de outro para excitar sua cobiça.

Na última vez, ele me disse que não estava disposto a esperar mais. Insistiu em saber se era apenas uma questão de preço. Não sou ávido, respondi, de fato meu avô me deixou documentos em que estava completamente protocolado tudo o que foi dito naquela noite no cemitério de Praga, mas não os tenho aqui comigo, terei de deixar Paris a fim de ir buscá-los em certo lugar.

— Pois, então, vá — disse Rachkovsky. Depois fez uma alusão, bastante vaga, às contrariedades que eu poderia ter por causa dos desdobramentos do caso Dreyfus. O que ele sabe sobre isso?

Na verdade, o fato de Dreyfus ter sido expedido para a Ilha do Diabo não calou as vozes sobre sua situação. Ao contrário, começaram a falar aqueles que o consideram inocente ou, como agora se diz, os *dreyfusards*, e mobilizaram-se diversos grafologistas para discutir a perícia de Bertillon.

Tudo começou no final de 1895, quando Sandherr deixou o serviço (parece que havia sido acometido de paralisia progressiva ou algo assim) e foi substituído por um certo Picquart. Esse Picquart se demonstrou logo um intrometido, continuando evidentemente a remoer o caso Dreyfus, embora este houvesse sido concluído meses antes, e eis que, em março do ano passado, ele encontrou nas costumeiras cestas da embaixada o rascunho de um telegrama que o adido militar alemão pretendia enviar a Esterházy. Nada de comprometedor, mas por que esse adido militar devia manter relações com um oficial francês? Picquart investigou melhor Esterházy, procurou amostras da escrita dele e percebeu que a caligrafia do comandante se assemelha à do *bordereau* de Dreyfus.

Eu soube disso porque a notícia vazou para o *La Libre Parole* e Drumont implicava com aquele metediço que queria trazer à tona uma história resolvida com êxito. Dizia:

— Sei que ele foi denunciar o fato aos generais Boisdeffre e Gonse, que, por sorte, não lhe deram ouvidos. Nossos generais não são doentes dos nervos.

Em novembro, encontrei na redação Esterházy, que estava muito nervoso e pediu para falar comigo em particular. Veio à minha casa, acompanhado por um tal comandante Henry.

— Simonini, murmura-se que a caligrafia do *bordereau* é minha. O senhor a copiou de uma carta ou de uma anotação de Dreyfus, não é verdade?

— Claro, naturalmente. O modelo me foi dado por Sandherr.

— Eu sei, mas por quê, naquele dia, Sandherr não me convocou também? Para que eu não conferisse o modelo da escrita de Dreyfus?

— Eu fiz o que me foi solicitado.

— Eu sei, eu sei. Mas lhe convém me ajudar a esclarecer o enigma. Porque, se o senhor foi usado para alguma cabala cujas razões não identifico, alguém poderia achar conveniente eliminar uma testemunha tão perigosa. Portanto, a coisa o afeta de perto.

Eu nunca deveria ter me misturado com os militares. Não me sentia tranquilo. Depois Esterházy me explicou o que esperava de mim. Deu-me o modelo da letra do *attaché* italiano Panizzardi e o texto de uma carta que eu deveria produzir, em que Panizzardi falava ao adido militar alemão sobre a colaboração de Dreyfus.

— O comandante Henry se encarregará de encontrar esse documento e fazê-lo chegar ao general Gonse — concluiu.

Fiz meu trabalho. Esterházy entregou-me mil francos e, depois, não sei o que aconteceu, mas, no final de 1896, Picquart foi transferido para o Quarto Regimento de Fuzileiros na Tunísia.

Contudo, justamente quando eu estava ocupado em liquidar Taxil, parece que Picquart mobilizou uns amigos e a situação se complicou. Naturalmente, tratava-se de notícias oficiosas que, de algum modo, chegavam aos jornais; a imprensa *dreyfusard* (e não era muita) dava-as como certas, enquanto a imprensa anti*dreyfusard* falava delas como de calúnias. Apareceram telegramas endereçados a Picquart, dos quais se deduzia que era ele o autor do famigerado telegrama dos alemães a Esterházy. Pelo que eu entendi, era uma manobra de Esterházy e de Henry. Um belo jogo da pela, em que não era necessário inventar acusações porque bastava fazer ricochetearem contra o adversário aquelas que haviam chegado contra você. Santo Deus, a espionagem (e a contraespionagem) são coisas sérias demais para serem deixadas aos militares; profissionais como Lagrange e Hébuterne nunca fizeram embrulhadas assim, mas o que esperar de pessoas que hoje são boas para o Serviço de Informações e amanhã, para o Quarto Regimento de Fuzileiros na Tunísia, ou que passaram dos zuavos pontifícios à Legião Estrangeira?

Além do mais, a última manobra pouco adiantara e foi aberta uma investigação sobre Esterházy. E se, para se livrar de toda a suspeita, este último houvesse contado que o *bordereau* fora escrito por mim?

* * *

Durante um ano, dormi mal. Todas as noites ouvia rumores na casa, era tentado a me levantar e descer à loja, mas temia encontrar um russo.

* * *

Em janeiro deste ano, houve um processo a portas fechadas no qual Esteházy foi completamente absolvido de qualquer acusação e suspeita. Picquart foi punido com sessenta dias de fortaleza. Todavia, os *dreyfusards* não desistem: um escritor algo vulgar como Zola publicou um artigo inflamado (*J'accuse!*); um grupo de escrevinhadores e supostos cientistas veio a campo exigindo a revisão do processo. Quem são esses Proust, France, Sorel, Monet, Renard, Durkheim? Nunca os vi no salão Adam. Desse Proust, dizem-me que é um pederasta de 25 anos, autor de escritos felizmente inéditos, e Monet um borra-tintas de quem vi um ou dois quadros, nos quais ele parece enxergar o mundo com olhos remelentos. O que um literato ou um pintor têm a ver com as decisões de um tribunal militar? "Ah, pobre França", como se lamenta Drumont. Se esses supostos "intelectuais", como os chama aquele advogado das causas perdidas que é Clemenceau, se ocupassem das poucas coisas nas quais deveriam ser competentes...

Abriu-se um processo contra Zola, que, por sorte, foi condenado a um ano de prisão. Ainda existe uma justiça na França, diz Drumont, que em maio foi eleito deputado por Argel, pelo que haverá um bom grupo antissemita na câmara que servirá para defender as teses anti*dreyfusards*.

Tudo parecia seguir da melhor maneira. Em julho, Picquart foi condenado a oito meses de detenção, Zola fugira para Londres, e eu pensava que, àquela altura, ninguém mais poderia reabrir o caso quando certo capitão Cuignet apareceu para demonstrar que a carta em que Panizzardi acusava Dreyfus era falsa. Não sei como ele podia afirmar isso, pois eu tinha trabalhado à perfeição. Fosse como fosse, os altos-comandos lhe deram ouvidos e, como a carta havia sido descoberta e divulgada pelo comandante Henry, começou-se a falar de um "falso Henry". No final de agosto, encurralado, Henry confessou; foi encarcerado no Mont-Valérien e, no dia seguinte, cortou a garganta com sua navalha. É como eu dizia: nunca se deve deixar certas coisas nas mãos dos militares. Como é possível? Você prende um suspeito de traição e o deixa de posse da sua navalha?

— Henry não se suicidou. Ele *foi* suicidado! — sustentava Drumont, furibundo. — Ainda existem judeus demais no estado-maior! Abriremos uma subscrição pública para financiar um processo de reabilitação de Henry!

*... Ainda existem judeus demais
no estado-maior! (p. 445)*

No entanto, quatro ou cinco dias depois, Esterházy fugia para a Bélgica e, dali, para a Inglaterra. Quase uma admissão de culpa. O problema era por que ele não se defendera jogando a culpa em mim.

* * *

Enquanto eu me atormentava com tudo isso, uma noite dessas ouvi novamente ruídos em casa. Na manhã seguinte, encontrei não somente a loja, mas também o porão, de pernas para o ar, e o alçapão da escadinha que leva à cloaca estava aberto.

Eu já me perguntava se também não deveria fugir, como Esterházy, quando Rachkovsky bateu à porta da loja. Sem sequer subir ao primeiro andar, sentou-se em uma cadeira à venda, se é que um dia alguém ousaria desejá-la, e começou imediatamente:

— O que o senhor diria se eu comunicasse à Sûreté que aqui, embaixo do porão, há quatro cadáveres, sem falar no fato de um deles ser o de um homem meu, que eu vinha procurando por toda parte? Estou cansado de esperar. Dou-lhe dois dias para recuperar os protocolos de que o senhor falou e esquecerei o que vi lá embaixo. Parece-me um pacto honesto.

Que Rachkovsky soubesse tudo sobre minha cloaca não me surpreendia mais. Ou melhor, visto que mais cedo ou mais tarde eu deveria lhe dar algo, procurei tirar outra vantagem do pacto que ele me propunha. Arrisquei:

— O senhor também poderia me ajudar a resolver um problema que tenho com os serviços das forças armadas...

Ele começou a rir:

— Tem medo de que se descubra que o senhor é o autor do *bordereau*?

Decididamente, aquele homem sabe tudo. Juntou as mãos, como que para recolher os pensamentos, e tentou me explicar.

— Provavelmente o senhor não entendeu nada dessa história e teme apenas que alguém o meta no meio. Fique tranquilo. A França inteira necessita, por razões de segurança nacional, que o *bordereau* seja considerado autêntico.

— Por quê?

— Porque a artilharia francesa está preparando sua arma mais inovadora, o canhão de 75 mm, e é preciso que os alemães continuem acreditando que os franceses ainda trabalham no canhão de 120 mm. Convinha que os alemães descobrissem que um espião estava para lhes vender os segredos do canhão de 120 mm para que acreditassem que esse era o ponto sensível. Como pessoa de bom senso, o senhor observará que os alemães deveriam pensar: "Oh, cáspite, mas se esse *bordereau* fosse autêntico, nós deveríamos saber alguma coisa a respeito antes de jogá-lo na cesta de lixo!" E, então, intuiriam a trapaça. No entanto, caíram na armadilha porque no ambiente dos serviços secretos ninguém jamais diz tudo aos outros, pensa-se sempre que o vizinho de escrivaninha é um agente duplo, e sem dúvida se culparam reciprocamente: "Como?! Chegou um anúncio tão importante e nem o adido militar sabia, ainda que parecesse ser o destinatário, ou será que sabia e se calou?" Imagine o vendaval de suspeitas mútuas, alguém por lá deve ter perdido a cabeça nisso. Era e é preciso que todos acreditem no *bordereau*. Eis por que era urgente enviar Dreyfus o mais depressa possível para a Ilha do Diabo, a fim de evitar que, para se defender, ele começasse a dizer que lhe era impossível ter espionado o canhão de 120 mm, porque, se fosse o caso, teria espionado o canhão de 75 mm. Parece até que alguém lhe forneceu uma pistola, convidando-o a esquivar-se, com o suicídio, da desonra que o esperava. Assim se evitaria qualquer risco de um processo público. Porém Dreyfus é cabeça-dura e insistiu em se defender, porque pensava não ser culpado. Um oficial jamais deveria pensar. Além disso, na minha opinião, sobre o canhão de 75 mm o desgraçado não sabia nada; imagine se certas coisas chegam à escrivaninha de um estagiário. No entanto, era melhor ser prudente. Claro? Se viesse a público que o *bordereau* era obra do senhor, toda a armação desabaria e os alemães compreenderiam que o canhão de 120 mm é uma falsa pista — são um pouco tapados, sim, os *alboches*, mas não totalmente. O senhor dirá que na realidade não apenas os serviços alemães, mas também os franceses, estão nas mãos de uma cambada de desastrados. É óbvio; do contrário, esses homens trabalhariam para a Okhrana, que funciona um pouco melhor e, como vê, tem informantes junto a uns e a outros.

— Mas, e Esterházy?

— Nosso janota é um agente duplo; fingia espiar Sandherr para os alemães da embaixada mas, ao mesmo tempo, espiava os alemães da embaixada para Sandherr. Ocupou-se de montar o caso Dreyfus, mas Sandherr percebeu que ele se queimava e que os alemães começavam a suspeitar dele. Sandherr sabia muitíssimo bem que dera ao senhor um modelo da caligrafia de Esterházy. Tratava-se de inculpar Dreyfus, mas, se as coisas não corressem pelo rumo certo, era sempre possível lançar a responsabilidade do *bordereau* sobre Esterházy. Naturalmente, Esterházy compreendeu tarde demais a armadilha na qual caíra.

— Então, por que não mencionou meu nome?

— Porque seria desmascarado e acabaria em alguma fortaleza, se não em um canal. Ao passo que, assim, pode ficar à toa em Londres, com um bom apanágio, às custas dos serviços. O *bordereau*, quer continue sendo atribuído a Dreyfus, quer se decida que o traidor é Esterházy, deve permanecer autêntico. Ninguém jamais atribuirá a culpa a um falsário como o senhor. Considere-se em segurança. Eu, porém, lhe darei muitos aborrecimentos por aqueles cadáveres lá embaixo. Portanto, que apareçam logo os dados dos quais preciso. Depois de amanhã, virá aqui um jovem que trabalha para mim, um tal Golovinsky. Não caberá ao senhor produzir os documentos originais finais, porque esses deverão estar em russo, e isso vai ser com ele. Contudo, o senhor deverá lhe fornecer material novo, autêntico e convincente, para rechear aquele seu dossiê sobre o cemitério de Praga que é já conhecido *lippis et tonsoribus*. Ou seja, até concordo que a origem das revelações seja uma reunião naquele cemitério, mas a informação sobre quando a reunião aconteceu deve ser imprecisa e convém tratar de assuntos atuais, e não de fantasias típicas de Idade Média.

Eu devia me apressar.

* * *

Eu tinha quase dois dias e duas noites inteiras para juntar as centenas de apontamentos e recortes que colecionara no decorrer de uma frequentação de mais de dez anos com Drumont. Não pensava que deveria usá-los, porque eram coisas publicadas todas em *La Libre Parole*, mas talvez, para os russos, fossem material desconhecido. Tratava-se de selecionar. Àquele Golovinsky e a Rachkovsky certamente não importava que os judeus fossem menos ou mais ineptos para a música ou as explorações. Mais interessante talvez fosse a suspeita de que eles preparavam a ruína econômica da brava gente.

Conferi o que eu já tinha usado para os discursos precedentes do rabino. Os judeus se propunham apoderar-se das vias férreas, das minas, das florestas, da administração, dos impostos, do latifúndio; visavam à magistratura, à advocacia, à instrução pública; queriam infiltrar-se na filosofia, na política, na ciência, na arte e, sobretudo, na medicina, porque um médico entra nas famílias mais facilmente do que um padre. Convinha minar a religião, difundir o livre-pensamento, suprimir nos programas escolares as aulas de religião cristã, açambarcar o comércio do álcool e o controle da imprensa. Santo Deus, o que mais eles pretenderiam?

Não que eu não pudesse reciclar também aquele material. Dos discursos do rabino, Rachkovsky certamente conhecia apenas a versão que eu dera a Glinka, em que se falava de assuntos especificamente religiosos e apocalípticos. Porém, sem dúvida, eu deveria acrescentar algo novo aos meus textos precedentes.

Passei diligentemente em revista todos os temas que poderiam tocar de perto os interesses de um leitor médio. Fiz a transcrição em uma bela caligrafia de mais de meio século antes, sobre papel devidamente amarelecido: e eis que eu tinha os documentos que me foram transmitidos pelo vovô tais como realmente escritos nas reuniões dos judeus, naquele gueto onde ele vivera quando jovem, e devidamente traduzidos dos protocolos que os rabinos registraram após sua reunião no cemitério de Praga.

Quando, no dia seguinte, Golovinsky entrou na loja, espantei-me com que Rachkovsky pudesse confiar tarefas tão importantes a um jovem mujique flácido e míope, malvestido, com cara de último da classe. Depois, conversando, me dei conta de que ele era mais esperto do que parecia. Falava um francês ruim, com pesado sotaque russo, mas logo quis saber, intrigado, por que os rabinos do gueto de Turim escreviam em francês. Respondi que no Piemonte, naqueles tempos, todas as pessoas alfabetizadas falavam francês, e isso o persuadiu. Depois perguntei-me se meus rabinos do cemitério falavam hebraico ou iídiche, mas, como os documentos estavam em francês, a coisa não tinha qualquer interesse.

— Veja — dizia eu —, nesta página, por exemplo, eles insistem sobre como se deve difundir o pensamento dos filósofos ateus para desmoralizar os gentios. E escute esta: "Devemos cancelar o conceito de Deus das mentes dos cristãos, substituindo-o por cálculos aritméticos e necessidades materiais."

Eu havia calculado que as matemáticas desagradam a todos. Recordando as lamentações de Drumont contra a imprensa obscena, considerara que, ao menos para os bem-pensantes, a ideia da difusão de divertimentos fáceis e insípidos para as grandes massas se mostraria ótima para o complô. Ouça mais esta, dizia a Golovinsky: "Para impedir que o povo descubra, por si só, uma nova linha de ação política qualquer, nós o manteremos distraído com várias formas de divertimento: jogos ginásticos, passatempos, paixões de vários gêneros, tabernas, e o convidaremos a participar de competições artísticas e esportivas... Estimularemos o amor pelo luxo desenfreado e aumentaremos os salários, mas isso não trará benefício ao operário, porque simultaneamente acresceremos o preço das substâncias mais necessárias, sob o pretexto de maus resultados nos trabalhos agrícolas. Minaremos as bases da produção, semeando os germes da anarquia entre os operários e encorajando-os ao abuso de bebidas alcoólicas. Procuraremos dirigir a opinião pública para toda espécie de teoria fantástica que possa parecer progressista ou liberal."

— Bom, muito bom — dizia Golovinsky. — Mas haveria alguma coisa que caísse bem aos estudantes, além da história das matemáticas? Na Rússia, os estudantes são importantes, são uns cabeças quentes a manter sob controle.

— Aqui está: "Quando estivermos no poder, suprimiremos dos programas educativos todas as matérias que possam perturbar o espírito dos jovens e os reduziremos a criancinhas obedientes, que amarão seu soberano. Em vez de estudar os clássicos e a história antiga, que contêm mais exemplos ruins que bons, mandaremos que estudem os problemas do futuro. Cancelaremos da memória dos homens a lembrança dos séculos passados, que poderia ser desagradável para nós. Com uma educação metódica, saberemos eliminar os resíduos da independência de pensamento da qual desde há muito tempo nos aproveitamos para nossos fins ... Sobre os livros com menos de trezentas páginas, baixaremos uma taxa dupla, e essa medida obrigará os escritores a publicar obras tão longas que terão poucos leitores. Nós, ao contrário, publicaremos obras baratas para educar a mente do público. A taxação determinará uma redução da literatura deleitável e ninguém que deseje atacar-nos com sua pena encontrará um editor." Quanto aos jornais, o plano judaico prevê uma liberdade de imprensa fictícia, que sirva para o maior controle das opiniões. Dizem os nossos rabinos que será preciso apoderar-se do maior número de periódicos, de modo que expressem opiniões aparentemente diferentes, a fim de dar a impressão de uma livre circulação de ideias, ao passo que, na realidade, todos refletirão as ideias dos dominadores judeus. Observam que comprar os jornalistas não será difícil, porque eles constituem uma maçonaria e nenhum editor terá coragem de revelar a trama que liga todos à mesma trilha, uma vez que ninguém é admitido ao mundo dos jornais sem ter tomado parte em algum negócio escuso na sua vida privada. "Naturalmente, todos os jornais deverão ser proibidos de noticiar crimes, para que o povo creia que o novo regime suprimiu até a delinquência. Não precisaremos, contudo, preocupar-nos excessivamente com restrições impostas à imprensa, porque, seja esta livre ou não, o povo não se dá conta, acorrentado como está ao trabalho e à pobreza. Que necessidade tem o proletário trabalhador de que os falastrões obtenham o direito à palavra?"

— Isso é bom — observava Golovinsky —, porque no nosso país os cabeças quentes sempre reclamam de uma suposta censura governamental. Convém deixar claro que, com um governo judaico, seria pior.

— Para isso, tenho algo melhor: "Devemos ter em mente a mesquinhez, a inconstância e a falta de equilíbrio moral da multidão. A força da multidão é cega e sem discernimento; ela dá ouvidos ora à direita, ora à esquerda. Por acaso é possível que as massas consigam administrar os assuntos de Estado sem confundi-los com seus interesses pessoais? Elas podem organizar a defesa contra o inimigo externo? É absolutamente impossível, porque um plano subdividido em tantas partes quantas são as mentes da massa perde seu valor e, portanto, torna-se ininteligível e inexequível. Somente um autocrata pode conceber planos vastos, atribuindo a cada entidade do mecanismo da máquina estatal a respectiva parte... Sem o despotismo absoluto, a civilização não pode existir, porque a civilização só pode ser promovida sob a proteção do reinante, seja ele quem for, e não pela massa." Veja também este outro documento: "Uma vez que nunca se viu uma constituição nascida da vontade de um povo, o plano de comando deve brotar de uma só cabeça." E leia isto: "Como um Vishnu de muitos braços, controlaremos tudo. Já não precisaremos sequer da polícia: um terço dos nossos súditos controlará os outros dois terços."

— Excelente.

— E mais: "A multidão é bárbara, e age barbaramente em todas as ocasiões. Observem aqueles brutos alcoolizados, reduzidos à imbecilidade pelas bebidas cujo consumo ilimitado é tolerado pela liberdade! Deveremos permitir-nos, e aos nossos semelhantes, fazer o mesmo? Os povos da cristandade estão desencaminhados pelo álcool; a juventude deles foi enlouquecida pelas orgias prematuras às quais nossos agentes a instigaram... Na política, vence apenas a força genuína; a violência deve ser o princípio, a astúcia e a hipocrisia devem ser a regra. O mal é o único meio para alcançar o bem. Não devemos deter-nos diante da corrupção, do engano e da traição; o fim justifica os meios."

— Em nosso país, fala-se muito em comunismo. O que pensam dele os rabinos de Praga?

— Leia isto: "Na política, devemos saber confiscar as propriedades sem qualquer hesitação, se com isso pudermos obter a sujeição de outrem e o poder para nós. Assumiremos o aspecto de libertadores do operário, fingindo amá-lo segundo os princípios de fraternidade conclamados pela nossa maçonaria. Afirmaremos ter vindo para emancipá-lo daquilo que o oprime, e sugeriremos que se una às fileiras dos nossos exércitos de socialistas, anarquistas e comunistas. A aristocracia, porém, que explorava as classes operárias, ainda se interessava em que essas fossem bem nutridas, saudáveis e robustas. Nosso objetivo, porém, é o oposto: estamos interessados na degeneração dos gentios. Nossa força consistirá em manter continuamente o operário em um estado de penúria e impotência, porque, fazendo isso, nós os conservaremos submissos à nossa vontade e, no seu próprio ambiente, eles nunca encontrarão a força e a energia para se insurgir contra nós." E acrescente ainda: "Determinaremos uma crise econômica universal por todos os meios clandestinos possíveis, com a ajuda do ouro que está todo nas nossas mãos. Deixaremos na indigência multidões enormes de operários, em toda a Europa. Então, essas massas se lançarão alegremente sobre aqueles dos quais, na sua ignorância, tiveram inveja desde a infância, saquearão seus bens e lhes derramarão o sangue. A nós não causarão dano, porque o momento do ataque nos será bem conhecido e tomaremos as medidas necessárias para proteger nossos interesses."

— O senhor não teria algo sobre judeus e maçons?

— Imagine! Aqui está um texto claríssimo: "Enquanto não conseguirmos o poder, procuraremos fundar e multiplicar lojas maçônicas em todas as partes do mundo. Essas lojas serão a fonte principal onde obteremos nossas informações; serão, afinal, nossos centros de propaganda. Nessas lojas, reuniremos todas as classes socialistas e revolucionárias da sociedade. Quase todos os agentes da polícia secreta internacional farão parte das nossas lojas. A maioria dos indivíduos que entram para as sociedades secretas são aventureiros que desejam abrir caminho de um modo ou de outro e não têm intenções sérias. Com semelhante gente, será fácil perseguir nosso objetivo. É natural que devamos ser os únicos a dirigir os empreendimentos maçônicos."

— Fantástico!

— Lembre-se também de que os judeus ricos encaram com interesse o antissemitismo que se volta contra os judeus pobres, porque induz os cristãos de coração mais terno a ter compaixão pela raça inteira deles.

Eu havia recuperado também muitas páginas, exageradamente técnicas, que Joly dedicara aos mecanismos de empréstimos e de taxas de juros. Eu não entendia grande coisa daquilo, nem tinha certeza de que as taxas não haviam mudado desde os tempos em que Joly escrevera, mas confiava na minha fonte e passava a Golovinsky páginas e páginas que provavelmente encontrariam um leitor atento no comerciante ou no artesão endividados ou até mesmo caídos na voragem da usura.

Por fim, eu escutara conversas recentes em *La Libre Parole* sobre a ferrovia metropolitana que seria construída em Paris. A história era antiga, falava-se disso havia décadas, mas somente em julho de 1897 fora aprovado um projeto oficial, e só nos últimos tempos se iniciaram as primeiras obras de escavação para uma linha Porte de Vincennes–Porte de Maillot. Pouca coisa ainda, mas já se constituiu uma companhia do metrô e, há mais de um ano, *La Libre Parole* desencadeou uma campanha contra os muitos acionistas judeus que aparecem nela. Então, pareceu-me útil ligar o complô judaico ao metropolitano e, por conseguinte, propus: "Nesse momento futuro, todas as cidades terão ferrovias metropolitanas e passagens subterrâneas: a partir delas, faremos subirem aos ares todas as cidades do mundo, junto com suas instituições e seus documentos."

— Mas se a reunião de Praga aconteceu há muito tempo, como fizeram os rabinos para saber das ferrovias metropolitanas? — perguntou Golovinsky.

— Antes de mais nada, se o senhor vir a última versão do discurso do rabino, publicada uns dez anos atrás no *Contemporain*, a reunião no cemitério de Praga teria acontecido em 1880, quando, parece-me, já existia um metropolitano em Londres. E, também, basta que o projeto tenha os tons da profecia.

Golovinsky apreciou muito esse trecho, que lhe parecia denso de promessas. Depois, observou:

— Não acha que muitas das ideias expressas nesses documentos se contradizem? Por exemplo, de um lado, se deseja proibir o luxo e os prazeres supérfluos e punir a embriaguez, mas, de outro, difundir esportes e divertimentos e alcoolizar os operários...

— Os judeus dizem sempre uma coisa e o contrário dela, são mentirosos por natureza. Porém, se o senhor produzir um documento de muitas páginas, as pessoas não o lerão de um só fôlego. Deve-se buscar obter movimentos de rejeição um a cada vez, e quando alguém se escandaliza por uma afirmação lida hoje, não se lembra mais daquela que o escandalizou ontem. Por outro lado, se o senhor ler com atenção, verá que os rabinos de Praga querem usar luxo, divertimentos e álcool para reduzir as plebes à escravidão *agora*, mas, quando tiverem conseguido o poder, vão obrigá-las ao comedimento.

— Certo, desculpe.

— Sim, eu meditei esses documentos durante décadas e décadas, desde jovem, e por isso conheço todas as esfumaturas deles — concluí, com legítimo orgulho.

— Tem razão. Mas eu gostaria de terminar com alguma afirmação muito forte, algo que permaneça na mente, para simbolizar a maldade judaica. Por exemplo: "Temos uma ambição sem limites, uma cobiça devoradora, um desejo de vingança impiedoso e um ódio intenso."

— Para um folhetim, não é mau. No entanto, o senhor acha que os judeus, que são tudo menos bobos, pronunciariam palavras desse tipo, que os condenam?

— Eu não me preocuparia muito com esse aspecto. Os rabinos estão falando no cemitério deles, certos de não serem escutados por profanos. Não têm pudor. Afinal, convém que as multidões fiquem indignadas.

Golovinsky era um bom colaborador. Tomava ou fingia tomar por autênticos os meus documentos, mas não hesitava em alterá-los quando achava conveniente. Rachkovsky tinha escolhido o homem certo.

— Penso — concluiu ele — que já tenho material suficiente para montar aqueles que chamaremos de Protocolos da reunião dos rabinos no cemitério de Praga.

O cemitério de Praga escapava às minhas mãos, mas provavelmente eu colaborava para seu triunfo. Com um suspiro de alívio, convidei Golovinsky para jantar no Paillard, na esquina da rue de la Chaussée-d'Antin com o boulevard des Italiens. Caro, mas delicioso. Golovinsky mostrou apreciar o *poulet archiduc* e o *canard à la presse*. Porém, talvez, alguém que vinha das estepes tivesse se empanturrado de *choucroute* com igual empolgação. Eu poderia economizar e evitaria os olhares suspeitosos que os garçons lançavam sobre um cliente que mastigava de maneira tão ruidosa.

Ele comia com gosto, contudo, e, ou pelos vinhos ou por real paixão, não sei se religiosa ou política, seus olhos brilhavam de excitação.

— De tudo isso sairá um texto exemplar — dizia —, do qual emerge o ódio profundo deles, de raça e de religião. O ódio borbulha nessas páginas, parece transbordar de um recipiente cheio de fel... Muitos compreenderão que chegamos ao momento da solução final.

— Já ouvi essa expressão ser usada por Osman Bey, o senhor o conhece?

— De fama. Porém, é óbvio, essa raça maldita precisa ser extirpada a qualquer custo.

— Rachkovsky não parece ser dessa opinião. Ele diz que precisa dos judeus vivos, para ter um bom inimigo.

— Conversa. Um bom inimigo a gente sempre encontra. E não acredite que, por trabalhar para Rachkovsky, eu compartilhe todas

... eu gostaria de terminar com alguma afirmação muito forte, algo que permaneça na mente, para simbolizar a maldade judaica. Por exemplo: "Temos uma ambição sem limites, uma cobiça devoradora, um desejo de vingança impiedoso e um ódio intenso" ... (p. 457)

as suas ideias. Ele mesmo me ensinou que, enquanto se trabalha para o patrão de hoje, convém se preparar para servir ao patrão de amanhã. Rachkovsky não é eterno. Na santa Rússia, há pessoas mais radicais do que ele. Os governos da Europa Ocidental são muito timoratos para se decidirem a uma solução final. A Rússia, ao contrário, é um país cheio de energias e de esperanças alucinadas, que pensa sempre em uma revolução total. É de lá que devemos esperar o gesto resolutivo, e não desses franceses, que continuam a arengar sobre *égalité* e *fraternité*, nem daqueles alemães rústicos, incapazes de grandes gestos...

Eu já intuíra isso depois da conversa noturna com Osman Bey. Após a carta do meu avô, o abade Barruel não dera prosseguimento às suas acusações por temer um massacre generalizado, mas o que meu avô queria era provavelmente o que Osman Bey e Golovinsky vaticinavam. Talvez vovô houvesse me condenado a realizar seu sonho. Oh, meu Deus, não cabia diretamente a mim, por sorte, eliminar um povo inteiro, mas minha contribuição, embora modesta, eu estava dando.
E, no fundo, era também uma atividade rendosa. Os judeus nunca me pagariam para exterminar todos os cristãos, eu me dizia, porque os cristãos são muitos, e, se fosse possível, eles mesmos cuidariam disso. Com os judeus, porém, feitas as contas, seria possível.
Eu, que (em geral) fujo da violência física, não estava destinado a liquidá-los, mas certamente não ignorava como isso deveria ser feito, porque vivi os dias da Comuna. Você escolhe algumas brigadas bem treinadas e doutrinadas, e cada pessoa com nariz adunco e cabelos cacheados que encontrar, paredão nela. Alguns cristãos iriam junto, mas, como dizia aquele bispo a quem devia atacar Béziers ocupada pelos albigenses, por via das dúvidas, matemos todos, depois Deus reconhecerá os seus.
Está escrito nos Protocolos dos judeus: o fim justifica os meios.

27
DIÁRIO INTERROMPIDO

20 de dezembro de 1898

Após entregar a Golovinsky todo o material que eu ainda tinha para os Protocolos do cemitério, senti-me esvaziado. Como quando jovem, depois do diploma, perguntei-me: "E agora?" Além disso, curado da minha consciência dividida, não tenho mais ninguém a quem me narrar.

Concluí o trabalho de uma vida, iniciado com a leitura do *Balsamo*, de Dumas, no sótão turinês. Penso no vovô, nos seus olhos abertos sobre o vazio enquanto ele evocava o fantasma de Mordechai. Graças também à minha obra, os Mordechai de todo o mundo estão se aproximando de uma fogueira majestosa e tremenda. Mas, e eu? Há uma melancolia do dever cumprido, mais vasta e impalpável do que aquela que conhecemos nos navios a vapor.

Continuo produzindo testamentos hológrafos e vendendo algumas dezenas de hóstias por semana, mas Hébuterne não me procura mais, talvez me considere muito velho, e não falemos sobre o pessoal do exército, entre os quais meu nome deve ter sido cancelado até da cabeça daqueles que ainda o recordavam — se é que ainda existem, desde que Sandherr jaz paralítico em algum hospital e Esterházy joga bacará em algum bordel de luxo em Londres.

Não que eu precise de dinheiro, acumulei bastante, mas me entedio. Tenho distúrbios gástricos e já não consigo sequer me consolar com a boa cozinha. Preparo-me uns caldos em casa e, se vou ao restaurante, depois não durmo a noite inteira. Às vezes, vomito. Urino mais vezes do que o habitual.

Continuo frequentando o *La Libre Parole*, mas os furores antissemitas de Drumont já não me excitam. Sobre o que aconteceu no cemitério de Praga, estão trabalhando os russos.

O caso Dreyfus prossegue em fogo baixo; hoje faz rumor a intervenção inopinada de um católico *dreyfusard* em um jornal como *La Croix*, que sempre foi ferozmente anti*dreyfusard* (bons tempos, quando *La Croix* batalhava para apoiar Diana!). Ontem, as primeiras páginas estavam ocupadas pela notícia de uma violenta manifestação antissemita na place de la Concorde. Em um jornal humorístico, Caran d'Ache publicou uma vinheta dupla: na primeira, vê-se uma família numerosa, harmoniosamente sentada à mesa enquanto o patriarca adverte que não falem sobre o caso Dreyfus; sob a segunda está escrito que haviam falado e nela se vê uma briga furiosa.

O assunto divide os franceses e, ao que se lê aqui e ali, o resto do mundo. Reabrirão o processo? Por enquanto, Dreyfus continua em Caiena. Bem feito para ele.

Fui ver o padre Bergamaschi e encontrei-o envelhecido e cansado. É isso mesmo; se eu tenho 68 anos, ele deve estar agora com 85.

— Eu queria justamente me despedir de você, Simonino — disse-me. — Estou voltando para a Itália, a fim de terminar meus dias em uma das nossas casas. Trabalhei demais pela glória do Senhor. Mas, e você? Não está vivendo ainda entre muitas intrigas? Hoje, tenho horror a intrigas. Como era tudo mais límpido nos tempos do seu avô! Os carbonários lá e nós aqui; sabia-se quem era e onde estava o inimigo. Não sou mais aquele de antigamente.

Está caduco. Abracei-o fraternalmente e fui embora.

* * *

Ontem à noite, passei diante da igreja de Saint-Julien le Pauvre. Ao lado do portão, vi um resto de homem, um *cul-de-jatte* cego, com a cabeça calva coberta por cicatrizes violáceas, que emitia uma penosa melodia por um flautim enfiado em uma das narinas e, com a outra, produzia um assovio surdo enquanto a boca se abria como a de quem se afoga, para tomar fôlego.

Não sei por quê, mas tive medo. Como se a vida fosse uma coisa feia.

... Fui ver o padre Bergamaschi e encontrei-o envelhecido e cansado ... (p. 462)

* * *

Não consigo dormir bem; tenho sonos agitados nos quais Diana me aparece desgrenhada e pálida.

Com frequência, às primeiras horas da manhã, vejo o que fazem os recolhedores de guimbas. Sempre fui fascinado por eles. De madrugada, você os vê perambulando com seu saco fedorento, atado à cintura por uma corda, e um bastão com ponta de ferro, com o qual fisgam a bagana mesmo que esteja embaixo de uma mesa. É divertido ver como nos cafés ao ar livre são expulsos a pontapés pelos garçons, que às vezes os borrifam com o sifão de soda.

Muitos passam a noite à beira do Sena e, pela manhã, podem ser vistos, sentados nos *quais*, a separar das cinzas o fumo ainda úmido de saliva ou a lavar a camisa impregnada de sumo de tabaco, esperando que seque ao sol enquanto continuam seu trabalho. Os mais ousados não recolhem apenas pontas de charutos mas também de cigarros, nas quais separar do tabaco o papel molhado é um empreendimento ainda mais repulsivo.

Então, espalham-se pela place Maubert e arredores, para vender sua mercadoria e, assim que ganham alguma coisa, entram em uma taberna para beber álcool venéfico.

Eu olho a vida dos outros para passar o tempo. É que estou vivendo como aposentado, ou sobrevivente.

* * *

É estranho, mas é como se eu tivesse saudade dos judeus. Sinto a falta deles. Desde minha juventude, construí, quase diria lápide por lápide, o meu cemitério de Praga, e agora é como se Golovinsky o houvesse roubado. Quem sabe o que farão dele em Moscou? Talvez reúnam meus protocolos em um documento seco e burocrático, desprovido da sua ambientação original. Ninguém quererá lê-lo, terei desperdiçado minha vida para produzir um testemunho sem objetivo. Ou talvez seja assim que as ideias dos meus rabinos (afinal, eram sempre os *meus* rabinos) se difundirão pelo mundo e acompanharão a solução final.

***

Eu havia lido em algum lugar que na avenue de Flandre existe, no fundo de um velho pátio, um cemitério dos judeus portugueses. Desde o final do século XVII erguia-se no local um albergue de um certo Camot, que permitira aos judeus, na sua maioria alemães, que sepultassem ali seus mortos, a 50 francos por adulto e 20 francos por criança. Mais tarde, o albergue passara a um tal Matard, esfolador de animais, que começara a enterrar ao lado dos judeus os despojos dos cavalos e bois que esfolava; os judeus protestaram, e seus correligionários portugueses adquiriram um terreno vizinho para sepultar seus mortos, enquanto os judeus dos países do norte encontravam outro terreno em Montrouge.

O cemitério foi fechado no início deste século, mas ainda se pode entrar lá. São umas vinte pedras funerárias, algumas escritas em hebraico e outras em francês. Vi uma curiosa, que dizia: "O Deus supremo me chamou no 23º ano da minha vida. Prefiro minha situação à escravidão. Aqui repousa o beato Samuel Fernandes Patto, morto em 28 de prairial do segundo ano da república francesa una e indivisível." Justamente: republicanos, ateus e judeus.

O lugar é degradado, mas me serviu para imaginar o cemitério de Praga, do qual vi apenas imagens. Fui um bom narrador, poderia ter me tornado um artista: a partir de poucos traços, construí um espaço mágico, o centro escuro e lunar do complô universal. Por que deixei escapar a minha criação? Eu poderia ter feito acontecerem ali muitas outras coisas...

***

Rachkovsky voltou. Disse que ainda precisava de mim. Eu me irritei:

— O senhor não está cumprindo o acordo. Achei que estávamos empatados — reagi. — Eu lhe dei material inédito e o senhor silenciou sobre minha cloaca. Aliás, sou eu quem ainda espera alguma coisa. Não creia que um material tão precioso seja gratuito.

— Quem não está cumprindo o acordo é o senhor. Os documentos pagavam o meu silêncio. Agora, também quer dinheiro? Bem, não discuto; o dinheiro pagará os documentos. Portanto, o senhor ainda me deve algo pelo silêncio quanto à cloaca. E, também, Simonini, não estamos negociando; não lhe convém indispor-se comigo. Eu lhe disse que para a França é essencial que o *bordereau* seja considerado autêntico, mas para a Rússia não o é. Não me custaria nada entregar seu nome à voracidade da imprensa. O senhor passaria o resto da vida nas salas dos tribunais. Ah, eu ia esquecendo... Para reconstituir seu passado, conversei com aquele padre Bergamaschi e com o senhor Hébuterne, e eles me disseram que o senhor lhes apresentara um abade Dalla Piccola que montara aquela história de Taxil. Tentei localizar esse abade, mas parece que ele se dissolveu no ar, como todos aqueles que colaboraram para a história de Taxil em uma casa de Auteuil, menos o próprio Taxil, que perambula por Paris procurando, também ele, esse abade desaparecido. Eu poderia incriminar o senhor pelo assassinato de Dalla Piccola.

— Não existe corpo.

— Mas há outros quatro aqui embaixo. Quem descartou em uma cloaca quatro cadáveres pode muito bem haver descartado outro, sabe-se lá onde.

Eu estava nas mãos daquele miserável.

— Está bem — cedi —, o que o senhor quer?

— No material que o senhor deu a Golovinsky, há um trecho que me impressionou muito: o projeto de usar os metropolitanos para minar as grandes cidades. Porém, para que o assunto seja crível, seria preciso que de fato alguma bomba explodisse sob a terra.

— Onde? Em Londres? Aqui, o metropolitano ainda não existe.

— Mas foram iniciadas as escavações e já existem perfurações ao longo do Sena: eu não preciso explodir Paris inteira. Basta que desabem duas ou três vigas de sustentação e, melhor ainda, que um trecho da pavimentação da rua afunde. Uma explosãozinha boba, mas que soará como uma ameaça e uma confirmação.

— Compreendo. Mas e eu com isso?

— O senhor já trabalhou com explosivos e, pelo que sei, tem à mão alguns especialistas. Considere as coisas pelo ângulo correto. Na minha opinião, tudo deveria ocorrer sem incidentes, porque durante a noite essas primeiras escavações não são vigiadas. Todavia, admitamos que, por um infelicíssimo acaso, o autor do atentado seja descoberto. Se for um francês, arrisca-se a alguns anos de prisão; se for um russo, explode uma guerra franco-russa. Portanto, não pode ser um dos meus homens.

Estive prestes a reagir de modo violento; não poderia embarcar em uma ação insensata como aquela, sou um homem tranquilo e de idade. Depois, contive-me. A que se devia a sensação de vazio que eu sentia havia semanas, se não ao sentimento de não ser mais um protagonista?

Aceitando aquele encargo, eu retornava ao primeiro plano. Colaborava para dar crédito ao meu cemitério de Praga, para fazê-lo tornar-se mais verossímil e, portanto, mais verdadeiro do que já fora. Mais uma vez, sozinho, eu derrotava uma raça.

— Preciso falar com a pessoa certa — respondi —, e em alguns dias lhe direi como estamos.

* * *

Fui procurar Gaviali. Ele ainda trabalha como trapeiro, mas, graças à minha ajuda, tem documentos limpos e algum dinheiro guardado. Infelizmente, em menos de cinco anos envelheceu pavorosamente — Caiena deixa suas marcas. Suas mãos tremem e ele mal consegue levantar o copo, que generosamente lhe enchi várias vezes. Move-se com dificuldade, quase não consegue se inclinar e pergunto-me como faz para recolher os trapos.

Reage com entusiasmo à minha proposta:

— Não é mais como antigamente, quando não se podiam usar certos explosivos porque eles não davam tempo para a pessoa se afastar. Hoje, faz-se tudo com uma boa bomba-relógio.

— Como funciona?

— Simples. Pega-se um despertadorzinho qualquer e regula-se na hora desejada. Chegada essa hora, um indicador dispara e, se houver sido ligado de maneira correta, em vez de ativar a campainha aciona um detonador. O detonador aciona a carga e bum! Quando a pessoa já está a quilômetros de distância.

No dia seguinte, ele veio à minha casa trazendo uma engenhoca aterrorizante na sua simplicidade: como era imaginável que aquele delgado emaranhado de fios e aquele cebolão de preboste provocassem uma explosão? No entanto, acontece, dizia Gaviali com orgulho.

Dois dias depois, fui explorar as escavações em curso, com ar de curioso, fazendo até algumas perguntas aos operários. Identifiquei uma onde era fácil descer da rua ao nível imediatamente inferior, na saída de uma galeria sustentada por vigas. Não quero saber aonde leva a galeria ou se leva a algum lugar: bastaria colocar a bomba na entrada e pronto.

Enfrentei Gaviali com decisão:

— Tenho a máxima admiração pelo seu saber, mas suas mãos tremem e suas pernas falham, o senhor não conseguiria descer à escavação, e não sei o que faria com as conexões sobre as quais está falando.

Os olhos dele se umedeceram:

— É verdade, sou um homem acabado.

— Quem poderia fazer o trabalho no seu lugar?

— Não conheço mais ninguém; não esqueça que meus melhores companheiros ainda estão em Caiena e que foi o senhor quem os mandou para lá. Portanto, assuma suas responsabilidades. Quer explodir a galeria? Então vá instalar a bomba.

— Bobagem, não sou especialista.

— Não é preciso ser especialista quando se é instruído por um especialista. Observe bem o que eu coloquei sobre essa mesa: é o indispensável para fazer funcionar uma boa bomba-relógio. Um despertador qualquer, como esse, desde que se conheça o mecanismo interno que faz disparar a campainha no momento desejado. Depois, uma bateria que, ativada pelo despertador, aciona o detonador. Sou um homem à antiga, e usaria esta pilha chamada Daniell Cell. Nesse tipo de bateria, à diferença da voltaica, usam-se sobretudo elementos líquidos. Trata-se de encher um pequeno recipiente, metade com sulfato de cobre e metade com sulfato de zinco. Na camada de cobre, é inserida uma plaquinha de cobre, e, na de zinco, uma plaquinha de zinco. Os extremos das duas plaquinhas representam obviamente os dois polos da pilha. Claro?

— Até agora, sim.

— Bem, o único problema é que, com uma Daniell Cell, é preciso transportá-la com atenção, mas, enquanto ela não estiver ligada ao detonador e à carga, qualquer coisa que aconteça não acontece nada, e, quando estiver ligada, terá sido colocada sobre uma superfície plana, espero, do contrário o operador seria um imbecil. Para o detonador, qualquer pequena carga é suficiente. Agora, vamos à carga propriamente dita. Nos velhos tempos, o senhor deve se lembrar, eu ainda elogiava a pólvora negra. Mas, uns dez anos atrás, foi descoberta a balistite, 10 por cento de cânfora, mais nitroglicerina e colódio em partes iguais. No começo, ela apresentava o problema da fácil evaporabilidade da cânfora e da consequente instabilidade do produto. No entanto, desde quando os italianos passaram a produzi-la em Avigliana, parece que se tornou confiável. Ainda não sei se deveria usar a cordite, descoberta pelos ingleses, em que a cânfora foi substituída por vaselina a 50 por cento e, para o restante, usa-se 58 por cento de nitroglicerina e 37 por cento de algodão-pólvora dissolvido em acetona, sendo o conjunto trefilado como uns espaguetes duros. Verei o que escolher, mas as diferenças são pequenas. Portanto, antes de mais nada deve-se colocar os ponteiros no horário desejado, depois liga-se o despertador à pilha e esta ao detonador, conecta-se o detonador à carga, e finalmente se dá corda no despertador. Porém, cuidado; nunca se deve inverter a ordem das operações; claro que se a pessoa primeiro liga,

*... Não quero saber aonde leva a galeria
ou se leva a algum lugar: bastaria colocar
a bomba na entrada e pronto ... (p. 468)*

depois dá corda e, então, gira os ponteiros... Bum! Entendeu? Feito isso, vai-se para casa, ao teatro ou ao restaurante: a bomba faz tudo sozinha. Claro?
— Claro.
— Capitão, não ouso dizer que até um menino poderia fazê-la funcionar, mas certamente um antigo capitão dos garibaldinos conseguirá. O senhor tem mão firme e olho seguro; deve apenas fazer as pequenas operações que lhe descrevo. Basta que as execute na ordem certa.

* * *

Aceitei. Se conseguir, voltarei de repente a ser jovem, capaz de curvar aos meus pés todos os Mordechai desse mundo. E a putinha do gueto de Turim. *Gagnu*, hein? Pois eu vou lhe mostrar.

Preciso tirar de mim o odor de Diana no cio, que, nas noites de verão, persegue-me há um ano e meio. Percebo haver existido somente para derrotar aquela raça maldita. Rachkovsky está certo, apenas o ódio aquece o coração.

Devo cumprir meu dever em trajes de gala. Vesti o fraque e coloquei a barba dos serões na casa de Juliette Adam. Quase por acaso, ainda descobri, no fundo de um dos meus armários, uma pequena reserva daquela cocaína Parke-Davis que forneci ao doutor Froïde. Nem sei como permaneceu ali. Nunca a experimentei, mas, se ele tinha razão, ela deverá me dar um certo ímpeto. Acrescentei-lhe três copinhos de conhaque. Agora, sinto-me um leão.

Gaviali gostaria de ir comigo, mas não permitirei, com seus movimentos tão vagarosos ele poderia me atrapalhar.

Compreendi muitíssimo bem como funciona a coisa. Prepararei uma bomba que marcará época.

Gaviali me faz as últimas advertências:
— Preste atenção nisto aqui, e preste atenção naquilo ali.
Que diabo, ainda não estou caduco.

INÚTEIS ESCLARECIMENTOS ERUDITOS

* *Histórico*

O único personagem inventado nesta história é o protagonista, Simone Simonini — ao passo que não é inventado o capitão Simonini, seu avô, embora a História só o conheça como o misterioso autor de uma carta ao abade Barruel.

Todos os outros personagens (exceto alguma figura menor, de ambientação, como o tabelião Rebaudengo ou Ninuzzo) existiram realmente, e fizeram e disseram as coisas que fazem e dizem neste romance. Isso não vale apenas para os personagens que aparecem com seu nome verdadeiro (e, ainda que a muitos possa parecer inverossímil, existiu realmente um personagem como Léo Taxil), mas também para figuras que aparecem com nome fictício, somente porque, por economia narrativa, fiz uma única pessoa (inventada) dizer e fazer aquilo que, na verdade, foi dito ou feito por duas (historicamente reais).

Porém, pensando bem, até Simone Simonini, embora seja o efeito de uma colagem, pela qual lhe foram atribuídas coisas feitas na realidade por pessoas diferentes, existiu de algum modo. Ou melhor, em uma palavra, ele ainda está entre nós.

A história e o enredo

O Narrador se dá conta que, no enredo bastante caótico dos diários aqui reproduzidos (com tantos avanços e recuos, ou seja, aquilo que os cineastas chamam *flashback*), o leitor poderia não conseguir situar-se no desenvolvimento linear dos fatos, desde o nascimento de Simonino até o fim dos seus diários. É a fatal discrasia entre *story* e *plot*, como dizem os anglo-saxões, ou, pior, como diziam os formalistas russos (todos judeus), entre *fabulação* e *sju et* ou *enredo*. O Narrador, para falar a verdade, muitas vezes teve dificuldade em juntar os pedaços, mas considera que um leitor competente poderia dispensar essas sutilezas e desfrutar igualmente a história. No caso, porém, de um leitor excessivamente fiscal, ou de não fulminante perspicácia, aqui está uma tabela que esclarece as relações entre os dois níveis (comuns, na realidade, a todo romance — como se dizia antigamente — *bem-feito*).

Na coluna "Enredo" está registrada a sequência das páginas de diário, correspondentes aos capítulos, assim como o leitor as lê. Na coluna "História", em contraposição, reconstitui-se a real sucessão dos eventos, os quais, em momentos diferentes, Simonini ou Dalla Piccola evocam e reconstituem.

CAPÍTULO	ENREDO	HISTÓRIA
1. O PASSANTE QUE NAQUELA MANHÃ CINZENTA	O narrador começa a acompanhar o diário de Simonini	
2. QUEM SOU?	Diário de 24 de março de 1897	
3. CHEZ MAGNY	Diário de 25 de março de 1897 (Evocação dos almoços no Magny em 1885-1886)	
4. OS TEMPOS DO MEU AVÔ	Diário de 26 de março de 1897	1830-1855 Infância e adolescência até a morte do avô
5. SIMONINO CARBONÁRIO	Diário de 27 de março de 1897	1855-1859 Trabalho com o tabelião Rebaudengo e primeiros contatos com os serviços
6. A SERVIÇO DOS SERVIÇOS	Diário de 28 de março de 1897	1860 Conversa com os chefes dos serviços piemonteses
7. COM OS MIL	Diário de 29 de março de 1897	1860 No *Emma* com Dumas Chegada a Palermo Encontro com Nievo Primeiro retorno a Turim
8. O *ERCOLE*	Diários de 30 de março – 1º de abril de 1897	1861 Desaparecimento de Nievo Segundo retorno a Turim e exílio em Paris
9. PARIS	Diário de 2 de abril de 1897	1861... Primeiros anos em Paris
10. DALLA PICCOLA PERPLEXO	Diário de 3 de abril de 1897	
11. JOLY	Diário de 3 de abril de 1897, noite	1865 Na prisão para espiar Joly Armadilha para os carbonários
12. UMA NOITE EM PRAGA	Diário de 4 de abril de 1897	1865-1866 Primeira versão da cena no cemitério de Praga Encontros com Brafmann e Gougenot
13. DALLA PICCOLA DIZ QUE NÃO É DALLA PICCOLA	Diário de 5 de abril de 1897	

CAPÍTULO	ENREDO	HISTÓRIA
14. BIARRITZ	Diário de 5 de abril de 1897, final da manhã	1867-1868 Encontro em Munique com Goedsche Assassinato de Dalla Piccola
15. DALLA PICCOLA REDIVIVO	Diários de 6 e 7 de abril de 1897	1869 Lagrange fala sobre Boullan
16. BOULLAN	Diário de 8 de abril de 1897	1869 Dalla Piccola visita Boullan
17. OS DIAS DA COMUNA	Diário de 9 de abril de 1897	1870 Os dias da Comuna
18. PROTOCOLOS	Diário de 10 e 11 de abril de 1897	1871-1879 Retorno do padre Bergamaschi Enriquecimentos na cena do cemitério de Praga Assassinato de Joly
19. OSMAN BEY	Diário de 11 de abril de 1897	1881 Encontro com Osman Bey
20. RUSSOS?	Diários de 12 de abril de 1897	
21. TAXIL	Diário de 13 de abril de 1897	1884 Simonini encontra Taxil
22. O DIABO NO SÉCULO XIX	Diário de 14 de abril de 1897	1884-1896 A história de Taxil antimaçônico
23. DOZE ANOS BEM VIVIDOS	Diário de 15 e 16 de abril de 1897	1884-1896 Os mesmos anos, vistos por Simonini (nesses anos, Simonini encontra os psiquiatras no Magny, como narrado no capítulo 3)
24. UMA NOITE NA MISSA	Diário de 17 de abril de 1897 (que se conclui ao amanhecer de 18 de abril)	1896-1897 Derrocada do empreendimento Taxil 21 de março de 1897: Missa negra
25. ESCLARECER AS IDEIAS	Diário de 18 e 19 de abril de 1897	1897 Simonini compreende e liquida Dalla Piccola
26. A SOLUÇÃO FINAL	Diário de 10 de novembro de 1898	1898 A solução final
27. DIÁRIO INTERROMPIDO	Diário de 20 de dezembro de 1898	1898 Preparação do atentado

Сергѣй Нилусъ.

Великое въ маломъ

и

АНТИХРИСТЪ,

какъ близкая политическая возможность.

ЗАПИСКИ ПРАВОСЛАВНАГО.

(ИЗДАНІЕ ВТОРОЕ, ИСПРАВЛЕННОЕ И ДОПОЛНЕННОЕ).

ЦАРСКОЕ СЕЛО.
Типографія Царскосельскаго Комитета Краснаго Креста.
1905.

Primeira edição dos Protocolos dos Sábios de Sião, *que apareceu no volume* O grandioso no ínfimo, *de Sergei Nilus.*

DATA	FATOS PÓSTUMOS
1905	Aparece na Rússia o volume *O grandioso no ínfimo*, de Sergei Nilus, em que se publica um texto apresentando-o assim: "Foi-me dado, por um amigo pessoal hoje falecido, um manuscrito que, com precisão e clareza extraordinárias, descreve o plano e o desenvolvimento de uma sinistra conspiração mundial ... Esse documento chegou às minhas mãos cerca de quatro anos atrás, junto com a absoluta garantia de que é a tradução veraz de documentos (originais) roubados por uma mulher a um dos chefes mais poderosos e mais altamente iniciados da Maçonaria ... O furto foi realizado ao término de uma assembleia secreta dos Iniciados na França — país que é o ninho da 'conspiração maçônica judaica'. Àqueles que desejarem ver e ouvir, ouso revelar este manuscrito sob o título de *Protocolos dos anciãos de Sião*." Os Protocolos foram imediatamente traduzidos para muitíssimas línguas.
1921	O *London Times* descobre as relações com o livro de Joly e denuncia os *Protocolos* como uma falsificação. Desde então, os *Protocolos* são continuamente republicados como autênticos.
1925	Hitler, *Mein Kampf* (I, 11): "Como a existência desse povo se baseia em uma mentira contínua fica claro pelos famosos *Protocolos dos sábios de Sião*. Eles se baseiam em uma falsificação, choraminga a cada semana a *Frankfurter Zeitung*: e nisso está a melhor prova de que são verdadeiros ... Quando esse livro se tornar patrimônio comum de todo o povo, o perigo judaico poderá ser considerado eliminado."
1939	Henri Rollin, *L'Apocalypse de notre temps*: "Podemos considerá-los a obra mais difundida no mundo depois da Bíblia."

REFERÊNCIAS ICONOGRÁFICAS

p. 138: *Vittoria a Calatafimi*, 1860 © Mary Evans Picture Library / Arquivos Alinari.

p. 179: Honoré Daumier, *Un giorno in cui non si paga...* (Il pubblico al Salon, 10, para *Le Charivari*), 1852 © BnF.

p. 378: Honoré Daumier, *E dire che ci sono persone che bevono assenzio in un paese che produce buon vino come questo!* (*Croquis parisiens* para *Le Journal amusant*), 1864 © BnF.

p. 403: *Le Petit Journal*, 13 de janeiro de 1895 © Arquivos Alinari.

Todas as outras ilustrações foram retiradas do arquivo iconográfico do autor.

Este livro foi composto na tipografia
Adobe Garamond Pro, em corpo 12,5/15, e impresso
em papel off-white no Sistema Digital Instant Duplex
da Divisão Gráfica da Distribuidora Record.